折口信夫と著者（1950年）

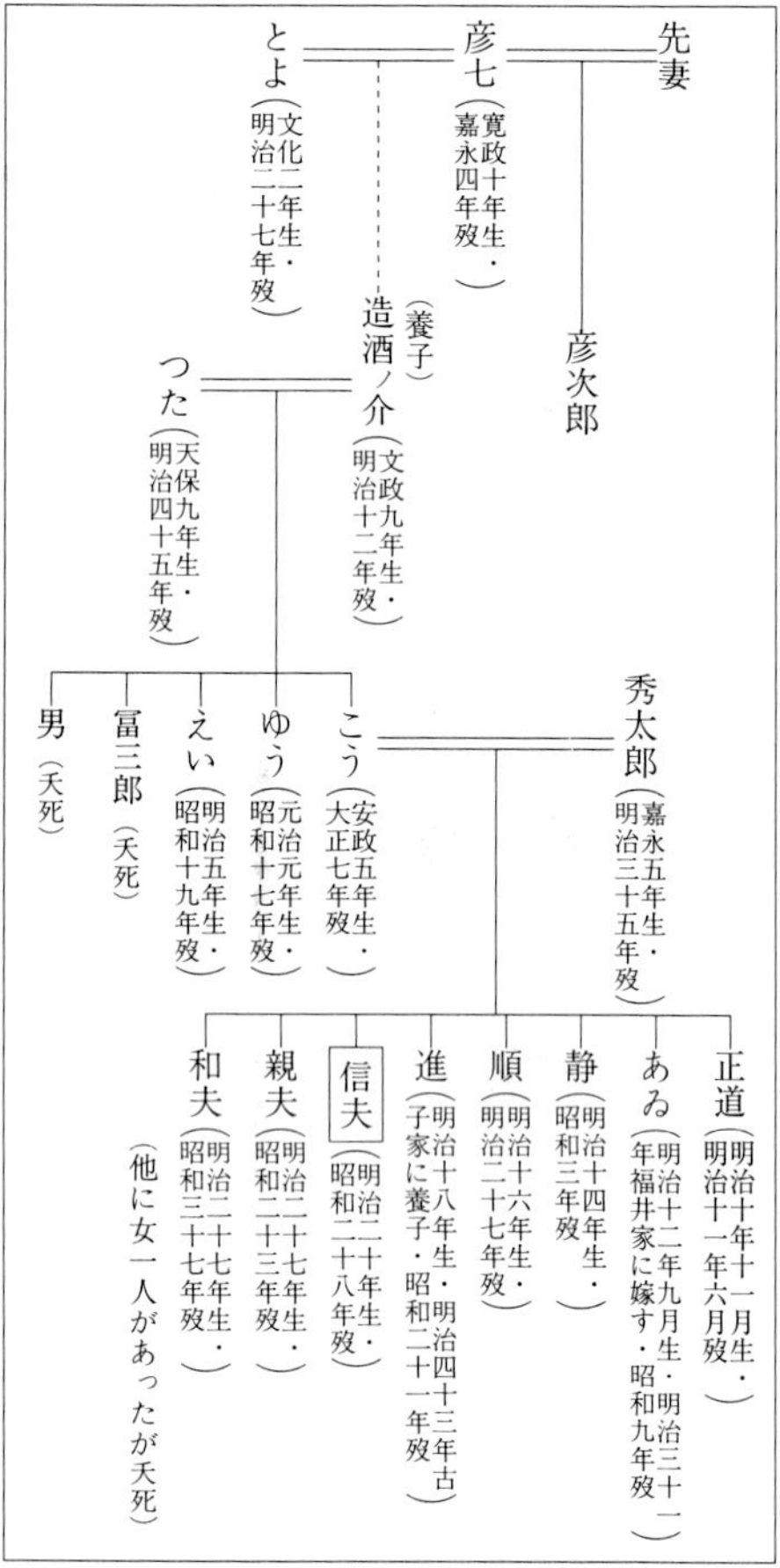
先妻
彦七（寛政十年生・嘉永四年歿）
とよ（文化二年生・明治二十七年歿）
彦次郎
造酒ノ介（養子）（文政九年生・明治十二年歿）
つた（天保九年生・明治四十五年歿）
秀太郎（嘉永五年生・明治三十五年歿）
こう（安政五年生・大正七年歿）
ゆう（元治元年生・昭和十七年歿）
えい（明治五年生・昭和十九年歿）
冨三郎（夭死）
男（夭死）
正道（明治十年十一月生・明治十一年六月歿）
あゐ（明治十二年九月生・明治三十一年福井家に嫁す・昭和九年歿）
静（明治十四年生・昭和三年歿）
順（明治十六年生・明治二十七年歿）
進（明治十八年生・明治四十三年古子家に養子・昭和二十一年歿）
信夫（明治二十年生・昭和二十八年歿）
親夫（明治二十七年生・昭和二十三年歿）
和夫（明治二十七年生・昭和三十七年歿）
（他に女一人があったが夭死）

（『折口信夫全集』より）

ちくま学芸文庫

折口信夫伝

その思想と学問

岡野弘彦

筑摩書房

目次

折口信夫伝

その思想と学問

本書は、『中央公論』一九九六年七月号〜一九九七年五月号、一九九七年七月号〜一九九八年七月号に掲載されたものです。

一　古代学と万葉集

新鮮な「自撰年譜」

折口は昭和五年改造社刊の『現代短歌全集』第十三巻に附した「自撰年譜」に、自分の知識の形成期の始まりを、次のように記している。

明治三十二年（十三歳）
高等小学三年終了。南区上本町八丁目、天王寺中学校に入学。当時、同校教諭三矢重松先生に口頭試問を受ける。通学距離二十町余。道、江戸時代以来の貧窮街長町裏・家隆塚と伝へる夕陽ヶ丘・勝曼院・巫子町を通る。此春《この》、『神代紀葦牙《あしかび》』を読む。『少年世界』を耽読する旁《かたはら》、『帝国文学』を購読。この雑誌で見た、高木敏雄氏の「白鳥処女伝説」が、古代研究に絡んだもの、読み始めである。深く、国語科の亀島三千丸先生の影響を受ける。同級、武田祐吉・岩橋小弥太・西田直二郎も亦、さうである。此冬、岩橋と共に、先生の師敷田年治《としはる》翁に入門しようとして、亀島先生の訓戒を受ける。長姉あゐは、既《すで》に、五六年前から、翁の門に入つてゐる。姉及び次兄進の愛読書『新著月刊』『新小説』『文芸倶楽部』『文庫』から、父の『太陽』までも、盗み読みする。

明治三十三年（十四歳）

姉あい父の生家福井氏に嫁入る。夏、はじめて一泊旅行を許され、大和廻りをして、飛鳥坐神社に始めて詣る。

明治三十四年（十五歳）

春、大本『言海』大阪板『万葉集略解』を、父に買うて貰ふ。『帝国文庫』『続帝国文庫』を読みこなす様になる。『明星』『心の花──竹柏園流以外に、根岸派の発表機関になつてゐた──』も兄のものにより読む。此頃、『文庫』の短歌選者、与謝野さんから服部躬治《もとはる》先生に代る。兄の投稿に添へた歌各一首、佐々木さん及び服部先生に抜かれる。投書家としての経験は此以後ない。

明治三十五年（十六歳）

四月、父心臓麻痺で頓死。此前後から、学業成迹《せいせき》著しくさがる。九月、進、造士館高等学校入学。長兄静は、前年、医学専門学校に入って、金沢に居る。秋、武田・岩橋・吉村洪一等の鳳鳴会同人となり、毎週必《かならず》、二三首の製作を強ひられる。十月、淡路・四国へ修学旅行。旅行後、中学生の禁欲生活を目的とする琴声会と言ふに入り、次第に深入りして、卒業の年迄、一人此気分を守り遂げる。後年の犬儒生活は、此《これ》に基くらしい。

明治三十六年(十七歳)

少年の正義観を固守する一方、成迹は益《ますます》落ちる。冬、創作動機動く。作歌の数多くなる。

明治三十七年(十八歳)

卒業試験落第。四月、叔母えいの気づかひで、祖母おつたとえいとの三人で、大和当麻・吉野・飛鳥に旅し、父の代から絶えた飛鳥家との旧交を復する。夏、大和へ一人旅。東、室生寺まで行く。四泊。

明治三十八年(十九歳)

三月、天王寺中学校卒業。六月、第三高等学校第三部志願出頭の前夜、急に、東京国学院入学の志望に、同意を得る。直《ただち》に上京。新設の大学部予科一年に入学の手続きをする。

此前日より、東京市中は、戒厳令施行。九月、入学。

これが、折口が昭和五年四十四歳になって記した、「自撰年譜」の中学生の時期の内容である。折口の没後四十年を経て、その伝記的研究もすすみ、友人の指摘や研究者の調査によって、ここに書かれた記事の中の折口の記憶違いが正された部分もある。しかしそれにもかかわらず、私にはこの「自撰年譜」が新鮮であり、折口を思うよすがとして一番なつかしい。それは私が、自分の青年期にこの年譜の記事によって、初めて師の少年期の多感な内面を知ったからであり、簡潔な記事の行間や文字の一つ一つに、折口の胸の奥のひそかなゆらぎの刻まれているのが、何度読み返してもまざまざとよみがえってくるのを感じるからである。天王寺中学に入って、木津の自宅から二十町余のその通路にあげられている ゆかりの地名、長町裏・家隆伝説の夕陽ヶ丘・勝曼院・巫子町と聞いただけで、大阪の歴史や地理に格別くわしくはない私にも、長い伝統文化を伝える都市の中に息づいているものの気配が、むっと生ま温かくふきあがってくるような気がする。木津という田園と都市の接する大阪の場末の地に生まれて、こうして毎日、都市のフォークロアのただ中を歩いての通学であった。

そして中学にからまる最初の印象として、「当時、同校教諭三矢重松先生に口頭試問を受けた記憶が深い」(昭和十二年一月の「自撰年譜」)と記されている。ところが中学の同級生で、後に国学院専科に進んで歴史学者となった岩橋小弥太が、昭和三十年に『折口信夫全集』の月報に書いた、「語学者折口信夫」という文章の中に、次のような指摘がある。

折口君は三矢重松先生に親炙してゐた事は普く人の知るところである。先生は天王寺中学の教員をして居られた事がある。先生と折口君との関係は其の頃から始まるやうに、世間でもいふし、又折口君自身でも、どうかするとさういふ口吻を漏らす事もあつたが、それはウソで、先生は上級を受持つて居られて、折口君や私共が二年に進んだ時には、先生はもはや東京に来てしまはれたのである。君と先生とは国学院で結ばれたものである。

たしかに、表面だけの交渉を年譜的に記すとすれば、岩橋説が正しいのだろう。しかし「自撰年譜」の記し方は、決して折口のウソではない。三矢重松は山形県鶴岡の士族の家の人で、いわゆる三矢文法を説いた文法学者として知られているが、実は国学最後の人といわれるほど、明治の世にあって国学の伝統と情熱をきびしく伝えていて、一見して古武士のように端正で激しさを感じさせる清冽な容貌が人の心をとらえた。折口がこの三矢教諭から中学入試のための口頭試問を受けて、強い印象を受けたというのは、容易にうなずけることである。緊張した場で短く交される言葉だけに、平常の状態では想像もできないほど濃密で重いものが、言外にも、言葉そのものにも流露する。おそらく運命的な感銘を折口は神秘な黙契のように胸に刻んだに相違ない。このことが心の端緒となって、やがて国学院へ進学してのち三矢教授との間に、柳田国男に対するよりも更に深い人間的な敬愛の深まりを持った師弟の縁が結ばれていくのである。そういう経緯や、折口の性情を若い頃からよく知り、「自撰年譜」の記事も承知の上で岩橋が、「折口君自身でも、どうかするとさういふ口吻《くちぶり》を漏らす事もあつたが、それはウソで……」と書いたのは、折口にはもの事をドラマチックに考え、ほんの小さな事を心の中で拡大していつの間にか虚構を真実と自分でも信じてしまうことがあって、ここも実はこうなのだと実証歴史学者らしい見解に立って言ったものと思われる。そう読み取った上で、なお折口の心の真実を感じる私の心は動かない。そういうところこそ、むしろ、折口の文学や学問の特色であり、信頼すべきところである。

こんな話のあとで、未分明な心の奥のことを言うのは気がひけるのだが、私の遠い記憶に一首の歌がひっかかっていて、そのことが気になって仕方がない。

四天王寺春の会式《えしき》の人むれにまだうら若き君を見にけり

相聞歌といった方がぴったりするこの歌を、折口が亡くなって間もない頃から私は、師の三矢重松の若き日の姿を追懐した折口の歌として記憶している。四十年間も、ときどき思い出しては心に反芻しているうちに細かな部分も変っているかもしれない。歌というのは不思議なもので、その一首だけが実に鮮明に心の中でかがやいていて、由来を伝える物語の部分はいつの間にか影が淡くなり、記憶から消えていってしまう。古代の社会で歌と物語が伝承されてゆくうちに、次第に歌だけが独立して不死身のように残り、やがてまた次の第二、第三の物語と結びついて伝承されてゆくのも、こういう心理が集団的に働く結果であるのかもしれない。

入試の口頭試問を受けて入学を許されたのちの四月八日、四天王寺の灌仏会の人ごみの中に、若き三矢先生の姿をちらりと見いだして、深く心がときめいたというふうに考えれば、この歌はぴったりするのだが。

一緒に居た晩年の日の深夜の晩酌の時に、その人の口からさりげなく聞いた歌だったのか、あるいは師の没後にその友人や門弟から聞き書きを取っていた時に、誰かの口からぽろりと漏らされたのだったか、それすらさだかではない事が、むなしくはかない気がする。ただ、後に、折口が三矢重松を追懐して詠んだ歌は、どうしても折口の言う国学の道念がからんできて激しくなる。

十日着て、

裾わゝけ来る　かたみ衣《ギヌ》。
　わが師は
つひに
とぼしかりにし
師は　今はしづかにいます。荒あらと
われを叱りし声も　聞えず
　師の道を
つたふることも絶えゆかむ。
我さへに
人を　いとひそめつゝ

こういう歌の中に「四天王寺」の歌を置いて考えると、心のなごむような温かさがある。折口の古代学を支えるものとして、深い古典の読みこみや、民俗学の知識の広く自在な応用、あるいはその他の近代の学問の援用があることは勿論だが、いま一つ、江戸の国学、そして直接には三矢博士から受けた国学の伝統の志のあることを忘れてはならないのである。

口訳万葉集

話をもどして、「自撰年譜」に記された文学雑誌と古典の読書の、中学生のレベルを越えた量に驚かされるが、実はその読書法がものすごいのであった。三年の時に辞書『言海』を手に入れているが、これは折口にとっては引くためのものではなく、片っぱしから読むための本であった。また橘千蔭の『万葉集略解《りゃくげ》』は当時もっとも流布した万葉集全歌の簡明な注釈書であったが、これを筆写したり、自分の考えを書きこんだりしたという。国学院の学生の頃に古本屋で索引の欠けた『国歌大観』を買い求めて、一夏蔵にこもって読み通し、「二十一代集の中では、玉葉集と風雅集がいい」と兄の友人に語ったというのも、折口ならではの徹底した読書法の結果であった。「折口君は国学院始まって以来の秀才だ」というような声がその周辺の人々の間では噂になったり、上野図書館の国文・国史関係の本を全部読んでしまう青年が居ると新聞のゴシップ欄に出たりしたが、二十代の彼はまだその名を世に知られることは無かった。

大正五年、数え年三十歳の年を中心にしてその前後数年は、折口信夫の学問と文学にとって、一つの大きな転機となった時期であった。

大正三年の三月には、大学を出て二年半つとめた大阪の今宮中学の職を辞して上京した。職を得るための確かな目当てがあったわけではない。ただ、学問と文学と、双方に心を引かれて止むにやまれない思いが、無謀と思えるほどに身を駆りたてていた。国文学のほかに、新しく知遇を得た柳田国男の学問に魅力を感じ始め、さらに島木赤彦や斎藤茂吉などと接してアララギ派の短歌運動にも深いかかわりを持つようになっていった。しかし現実生活の面では、師の金沢庄三郎の中等国語教科書の編纂を助けながら、定職を持つことができず、窮迫した生活がつづいた。

四年の三月には神経の疲れが甚しくなって教科書編纂の仕事を辞し、後を慕って次々に上京して居た教え子十人ほどと本郷赤門前の昌平館に下宿していたが、十月には教え子の下宿代の立替え金を含めて五百円の借金が嵩み、実家から番頭が上京してきて、大阪帰住を条件に借財を清算してくれた。その後も折口は東京にとどまっていたが、生活のめどがついたわけではなかった。

五年の正月、中学から大学を通じての友人で教員となって小田原に住んでいた武田祐吉をたずねた。この時の詳細は武田の「口訳万葉集縁起」(昭和二十九年十一月、折口信夫全集第四巻、月報)に記されている。借金を申し込まれて窮状を知った武田は、自分が腹案として考えていた万葉集口語訳の仕事を折口にすすめた。

これには折口も乗気になつて、翌日わたしが学校に行つてゐるあひだに、早速筆をとつて巻の十四の東歌の何首かの口訳を書いた。これが口訳万葉集の最初の草稿である。はじめの夏麻ひく海上潟《うなかみがた》の歌から、足の音《あと》せず行かむ駒もがの歌まで、途中一首おとして、都合四十首の口語訳を、わたしの原稿用紙を使つて書いてゐる。

こうして万葉集口訳の糸口がついた。当然、巻一から始めそうだが、巻十四の東歌から訳しはじめたところに、折口の終生変らなかった万葉集の歌に対する価値観がおのずから示されているのだが、それは後に述べることとする。

東京に帰って仕事は続けられたわけだが、武田の文章によると「あの人の事とて、毎日つづけて書いて行くことが出来ない。そこで口述して筆記させることを思ひついて、友人たちを頼んで来て貰ふことにした」ということになる。国学院同窓の三人の友人はそれぞれ職を持っているから、午前九時から午後四時まで小原準三、四時から夜の七時までは宮内省に勤めていた羽田春埜《はるの》、さらに七時から深夜の十時まで土持栄夫が筆記役を分担してくれて、三カ月で万葉集全二十巻、四千五百余首を一気に口訳し終った。しかもこの口訳をつづける間じゅう、折口の机の上にはテキストとして使う『日本歌学全書 万葉集』だけしか無かった。この本は佐佐木弘綱・佐佐木信綱校註で、原文の横に片仮名で読みを附し、ごく稀に簡単な頭注を記した手軽な本である。羽田春埜は口述の行なわれた部屋の様子を次のように伝えている。

……室内には置炬燵と新刊書か雑誌かゞ二三冊上つてゐる小さい机といふ至つて殺風景な部屋でした。書棚とてなく、蔵書と云う程のものは、ほとんど無かつた様です。何時か、訪問の時、飯島総葉君に写し物をして貰うたけど、なんもお礼の代に上げるもんないさかい、表紙が破れてて失礼やつたけど、国歌大観貰うて貰うた、と云ふ話を聞きました位です。

（「高梨の家」初版全集月報）

この『国歌大観』は、一夏蔵にこもって読み通したというあの本であったろう。部屋が殺風景なのは、借金の始末をつけてもらって大阪へ帰らねばならなかったのに、約束を破って教え子の鈴木金太郎の下宿へ転がりこんで、そのまま居ついてしまったからだ。口訳する時にも参考にする注釈書らしいものは何も無かったのは、貧窮の極にあったからだが、折口に言わせれば万葉集二十巻、必要なことはすべて頭に入っているということだったろう。中学三年以来の『言海』も『国歌大観』も読み尽す読書力と、異能ともいうべき記憶力、殊に歌に対する読みの深さは、口訳の場で遺憾なく発揮されたことになる。それにしても、長歌を含めて一日に五十首以上の訳を、百日近くも述べつづけたのだからすさまじい。

こうして出来た口訳の原稿は幸運にも、三矢重松の紹介で芳賀矢一博士の企画による、『国文口訳叢書』に加えられることとなり、五年の九月から翌年にかけて、文会堂書店刊行の『国文口訳叢書 万葉集』（三巻、通称「口訳万葉集」）として出版され、折口の最初の著作となった。上巻巻頭には芳賀矢一博士の「緒論」が収められていて、その末尾に次の言葉がある。

本叢書の第二篇を出さうとする時、余は官命を帯びて欧米へ出張することとなつた。よりてこゝに国学院大学に於て、深く万葉集を研究せられた折口信夫氏の万葉集口訳を乞うて、其《そ》の第三篇に加へる事にした。万葉集に関する註釈書、参考書等は故木村博士の万葉集書目に挙げられたゞけでも、非常に多数なことであるが、之《これ》を現代語に訳したものは、恐《おそら》くは、これが第一の試《こころみ》であらうと思ふ。序言のついでに折口氏に対して、感謝の意を述べる。

芳賀博士の言うように、万葉集の全部を現代語訳した最初の書物である。その後数年の間に五版をかさねているから、折口の窮乏生活も多少うるおったであろうし、さらに友人達の手助けもあって『万葉集辞典』も大正八年に文会堂から発行された。この本には折口が「万葉集辞典のまへに」という長い序の言葉を書いていて、その中で、「万葉集辞典を作ることは、とりも直さず、奈良朝の百科辞書をこしらへる訣《わけ》である」と言い、さらにその中には「まだ「青空のふるさと」や「海のあなたの妣《はは》が国」を夢みてゐた空漠たる時代迄も、背負ひ込まされねばならぬ」のだとして、困難を説きながら、その理想が後年の折口の古代学の全貌にあることをすでに予見し、その研究が「物心両面から万葉人《まんねふびと》の生活を見る」ことを目的とすることを述べている。

読みの深さ

『口訳万葉集』は出版からすでに八十年を経て、万葉研究の上の古典のようになってしまったし、生前の折口自身も若き日の必要に迫られて仕あげた書物として、より完全な口訳万葉を幾度か思いたっているが、一部分で終って完成を見なかった。しかし武田祐吉に口訳を進められて最初にとりかかったのが東歌であったように、万葉集の中で東歌に対して格別の価値と愛着を感じていて、昭和十一年七月五日に楽浪書院から刊行した『万葉集総釈』第七巻の後半部を成す、万葉集巻十四、東歌全歌の注釈は折口が担当している。折口はこの東歌注釈に「東歌疏《そ》」という独立した名を与えているから、その名で言うことにする。『万葉集総釈』は全冊が口訳・語釈・後記の三つを軸にして注解が述べられているのだが、折口の場合のみは口訳・語釈に続いて鑑賞の項を立てて、東歌の民謡として伝承・

流布されることによる背景と変化、文学と伝承歌の表現の相違や評価を各歌について述べている。つまり歌の口訳と鑑賞を重んじ、殊に東歌のような民衆の間の長い伝承と流布による変化を持った歌に、個人の作者による歌と違った深い洞察力をとどかせようとしたのである。それは折口が日本の中央部、飛鳥や奈良に住む大和宮廷を中心としたその周辺の人々だけを万葉びとと考えたのではなく、同じ時代に遠く東国の村々の生活者であって、いまだ文字を持たず永い年月をかけた生活の中の口承によって歌を生み、歌を育てていった人々をも、万葉びとと考え、物心両面から歌を通してその生活を知ろうと心がけていたからにほかならない。

万葉集の全巻にわたって、こういう精緻で心のとどいた注釈が残されていたら、どれほどすばらしかったろうと思わずには居られない。しかもこの「東歌疏」も藤井春洋《はるみ》が筆記して、短期間の口述によって成ったことは大きな意味を持っている。折口の著述の中で口述によったものの量は非常に多いが、とりわけ和歌の口訳はほとんどすべて口述だった。私も最晩年の著作『日本古代抒情詩集』や「自歌自註」など多くの口述を筆記したが、とりわけ歌の口語訳が好きで、また自信を持っていた。それは『口訳万葉集』を心ある人が一眼見ればわかるはずだが、万葉の原文を訓《よ》みくだした表記に、句読点を附している。

磐之媛《いわのひめ》皇后、天皇を慕はせられた御歌四首

85 君が行《ゆ》きけ長くなりぬ。山たづね迎へか行かむ。待ちにか待たむ

86 かく許り恋ひつゝあらずは、高山の磐ねし枕《ま》きて死なましものを

87 ありつゝも君をば待たむ。うち靡《なび》く我が黒髪に、霜の置くまでに

88 秋の田の穂の上《へ》に霧《きら》ふ朝霞、何方《いつべ》の方に我が恋ひやまむ

この訓み下しを上段に組み、その下段に口語訳を組んで見やすい工夫がしてあるが、まず何よりも句読点を附した訓み下しの歌を見ることによって、一首の正しいしらべがさっと読者の心にも入ってくる。彼は歌人釈迢空としての作品に句読点を打つことで有名だが、こうして自分が訓詁解釈する歌にもすべて自分の読み方の責任を示して句読点を打つ。これはまた、その口語訳を重んじる気持と通じていて、訳してゆく時の彼は、原歌の持つしらべと心のうねりを、そのままわが心にうけとめ、口語訳の言葉の流れと選択にひびかせながら訳してゆく。訳しながら鑑賞し、鑑賞しながら訳しているのである。その場合の鑑賞とは、あたかも名曲の演奏を指揮する指揮者の心の働きに近いものであろうか。だからそこには、声に出ししらべにのせて言葉を原歌にひびかせながら現代語でつむぎ出してゆく、口述の作業がもっともふさわしい。日常でも歌人は歌を推敲する時にかならず、心の中で音声をともなわせてつぶやいている。もしそれをしない歌人が居たら、それは日本の和歌にもっとも大切なしらべを失った歌人である。

こういう問題を考えると、八十年前の折口の『口訳万葉集』の持つ意味が、現代ににわかに新鮮さを示してくるのが感じられる。戦後五十年の学問の顕著な発達、タブーを持たない研究と細分化の中で、語法的な解明や、歴史的・考古学的背景の追求、地理的考証などはずいぶん進んだ。だが、大学院などで万葉集を講義していると、歌を歌として心にひびかせながら、しらべを共鳴させながら、うぶな心で触れ合おうとする若者の少いことに驚かされる。皆、細分化した専門的視野にすえて、分析的に見ようとし、一首の内容は大意の把握ですませてしまう。

折口は生前よく教室で、「歌を自分で作らなければ、万葉集や古今集がわからないなどと考える必要はないよ」と言った。それほど当時の古典和歌の研究は歌人によって成されていたのだが、折口は日本人なら誰でも歌を理解する心を持っているのだから、古典和歌を研究するために歌人になどなる必要はないよ、と学生に教えていたのだ。だが、戦後五十年を経て、日本人は短歌を忘れ去った。大学院の日本文学専攻の教室で、古代から現代に至る短歌を十首暗誦できる学生はごく稀なほど、短歌・和歌は現代から縁遠いものになった。『口訳万葉集』の中に見られるういういしい歌との触れあいが、現代には必要に思われ、新鮮に感じられるのである。

だが、そういう一般的な問題だけではない。もっと具体的な点で、『口訳万葉集』に引きつけられることがある。折口が万葉歌人の中で高い評価を与え、またその歌が好きであったのは、万葉の前期では高市黒人、後期では大伴家持であった。柿本人麻呂は歌によって違い、宮廷歌人的な作品には高い評価を与えていない。また戦後の一時期に民衆歌人などといって「貧窮問答歌」をはじめ高くもてはやされた山上憶良に対する評価も厳しかった。あれは知識の歌であって、万葉集で民衆の歌といえば、東歌をおいては無いと見通していたはずである。『口訳万葉集』はほとんど訳文だけで、語釈も鑑賞もなく、きわめて稀に秀歌や目ぼしい歌に短評がつけてあるだけだから、評価の細部は知ることができない。それでも、基本的な心のありようは察することができる。

人麻呂の万葉集における最初の歌は、国歌大観番号29番の歌、口訳本の題詞によれば、「柿ノ本ノ人麻呂が、近江の都の荒れた趾を見て通つた時作つた歌。並びに短歌二首」とある長歌である。「玉だすき畝傍の山の、橿原《かしはら》の聖《ひじり》の御代ゆ、あれまし、神のこと〳〵、樛《つが》の木の弥《いや》つぎ〳〵に……」と壬申の乱によって滅びた近江の旧都の荒廃のさまをなげき、その土地にからむ鎮まり難い非業の死者の魂の挽歌となっている長歌で人麻呂の長歌のうちの白眉である。反歌が二首ある。

30 漣《さざなみ》の滋賀《しが》の辛崎《からさき》、さきくあれど、大宮人《おほみやびと》の船待ちかねつ

31 漣の滋賀の大曲淀《おほわだ》むとも、昔の人に復も逢はめやも

この長歌と反歌につけられた短評はこうである。

長歌は堂々たるものである。しかも懐古の幽愁が沁み出てゐる。短歌には悲しんで傷《やぶ》らずといふ長者の博大な心が見えてゐる。但し其だけ黒人の作には、劣つてゐる。

その次にある黒人の歌と、折口の短評。

高市ノ黒人、近江の旧都を悲しんで作つた歌

32 古《いにしへ》の人にわれあれや、漣の古き都を見れば悲しも

33 漣の国つ御神《みかみ》の心荒《うらさ》びて、荒れたる都見れば悲しも

二首ながら、前の人麻呂の歌よりも更に傑れてゐる。人麻呂のにはまだ〳〵虚偽が見えてゐるが、之には人の胸を波だゝせる真実が籠つてゐる。

なお、33番の歌の口訳は次のようである。

漣の郷の土地を領有してゐられる、神の御意志に違うて、斯うした処に都を造られた為に、神の御心にかなはず、御不興によつて、かういふ様に荒れ果てた、都を見ると悲し

くなる。

こうして見ると、人麻呂の歌にはまだまだ虚偽があり、黒人の歌は人の胸を波だたせる真実があるとする理由は明らかだ。人麻呂には宮廷御用歌人としての意識があり、黒人は大和宮廷以前の近江の古い領有神への畏敬と、天智帝が近江の神の不興に触れて壬申の悲劇を招いたという、当時の人々の口に出しがたい心の底の暗黙の共感を、率直に歌い出している。人麻呂の表現にはまだその点で虚偽があるというのである。万葉の歌を通して物心両面から、万葉びとの生活を見ようとする折口の読みの深さであり、こういう点での人麻呂と黒人という同時代歌人の歌に現れた古代的で見分けがたい、しかし著しい相違を、確かに見とどけている。人麻呂の有名な吉野離宮讃歌、36番と38番の長歌とそれぞれの反歌に対する短評も明析である。

36・37番歌評

長短歌共に簡素に出来てゐる。殊に反歌は単純化の巧みに行はれた者といふべきである。長歌は稍お座なりの宮ぼめに傾いて、無内容に近い。

38・39番歌評
形は前の歌よりは整うてはゐないが、内容は空疎でない。唯登り立ち云々以上の句の、全体の上に齎《もたら》す勢力は極めて微弱であると云はねばならぬ。

ここに言う「登り立ち」以上の部分は「安治《やすみ》しゝ吾大君の、神ながら神さびせすと、吉野川湍《たぎ》つ河内《かふち》に、高殿を高著《たかし》りまして……」というのである。

つまり折口は最初の著作である『口訳万葉集』の中ですでに、天武・持統期に急激な形で推進された、大和宮廷の中央集権化と、それにともなう新しいイデオロギーである天皇即神観、およびその強烈な鼓吹宣布の役をつとめる宮廷歌人としての人麻呂の歌の本質を見抜いていた。それは折しも、日本が明治以来の近代軍事国家としての、新しい天皇即神観を推進してゆく時期であった。

二　万葉学とアララギ

新しい鑑賞法の発見

折口信夫は万葉集に関する講義や講演をする時、「私は万葉集を面白くなくする話をいたします」といって話し出すことがしばしばあった。あるいはもう少し平易に、「せっかくあなた方が持っていられる、万葉集に対する夢を、うちくだいてしまうようなことを申します」と言うこともあった。それはすでに、『口訳万葉集』の中にも示されている、折口の古代文学・古代人の生活に対する発見の上に立って言われる言葉であった。

万葉集巻三の巻頭に、よく知られた「天皇、雷岳御遊の時」の柿本人麻呂の歌がある。『口訳万葉集』ではこれを持統天皇の御代のこととし、次のように訓みと口訳をくだしている。

235大君は神にしませば、天雲の雷《いかづち》が上に庵《いほ》らせるかも
天皇陛下は神様でいらつしやるから、あの恐しい雷の上に、仮小屋を建てヽお出でなさる事だ。（地名の雷岳《かみおか》から、鳴る雷《かみ》にとりなし、誇張して言つた処に面白味があるのだ。傑作。）

人麻呂の誇張の多い讃歌的なもの言いに対して、評価の辛い折口にしては、珍しく傑作として高く認めている。口訳と短評の言葉だから、うっかりと世間普通の人麻呂評価の気持で、天皇讃歌として折口もこの歌を認めて傑作としているのかと考えると、とんでもない読み違いをしていることになる。「誇張して言つた処に、面白味があるのだ」と言った真意を、見逃してはならない。

この歌については、折口は全集およびノート全集を見ると生涯に何度も触れているが、その見解に変化はない。まず、持統天皇が遊んだという雷岳は、多くの研究者が現在の明日香村字雷の小丘とするのに反して、その地の川向いの、飛鳥川の西岸、豊浦寺《とゆらでら》の南につづく丘陵の一部分と考えている。つまり、現在は万葉展望台となっている甘樫丘《あまがしのおか》の一帯である。だが、折口の心にあるこの丘陵の本来のスケールはもっと大きい。彼の文章によってその大体のありようを思い描いてもらいたい。次の文章は、橿原市の方から孝元天皇陵や剣ノ池のそばを通り過ぎて、明日香村豊浦の飛鳥川のほとりまで来て、南の方を見てい

るといった感じで書かれている。

此《この》村の右手上に立つてゐる山が、小山ながら頗《すこぶる》長く尾を引いてゐる。南へ十町あまり、川原《かはら》・橘などいふ古寺の間で、一度平坦になつてゐるが、其《それ》から又隆起して、次第に高まり、高取山まで続いてゐる。北へは真下の飛鳥川を越えて、香具山の西で切れてゐる丘陵だ。其を長い間の人工で、段々きり開いて、山の間《あひだ》々が田畑になり、孤立した岡が幾つとなく、続いた形になつてゐる。此古代の地に、滄桑の変からでなく、人の施した地形の移動が見えるのも、長い年月を、其《その》間に生を営む人間の関係が思はせられるではないか。

此丘陵の主部になるのが、今謂《い》つた豊浦の南、飛鳥川の西岸、川原《かはら》寺の背戸《せど》の北にわたつてゐる。此《これ》が飛鳥の都の近き護りと、斎《いは》ひしづめられた「飛鳥ノ神南備《かむなび》」である。この山は小規模ながら、頂上の見はらし、山をとりまく野、村、川、更に又山々の姿がよい。山部ノ赤人が、この景色を讃美した長歌のいにしへを、今の現実にも、まだ〳〵見ることが出来るのは幸福だ。神南備の社は、平安の都になつて間もなく、目と耳の間に見える飛鳥の村の鳥形《とりがた》山に移つた。淳和天皇の御代である。今もある社の名は、飛鳥坐《にいます》神社である。

以前は、神南備の北、飛鳥川を隔てた雷の村の低い山を、雷にあるが故を以て、雷丘《いかづちのをか》、神丘《かみをか》、神南備など、学者が言ひ出し、土地の人々も信じてゐた。如何に昔びとが、自然の底に神を見、微細な物の中に、偉いなる精神を見たにしても、此は又あまりに小さ過ぎたけしきである。

「大君は神にしませば、天雲《あまぐも》の雷《いかづち》がうへにいほりせるかも――柿ノ本ノ人麻呂」とは、こゝではよまなかつた筈だ。何でもないことのやうだが、何でもないことが、古い文学を誇張した真実性の少いものとする。其から救ひ出すのだから、私ども人麻呂の為に、万葉集の歌の鑑賞法の為に、又飛鳥の故都の風景の為に、小さな誤解を正しておきたいのだ。

（「古事記の空 古事記の山」昭和十七年）

見事な飛鳥の村の丘陵の起伏を見わたした鳥瞰図である。しかもこの鳥瞰図は、この村に住みついた何千年かにわたる人間の生の営みによる、地勢の変化を見とどけている。折口と一緒に少し長い旅行をしていると、芯《しん》が疲れてたまらなかった。窓からただぼんやりと風景を見ていても気に入らない。そうかと言って本ばかり読んでいても機嫌が悪い。ある時そういう私をさとすようにして、「柳田先生はね、汽車で旅をしている時、あの山は何山、この川は何川、そしてこの野の果の山の向うの地形はどうなっていて、そこにはどういう生活が営まれている、ということをいつも読みとって旅していられるんだよ」と言った。

そう言われれば、折口の家の書庫には五万分の一、二万五千分の一の地図が沢山あった。鈴木金太郎や藤井春洋は旅の前に必要な地図を取り揃えて持って行ったに違いない。金太郎が後に来た春洋に何年かかけて躾《しつけ》た、折口の家の子となるための教育の一つであったはずだ。春洋の戦死後、突然に折口の家に入った私は、そういうことを手さぐりで感じ取っていくより仕方がなかった。地図に赤鉛筆でさっと直線を引いて、その線をたどって幾日も山野を歩くと伝説的に言われた折口の地理のとらえ方、地理とそこで営まれる人間生活の古代から今に至るありようのとらえ方は、長い旅の体験を直感によって感得した独特のものがあった。

人麻呂の雷岳における歌を誇張だと言うのは、その歌の背景に、当時の信仰的な宴会の場に臨んだ賓客を賞讃する詞としての、常用句的な誇張表現を、見ているのである。「飛鳥坐《にいます》神」や「甘橿の丘坐《にいます》神」がそれぞれ割拠するあの丘の一部に臨時の席を設けて、持統天皇が賓客としてのぞまねばならぬ宴が催され、その場で人麻呂が歌った即興の讃め歌であった。本居宣長が『古事記伝』の神の観念の規定の中で述べているように、雷も「鳴るかみ」という霊格の低い神である。それを即興的にとり込んでいるところに、歌ののびやかさが出ているのであって、当時の一座の人びとの受けとり方は、後世の日本人が感ずるよりずっと軽やかであったはずだ。

第一、「大君は神にしませば」と言うのが、この時期に新しく流布した常用文句であった。その点について、次のように「短歌論」において述べている。

大君は神にしませば、あまぐもの　雷の上に廬せるかも

〔口訳〕天子様は、神様でいらつしやるからして、雷の所に、小屋がけをなさることだ。

「大君は神にしませば」と言ふ常用文句を、歌の第一、二句に据ゑて、そのあとをつけた短歌が、万葉集に数首ある。我々は、その一々の短歌にあたつては、ほんたうの創作動機を動かして作つたものとして、理会してゐるが、おそらく実際はさうではなく、「大君は神にしませば」と言ふ類型の句が一つの課題の様に取り扱はれてをつたと見る方が正しい。

右の歌も、これをたゞ一首、独立した歌とみてゐる為に、人麻呂の雄大な空想を土台とした所の、瑣末な感情を一蹴した、そして嵐がものを巻きこむ様な整頓した調子をもつて、讃美の情をうちあげたものと言ふ風に、鑑賞してゐるのである。

しかし、同じ第一、二句を持つた短歌を並べてみると、

大君は神にしませば、天雲の五百重《いほへ》が下に　隠りたまひぬ――巻二、二〇五

大君は神にしませば、雲隠る雷の山に、宮しきいます――巻三、二三五の或本の歌

大君は神にしませば、真木のたつ　荒山中に、海をなすかも――同、二四一

大君は神にしませば、赤駒の腹ばふ田居を、京《みやこ》となしつ——巻十九、四二六〇
大君は神にしませば、水鳥のすだく水沼《みぬま》を、京となしつ——同、四二六一

と言ふ風に、それ〴〵一首々々として見れば、相当に価値があつても、かう言ふ風に並べてみると、制作当時の感動について、我々は疑問を持たずにはゐられない。

しかしそれにも又考へなければならないことがある。たとひさうした目的で歌はれたものとしても、詩人的素質の深い人が、烈しい感動を催すことが出来た場合、秀れた作物を歌ふことも、勿論しば〳〵ある。人麻呂の様に、さう言ふ感情をたやすく持つことの出来る人であれば、多くの場合に、秀れた歌を作る事が出来た。それは勿論疑ふべからざる事であるが、我々はその場合にも、我々の鑑賞が、古典的な文脈、古典的な表現によつて、酔はされ過ぎてゐないかと言ふことを、詮議する必要がある。

(「短歌論」昭和二十五年)

壬申の乱が終った後の天武・持統期の宮廷を中心とした中央集権的な気運のいちじるしい時期に、にわかに流行の合言葉のようにして宴会の即興歌の初二句に据えて歌われた言葉は、人麻呂の力によって類型を抜け出た強い詩的生命を与えられている。二〇五番の歌の挽歌的な発想は別として、他の例が単純に不可能を可能とするといった内容であるのに対して、人麻呂の二三五番の歌は女帝の持統天皇が神岡に出かけて宴会をした場と時を生

かし、さらに神岡だから「天雲の雷が上に」と即座の連想を生かして頌歌《ほめうた》を詠んだのである。天子はそのままで神ではないが、祭りの場で神の代りに「みこともち」の役をつとめるのだから、霊性の低い雷を引きあいに出してそれをしのぐものとして歌っても、妥当感が出たのであった。まして宴会の席ではユーモアを含み、客ぼめの時宜を得たものだった。それが長い時をかさねると、そのしらべの力と、内容の特異さが、後世の学者の間に天皇は神だと信じられた証拠のように考えられ、特に近代に入って天皇即神観が強調されると、人麻呂の歌などは動かないよりどころのように考えられた。だが、この点に関する折口の万葉集の解き方、万葉びとの生活の実際を洞察した見方は、根底において三十代初めの『口訳万葉集』とほとんど変りなく一貫したものである。

沼空と赤彦・茂吉

折口が島木赤彦と初めて会ったのは、大正四年七月二十五日、亀戸の普門院で開かれた伊藤左千夫三周忌歌会に出席した時であったと思われる。これより六年前の明治四十二年十月九日に、折口は子規庵で開かれた東京短歌会に出席して、左千夫をはじめ斎藤茂吉・古泉千樫・土屋文明とは知り合っていたが、「アララギ」の主要な同人でも、ずっと信州にとどまっていた赤彦と会うのは遅れていたのだろう。もっとも晩年の「自歌自註」の左千夫翁三周忌の時の追悼歌に関する回想の中では、次のように述べている。

……左千夫翁は、大正四年には、もう三周忌の仏になつて居られた。亀戸の普門院に行はれた年会には、見知りの浅い人の中へ顔を出すことの嫌ひな私だが、大阪の根岸短歌会に出た気持ちなどから、どうしてもその当時の「あら、ぎ」の人々の顔が見たかつた。千樫も茂吉もゐた。若い文明もゐた。（中略）赤彦はまだ此時、居を東京に移さなかつたから、会ふことは出来なかつたと思ふ。

これは、折口の記憶が少し違っている。実は赤彦は大正三年四月に信州から上京し、小石川区上富坂町のいろは館に下宿し、その年の十二月には同区の白山御殿町に転居し、翌年からアララギ発行所を茂吉から受け継いだ。そして大正四年六月にはかつて住んだいろは館に転居し、そこをアララギ発行所とした。折口がいろは館に赤彦をしばしば訪ねるようになり、また赤彦が折口の下宿の金富町の二階を時々おとずれたのも、大正四年の後半から五年にかけてのことであったはずだ。その発端になったのは、左千夫三回忌の時だという可能性は大きい。赤彦は信州に家族を残し、貧しいアララギの経営と若い門弟を引き受けて苦しんでいる時であり、同じく自分の生活費と大阪からしたって来た門弟の面倒に心を労していた折口との間には、十年の年齢のへだたりを越えた親しさが生まれたのであった。

そして何よりも、折口の心には早くからこの歌の先輩に寄せた、深い敬愛と私淑の心があった。

『馬鈴薯の花』時代には、まだ若かつた私の心は、おし傾いて赤彦を尊敬して居た。『楪《ゆずりは》』の先生に対するよりももつと高い評価をしたものである。(中略)『馬鈴薯の花』にある、げんげ花の咲く夕暮の田圃の歌などは、アララギに出た当時、ひそかな摸倣をさへ、せないで居られぬ程、私の柔軟であつた心を、ゆすり上げた。其迄《それ》すきであつた千樫を、一挙に棄てる様になつたのも、其頃《その》からだと思ふ。かうした心からは、『赤光』に出た沢山な裸の儘の魂の飛び出した様な歌が、後から〳〵雑誌に出て来ても、一向驚きが頭を擡げることがなかつた。其心持ちは、今迄も続いて居る。私には、どうしても赤彦が第一人であつた。(「なかま褒めをせぬ証拠に」大正十年三月『アララギ』)

この文章の書かれた大正十年は、折口がひそかに摸倣しないでは居られなかったと言うほどに心引かれた、げんげ田の歌が発表されてから十二年後である。その間に赤彦の歌風も歌集の『馬鈴薯の花』から『切火』『氷魚』を経て『太虚集』へと変化していったし、折口の心も変化した。それでもなお、若い心に生じた赤彦への私淑の心は変らないでつづいているという。これは一体どういうことだろう。右の文中の『檪』の先生というのは、伊藤左千夫のことである。庭にゆずりはの木があって、それを晩年の歌集名にしようと思っていたが、ついに実現しなかった。赤彦よりも前に会って歌の指導を受けたその左千夫よりも、茂吉よりも、そして終生その歌がらを愛した千樫よりも、赤彦の初期の歌に魅力を感じたというのは、どういうことであろう。

折口の第一歌集『海やまのあひだ』を代表する、大正九年以降の深くはるかな旅の体験によって得た、自然と人生との触れあいのひそかな重い感動を歌う歌風とは、大きく違っているように見える。つまり、三十代の折口の歌の世界は『馬鈴薯の花』の歌とは、大きな開きができてしまっている。その結果、ついに大正十年の末には選者を辞して「アララギ」から遠ざかることになる。だが、二十代の中頃の折口が赤彦の歌に強く魅惑されたことはまぎれもない事実である。折口の文章にあったげんげ田の歌を中心とする、明治四十二年頃の赤彦の歌は次のような傾向のものである。

森深く鳥鳴きやみてたそがるる木の間の水のほの明りかも
げんげ田に寝ころぶしつつ行く雲のとほちの人を思ひたのしむ
妻子らを遠くおき来ていとまある心さびしく花ふみあそぶ
げんげんの花原めぐるいくすぢの水遠くあふ夕映えも見ゆ

また「林の村を去る」と題して信州広丘村を詠んだ明治四十四年の作は、次のようなものである。

斯くのごとかなしき胸を森ふかき青蘚《あをごけ》の上に一人居りつつ
この森のをはりの歩みやはらかに蘚に触《ふ》りつつ日は暮るるかな
この森の奥どにこもる丹《に》の花のとはにさくらん森のおくどに
春ひと日雪とけきゆる青蘚の林のにほひ日を浮けにけり

この程度の歌に、激しく心を引きよせられた折口の真意を計りかねて、山本健吉は「その気持は、今になつて私たちには、ほとんど理解を絶するばかりだ」と言い、あるいは沼空はこれらの歌に、「師匠の左千夫にはない『細み』を見出したのかも知れない。そしてその『細み』が自分の歌に滲み通ることは、沼空の強く願つてゐたことであつたとも言へる。だが、その現れ方はずゐぶん違つてゐる。『馬鈴薯の花』で柔かく抒情的に出てゐるところが、『海やまのあひだ』では、もつとつらく、とげとげしく出てゐる」(『釈沼空歌抄』)と批評家らしく分析して考えている。しかし、折口の歌に『海やまのあひだ』らしい特色の出てくるのは、もう少し後のことだ。自分の歌風の特色を出すという点では折口はきわめて晩成《おくて》であって、白秋や啄木のようにはいかなかった。余りに早くから古典和歌を読みすぎて、さまざまな歌風が彼の心の中で混在し渦巻いていた。明治三十年代から四十年代、そして大正の前期までは大体そういう傾向にある。彼の初期作品は、新詩社風な浪漫的な叙情や、服部躬治《もとはる》に近い歴史詠的な傾向を持っていて、後の「アララギ」風な堅固な感じのする写実詠とは違っている。すると『馬鈴薯の花』に見られる赤彦のやや甘い叙情性に、親近感とあこがれを寄せていったのも、自然のことであったと思われる。
大正四、五年の頃、赤彦の居るいろは館へたずさえて行って、批評を受けたのは次のような作品であったらしい。

生　徒

くづれふす若きけものを　なよ草の牀《とこ》に見いでゝ、かなしみにけり
倦みつかれ　わかきけもの、寝むさぼる　さまはわりなし。かすかにいびく
二三尺　藜《あかざ》のびたるくさむらの　秋をよろこびなく虫のあり
小鳥　小鳥　あたふた起《た》ちぬ。かたらひのはてがたさびし。向日葵《ひまわり》の照る
はるしゃ菊　心まどひにゆらぐらし。瞳かゞやく少年のむれ

後にも先にも唯一度の経験であつた。前は服部先生、こんどはあらゝぎ発行所の赤彦の

前に、詠草を提出した訣である。（中略）おそらく私の予期の違つた、そして赤彦の予期とも違つたものであつたと思ふ。一所懸命赤彦の顔を見つめてゐた私には、それが感じられた。

実際は、赤彦のところへ作品を持って行って批判を乞うたのは一度だけではなかったらしい。作品「生徒」のほかにも、明治四十五年の旅の体験から生まれた「奥熊野」の一連なども、赤彦に見せたと「自歌自註」では述べている。そのいずれに対しても、赤彦の評はきびしいものであった。

これは私の推測だが、赤彦の「げんげ田」一連をはじめ、広丘村での作品の質朴なリリシズムに刺激を受けて、折口が自分なりの叙情作品として詠み、気負いを持って赤彦に見せたのは「生徒」一連の作品であったろうと思う。すでに赤彦の作品のリリシズムの奥には、彼が校長をしている広丘小学校に赴任してきた、うら若い女教師に引かれてゆく心がひそかに息づいていて、質朴な風景の裏につややかな気配の動いている歌がある。折口はそういう赤彦の歌に、雑誌「アララギ」の歌の中でもっとも親しい温かさを感じたのではなかったか。個的な背後の事がらなど、知る必要もないし、知るわけもない。まだ会ったこともない信州の赤彦の歌に、若い折口が心を寄せてゆける自在でのびやかな叙情を感じ取った。それまで千樫の歌に感じていた親しさよりもさらに近いものが、赤彦の歌にあった。そして「げんげ田」の歌の刺戟が折口流の作品となって表れたのが「生徒」のような作品であったという可能性は大きいと思う。世俗的な常識からすれば、異端の愛としか言いようのない、若くつやめいた同性の教え子との共同生活の意義も、この人ならば理解してくれるかも知れぬ。生活そのものへの理解はさておいても、作品化したものへの評価は率直にしてくれるだろうという期待はあったに違いない。

その頃よく講釈や、落語や、芝居見物に、久保田さんを誘ひ出しに行つたものです。さう言ふ時分の事でした。私は、金富町のお針屋の二階に、金太郎といふ子飼ひの学生と、二人で一つの六畳の部屋に住んで居ました。やはり近所の下宿に大阪から連れて来た学生がゐまして、それが毎日来ては、私のそばに居ました。久保田さんが来てくれた度毎に居たものですから、三人同居してゐるのだと思つたらしいのです。尤、久保田さんも、苦しい時代であつたと思ふ。「いろは館」の一番奥の北向きの、前に塀のふさがつてる陰鬱な部屋に、馬吉さん（今の古実さん）と高木さんと三人で暮して居られた事があつた。「釈の方でもさうだから、俺の方でもさうして暮さうよ」と言はれたのでせう。その頃、今衛さんは台湾坊主にかゝられたが、久保田さんは平気で居られた。久保田さんはそんなことを、気にかけた顔をする様な人ではないのです。けれどもしばらくして、今衛さんは他の部屋に移された。私も、久保田さんも苦しんでゐた時であるから、私の方のことも考へて居てくれたかと思ふ。久保田さんのその時分の印象が、私には深く残つて居る。私はその当時の影響をいつまでも感銘して居る。

（「島木さん」大正十五年十月『アララギ』）

赤彦追悼号に書いた、含みの多い文章である。久保田さんは赤彦の本名、久保田俊彦によっている。赤彦の年譜によると、文中の藤沢古実と高木今衛が同居するようになったのは、大正五年九月からのことであった。

折口の期待にもかかわらず、大正四、五年頃の赤彦はもう『馬鈴薯の花』の頃のような、おっとりとした叙情の歌人ではなかった。『馬鈴薯の花』から『切火』への歌の変化は大きい。さらにこの時期の赤彦は『アララギ』の編集と経営の責任を一身に背負って、外に向ってアララギの旗色を鮮明にしなければならぬ中心人物であった。非常に早い時期から古典和歌を広く読み、批評の眼は肥えていて的確だが、自身の歌はその知識の広さがわざわいとなって、万葉調にもアララギ調にも集中して来ない歌を読みつづけている折口信夫は、赤彦や茂吉にとっては困りものであった。

しかも折口の批評精神は旺盛で、大正六年四月の『アララギ』に「近頃の茂吉氏」という題の評論を発表する。その内容は最近の茂吉の歌に衰えが見えると断じ、それは『短歌私鈔』などに見える独逸流の分解的な研究法が、歌の自然な流露をさまたげているためだと見ている。「昔の茂吉さんだつたら、かういふ時には、自殺して了ふかも知れない。今の氏は、斯一途が窮すれば窮する程、他の一途が広く安らけく展かれて来るのに、楽しみ過ぎてゐるのではあるまいか」ときびしく、その創作面の衰えを批判する。アララギが他派と論戦を交して、大いに存在を示さなければならぬ時に、内側からの批判は痛かったに違いない。ただ黙ってそれを受けている茂吉ではなかった。一年のちの大正七年三月の『アララギ』に折口が発表した百首の歌に対して、長崎に居た茂吉が『アララギ』に寄せた批判の文章「釈迢空に与ふ」などは、真剣な茂吉の気持が表れている。折口もそれに対して、「茂吉への返事　その一」を『アララギ』六月号に書いて、自分の考えを述べている。折口のいう「茂吉への返事」の要点は二つあって、一つはアララギ同人のほとんどが田舎の出身者で、力の芸術を持ちやすいのに対して、自分は都会育ちで、力の芸術を育てるのに時間がかかること。もう一つは、万葉集には「ますらをぶり」の歌ばかりでなく、「たをやめぶり」の歌にも力あるものがあって、そうした「たをやめぶり」に対する自分の執着を断ち切ることはできないことを述べている。

赤彦も迢空の歌に対しては批判を持っていたはずだが、頻繁に会って直接に考えを言う機会を持っていた。そしてこの二人は、田舎びとと都会人というような気質の違いを乗り越えて、うちとけあうものを持っていた。二人の下宿を訪ねあっての交際の上にも、あの引用した文章の上にも、親密であたたかい、心を許しあったものが感じ取れる。あらゆる意味で人生の転期と言うべき青年期の苦悩と矛盾をかかえて苦しんでいる誇り高い折口にとって、あまり卑下の心や反撥心を起さないで、心を許して接しられる数少い友人であり先輩であった。その頃、子飼いの弟子との間で生じていた格別な愛情関係なども、この苦労人の先輩はそれとなく察していてくれると感じさせるような、寡黙で寛容な温かさが赤彦にはあった。人知れぬ心の痛手を抱いている者だけが感じる、深い人間的信頼を彼に寄せることができたに相違ない。田舎びとだけれど、都会に長く住んだならば十分に風流通人といった風趣を持つことのできる素質があることを折口は見ぬいていた。

さらに赤彦から受けた、歌の上での最もよい影響は二つあって、才能の芸術に行かないように、感傷的な気分をほしいままにしないように、彼が自分を鍛錬していたことであった。当時の自分は本当に、才能――智恵の芸術を尊び、更《さら》に感傷に溺れやすいところがあって、その面で鍛錬を最も受けなければならない人間であった、と追悼文「島木さん」の中で回想している。これから数年を経て、折口が自分の身についたものとして確立してゆく、『海やまのあひだ』の特色ある歌風、白秋の言う「黒衣の旅びと」を思わせるような歌境は、智の芸術を通り抜け、孤独な旅に傷みやすい感傷を内に深めたところから生まれてきたものであった。

折口がこうした赤彦に熱心に説いて、アララギの出版物として大正五年の十二月に刊行したのが、橘守部の遺著『万葉集檜嬬手《ひのつまで》』であった。アララギ特別増刊として刊行されたこの本には、守部の序、本文三百頁のほかに、釈迢空による「解題」、橘純一編の「橘守部翁略年譜」、佐佐木信綱の「橘守部の万葉学」、釈迢空の「橘ノ元輔源ノ守部――守部評論」が収められ、さらに赤彦による「編集所より」という後記が附せられている。

折口の文章の冒頭の一章は、当時の彼の読書生活をしのばせて興味深い。

守部《もりべ》が死んでから、七十年忌にも、はや手が届きさうになつてゐる。沢山の国学者の中では、わりあひに出版の便宜をもつてゐた、と見える此人の著書にも、まだ若干の未刊の分が残つてゐて、其がうつされ写されして、あちらこちらに散らばつてゐるのも、可なりにある容子である。今度板行した、檜嬬手《ひのつまで》は、其中でとりわけ、目に立つて惜しまれてゐた一つである。わたしがまだ、国学院の学生でゐた頃、故畠山健翁の口から、よく聞かされた名まへも、これであつた。上野の図書館をはじめ、朝倉屋や琳瑯閣をあさつても、見出すことのなりかねたこの書物の名が、ある時ひよつくり、国学とは縁遠い、早稲田大学の図書館のかあどのなかに見つかつた時の喜びは、非常なものであつた。其うち、故木村博士の講義を聴いて、其守部に負ふ所の多いのに驚いて、「美夫君志」を調べて見ると、博士の創見だ、と考へて聞いた重要な説のある部分は、守部が六十年前にちやんと書き残してゐたことであつたのが訣つた。其でゐて、博士の、あまり守部をよく言はれないといふことに、尠《すくな》からぬ不満を抱いてゐた。其で、其当座の守部に傾注した塩梅《あんばい》といふものは、大変なものである。山彦冊子《やまびこざうし》・鐘の響《ひびき》・土佐日記舟の直路《ただち》・稜威道《いつのち》別《わき》・稜威言別《ことわき》・神楽催馬楽《かぐらさいばら》入綾《いりあや》、かういふ目に触れ易い書物を借り出して、つゝつぽの袖口から沁み入る、上野の山気をわびながら耽読して、夜更けての戻り道に、ふりかへつて見た図書館の窓あかりを、いまだに記憶してゐる。

当時のアララギで、これだけの本を刊行することは無謀なことであったという。折口が赤彦にすすめたのち、赤彦は斎藤茂吉・古泉千樫・中村憲吉等同人に相談し、ようやく年末になって公刊された。写本を手写して原稿に整えたのは、折口の膝下にあった中学の教え子で、後の洋画家伊原宇三郎であり、手写の一部分は木曽馬吉、高木今衛、赤彦が分担し、校正は折口が受持ち、鈴木金太郎と後の天文学者萩原雄祐がそれを助けたという。二人とも今宮中学の教え子である。

翌大正六年二月、折口は『アララギ』編集同人となり、三月号から選歌欄を担当し、「万葉集短歌輪講」にも加わることとなる。アララギ同人としての釈迢空は、その短歌作品においてよりも、『口訳万葉集』の著作を持つ万葉学者、また短歌史に広い視野を持った評論者として認められ、重んじられていたのであった。

三　まれびと論以前

異形に触れる人

折口信夫の「まれびと論」が、学問としての緻密な体系を持つようになるのは、『古代研究』の巻頭に収められた四つの「国文学の発生」に関する論の書かれた、大正十三年から昭和三年の時期が中心であり、そのためには大正十年と十二年の二度の沖縄への民俗採訪旅行で得た体験が、大きな刺戟となっていることは改めて言うまでもないことである。だが彼の心の中に、まれびと来訪の実感の祖型とでも言うべき、この世ならぬ世界への憧憬と、そこから時あっておとずれる霊的なものへの関心が持たれるようになったのは、もっと早い時期であったに相違ない。

たとえば、大正四年四月に雑誌『郷土研究』（第三巻第二号）に発表された「髯籠《ひげこ》の話」の書き出しに、次のような一章がある。

十三四年前、友人等と葛城山の方への旅行した時、牛滝から犬鳴山へ尾根伝ひの路に迷うて、紀州西河原と言ふ山村に下りて了ひ、はからずも一夜の宿を取つたことがある。其《その》翌朝早く其処を立つて、一里ばかり田中の道を下りに、粉河寺の裏門に辿り着き、御堂を拝し畢つて表門を出ると、まづ目に着いたものがある。其日はちようど、祭りのごえん（後宴か御縁か）と言うて、まだ戸を閉ぢた家の多い町に、曳き捨てられただんじりの車の上に、大きな髯籠《ひげこ》が仰向けに据ゑられてある。長い髯の車にあまり地上に靡いてゐるのを、此《これ》は何かと道行く人に聞けば、祭りのだんじりの竿の尖きに附ける飾りと言ふ事であつた。最早十余年を過ぎ記憶も漸く薄らがんとしてゐた処へ、いつぞや南方氏が書かれた目籠の話を拝見して、再《ふたたび》此が目の前にちらつき出した。

この「髯籠の話」は、新しい日本民俗学という学問の興隆期における、柳田国男と折口という宿命的な師弟でありライヴァルであった二人の、触れあいの機微を語っている重要な論文で、その経緯については池田弥三郎著『私説 折口信夫』にくわしい。

実は「髯籠の話」の原文は、例のごとく今宮中学での教え子であった伊勢清志（又は伊原宇三郎とも）に筆記させたもので、候文の文体であった。それを普通の文体に書き改めたのは雑誌の編者の柳田である。

○編者申す。折口氏の原稿は優美な書簡体の文章であつたが、雑誌の調子を保持する為に不本意ながら書改《かきあらた》めた。感想に亘る十数句を削つたのは相済まぬ。但し論旨には些少の異動を及ぼして居らぬ筈《はず》だが、もし著者の意に合はぬ点を注意せられたら、必ず厳密に訂正するつもりである。柱松考の著者は髯籠の問題に論及せぬ由である。柱に関して両考に相違ありとすれば、読者として却つて興味の多いことであらうと考へ、両氏に対し共に続稿の愈々詳しからんことを望む。

この時、折口はまだ柳田に対して初対面の機を得ていない。明治四十三年に刊行された『石神問答』や『遠野物語』を読んで、柳田の目ざすものに心を引かれていた折口は、大正二年から三年にかけて『郷土研究』の「資料及報告」欄に二度にわたって「三郷巷談」を寄せ、さらに三年に「髯籠の話」を書いて送った。しかし「髯籠の話」はすぐには雑誌に載らなかった。ちょうどその時期、『郷土研究』の内部で変化が起こって、従来の共同編集者であった高木敏雄と柳田国男とが袂を分かち、柳田が独りで編集して民俗学の雑誌としての内容を充実させようとしていた。編集を新しくした最初の号である大正四年三月号（第三巻第一号）にも「髯籠の話」は載らず、その号の巻頭には尾芝古樟（柳田国男の筆名）の「柱松考」が発表されていた。

〈それは、わたしが「髯籠の話」でねらっているものと同じではないのか。従来の例からいうと、柳田は、一年間を通して「巫女考」「毛坊主考」と、一つの主題を書き続けていく。第三巻が、「柱松考」で通すとすれば、わたしの「髯籠の話」はどうなるだろうか。わたしの「髯籠の話」を柳田先生は読まれたのであろうか。〉池田弥三郎はその時の折口の心の中を、このように推測して書いている。

しかし、その翌月に出た『郷土研究』(第三巻第二号)には、柳田の「山荘太夫考」の次に、「髯籠の話」が文体を改め、編者の断り書きを加えて載せられていた。こういう経緯の中に織り成される接近しあった目的を追求しようとする二人のすぐれた学者の心の微妙な葛藤を思わないではいられない。しかし、何よりも私の胸を打つのは、こういう発端を持った二人の研究のその後のスケールの大きな展開の姿である。柳田は「柱松考」の論考をその後も『郷土研究』に書きつづけて、さらに後年の『神樹篇』にまでその成果を実らせている。大正四年五月の『郷土研究』に書いた「柱祭と子供」(柱松考二)の中には、〈折口氏の「髯籠の話」は自分の心附かなんだ重要な点を指示せられた〉とも、「自分は折口氏と協力して成るたけ多く、わが邦の事例を集めたいと思ふ」とも書いている。敬愛する師のこういう言葉に、折口がどれほど胸をときめかせたか察するに余りある思いがする。時々急に心が変って師から意地悪さを露骨に示される時の悲しみも、一瞬に解消してしまうような思いがしたに違いない。

折口はこの「髯籠の話」を端緒として、さらに神の依代《よりしろ》となる具体物の追求を進めて、「盆踊りと祭屋台と」（大正四年八月）、「稲むらの蔭にて」（大正五年六月）、「依代から〝だし〟へ」（大正五年十二月）、「幣束から旗さし物へ」（大正七年八・九月）、「だいがくの研究」（大正七年八・十月）、「桟敷の古い形」（大正七年九月）、「まといの話」（大正七年十月）、といった論文を、『郷土研究』や『土俗と伝説』に次々に発表していった。その考えの底にくっきりとした相違を保ちながら、遠く目ざすところの大同を遂げるためにお互いの心を通わせ合って信頼深かったこの師弟は、時に激しく接しあって散らす火花まで、この上なくまぶしく美しい光芒を見せるのである。

ここでもう一度、最初に引用した「髯籠の話」の書き出しの文章に立ちもどってみることにする。原稿の「優美な書簡体」すなわち候文を柳田が普通の文体に直したり、「感想に亘る十数句を削つた」りしたのだから、文章の感じはだいぶん変っているはずである。それでもこの一段落を読んでいて、感じられてくる一つのまとまった気分、折口が語ろうとしている物語めいた、一つの叙事詩の語り出しのような思いの伝わってくるのを認めないではいられない。

十三、四年前といえば、この論が書かれたのが大正三年だから、折口の中学生の頃のことであるはずだ。「自撰年譜」その他にこれとぴたりとかさなり合う旅は無いが、四年生・五年生、さらに再度の五年生の年には、大和や紀伊へ何泊かの旅をしているから、その頃のことに違いない。

「友人等と葛城山の方への旅行した時、牛滝から犬鳴山へ尾根伝ひの路に迷うて、紀州西河原と言ふ山村に下りて了ひ、はからずも一夜の宿を取つたことがある」というこの葛城山は、大和と河内の間に立ちそそっていて飛鳥から西の空を限って見える葛城山ではない。あの葛城山から直線距離でおよそ三十キロほど南西にへだたった、和泉山脈の一つの峯で、和歌山県のかつらぎ町、あるいは粉河町の北に和泉との境を成す一つの峯の葛城山である。和泉側の牛滝山から尾根伝いに葛城山・犬鳴山を経て泉南郡へ下りようとして、道を違えて紀州側の粉河寺の方へ下りてしまったのである。明治四十五年の熊野の山中で道に迷って二日間絶食したまま彷徨したという体験ほどではないにしても、中学生の旅としてはかなりの冒険であり、深い疲労の末にやっと山村の親切な家に泊めてもらったのであろう。

「其翌朝早く其処を立つて、一里ばかり田中の道を下りに、粉河寺の裏門に辿り着き、御堂を拝し畢つて表門を出ると、まづ目に着いたものがある。其日はちようど、祭りのごえんと言うて、まだ戸を閉ぢた家の多い町に、曳き捨てられただんじりの車の上に、大きな髯籠が仰向けに据ゑられてある」

これは民俗学の対象になる物体を偶然に発見することになった経過の、単なる報告文ではない。「優美な書簡体」には、候文特有の抒情性が感じられたはずだが、それを取り去ってもなお原文の感情は感じ取ることができる。千メートル近い山の尾根道を踏み迷って、山里に一夜を明かした後のまるで山びとの心にとりつかれたような思いでたどりついた粉河寺の裏門、そして礼拝を終って出て来た祭りの翌日の町の、異様な静まりと乱雑の中に見いだした異形の霊物としての髯籠から受けた、違和感とでも言うしかない衝迫感。大きな竹籠の編み残した長い髯が車の上で仰向いたまま、ゆらゆらと地上に垂れて靡いている姿は、それだけでも異様であり、祭りの興奮のさめた朝の町の虚脱感の中で、その異形の物は少年折口の心を一挙に遠い祖先の魂の伝承の世界に引きもどし、祖先の見た異郷の遥かな空の蒼さを垣間見させたのに違いなかった。

あるいはもう少し想像をたくましくして言えば、昨日の山中彷徨の時を経て、一気に早朝の粉河寺に下ってきた折口の心は、山の霊気をもたらして里にまぎれこんできた、異類の魂に似ていたかもしれない。その心にひびく際だって奇異な髯籠の形は、少年折口の心に鮮明な記憶と感銘を残した。それが心の底にあって、明治の末から大正の初めにかけての時期に折口が次第に関心を寄せてきた、民俗学・人類学の知識、殊に柳田や南方熊楠の書いたものから受けた知識が、折口の心の中で生き生きと連動しはじめたのである。

ほうとした心

こういう形で折口の旅中の心に刻まれた感動と知的追求とがからみあって、新しい学問の世界が見えてくる場面を、幾つも彼はその初期の論文の中で書き残している。

尾道に来た。山と海との間の細長い空地に、遠く延びた町である。山の上には、寺の甍《いらか》や畑や田が見えるばかりで、人はまだ幾程も山を領有してゐない。山陽線を西に走るほど、山と海との接近の度が強くなつて来て、この二つの大きな自然に脅かされて蹐《せぐくま》つて住んでゐた、祖先の生活が思はれる。柳田先生は、日本を山島と異名してゐられる。わたしは天野家の稍かけづくりの傾きを持つた二階座敷に居て、日本人の恐怖と憧憬《しようけい》との精神伝説を書いて見たいと思うた。

すぐ前には、出雲越えの峠が、赤々と夕日に照つてゐる。僅かな峡村の窪地には、真中を細い川が流れてゐて、浦近い事を思はせる様な塩じみた蘆の葉が延びて見える。さうした景色をば見おろしながら「わたつみかやまつみか」「妣の国へ 常世へ」この二つの創作の題目が胸に浮んで来た。（「海道の砂 その一」大正六年）

十年前、熊野に旅して、光り充つ真昼の海に突き出た大王ヶ崎の尽端に立つた時、遥かな波路の果に、わが魂のふるさとのある様な気がしてならなかつた。此をはかない詩人気どりの感傷と卑下する気には、今以てなれない。此は是、曽《かつ》ては祖々の胸を煽り立てた懐郷心（のすたるぢい）の、間歇遺伝（あたゐずむ）として、現れたものではなからうか。

（「妣が国へ・常世へ」大正九年）

ほうとする程長い白浜の先は、また、目も届かぬ海が揺れてゐる。其波の青色の末が、自《おの》づと伸《の》しあがるやうになつて、あたまの上までひろがつて来てゐる空である。ふり顧《かへ》ると、其が又、地平をくぎる山の外線の立ち塞つてゐるところまで続いて居る。四顧俯仰して、目に入る物は、唯、此だけである。日が照る程、風の吹く程、寂しい天地であつた。さうした無聊の目を睜らせるものは、忘れた時分にひよつくりと、波と空との間から生れて来る――誇張なしにさう感じる――鳥と紛れさうな刳《く》り舟の影である。

（「ほうとする話」昭和二年）

それぞれ、折口の学問と創作、研究と旅、論証と実感といった問題を考える時によく引用される部分だが、こうして三つ並べて見ると、一層ありありと彼の心の内側の世界が見えてくる思いがする。殊に第一の引用例の尾道の天野家の、海の側に向ってやや傾いたかけづくりの二階座敷の印象が強烈だ。これはこのままで、海の彼方からの「まれびと」の来訪を待つ桟敷、気多《けた》、棚の形であり、そこに身を置いて他界に心をとどかせている折口は、その「まれびと」のおとずれを待って思いを集中させている棚機津女《たなばたつめ》の心、さらには海の彼方の異類の世界から来訪するはずの異形の他界身を持った来訪者の音信に、全身の神経をとぎ澄ましている古代の村人の心意を、追体験していたはずである。それは少年の日の粉河寺の門前でめぐり逢った、大日《おほめ》荒籠《あらこ》ともいうべき竹籠の長い髯が空に向って伸び、ゆらゆらと垂れ下る姿を見て、空より降臨するものの依代としての具体を実感してゆく、折口の心の働きにひそむ力を思い出させる。その少年の日の体験からさらに十数年を経た心は、その間に読んだ博い文献の記憶を自在奔放に馳せめぐって、見事に確かな焦点を集中させてゆく。

こゝに毛色の変つた一類の籠がある。其は火遠理《ほをり》ノ命の目無堅間《まなしかたま》・熊野大神の八目荒籠《やつめのあらこ》・秋山下冰壮夫《あきやまのしたびをとこ》の形代《かたしろ》を容れたといふ川島のいくみ竹の荒籠などぼつ〳〵見えてゐるのが其で、どうやら供物容れが神の在処であつたことを暗示してゐる様である。増穂残口《ますほざんこう》などを驚かした、熊野の水葬礼に沈めた容れ物は、実は竹籠であつたであらう。かうした場合に、流失を防ぐのに一番便利な籠は、口の締め括りの出来る髯籠であつた筈である。（中略）籠がほゞ神の在処なることが確かであり、同時に供物の容れ物となつてゐたことが、幸に誤でなければ、直ちに其に盛られた犠牲は供物である以前に、神格を以て考へられたことに、結着させてもよからうと思ふ。　（「髯籠の話」）

これは「髯籠の話」の後半部で、籠が神の形代《かたしろ》の容器としての媒介を経て、やがて神格を附与せられて神の依代としての性格を持つに至る経路を述べている部分である。これだけの引用では意を尽さないところもあるが、折口の話の運びはおよそ察せられるであろう。

折口は自分でも、別化性能よりも類化性能においてまさっていると言ったが、こうして見てもその類化の連想の豊かさが察せられる。だが、その類化の営為は散漫なものではなく、一部始終を聞き終ってみると見事な一点に集中してくる、類化性能が発揮されていることを感じさせられる。論文を書いたり、口述したりする時、彼はほとんど参考文献や資料を机上に置いて、それを参照しながら書いたり口述したりすることが無かった。文献的な内容も、民俗採訪による資料も、みな記憶の中からくり出されてくるのである。一度読んだ記事の内容、一度見た民俗の印象は、彼の記憶の中できらめきあいひびきあって、醱酵の時を待っているもののようであった。講義や講演の時には、折口は小さな手帳を持って演壇に上ったが、その手帳にはきわめて簡略な、五つか六つの話を進めるための項目が書いてあるだけで、講義中にほとんどそれを見ることもなかったし、また実際の話は予定の項目などにこだわることなく、自在に展開してゆくのが常だった。学生達はその魅力的な話の内容から推測して、折口教授の手帳の内容を見たがったが、他人の目にはそれは味もそっけもない、簡略そのものの見出しに過ぎなかった。

折口の話しぶりは雄弁でもなかったし、流麗でもなかった。関西弁のアクセントで淡々とした感じで語られてゆくのだが、聴く者の心は次第に話者がくり出してくる不思議に魅力ある世界へひきこまれてゆく。たとえば河童の話をする。きわめて豊富に実例をあげて、日本の水の精霊の姿形から、性癖、その零落した姿から昇華してゆく過程、春夏の河童の姿から秋冬の猿の姿への変化、水の精霊の駒引との関連、さらには古事記の中の天之久比《あめのくひ》奢母智神《ざもちのかみ》・国之久比奢母智神といった、ひさごを持って水を管理する神の性格に至るまで、時を忘れたように話が進められてゆく。ふっと気がつくと、教室全体に冷涼な空気が流れていて、急に翳りを深めた感じのする机の間の通路に、今しもひたひたと河童の濡れた足型が印されてゆくのではないかという錯覚が起ってくる。

話術といえばそれも一つの話術であろうけれど、単なる話芸の話し方の問題ではない。求心力のよってくるところは、折口自身の求心的な論理のたどり方にある。彼は同じ主題に関して、一度自分が論文なり講義なりでたどったその経路は、ふたたびかさねてたどることをしなかった。心がけてそうしたというのではなく、先にたどった同じ経路をなぞって居ては、追求のための創造の求心力の集中が弱まるからであった。生涯のテーマであった「日本文学の発生論」——それはまたまれびと来訪とそれがもたらす力ある言葉の追求でもあった——を十度も、二十度も書き改めながら、同じ方法と同じ経路、同じ材料と同じ論理をたどった論が一つも無いことからも、彼の創造性に富んだ研究の姿は察しられよう。

だから折口の講義は何十年聴きつづけても、たとえ題目が同じであっても、同じ話を聞いたと思うことは無かった。私がその講義を聞いたのは十年、池田弥三郎氏が二十年、慶応でも国学院でも、その他の場でのほとんどの講演を聞いたけれど、話はいつも新しかった。時には折口自身が壇を下りてきて一緒に廊下を歩きながら、「今日の話は僕にも思いがけない結論が出たね。面白かっただろう」と興奮をかすかに顔に現わしながら言うことがあった。また逆に、話を聞きなれている者にとっては、こちらの心までが息苦しく感じられてくるほどに、論理の糸口がどんなにほぐそうとしてもほぐれなくて、折口の苦悩しているのが伝わってくる時があった。春のなまあたたかい黄砂が風に乗ってくる日とか、梅雨期の汗ばむような湿度の高い日にそれが多かった。しかし、そういう話の中の苦悩の時間すら、感じ取れるようになってみると、それなりに創造の場に立ち会えたのだという気がして楽しかった。

折口の論文や講義で、一番簡明な特色を一つ言うと、自分の心や日本人の感性になじまない外来語を絶対に使わなかった。だから、ノートを取っていても舌を嚙むような、あの奇妙に浮ついた知識の違和感を感じさせられることがなかった。これは彼の日本人としての知的プライドと、歌人としての洗練された語感がそれを許さなかったからだろうが、もう一つ、より明確で必然的な理由がある。この問題は折口の学問の本質を考える上で重要で、かつ基礎的な問題だと思われる。折口はあれほど微妙に深く古代人の生活とその心意の奥深くに探り入り、知り得たものをできるだけ普遍化して現代に伝えようとしたのだが、その微妙な内容を語る時に、現代の研究者たちが好んで用いる、たとえば「古代村落共同体」とか「古代運命共同体」とかいう用語を使うことはまず無かった。いつも古代の村と言い、村びと、村の生活と言い、万葉びとと言った。まして「共同幻想」とか言うことは無く、「幻想」という語すら使うことはまれで、それも内容は古語の「まぼろし」の意で使っているのであった。古代人のまぼろしと、現代人の幻想とでは、その内容に大きな相違がある。古代の村の祭りを中心とした濃密な活力ある生活を、古代運命共同体という用語で言ってしまうと、現代人の合理解には入ってくるけれども、そう言った途端に古代の村びとの生き方の真実はすっと遠のいてしまう。「共同幻想」という観念は現代人の理解には便利だけれども、そう説明した途端に古代人の心への細い糸口は見失われてしまう。折口が古代人の生活を言い、村の夜の祭りの情熱を言う時の、表現の苦しみは実にその点にかかっていた。折口の言う「ほうとした心」とは、現代人の合理解から心を解き放って、古代の村びとの世界に心を遊ばせようとする思いにほかならぬであろう。

晩年の折口は、講義に出る日の朝、「先週の話の終りのところを読んでごらん」と言うことがあった。それがわかっているから私は、話の終りの二、三十分のところは、私よりも十年も二十年も前から講義を聴きつづけている池田弥三郎氏や於保みをさんのノートと読み合わせておいた。それでも稀に、「駄目だよ、そんな聞き方をしていては。僕の話を逆に受け取っている」といって叱られることがあった。自筆原稿や、面と向いあっての口述筆記は別だが、あの新鮮で微妙な表現を必要とする折口の講義は、ノートに取ることがむつかしかった。常人の頭を一度通してしまうと、肝心のところが常人の論理に変ってしまうのであった。

歌と旅のもたらすもの

同じ日本民俗学の学者であるが、柳田と折口の講演や研究の態度には、大きな違いが見られた。柳田は講演する時は、きっちりとその時間に対応するだけの長さの原稿を書いてきて、その原稿の頁を繰りながら話した。読んだ本はおそらく必要な所をメモに残し、資料もカードに管理してあったに違いない。日本民俗学を新しい日本の学問として組織し、共同研究の成果をあげてゆくために当然取らなければならぬ方法だった。柳田が目ざす普遍性を持った学問とその研究者を育てるために、自分の自在な歩みを制限しなければならぬ面も多くあったに違いない。折口はそういう顧慮をほとんどしなかった。もしそういう配慮をしていたとしたら、折口の学問はその面目を発揮することが無かったに違いない。折口は独りの道をできるだけ自在に歩もうとして、自分の心にかなう道を巨人のような歩幅で歩き通した。だが、柳田の中にも常人を超えた天才的な面は豊かにあって、その点で折口の深い理解者でもあり、同時に強い反撥を示すライヴァルでもあった。

その柳田が、十二歳若く、当然わが亡き後に生き残ってくれるはずだと思っていた折口に先に死なれて、その落胆の思いの中で書いた、「和歌の未来といふことなど」という文章がある。その末尾の部分で次のように記している。

折口君ほどの素質をもつて、あれだけの熱情を古文学の上に傾けたにしても、誰でも同じ境地に達し得るかどうかはまだ少し心もとない。といふわけはあの人は大きな旅行をして居る。私も出あるくのがもとは得意だつたが、身のまはりの事情が丸でちがひ、第一に本当の一人旅といふことが少なかつた。折口君の通つたのは海山のあひだ、三度の南方旅行はまだ同行者もあつたが、信州から遠江への早い頃の旅などは、聴いても身が縮むやうなつらい寂しい難行の連続であつた。(中略)歌はすぐれたものが幾つとなく伝はつて居るが、それが生れて出るまでの心の置き所、何を考へつゝあるいて居たかといふまでは、日記があつたにしても恐らくは書き留められて居るまい。

(『短歌』昭和二十九年一月)

折口の生涯のうちで、余人のおよばぬものとして、きびしい孤独の旅をあげ、その旅中の心を詠んだ短歌に注目しているところは、折口をよく知る人らしい眼のそそぎ方である。今から七十年も八十年も前の、日本の山間や離島の道なき道をたどって村々をたずねてゆく苦しい孤独な旅の日に、心をおそってくる「ほうとした心」を短歌定型に凝縮させていったその作品は、近代短歌の中できわめて特異な地位を占めている。

奥熊野

たびごゝろもろくなり来ぬ。志摩のはて　安乗《アノリ》の崎に、燈《ヒ》の明り見ゆ
天づたふ日の昏れゆけば、わたの原　蒼茫として　深き風ふく
青うみにまかゞやく日や。とほ〴〵し　妣《ハヽ》が国べゆ　舟かへるらし

姶羅の山

はろ〴〵に　埃をあぐる昼の道。ひとり目つぶる。草むらに向きて
遂げがたく　心は思《モ》へど、夏山のいきれの道に、歎息《ナゲキ》しまさる
児湯の山　棚田の奥に、妹《イモ》と　夫《セ》と　飯《イヒ》はむ家を　我は見にけり

夜

ながき夜の　ねむりの後も、なほ夜なる　月おし照れり。河原菅原
水底《ミナソコ》に、うつそみの面わ　沈透《シヅ》き見ゆ。来む世も、我の　寂しくあらむ

遠州奥領家

燈《ヒ》ともさぬ村を行きたり。山かげの道のあかりは、月あるらしも
山のうへに、かそけく人は住みにけり。道くだり来る心はなごめり
山深く　われは来にけり。山深き木々のとよみは、音やみにけり

供養塔

人も　馬も　道ゆきつかれ死にゝけり。旅寝かさなるほどの　かそけさ
道に死ぬる馬は、仏となりにけり。行きとゞまらむ旅ならなくに
ゆきつきて　道にたふるゝ生き物のかそけき墓は、草つゝみたり

右の歌のうち、奥熊野は大正元年に伊勢・志摩・熊野を、始羅《あひら》の山は大正六年に薩摩・大隅・日向を、夜・遠州奥領家・供養塔は大正九年に美濃・信州・三河・遠江の山間部を、それぞれ旅した時の体験から生まれた歌である。大正元年の旅は二人の中学生の教え子をともなったが、あとの旅はいずれもたった一人で、十余日にわたって山間の村々を旅する、苦しい旅であった。これらの旅を収めた釈迢空の第一歌集は、『海やまのあひだ』と名づけられた。

短歌は折口にとって、現代の文芸思潮の影響を受けた現代の文学であったが、同時に万葉びと以来の日本人が継承してきた生活の中の心の表現の定型であり、心と言葉の器であ

った。万葉集の中でも高市黒人をはじめとする旅の歌にいちじるしく示されているように、旅中の魂に起ってくる不安動揺を鎮め、旅先の地で触れあうさまざまな地霊や庶物霊と魂を触れあう、呪的な言葉の形であった。

何処《いづく》にか舟泊《ふなは》てすらむ。安礼の崎　漕ぎ回《た》みゆきし　棚無小舟《たななしをぶね》（巻一、五八）
高市黒人

何処にか我は宿らむ。高島の勝野《かちの》の原に　この日暮れなば（巻三、二七五）

わが舟は　比良の港に漕ぎ泊てむ。沖へな離《さか》り。さ夜ふけにけり（同、二七四）

我のみや　夜船は漕ぐと思へれば、沖辺の方に　舵《かぢ》の音すなり（巻十五、三六二四）
遣新羅使人

家にても漂泊《たゆた》ふ命。波の上に浮きてしをれば、奥処《おくか》しらずも（巻十七、三八九六）
大伴旅人兼従者

折口の孤独で苦しい旅の日々に、その心に感じられる思いも、おのずからこうした古代の旅びとの心と通いあうような、歌の凝縮としらべの上ににじみ出し歌い出されている。彼の旅は現代に残る前代の、あるいは前々代の山間・離島の民の民俗を採訪するためのものであったが、より深く大きな心の収穫は、短歌創作によって生じる魂の深まりと凝縮によって、古代の旅の心を極度の深さまで追体験することができたことである。このことが、彼の「まれびと」発見のための大きなより所になっている。折口にとって短歌は単なる現代文学の一ジャンルであったのではない。古代人との間の魂のひびきあいの声であり、現代生活をみちびく伝統生活の指標の、凝縮とよみがえりであった。柳田だけが、こうした折口の旅と歌の心のありようの真実を感じ取っていた。

折口がその身近の門弟を薫育するために、まず短歌を作らせ、自分の歌風、歌の気息、心と言葉のひびきを、そのまま口うつしの形で学び取らせようとしたのも、日本人の魂の歌による感染教育を目ざしていたのであって、近代に起った多くの世上の短歌結社の文学運動とは、根本的に違う要素を持っていたのである。

四　力ある感染教育

理想の愛の教育

一人のすぐれた追求者が生涯かけて残した、ひたすらな真実追求の軌跡にも、一世紀の長い歳月がもたらす人心や世相の変化による評価や理解の違いは、きわめて大きいものがある。青年期の折口から深い情熱をこめた薫育を受けながら、その師の学問が時代を突き抜けて早い先見性を持っているために、既成の学者や学界から理解されず、評価を低めた異色のあるいは異端の学としか認められないことを、ぎりぎりと歯を喰いしばるような思いで口惜しく感じたまま世を去っていった、古い門弟達が数多くある。今宮中学で折口の教えを受けてのち、一生その思いを保ちつづけた鈴木金太郎をはじめ、国学院大学での古い門弟の水木直箭《なおや》、西角井《にしつのい》正慶《まさよし》など、さらに門弟の中では一番新しい慶応義塾大学で教えを受けた山本健吉や池田弥三郎といった人々の時代になっても、折口の学の不遇を歎く思いは深かった。池田弥三郎などはその思いの故に、力を尽して師の学を啓蒙し、世の理解の上に引き出そうと努めた。

世上、反折口的なあるいは折口学に反論を示す文章の中に、こんな事を書くとまた多くの折口門下の学者どもがうるさく反論を言いたてることだろうが……、というような文章を見ることがある。実はそれは被害妄想である。折口が生きている時は言うまでもなく、彼の没後になっても、彼の学に対する反論を正面から受けて論ずる者は、折口自身以外には有り得なかった。現に折口の晩年の昭和二十六年六月、雑誌『文学』に杉浦明平《みんぺい》氏が「折口信夫＝釈迢空」という、学問と文学両面にわたる極端な批判論を発表したけれど、誰も反論した者は居なかった。また昭和三十六年一月の『文学』には、寺田透氏の「うぶすなと呪詞神」という題で柳田学と折口学を比較しつつ、折口の学問を批判的に見た論が示されたが、直接の反論は誰も書かなかった。この二つの論文は、折口の代表的な著作『古代研究』三巻が刊行されて人々の注目を浴びた後の昭和一桁や昭和十年代の、詩人的直感に支えられているとか、歴史的考察や文献的裏づけに欠けているとかいった、かなり漠然とした非難とくらべるとずっと論理的に緻密になっている。それにもかかわらず、折口門下の誰からも反論は出なかった。杉浦氏の論はそれから半世紀近くを経た現在になって見ると、敗戦後の時代の勢を背に負ったもの言いが感じられるし、後半の迢空短歌の論になると、すでに大正十年に折口がアララギを去る原因になった、アララギ同人達と迢空との間の短歌観・万葉観の根本的な相違を、三十年をへだててもう一度むし返しているような感じがあらわにあって、折口に言わせれば、それはもうアララギを脱退したことで決着がついている、改めてむし返すほどの意義はないという気持が強かったろう。ただ、門下の者の中に学問的な立場から、あるいは歌論者や歌人としての立場からの反論があって然るべき場合だったが、誰も具体的にそれを示した者はなかった。

それから十年後に同じ『文学』に発表された寺田氏の論は、柳田国男特輯のために書かれたもので、柳田・折口両者の間の考え方感じ方の違いを緻密に観ているが、その根底に気質的に折口とはあい容れない筆者の思いが流れている。この場合も折口亡き後の門下の誰かから反論があっても不思議ではないが、直接の見るべき論は無かった。不甲斐ない門弟だと言われても、返すべき言葉は無い。すでに昭和初期、折口がそのいちじるしい創見を世に発表しはじめてから、門弟どもはその学問が正当に理解されず、評価されないことを焦慮したり悲しんだりしながら、その晩年に至り、没後に至ったのだと言っても過言ではない。

短歌作品には、早くから愛読者があったが、折口の学問がよく読まれ、広い視点から論じられ、評価されるようになったのは、彼の没後のことである。その第一の原因は、『折口信夫全集』が刊行されて全著作が広く読まれるようになったからである。『古代研究』以外の多くの論文や古典の註釈、さらに詩歌や小説や随筆に至るまで、その学問と分かちがたい作品がつぶさに見渡せるようになった。第二には、戦前に重苦しい形で古代の研究をさまたげていた宮廷に関するタブーが解けて、折口が表現を晦渋にし、まどろっこしい思いをかさねながら追求しなければならなかった問題も、顧慮なく論じることができるようになった。折口の論そのものも戦後は自在な追求と表現を示したし、それを受容し検討する側も自由になった。

だが三番目に、忘れてはならない重要な理由がある。それは折口信夫その人が世を去ったからである。いちじるしく強烈な個性によって生み出された学問は、その個性をともなう生身が消え去ることによって、広い普遍化をたどり始めるのだと言えよう。折口から直接教えられ、身近にその薫陶を受けた者ほど、折口学に関する発言になるとのびやかさを欠く傾向がある。もっとも活発に論を示している高崎正秀や池田弥三郎にしてなお、その論の核心に至ると必ず折口がすっくと立っているのに行き当る。門弟であっても、生前の折口から遠心的に距離をへだてて居た者ほど、その発言は自在になっている。それはただ身近の門弟が不甲斐ないということだけではすまされない、宿命的な因由が深く存在するのが感じられる。しかし、そのことを本当に解き明かすのは、なかなか容易なことではない。

まず言えることは、折口の学が世に受け容れられず、正当な評価が与えられていないと考えて、憂えたり歎いたりしてきた身近の者達の集まりが、知らず知らずのうちに醸《かも》し出す濃密な気分が、周囲の人々に強い違和感を与えていたことである。国学院でも慶応でも、それを目ざわりに感じ不快に思う教師や学生が多かった。そういう集団の最初は、大正三年に二年半つとめた今宮中学を辞職して上京した折口をしたって、本郷の下宿屋昌平館に中学を卒業した教え子達が追々に集まってきて、十人を越える人数で一年半ほど私塾のような共同生活をしたのが始まりである。中学の国語教師としてもすこぶる個性的で、同僚の教師で仲のよかった石丸梧平や、教え子達の回想文によると、教科書の中で内容の気に入った古文を二つほど長い時間をかけて講義して、あとの単元は読めばわかるといって無視したり、鉄幹・晶子・白秋の詩歌を教材に用いたり、宗教論や「乃木大将を主人公に勝利の悲哀を描け」という題で作文を書かせたりして、生徒の心を引きつける魅力ある授業だった。その代り、上級学校への進学を気にする校長からは異端の教師として、特別あつかいされた。昌平館には、第一高等学校に進んだ後の東京天文台長萩原雄祐、蔵前高等工業学校に進んだ鈴木金太郎、美術学校に入るため浪人中の伊原宇三郎、やはり浪人中の伊勢清志などが集まって来た。そのきっかけには折口の教育の理想があったことを、萩原雄祐は書いている。

折口先生はこゝ（今宮中学）に奉職される三ケ年、そのはじめての教え子達の卒業と共に中学教師をやめて東京に上られることになつた。その卒業生の謝恩会の席上、生徒を集めて一緒に起居を共にして愛の教育をしたい旨を強調された。その理想は上京後、大学赤門前の昌平館とよばれる下宿で実現された。中学での先生の弟子が上京すると、先生は新橋に出迎えられて昌平館に連れられる。一時は十数人の弟子が昌平館の数個の部屋を占拠して、食事を共にし、入浴を共にして、一介の塾の形をなしていた。一週に一度は和歌の座が開かれる。そして先生の峻厳な批判がある。

（昭和二十九年一月『短歌』創刊号）

折口を中心にした、短歌創作による文芸復興や新しい論理の開発をめざす、濃厚な共同体としての結社、「白鳥」や「鳥船」の祖型ともいうべき集まりがここに形成されている。しかしこの集団は、一年半を経た大正四年の秋、経済的にゆきづまって解散を余儀なくされる。大阪へ帰ることを条件に、下宿への借金を立替えてもらった折口は、帰阪の約束を破って、鈴木金太郎の新しい下宿先の小石川区金富町の高梨という家に身を寄せてそのまま居ついてしまう。窮迫の中に歳も暮れようとする大正四年の大晦日の夜のこと、鈴木金太郎の文章によると、高梨の家の師弟の間に次のような事が起きた。

高梨の二階の六帖に、先生と二人きりの生活が始ったのである。でりかしいのない、そして、型式主義で堅まっていた私の言動は事々に、先生の忌諱にふれた。

その年は、始めて大晦日を東京で迎えた。先生はいつもの通り、街に出てゆかれた。その留守に、私は一人で、部屋の中をすっかり片付けた。先生の読みかけの本も、書きさしの原稿も、ぶらさげてある著物も、何もかも、押し入れに放り込んだり、本棚に並べたり、押し入れにも這入らぬがらくたには、大風呂敷をかぶせたり、掃除をして了うと、部屋の中にこざっぱりと片付いた。それが子供の頃からの私の習慣であった。

夜更けて戻られた先生から、忽、大雷が落ちた。正月が来たからとて、なぜ、生活を替えなければならないか。「机一つ　本箱ひとつ　わが憑む　これの世のくまと、目つぶりて居り」そして静かに、一年を省み、来年を考えていれば好いではないか。それが先生の御意見の要旨である。

先生の御話は、私たちが充分納得がゆくまで、いつまでも続いた。一時間位は短い方で、時には二時間、三時間にもなる。前記のような考えでいる私には、仲々その意味が解せられない。かくて元旦の朝が明けようとする頃まで続いたのである。

（昭和二十九年一月『短歌』創刊号）

この時に出来たのが次のような一連五首の作品である。

おほとしの日

除夜の鐘つきをさめたり。静かなる世間にひとり　我が怒る声
大正の五年の朝となり行けど、膝もくづさず　子らをのゝしる
墓石の根府川石に水そゝぐ。師走の日かげ　たけにけるかも
どこの子のあぐらむ凧ぞ。大みそか　むなしき空の　たゞ中に鳴る
机一つ　本箱ひとつ　わが憑む　これの世のくまと、目つぶりて寝《ヌ》る

晩年の口述に成る「自歌自註」の中でも、折口はこの一連をとりあげて自註の言葉を残している。もっとも、折口は時と場所を記憶違いしていて、その前年の大晦日を過した昌平館での事としているが、これは鈴木の記憶の方が正しい。ただし、鈴木のほかに誰か一人、二人の教え子が泊りに来ていたのかと思われる。教え子との集団生活の中の薫育の様子が察せられるので、そのまま引用する。

大歳の夜、吹き出した微風に、ぎい／＼と音のする赤門前の昌平館の三階に、年を送る晩だといふので、早く寝た者のほかは、起きて上野・浅草の鐘の鳴るのを待つてゐた。そのうちどの寺かで撞く除夜の響きが聞え出した。かういふ場合に最几帳面なのは、鈴木だから、おそらく此時も金太郎がしたのだらう。私の前に坐り直して、「先生おめでたうございます」その声につれて、伊勢清志・伊原宇三郎、近い第一高等学校の寄宿舎

から、休暇を取つて正月をしに来てをつた萩原雄祐などが、その語をついで「おめでたうございます」と言つた。其時私の発した怒り声が、此歌にまだはりついたやうにして聞える。若い素直な心は、私の言ふことを尤だと思ひ、圧迫を感じながらも、正しいことを新しく聞いたと思つてゐたらしい。併し、その真面目な顔が、一層私の怒りを激しくした。口は極めて静かで、論理は意地悪く澄み切つてゐた。正月をめでたいといふやうな伝襲的《コンヴエンシヨナル》な考へを、若い者は口にする必要はない。さういふことを思ふのが間違ひだし、思はないでも言はないでもいゝ、世の中になるやうに、しなければならないお前達が、「おめでたうさま」としんから言つてゐるのが残念だ。出発点はそれでも意味はあつたのだが、段々言ひすゝんでゐるうちに、私自身も、何だか理を非に曲げて、若い心をねぢ曲げてゐる気のして来たことを覚えてゐる。併し、それがいけない事であつても、たとひよい事であつても、歌といふ文学に作ることは、いけない事をすると言ふ訣ではない。私は今でも、此歌はちつとも間違つてゐない。同時に、間違つてゐないと思ひながら、人を圧へつける剛愎な心もかうした表現をとつた私の感情も、歌の出すものとしては正しい、と言ふをはゞからぬ。

ここには、折口が若い門弟に対して力ある言葉によって心にひびかせ、その魂をよみがえらせようとする感染教育の、実際の薫育の場の感情が生き生きと示されている。新しい年の来訪を機として、この世の人間の生活をしんそこから新しく力ある内容に変えようとする、それが正月の意義である。まだこの時期に折口はまれびと論やまれびとがもたらす春の力ある呪詞の構想を論としてまとまった形でうち出してはいないが、歳のはじめの世なおしの情熱の意義は正しくとらえている。まして、理想とする愛の教育の場を経済的理由で失い、定職のない窮迫した状態で歳を迎えようとしている時である。その同行者であるべきはずの教え子が、世俗の常識そのままに伝襲的な気持で、形をととのえ「おめでとう」と言っているのを、心底から憤りよみがえらせようとしているのである。春のまれびとのもたらす、本来の「ほかひ」の言葉の力を持てと叱っているのである。こういう時の折口のすさまじい気迫のにじみ出した形相の恐ろしさと、執拗さは体験した者でないとわからない。顔は一層冴えた凄烈さを加え、眼が青光りしてくる。まさに「口は極めて静かで、論理は意地悪く澄み切って」、村びとに一年の生きる規範を宣り下す、古代の強烈な呪詞神を思わせる姿になる。私は今でも興福寺の阿修羅の前に立つと、そういう折口の怒りの前に幾時間も耐えていた夜の感覚がまざまざとよみがえってくる。

さらに、引用した折口の文章の終りの方に、こういう怒りと短歌とのかかわりの問題が、やや不徹底な感じで出てくる。ここも世間普通の文学創作としての短歌を言っているのではない。「人を圧へつける剛愎な心もかうした表現をとつた私の感情も、歌の出すものとしては正しい、と言ふをはゞからぬ」と言い放った部分には、折口の歌にかかわる遠い視野の見通しと、生活にかかわる深い力の期待がこめられている。それは「除夜の鐘つきをさめたり。静かなる世間にひとり 我が怒る声」といった歌と、信州・三河の山間の村に伝えられる花祭り・雪祭りを詠んだ昭和四年の作品「雪まつり」の中の次のような歌とをならべて見れば、察しがつきやすい。

さ夜ふかく
大き鬼出で、、
　斧ふりあそぶ。
心荒らかに　我は生きざりき

いやはてに、
鬼は　たけびぬ。
　怒るとき
かくこそ、
いにしへびとは　ありけれ

遠き世ゆ、

山に伝へし　神怒り。
この声を
われ
聞くことなかりき

作品としては後の「雪まつり」の方が、客観的にとらえているが、それだけ心の衝迫は弱く叙事的になっている。大正四年の除夜の歌の方が、しらべにも力があって、みずからがまれびととして、春のことぶれの怒りを発している場の純一な情念が流れ出ている。

折口が中学を終えたばかりの生徒に対して理想の教育を行なった時、短歌創作の場が重要なものとしてはたらいた理由は、実にこのことであった。その後、大正十一年に創まった「白鳥」でも、大正十五年から没年まで続いた「鳥船」でも、それぞれの時期の学問の弟子達への教育に、短歌創作を通しての心のひびきあいを重く考えたのも、同じ心からであった。

海彼の声を聞く者の孤独

折口にとって、短歌は近・現代の文学の一様式であるだけではなく、遠い遠い古代にこの世ならぬ祖先の地からもたらされた、魂のよみがえりの力のこもるしらべであり、声であった。それは古代に一度、この世に招来されただけではなく、人間が情熱をふりしぼって希求すれば、時あって彼の世界からよみがえりのひびきをとどかせてくるはずの、命の言葉のしらべであった。だから、折口が後に「まれびと論」や「日本文学発生論」を、日本人の心の始原の言葉と、それをもたらす者の具体的な追求の形で論理的に体系づけてゆくよりもかなり前から、折口の心には、久しい間日本人の内的な生活におよぼしてきた歌の力について、感得するところがあったのである。そういう意味で、「歌は日本人にとりついたゴースト」であり、「海彼岸からの声」であり、「歌こそは一期《いちご》の病い」なのであった。

正月という、世の中の改まるべきものが一切、新しくならねばならぬ時に、そして折口自身は「おろかなる飛行機造る金はあれど　天才一人やしなはぬ国」「わが才をもてはやさぬはやすけかり　わが書くものはいとしかりけり」(日記、大正五年四月二十四日)というような、鬱勃としてはげしい思いに居る時に、自分と同じ心の鼓動を刻んでいるはずの純な若い門弟子が、まったく形骸的な魂のこもらない心でいることを憤り、きたえ直そうとしているのである。しかし、その怒りの洗礼を受けている側の若者はただの平凡な現代の少年である。この両者の間の大きなへだたりが、折口とその身近な門弟との間に常にともなう悲劇であった。アララギの短歌観・万葉観に失望し、真の文芸復興を標榜して、後に国学院における主要な弟子となる西角井正慶・高崎正秀・今泉忠義等と創刊した「白鳥」の文学運動を見ても、折口の意識と情熱だけが際だって高く精緻で、あとの者はとても、追随するすべを持っていない。それは「鳥船」にあっても同じことである。「歌により新しい論理の開発」を目ざして発足したけれど、最後まで師匠、釈迢空の歌の姿をなぞるだけで終っている。わずかに、折口の内なる心のありようをもっとも深くさぐり得た藤井春洋だけが、師の歌を内側から喰い破って共鳴をひびかせる力を見せはじめただけであった。「鳥船」の同人達の傾向は二つに分けて見ることができるだろう。一つは伝統的な気分や考え方になじんだ国学院出身者で、こちらは師の歌の風姿に素直に随順する気持があった。もう一つは、より近代的な気分や生活になじんだ慶応出身者で、池田弥三郎も戸板康二も、折口の学問や芸能批評には心を引きつけられても、短歌を核にした集団の中の教育には心が動かなかった。折口の学問と文学のうちの近代感に触れてくる部分だけで接している傾向があった。歌を作らなければ折口のそばに居られないから、やむなく歌を作っているという感じであった。池田さんが折口における歌の本質的な意義を理解したのは、折口没後数年ののちのことである。

十年たっても二十年たっても、ほおっとした心で自分の影ばかり踏んでいる国学院出身の教え子達にも、また歌をそっと脇に置いた形で各自の近代感に触れる部分に熱心に耳を傾ける慶応出身の教え子達にも、折口はこまやかな愛情を感じながら満ち足りない思いを抱きつづけていた。そして日本が戦に敗れ、春洋も戦死し、さらに自分の余命も残り少なくなった昭和二十七年から二十八年、「鳥船」同人の者達にそれぞれ自分の研究テーマを定めて提出させた。その頃の折口の心は悽愴な感じのするほど、焦慮と絶望を深めていて、もうじっとしてはいられなかった。わが亡きのちのことを思って、今までとは違った覚悟で門弟達に迫ったのだが、すでに折口の命は尽きようとしていた。外から見ると、折口を中心とする門弟の集まりはうらやましいほど、さらに嫌悪感をもよおさせるほど、濃密で深い師弟のむすびつきを持っているように感じられ、また門弟達は心満たされて幸を十分に感じていたが、折口その人の心は真《しん》底のところでは決して安じてはいなかった。

その不幸はひとえに、折口独りが遠い古代にたくましい力を発し、長い歳月の経過の中で次第に命脈かすかになり果てていった、他界からのまれびとの声を聞きとどけ得て、そこからみちびき出してくる新しい力を、現代生活のよみがえりの上にそそぎ入れ、われわれの生き方をより願わしいものに導こうとしたからであった。新しい共同体の生活原理を、まず若い門弟の集団の中に導き出そうとしたのだが、それは容易にむくわれることではなかった。折口が、花祭りや雪祭りのクライマックスの場に出現して、世直しの神の雄叫びをあげる鬼や天狗の姿を見て、「この声をわれ聞くことなかりき」と詠嘆する時、「心荒らかに我は生きざりき」と省るとき、彼はこの世の誰よりも確かな鋭さで、この世の外の声を聞いている。そして、七日七夜を徹する花祭りや、三日三晩を徹した雪祭りの場で、神の役を神そのものになり切った迫力で演じ、あるいは古代の村人の心さながら湧きたたせて祭りの場の集中した魂の働きを生んだ人々が、今は一人びとりの質朴な山村の働き手にもどって山畑を耕しているのを見て、その発見と感動をただ近代化した学説として客観者の観察的報告に発表するだけではなく、身近の敏感な若者達の心にひびかせてみようとする情熱を持つことは、きわめて自然なことであり、折口には特にそうした実践的情動が強かった。

　ここで彼が主として昭和に入ってから接しはじめる花祭りや雪祭りを例にあげたのは、説明のための便にほかならぬ。もっと早い時期で言えば、大正元年八月に今宮中学の教え子の伊勢清志・上道清一の二人をともなって伊勢・志摩・熊野を旅した時がそうである。その旅中によく例にあげられる、大王ヶ崎での「妣が国へ・常世へ」の実感的発見があるのだが、折口の自撰年譜のこの年の条には「八月、志摩・伊勢・紀伊に渉つて、熊野廻りをする。同行、生徒伊勢清志・上道清一の二人。此時、教育の意義を痛感する。『海やまのあひだ』第一稿は、此間に出来る」とある。この「教育の意義を痛感する」という言葉はいろんな取り方ができるが、私は次のような場面を思い描く。黒潮の流れの海洋に突出した大王崎の先端に立って、身の底からゆり上ってくる民族心理の間歇《かんけつ》的な湧出の感動に沈黙している折口の傍に、やはりどこから起ってくるものとも知れぬ異様な奥深い心のときめきをじっと耐えている二人の少年の姿があった。しかも、この旅中に折口は自分の歌の上の大きな開眼を得て、第一歌集『海やまのあひだ』の特色である、旅中漂泊のうちに感得する現実を超えた広い空間帯や時間帯の異界を歌の表現の上にとらえる事を知るのだが、当然二人の教え子にも短歌を作らせて行ったはずである。折口が生涯、その門弟達に対して与えつづけた、理想の愛の教育の開眼も、この「妣が国へ・常世へ」の発見の感動と機を一にするものであった。そこには短歌が、大きな意義を持って介在していた。短歌こそが、現在生きている文体でもっとも確かに力強く古代の心、まれびとの声をとらえ得る文体であり、このしらべ、この定型による心の共同の嵩まりと純化の中に、真の教育の意義は有ると思ったに相違ない。

　同様の意義を持つ、やや違った場面の例を見よう。大正十一年に雑誌「白鳥」に発表した「おほやまもり」という叙事詩がある。応神天皇の後を継ぐべき三人の皇子、おほやまもり・おほさざき・わきいらつこが、皇位継承の資格となるはずの、海彼の声を聞くために出かけてゆく。だが、おほやまもりもわきいらつこもその声を聞く力を持たず、おほさざき一人が難波の海におもむいて、その音を聞くという叙事詩だが、未完の形で終っている。

　　東じらみだ。……
おれの行く空は、まだ暗い。

あさひこを守り神に持つたおれの家では
あさひこをしよつて、成功した人が、先祖に多い。
あ、浪の音。浪のおとに消されないで
つたはるあの響き。
おれは、さいさきがよい。

ここで終っているのが何とも、唐突で残念なのだが、折口にはまとまった構想があり、このあとに「世代りを予め知らせる海彼岸の新しい生活の啓示」を描く部分があり、さらに敗れたおほやまもりの屍がオフェリヤのように河を流れ下る第二部を考えていたという。その叙事詩の構想は、国学の窮極地だとまで、師の三矢重松から保証されたということを、『海やまのあひだ』の後記に書いている。これだけではどうにも核心が明らかではないのだが、古代宮廷の皇位継承の資格者として、海彼の神秘な声による世直しの新生活の啓示を聞く力を得た者を考えているところは、折口らしい発見であり三矢を感心させた一つの条件であったことは確かだろう。

結論的に言えば、折口は学術論文としての「まれびと論」や「日本文学発生論」を生み出してくるよりも以前から、海の彼方の魂のふるさと、妣の国としての異郷を実感し、この世の外の遥かな世との魂のひびきを通わせ得るものとして現実に人が持ち得るものは、歌のしらべによる言葉のほかにすべは無いと思っていた。博く深い古典の読み、多くは孤独な、時に純粋な感情を共有し得る少数の同行者との苦しい旅の体験、そして地方の民俗生活の中から見出した、濃密な心の集中の場としての祭りの感動。そういうものが限りなく彼の心を刺戟し、実はいくらよみがえらせようとしても、もう類形化し固定化してしまったように見える「まれびと」の言葉の末裔としての歌に、新しい共感の力を与え得る情熱を感じ出したのであった。それが彼が学問の弟子達との生活や研究の場に、常に短歌をともなわせた一番の理由であろう。だから、彼の指導する集まりは、昌平館の集団にしても、「白鳥」や「鳥船」にしても、世間の近代に起った短歌結社とは違っていた。

折口が抱いた抱負と希望の一番すばらしくまた一番困難であった点は、形骸化してしまった古代の祭りの場の神と人の対話の末裔としての歌を、ただ決まり切ったモノローグに終らせないで、活力あるダイアローグに復活させようとしたことである。たとえば、古代の村に来訪する「まれびと」と、それを迎える村人の代表の聖なる「をとめ」との間に交される凝縮した言葉の力を、よみがえらせようとして多少とも可能な一つの形は、はげしく恋しあった男女の間に交される熱い相聞歌である。もちろん、まったく同じではないが、あるところまで可能であり得る。折口はそれを、複数の同性の弟子との間に持とうとした。それが彼の理想の愛の教育に、歌がともなってくる理由である。歌のしらべと、そのしらべの内に凝縮される心の表現によって、さらにはげしく高揚し濃密化してゆく、知性と情熱深き追求者の共同の力を、彼は熱望したのである。現代をよりよく導く力を、そこから生み出そうとした。

それは現実社会の中では至難のわざであった。「白鳥」でも「鳥船」でも、折口の歌は独り屹立していて、きりむすびきりむすびして折口の歌をダイアローグ化する弟子は出てこなかった。それは学問の上でもほぼ同じことが言えた。殊に歌はその特質として、五年や十年の間は、その定型詩としての千四百年の蓄積を自分の身に添わせるための、習熟の時を必要とする。その習熟の中からみずから殻を喰い破って昇華転生をするためには、強烈な意志の力を必要とする。折口がみずからの体験と発見の中から、理想の教育の中に導入した短歌創作による新論理の発見は、折口にとって独り可能であっても、弟子達にとっては途方もない難題を与えられたことになる。

そういうものを一切ふりすてて、近代の科学としての民俗学の普遍化と組織化を計った柳田国男との大きな違いがそこにある。柳田はそういう教育をしようとする意志はなかった。折口の求道的な歩みは、近代の中で悲劇的な孤独の姿を持っている。

五　内なる「まれびと」論

わたつみか　やまつみか

いま私の眼前に、蒼茫として暮れしずむ秋の海がある。海上遥かに夕影の濃さを加えてゆく、大島をはじめ伊豆の島々の大きな円弧をなす静まりは、それを見ている者の心に海彼の他界を思う心をかきたてずには置かない。こういう風景は、海岸の住民だけに限らず、四囲を海に包まれて奥行きの薄い日本列島に生きた者の誰しもが、折につけて視界の中に見つめてきた光景に相違ない。

私の体験で言っても、伊勢と大和の境を接する山深い村に生まれ育って海を知ることのなかった幼年期、父に連れられて家の前にそば立つ千メートル余りの山の頂きに登って、晴れとおる山なみの遥かな起伏の彼方に、空とも海とも分かちがたく縹渺《ひょうびょう》として蒼《あお》く煙る空間を眺望した時の、気の遠くなるような感動を忘れることが出来ない。その蒼い広がりが、この山の麓を源流としている雲出《くもず》川の流れそそぐ伊勢湾だと聞いて、山と海と、さらにその海のはての世とのつながりについて、子供の心にもあやしい連環の暗示を感じさせられたのであった。

時に、高皇《たかみ》産霊《むすびの》尊、真床追衾《まとこおふすま》を以て、皇孫《すめみま》天津《あまつ》彦彦火瓊瓊杵《ひこひこほのににぎの》尊に覆ひて、あまくだりまさしむ。皇孫、すなはち天磐座《あまのいはくら》をおしはなちて、また天八重雲をおしわけて、稜威《いつ》の道別《ちわき》にちわきて、日向の襲《そ》の高千穂峯に天降ります。既《すで》にして皇孫の遊行《いでま》す状《さま》は、槵日《くしひ》の二上の天浮橋より、浮渚在平処《うきじまりたひら》に立たして、膂宍《そじし》の空国《むなくに》を頓丘《ひたを》より国覓《くにま》ぎとほりて、吾田の長屋の笠狭碕《かささのみさき》に到ります。

日本書紀の本文が伝える、天孫降臨の状況である。古事記や他の一書を見ても大同小異で、降臨の段取り、順序次第はすっきりとしたものではない。もともと神話・物語の文体の常で、こういう重要な主人公の出発の次第を語る時には、源氏物語などでも一度出発したかと思うとまた出直して、行きつ戻りつした感じの語り方をする。さらにこの場面は、世々の大嘗祭における真床追衾につつまれた新天子出現の、即位の秘儀伝承とかさなりあった伝えで、そのために一層入り組んだ形になっていることが考えられる。困難だが一応、訳をつけてみる。

この時に、高皇産霊尊が真床追衾を皇孫の瓊瓊杵尊にかぶせて、高天原からこの地に降らしめられた。そこで皇孫は、天の磐座を離れて、天の八重雲をおし分けて、威力のこもった歩みで道をかき分け進んで、日向の襲の高千穂の峯に天降られた。そうして降られて後に、また皇孫の旅を行かれる様子は、槵日の二上の峯の天浮橋を経て、浮島にある平らな処にお立ちになって、生き物の背中の肉のように痩せた不毛の地を、尾根づたいに国を求めて通って、吾田の長屋の笠狭の崎に行きつかれた。

天孫降臨の神話を垂直型に天から山上に降ってくるものと一応は言うが、実際はそう単純ではなくて、天浮橋から「浮渚在平処《うきじまりたひら》に立たして」というような経路もたどっていて海の連想も加わってきていることは、あの伊耶那岐・伊耶那美二神の海洋性に富んだ天浮橋の国生みの場面と同様である。さらに天孫降臨を伝える第六の一書になると、海彼の世界との関連は一層大きなものとなっている。

吾田の笠狭の御碕に到ります。遂に長屋の竹嶋に登ります。すなはちその地を巡り覧《み》ませば、そこに人あり、名を事勝国勝長狭といふ。天孫よりて問ひて曰はく「此は誰が国ぞ」と。答へて「こは長狭が住む国なり。然れども今はすなはち天孫に奉る」とまおす。天孫、また問ひて曰はく「その秀起《さきだ》てる浪の穂の上に、八尋殿を起《た》てて、手玉《ただま》も玲《ゆ》瓏《ら》に織経《はたを》る少女《をとめ》は、これ誰が子女《むすめ》ぞ」と。答へて曰はく「大山祇《おほやまつみの》神の女《むすめ》等、大《あね》を磐長姫といひ、少《おと》を木花開耶《このはなさくや》姫といふ」と。

天孫瓊瓊杵尊の妻となるこの国の女性は、山祇《やまつみ》神の娘の木花開耶姫で、寄せくる浪の穂の上に設けた殿の上にあって機を織りながら、聖なる来訪者を待ちうける少女として伝えられている。この天孫第一代の夫婦の間に生まれるのが海幸彦・山幸彦の兄弟であり、やがて山幸彦の妻となって子の鸕《う》草葺不会尊《がやふきあへずの》を生むのが海神《わたつみの》の娘の豊玉姫、さらにその鸕草葺不会尊を養育し、成人の後は妻となるのが、豊玉姫の妹の玉依姫である。大和宮廷の祖先の大和入り以前、日向三代の系譜の中にこうして山の神と海の神の娘の伝承が加わっている。また、その海山に関する神話の中には次のような古代歌謡がとり込まれて、抒情性を深めている。

沖つ藻は　辺には寄れども　さ寝床も
あたはぬかもよ　浜つ千鳥よ（日本書紀、瓊瓊杵尊）

赤玉は　緒さへ光れど　白玉の

君が装ひし　貴くありけり（記・紀、豊玉姫）

沖つ鳥　鴨著《かもど》く島に　わが率寝《ゐね》し
妹は忘れじ　よの盡《ことごと》に（記・紀、山幸彦）

いずれも海洋の世界と関連の深い歌謡である。今でも試みに天孫降臨神話と深いゆかりを持つ地だと信じられている伝承地の一つの、日向の高千穂町をたずねて、山と峡谷の深い起伏の奥に保たれた伝説地をおとずれた後、東に流れ下る五ヶ瀬川の渓谷に沿いながら、遥かに日向灘の海のきらめきを望み見て一気に日豊海岸の延岡まで下ってくるとすると、「背肉《そじし》の虚国《むなくに》をひた尾より国求《ま》ぎ通りて……」という神話の旅を、ほんの短時間のうちにまざまざと追体験する迫力の強烈さに、心のときめくのを感じるに違いない。日本列島の地形にあっては、海と山のへだたりは指呼の間であって、山の信仰と海の信仰は密接し交流しあっているのである。

すでに三の「ほうとした心」の節にも触れた、大正六年三十一歳の折口がアララギの講演のために尾道に行って、山と海と「この二つの大きな自然に脅かされて跼蹐《せぐくま》つて住んでゐた、祖先の生活」を思い、「わたつみかやまつみか」「妣の国へ　常世へ」という二つの創作の題目が胸に浮んで来たというのも、こうした日本人の古い信仰と生活の実際の上の姿を感じ、それを自分なりに思い深め、表現しようとすることの重要さを、予感していたのであった。そして実際に、短歌表現の上でも学術論文の上でも、「わたつみかやまつみか」の追求は、折口の大きな主題となった。さらに海神と山神の問題は、当然ながらその霊的なものがやって来る異郷の追求に展開してゆかざるを得なかった。

話が少し変るが、伊勢の松阪市郊外にある山室山《やまむろやま》の本居宣長の奥墓は、皇学館の学生の頃から九月二十九日の命日の前後におとずれる習わしがあって、なじみ深い場所になっている。ある年、その丘の墓前のあたりから、伊勢湾の海の色がちらりと望み見ることの出来るのに気づいて、はっとさせられたことがある。あの丘は宣長が彼の祖霊観の上から思い定めた、理想の死後の魂の鎮まり場所であって、精緻きわまりない遺言によって、墓の形状・規模、葬送の次第は決められていた。古典の中に「高山の末・短《ひき》山の末」とたたえられているような、古代以来の村人の理想の村近い聖なる場所だった。親の意志を継ぐ子孫の者たちが継承した田畑を耕すさまを、祖霊がそこにとどまって見守っているという考えは、柳田国男が『先祖の話』の中で明らかにした日本人の死後の魂の鎮まるべき形であって、宣長の奥墓のありようとは、期せずして一つにかさなりあうものであった。殊にその命日の頃、黄金のみのりを見せた伊勢平野の豊饒に包まれた山室山は、宣長の国学と柳田の新国学の祖霊観の見事に一致した象徴のようにすら思われた。それだけに私の心の中では、かつてその奥墓のあたりから見はるかした海の色のかすかな記憶が、いつまでも気にかかっていたのである。

よく知られているように、本居宣長は『古事記伝』の中で日本の神について画期的な定義を下した。

凡て迦微《かみ》とは、古《いにしへのみ》御典等《ふみども》に見えたる天地の諸《もろもろ》の神たちを始めて、其《そ》を祀《まつ》れる社に坐《ま》す御霊《みたま》をも申し、又人はさらにも云《いは》ず、鳥獣《とりけもの》木草のたぐひ海山など、其余《そのほか》何にまれ、尋常《よのつね》ならずすぐれたる徳《こと》のありて、可畏《かしこ》き物を迦微《かみ》とは云なり、（すぐれたるとは、尊《たふと》きこと善《よ》きこと、功《いさを》しきことなどの、優《すぐ》れたるのみを云に非ず、悪《あし》きもの奇《あや》しきものなども、よにすぐれて可畏《かしこ》きをば、神と云なり……）

宣長のこの定義は、それまでの曖昧模糊とした神の意義を格段に的確にしたもので、何であれ尋常でなくすぐれた力を備えていて恐ろしくぬきんでたものが神で、人間の考える善悪貴賤の基準にはよらない。だから雷も蛇も、天狗・木精・虎・狼や磐根木株《このたち》、草のかき葉のよくもの言うものまでも時に神だという。「迦微は上《かみ》なり」などと言っていた当時としては、おどろくべき精緻で自在な神観念であって、力ある威霊とその宿ったものはすべて神だというに等しい。これによって初めて、日本人は自分達の神を広く共通した意識の上にとらえることが出来るようになったのである。今日でもこの神の定義は十分有効なものとして生きている。この宣長の定義に対して近代になって、日本人の心の奥に広く伏在するはずの飛躍的に大きな神の性能を見いだして、世に説いたのが折口の「まれびと」論であった。

折口が海上の沖遥かに、あるいは海中の奥深くに、魂の異郷のあることを実感し、古く「妣の国」とも「常世」とも言ったその他界から、「まれびと」と言う古語によって言うのが最もふさわしい、大きな力をもたらす旅びとが、時を定めて古代の村々におとずれて来た。それが古くから日本人の心に普遍的に信じられてきた、日本人の神の原型であったとする考えは、折口自身の生涯をかけた研究のあとを追うだけでも、非常に多岐にわたる考察の変化があり、微妙な考えの曲折があって、一筋に整理するのはむつかしい。それは折口の考え自体が変化しているからというよりは、むしろ長い日本人の民俗生活の変化や、外来の宗教や道徳の影響による変化、あるいは戦争や天災地変によってもたらされた変化など、多様な条件が加わってきて生じた民族信仰そのものの変化の跡を、折口が丹念にたどっているための複雑さであり、理解の困難さであることが多いのである。

実際に、折口が柳田の開いた日本民俗学によって眼を開かれて最初に書いた論文、「髯籠の話」（大正四～五年）から、最後の論文「民族史観における他界観念」（昭和二十七年）まで、四十年近くの間に折口自身が追求しつづけ、稿を改め稿を改めして書きついだ論の内容の変化と複雑さは、そのあとをたどろうとする者の心を眩暈させるものがある。しかもなお折口自身は、その最後の論文「民族史観における他界観念」の中の「他界の並行」を説く章において、次のような言葉を残している。

なぜ人間は、どこまでも我々と対立して生を営む物のある他界を想望し初めたか。其《それ》は私どもには解き難い問題なるが故に、宗教の学徒の、将来の才能深い人を予期する必要があるだらう。私などは、知慧も短し、之《これ》を釈《と》くには命も長くはなからう。だが此《これ》までの経歴から言ふと、はじめからの叙述が、ほのかに示してゐるやうに、人が死ぬるからである。死んで後永世を保つ資格あるものになるからだ。

心の内の他界

右に引用した、胸の内にある心の思わず噴き出してきたような言葉を考えていると、折口の最晩年の荒涼とした思いのほどが、押さえようもない生ま生ましさでよみがえってくる。私などは、折口の学を平静な心で普遍化して説くのには、最も不適当な体験をしてしまった者なのだということを、身に沁みて思わないではいられない。

「民族史観における他界観念」は、世を去る前年の昭和二十七年の七・八月、主として軽井沢に借りた別荘で、口述したり自分で書いたりして脱稿した。初めは例のごとく私が向いあって筆記していたのだが、なかなか進まなかった。

此は、日本古代人の持つてゐた、他界観念研究ののうとである。何よりも前に言つておくことは、他界の用語例を、あまり自由に使ひたくない。さうしないことには、古代における此《この》観念が、非常にひろがつてしまふ虞《おそ》れがある。

まづ最初、我々生類《しやうるゐ》の住んでゐる世界から、相応の距離があり、人間世界と、可なり隔つてゐるが、そこまでは、全く行つた人もなく、出向いて来た生類もなかつた訣ではなかつた、さう言ふ地域である。其ばかりか、彼方から、時を定めて稀々ながら来る者があり、間々ひよつくり思ひがけない頃に、渡つて来ることもある。此偶然渡来するといふ形の方が寧《むしろ》、普通の形式のやうに思はれてゐたほど、さう言ふ考へ方が普通になつて来たのである。何の為に渡来するのか、その目的を忘れてしまつたよりも、だからも一つ古い姿のあつたことを考へてよい。

こちらからも稀々は、船路の惑ひや、或《あるい》はまぐれあたりに、彼地に漂ひ著いたり、極めてたまにはそこの「神聖者」から呼び寄せられたとは知らず乍《なが》ら、この他界に到着した場合もある。――さう、考へられてゐた。

扨《さて》その他界の生類は、此土《ど》からの漂流者の目的を知る知らぬに繋《かかは》らず、随分歓待して、時が来ると賓客を送るやうに還しておこせた。其等の帰還者の物語つたらしく見える内容を伝へて、人々は、他界の面影を、想像してゐたのである。何としても、此土の人の考へでは、――こちらで彼土を考へるのとは反対に、――彼岸の人は、此岸を以て、他界とも、浄土とも考へてゐなかつたのが普通らしく、あちらから欣仰尊敬せられてゐたとの伝へは、まづないやうである。

これが、あの長い他界論の語り出しの部分である。このあたりは、語りがとどこおることなく、すらすらと進んだ。軽井沢の借りた別荘は愛宕山の中腹あたりの、水楢の鬱蒼と茂った林の中にあって、二階で居ても下の部屋で居ても、緑の広葉樹林の茂みを透ってきた陽の光は、水底の世界のような透明な緑の淡々しさで、風が吹き過ぎると光と翳がゆらゆらと交錯して幻想的な濃淡のゆらめきを見せた。後から考えると、その頃からおそらく癌が折口の体をむしばみ始めていたはずで、しばしば幻視や幻覚の違和感や不快感を訴えた。その期間に作られた短歌作品には、そうした違和感が不思議な詩的な世界を構成して示されている。その夏をほとんど二人だけで軽井沢で過した私には、これらの短歌は虚構よりもむしろ作者の心のままならぬ形で、この世の外のもののゆらぎの現れたものとして感じられる。

夏ごろも　黒く長々著装ひて、しづけきをみな　行きとほりけり

かそかなる幻—昼をすぎにけり。髪にふれつゝ 低きもの音
山深く ねむり覚め来る夜の背肉《ソジ》—。冷えてそゝれる 巌の立ち膚
曇る日の 空際《ソラギハ》ゆ降る物音や—。木の葉に似つゝ しかもかそけき
まさをなる林の中は 海の如。さまよふ蝶は せむすべもなし
降りしむる 大き木の股。近々と 親鳥一つ巣に彳《タ》てり。見ゆ
夜の空の目馴れし闇も、ほのかなる光りを持ちて 我をあらしめ

折口にとって歌は、この世の外の世界の気配と交流しあう心の凝縮の声であったことは、この場合にも言い得ているように思う。一方で「民族史観における他界観念」の原稿の方は、口述よりも自筆の部分が多くなって、後になるほど苦渋の気配に満ち、難解になってゆくのだが、それを整理したり清書したりしながら、私は仙童寅吉とか、天狗の寵童とかいったふうに世間から見られている若者から、真剣に異界の消息を聞き出そうとして学者としての情熱を傾けた、平田篤胤を思い出していた。「平田国学の伝統」（昭和十八年）に見られるように、折口はそういう篤胤に従来の国学を超えた新しい時代の未来性を備えた学者の情熱と視野の新鮮さを感じて、敬意を持っていたのだった。

「民族史観における他界観念」は、硫黄島で壮烈無惨な死をとげた養嗣子春洋をはじめとする、非業の死者の未完成霊に対する鎮魂を模索している点が第一の大きな執筆動機であ

るが、もう一つは他界からおとずれるまれびとを、祖霊の中に吸収させて認めようとしない柳田を強く意識して書いていることは言うまでもない。昭和二十四年の雑誌『民族学研究』のための「日本人の神と霊魂の観念そのほか」と題する柳田との対談の中で、常世のまれびとについての折口の発言に対して、「常世からきたとみるか、または鉢たたきの七兵衛とみるか、受け方だけの事情ではなかったろうか。」と冷然と言い切った柳田に対する、これは力をふりしぼった答であったと考えられる。この時からまる一年後の臨終の日の近くになった折口は、その秋に予定されていた万葉びとに関する柳田との対談に出席出来ないことを、繰り返し残念がり、「柳田先生におわびを言っておくれ」と言い、また「柳田先生に負けたね」といって悔しがったのであった。

折口の死後から現在までに、実に多くの研究者によって彼の他界観とまれびと論は、検討をかさねられ分析を深められてきた。それでもなお、彼の残した大きな仮説は仮説としての部分を多く残しながら、それを導入することによって広い蓋然性の視野を開いてわれわれの眼前にいちじるしい存在を示しつづけている。今後も折口の他界観やまれびと論は するどい検討を深められてゆくに違いないが、私の心を離れないこだわりを言わせてもらえば、彼の他界観やまれびと論は、ただそれを客観的に分析し解明して、合理的に説明がついたからそれで事足れりとして解消してよいとする類のものではあるまいということである。実はもう一つ、彼の心の内側からその他界観やまれびと論を導き出す因由となっていた、内なる情念を考えないでは、折口学の意義ははかないものになってしまうだろう。

この広い海岸線を持ち、少し内陸深く入ればたちまち向う側の海の望める地形に出てしまう列島に住みついた民族が、その長い生活体験の中から海の他界を信じ、そことの魂の交流の上に自分達の神を見出していったということは、本来きわめて普遍的な心の働きであるはずだ。しかし、あれほど画期的な神の定義を導き出した宣長の国学も、近代に至って日本人の民俗生活を新しい学問的視野の上に据えて研究した日本民俗学や新国学の道を開いた柳田国男も、海の他界とまれびととの来訪とを折口のようには説くことをしなかった。この違いはどこに理由があるのだろう。折口の学説は彼の実感によって発見され、学説として組み立てられてゆくと言われる。その実感の中に働きかけてくる、内なる希求、内なる情念を考えないでは、実感が成り立たないであろうと思う。当然、それに類するものは宣長にもあり、柳田にもある。宣長の場合はそれが理想の古代を仰望する国学の規範性を持つ規範学といった面をいちじるしく示し、柳田の場合は日本民俗学を近代の科学としようとする意識と、日本の常民としての農村の民を核にした価値観とが重要なものとして据えられてくる。旅するまれびとを認めず、村を中心とし祖霊を重く見るのも、ただ実証性の上に導かれた結果論だけではない。

その点で折口は、宣長のような規範性はほとんど持っていない。また柳田のように常民を重んじるだけではなく、村に属しない放浪漂泊の民にも熱い眼を注ぎ、柳田ほど倫理的ではなくて放埒なあそびや性の暗面性にも探究の心を傾ける。それでいながら両者には感じられない、執拗な執着性を秘めた情念が心の底に燃えているという感じがする。宣長にしても、柳田にしても、まして折口の場合は一層、その内に燃えている希求と情念を考えることが重い課題としてある。ただ、近代合理の学としての実証性を究明しただけで、彼等の学問の全貌が明らかにできるというほど単純ではない。

折口の新国学

戦後に新国学を新しい情熱をもって提唱するのは柳田である。それとは別であるが、新国学という言葉に執着を持つのは折口の方がずっと早くて、明治四十一年、国学院大学国文科二年の時、当時の同窓会誌『同窓』を、『新国学』と改称し、自身で編集に当っている。誌名を改めた第一号の、巻頭に「われらが主張」という論説が載っている。無署名であるが、加藤守雄著『折口信夫伝』に言うように、その文体や用語から見て学生の折口信夫が書いたものだと思われる。

吾人は国学の主義を以て最も大なる、最も理想的なるものと考へて居る。然るに従来の国学者は口こそ喧しく国学の主義とする所を喋々するけれども、之《これ》を体現せうとした人が案外尠《すくな》い。皆利根で毎《こと》に利害観念によつて左右せられて居つた。であるから彼等は常識ばかりを立場として一歩も常識から進んで主義理想を体現せうとは心掛けなんだのである。

吾人が尊敬する賀茂翁本居翁の如きも主義は立派であるが、やり口に甚だ慊《あきた》らぬ点が多い。

こういう、多少気負った調子で始まっている文章だが、全体の主旨は国学の研究を過去に対しての研究だけでなく、未来に向っての考察に進むべきだとし、思弁のみに頼る研究を改めて実証的科学的な研究が必要だと主張し、部分的な研究にとどまらず全体面を見た研究の重要さを説いている。学生時代の折口は、予科生の時期には新仏教の研究家藤無染《ふじむぜん》に私淑したり、宗派神道教義研究団体の「神風会」に加わって、会誌「神風」に寄稿し、しばしば街頭布教の演説をしたりして、中学生時代からつづいている激越さと行動性を発揮したが、学部に進んだ頃からは次第にそれも止んで、研究と短歌創作の面に充実を示し、さらにこの頃から『考古学雑誌』や『人類学雑誌』の入会購読者となり、やがて日本民俗学に近づく素地を作って行ったと考えられる。

しかし、折口の国学を考える上に最も大きな影響のあったのは、三矢重松である。その三矢との比較的早い時期の心の交流を示す歌がある。それは歌集『海やまのあひだ』にも

「海軍中尉三矢五郎氏を悼む」と詞書きして三首だけ収められている作品であるが、さらに慶応義塾大学国文学研究会編の『折口信夫論文・作品の研究』（折口信夫没後三十年記念出版2）に、持田叙子氏が「全集未収録の迢空短歌」として紹介している全体で十一首の三矢五郎への挽歌がある（注：新全集には収録）。五郎は三矢重松の弟で海軍士官として駆逐艦叢雲に乗り組んでいたが、たまたまボートが上総沖で転覆して他の乗員と共に亡くなった。亡骸は四日後に発見されたという事件があった。作品は大正四年四月の『国学院雑誌』の「詞林」欄に「上総のしこ浪」と題して載せられた。作者名は迢空沙弥。

うろくづの浮きぬる波になづさひて有りとし君を人のいはずやも
わたつみの神のむすめの活くすりくしびさきはへよみかへり来よ
わたつみの海に出でたる富津の崎日ぐらし待つにかすむ悲しさ
大海の夕日のくだち天ぐものみだるゝ風に君が名をよぶ
そのむくろ求むとしいはゞうな坂の八尋さひもちこたへなむかも
かの行くは天つくゞひか白雲か清き月夜に君が帰るか
富津の海士の我に語らく波の穂のつく夜をふみて君は常世へ
かの見ゆる天の鳥船君のせて妣《はゝ》が国べゆ帰り来らしも
なきいさちその兄たちは磯づたふ弟ぞ袖ふる沖つ浪間に

ますら雄はかなしかりけりわだの底千尋を分けて一人ねに行く
をさな妻あやぶみ守れる新室の妻屋はなれてゆきし君はも

このうち歌集には一・三・五首目が、少し字句を改めて収められ、終りの二首は前九首と分けて載せられている。

もともと三矢重松は、文学は学問のさまたげになると言って、興味を持つことを戒めたが、歌だけはうるさく言うことはなかったという。歌は国学の慨《うれた》みの声だとする考えは、折口が三矢から受け継いだものであったはずだ。殊にこの時は弟の不慮の死の挽歌を、その門弟の折口が詠んだのだから、三矢の感動は大きかった。「自歌自註」の中には、その時の三矢の胸中を察した言葉が記されている。

現実に死んだ我々の身辺の人が、忽《たちまち》古代の神びとの如く、大きなさゝめとなつて、海のあなたから現れて来る時には、我々の悲しみを聞いて、ふと我々に答へることがありさうな気が起つて来る。我々から言へば、小説的な要素を含んでゐるけれど、純粋な国学者の先生には、直に惑溺そのものとなつて捕捉せられたのであらう。それ程ほめて下さつたことのない先生が、恥しくなる程この歌を喜ばれた事を忘れる訣《わけ》には行かない。

今の歌に馴れて、歌と言へば茂吉・赤彦・白秋、それ以前にもとめても、新詩社一派・

根岸一派のほかに考へることのない方々は、かういふ歌を見て驚くであらう。併し、私の歌は、うつちやつておけば、三矢先生の国学の時代を継ぐ人間なのだから、歌と学問と一致した境地に達すればかういふ形をとるに決つてゐる。

この「自歌自註」の文章は、折口の学問と文学に関しての非常に重大なことを述べている。先に引用した「民族史観における他界観念」の中の、「なぜ人間は他界を想望するか、それは人が死ぬるからである」というきわめて平凡で普遍的でありながら、人間の心にずしりとひびく真実の重さを持った言葉が、国学の心篤い師弟の間に濃密な内容を持って暗黙に交しあわれた場面がここに語られている。若き海軍士官の傷ましい死とその魂のために、妣の国、わたつみの他界からおとずれる「八尋さひもち」や天の鳥船は、単なる古典の世界から引用してきた、擬古体の歌のための古語ではない。まれびとのもたらす、海彼の他界からの力ある声の末裔としての歌のしらべと内容が、三矢と折口と、近代における国学最後の師弟の心に流れあい、魂の黙契をひびかせている。その心を打てばひびくように感じ取ってくれる三矢重松に、折口は柳田よりも深い心の傾倒をよせるのである。折口の新国学の志す窮極はここにあった。

ここに引いた「自歌自註」の文の後半の部分などは、近代のヨーロッパ文学の洗礼を受けた現代歌人にとっては、二世紀も前の歌よみのたわごとのように聞こえるだろう。しかしこういうところに正念を据えて、二千年の日本の歌の流れを見通してきた折口の、時代をつき抜けた短歌に対する確かな価値判断と、短歌の未来の運命を計る批評眼のするどさを認めないではいられない。

宣長の奥墓から秋の稲穂のゆらぎの涯に遠く望まれる海原のかすかな気配を、宣長はどう感じ取っていたかは知るすべもない。折口と春洋の親子墓は、日本海の荒海に面した沙丘に、短い穂をむすんだ雑草につつまれて立っている。折口がかつてその村を歌った歌がある。

気多の村
若葉くろずむ時に来て、
遠海原の　音を
聴きをり

六　国学と神道

折口という名字

折口信夫の思想と学問を考える上で、非常に重要な問題となるはずの、少年期の彼の胸深くに秘め持っていた悲しみの思いについて、先輩の研究者や兄弟子たちは、重要な点を見のがしてこられたか、あるいは薄々感じていても触れないで過ぎてしまわれたところがあるように、私には思われてならない。

折口が世を去って何年か経過してからのことだった。池田弥三郎・加藤守雄両先輩と三人だけで、いつものように折口の学問や文学について話し合っていた時だった。池田さんが、「柳田国男先生が大阪へ行って講演をしたついでに、折口の旧家のあった木津の鴎町の公園に大阪府がその顕彰の碑を建てたのを行って見て、折口は出自が低いから亡くなって後もこういうぎょうぎょうしいものが建つことになる、と言われたという噂を聞いた。

あれほど折口をよく知っている、柳田先生がまさかそんなことを言われるはずがない。悪意を持った卑劣な者が作って流したデマにちがいないが、柳田先生が言ったというように仕立てたところが憎いね」と話して聞かせたことがある。その時はそれほど深く考えずに過ぎてしまったのだが、折口の少年期から青年期にかけての、あの痛々しいほどの自虐的な苦悩や、また逆に正義の怒りを世に向ってぶっつけて憤っているような怒りの奥には、余程深い悩みと怒りの根源となる激情が鬱勃としてわだかまっていたに違いない。そしてまた、折口が亡くなって後にも関西のどこかでは、柳田の言葉に仕立てて、あらぬ噂を流そうとするような人が居て、その口に成る噂がひそかに流れていたらしいのである。

もう一つ、気になる文章が折口の側にある。折口が大正七年八月から編集発行していた雑誌『土俗と伝統』の第一巻第二・四号に「折口といふ名字」という論考を自身で書いている。実はこれは同じ雑誌の前号第一巻第一号に、金田一京助に頼んで書いてもらった「金田一という姓」という論に刺激を受けて書いたものであった。その文章は金田一という姓の分布を調べ、その語は蝦夷語から出ているに相違ないが、だからといって金田一は蝦夷人《びと》ではないということを書いている。次号で折口がみずからの名字について述べているのは、その論から暗示を受けるものがあったに相違ない。

「折口といふ名字」という文章は、次のように始まる。

折口といふ名字は、摂津国西成郡木津村の百姓の家の通り名とも、名字ともつかず、のびて来た称へである。（『折口信夫全集』第三巻）

このあと、木津およびそれを取りかこむ村々のことに触れている。そのへんのところは、是非原文を読んでごらんになれば、私の言おうとすることの理解が深まるであろう。そして話は、願泉寺門徒の「おりくち」の話に入ってゆく。

願泉寺門徒の、石山合戦に働いたことは、人馬《にんま》講と言ふ願泉寺檀徒の講衆が「西《にっ》さん」の法会に京へ上ると、他の国々の講衆の一番上席に据ゑられるのでも、証拠だてることが出来ると誇つてゐる。人馬《にんま》と言ふ名は、此《この》村の真の種姓《すじやう》を、暗に、示してゐる様《やう》に思はれる。何にせよ、石山の生き如来の為に、人として馬の様に働いてから、願泉寺衆をかう称へることになつたのださうである。雲雀のやうに大空まで翔り上つて物見した処から雲雀（ひばる）、顕如上人根来落ちの際、莚帆を蔽うて、お匿し申した為、みしろぼを家名にすることを許された、など言ふ伝へを持つた家が、七軒ある。折口も其《その》一つで、汀にもやうた舟への降《お》り口を、案内申したと言ふので、上人から賜つたおりくちを、家名としたのだと言ふ、仮名遣ひや、字に煩されぬ説明である。其節、雲雀の先祖には、六字の名号、折口の先祖には、護り袋を下されたといふ。

こうして、「ひばる」「みしろぼ」「おりくち」などいう奇妙な姓というよりも家号が、願泉寺門徒の「人馬《にんま》講」という不思議なお「西《につ》さん」の講衆として、浄土真宗の信徒の中でも格別の扱いを受ける種姓であることを述べ、さらに折口の姓の問題をこまかく考えてゆく。ここにも言うように、折口なら「をりくち」であって、降り口とは仮名遣いも文字も違うわけだが、中世以来の伝承はそんなことにこだわらない。

折口の家は、わたしの生れた鷗町一丁目の家を、ところでは、本家と考へてゐる。静と言ふ兄の立てゝゐる此家は、折口姓を名のる家の中では、一番長い軒・広い屋敷を持つてゐる為《ため》、一見腹膨れらしく見える処からの思ひ違ひで、本家は、別にあるのである。

（中略）

此地蔵堂の後、叉杖《またぶり》の西側の枝にあたる勝間（こつま）街道に向うて、はなやと言ふ通り名の家があつて、やはり、折口を名のつてゐた。此《これ》が、折口の本家である。家の親類ではあるが、血筋はすつかり、切れて了うてゐる。（中略）此家も、電車道に屋敷を奪はれて、折口の古屋敷は亡くなつた訣《わけ》なのである。子どもの頃、誰かゝらはなやは、鼻家《はなや》・端屋の意で、崖の上にあつたので、扨こそ、根来落ちには道案内もした訣なのだ、と言ふ理のつんだ様な話を、聞かされたやうに思ふ。

併し、或《あるい》はたばたの折口が、何時の頃にか衰へて、唯泉寺・願泉寺・田傍地蔵の花を売つた様な事が、あるのかも知れぬ。唯、花屋といふ商売を、賤業と見なしてゐる徳川頃に、如何におちぶれても、仏の花を商うてゐる家を、旧家七軒の中に数へなかつたであらう。なる程、人馬講の名の様な活動を、此村の草分けの人々がした頃には、或は此木津が、本願寺附属の、童子村・神人村風の処だつたかも知れぬが、所謂《いはゆる》賤種階級を数へることの整うて後の江戸末期に、此村の古い家が、情ない商売をしようとも思はれぬ。

これ以下はさらにこまかな考証を加えた文章で、ここにその全体を引用する必要はない。ただ、折口の若き日の、さらにもっと早い少年期の心に重く抱かれていた、遠い家系への思いを知ってもらえればそれで事は足りるのである。日本全体が民族移動して都市化してしまったような現在の感覚で、折口の胸のわだかまりを考えては、何も伝わって来ない。京都では「このあいだの戦《いくさ》」といえば応仁の乱を言うのだという。少くともそれくらいの長い視野の理解は持ってかからなければ、当時の日本の庶民が保っていた心の伝承の息長い思いを察することはできない。まして千年、二千年の古代に向って、とても余人の持つことのできぬような敏感な洞察力を持っていた折口の胸中を去来したものは、久しい民族の心理伝承の心であって、単純な因果律や歴史的合理で考えていたのではなかった。「折口といふ名字」の最後は、次のような形で終っている。

兄静の立てゝゐる家は、代々折口彦七で、曽祖父・祖父の二代は岡本屋と言ひ、岡彦と称へた。岡本屋と言ふのは、木津の名主で、ところから住吉まで二里近くの間、他家の地面を踏まずに、行くことが出来たといふ家である。曽祖父は、其処《そこ》の番頭になつてゐたので、其屋号を専ら用ゐてゐた。曽祖母登代といふのが、非常な賢婦人で、諸芸・読み書き、何でも出来た人である。つぶれかゝつた家を、女手で引き起して、飛鳥造酒之介・上野つたの二人を養子にして、家を護つた。登代の継子（曽祖父彦七のうきよの子）彦次郎といふのは、学問嗜《ず》きであつたが、放蕩であつた為、勘当した。祖父彦七の代に、熊野から来た六十六部が、彦次郎が尚、熊野に生きてゐて、寺子屋を開いてゐるよしを伝へたさうだから、熊野の何処かには、家と深い関係のある折口が、一軒残つてゐるかも知れぬ。

この彦次郎さんという人は、いつも折口の心にかかっていた人で、『古代研究』の「追ひ書き」（『折口信夫全集』第三巻）の中にも、彦次郎さんの生き方を自分の上にひきくらべて、次のように書いている。

かうした、ほうとした一生を暮した人も、一時代前までは、多かつたのである。文学や学問を暮しのたつきとする遊民の生活が、保証せられる様になつた世間を、私は人一倍、身に沁みて感じてゐる。彦次郎さんよりも、もつと役立たずの私であることは、よく知つてゐる。だから私は、学者であり、私学の先生である事に、毫も誇りを感じない。そんな気になつてゐるには、あやにくに、まだ古い町人の血が、をどんでゐる。祖父も、曽祖父も、其以前の祖《おや》たちも、苦しんで生きた。もつとよい生活を、謙遜しながら送つてゐた、と思ふと、先輩や友人の様に、気軽に、学究風の体面を整へる気になれない。これは、人を嗤ふのでも、自ら尊しとするのでもない。私の心に寓つた、彦次郎さんらのため息が、さうさせるのである。

この文章を、柳田の言葉に仮託した変な噂から書き出したために、読者に早急な読み取りの誤解を与えたかもしれない。折口が近い時代の自分の家筋に特別なものを感じているのではない。願泉寺檀徒の人馬講の起源については、「童子村・神人村風の処だったかも知れぬが……」と言っているが、これも現在の自分とつないで考えているわけではない。だが、もっと深いもっと根源のところで、自分の身の奥によどんでいるものの気配を感じ取っていた。それは記紀神話の中の須佐之男が身をもって犯す天つ罪としての原罪と、それが原因で高天原をあたかも村八分のような形で追放せられて、霖雨に烟る地上の村々を素裸の零落した姿で漂泊してくる、その姿を自分達の心の原罪を負った姿として身につまされて感じてゆく古代の村人の心。そういう日本的な原罪意識とでも言うべきものを、折口は早くから未分明な形で心に抱いていたと思われる。時にその心の濃密な深まりに苦しみ、時にその心にたって世に憤りを発した、青年期の激情があるのだと思う。そのことを、具体例を追いながら考えてみよう。

異類・異種としての折口

少年期の折口は、自分をこの世ならぬ世の者、あるいは異類・異種として考えていたようである。わたつみの神の娘で山幸彦の子をみごもった豊玉姫が、子を生む時に至って他界身としての八尋鰐の姿となって、輾転反側して生みの苦しみを耐えていたという、その他界身を持った異種だと思っていたふしが幾つかある。

「三郷巷談」の中に、次のような例のあることを報告している。

九　しやかどん

大阪府三島郡佐位寺《さゐでら》に「つの」とも「かど」とも訓む字と、其第三の訓《くん》とを用ゐて、家の名とした一家がある。其一門は、男女と言はず、一様に青黒い濁りを帯びた皮膚の色をしてゐるので、古くから釈迦どんと言うてゐる。唯の黒さでなく、異様な煤け方である。其家の持ち地であつて、今は他家の物となつたと言ふ、村の山地には、釈迦个池と言ふ池がある。

これは一門の者が身体的な特徴として持つ異様な特色で、古色蒼然たる仏像のような肌の色が不気味な感じを与える。採訪で簡単に聞ける話ではない。おそらく「自撰年譜二」の明治三十八年の項に、「麴町区土手三番町素人下宿の摂津三島郡佐位寺の人、新仏教家藤無染氏の部屋に同居」とある、その藤無染から聞いた話ではないかと思う。言ってみればこの例も一つの他界身、異形身であって、眉間の上の大きな青痣を持った折口は、格別の関心を持ってこのことを記憶にとどめたのだ。幼児から容貌が秀麗で色が白いだけに、その青痣はいちじるしいものに見えた。中学に進む頃には自ら靄遠渓、などと筆名にして記しているが、これも友人達がＩＮＫ（陰気）とあだ名したのを、負けじと逆手にとって出たのであった。「小栗判官論の計画――『餓鬼阿弥蘇生譚』終篇」（『折口信夫全集』第三巻）の中には、小栗判官や甲賀三郎の異形身の問題が出てくるが、折口はみずからの上に異形身を感じていたと言える。

やがて青年期から彼は「釈迢空」の名を筆名として用いるようになる。これは、何としても異様な感じで、もう二十年ほども前になろうか、将棋の名人戦に挑戦者となった若い棋士が、前夜に頭を剃って青頭で席に臨んだことがある。相手の名人も一座の者もうっと息のつまるような異様さだったというが、迢空の場合はその異様さが生涯の筆名の上につきまとった。そして幾度人から名の由来を聞かれても、それに答えることをしなかった。当然、さまざまな臆説・推論が生じて、兄の進が投稿の時につけて出したのだとか、願泉寺の和尚がつけたのだとかいう説があるがよくわからない。ただ若い頃の署名には、釈ノ迢空とノが入り、あるいは檜杓の絵を描いて下に空と書いてふざけた例がある。それにしてもこの筆名はただごとではない。

この筆名をとりあげて富岡多恵子氏は次のように書いている。

わたしの生活者としての常識では、「釋」は戒名（僧侶が死者につける名）か、法名（出家者が与えられる名）であって、俗世にある生者が苗字のごとく使用するものではない。（中略）

「釋」は原義的には、釋迦の弟子であるとの表明であろう。死者に戒名がつけられるのは、いかなる俗人も出家させてからあの世へ送るとのことであり、出家者は生きているうちにこの世を捨てているので、すでにあの世での名をつけられているとのことであろう。そうであるならば、折口信夫は、二十三歳のころに、自分で自分を死者として戒名をつけたか、出家者との認識、或いは自覚によって法名をつけたかのいずれかによる。まさか、折口信夫がオモシロ半分にそんな名をつけるほど言葉に鈍感なはずはない。

（『折口信夫全集』月報1）

折口の没後、門弟達がととのえてとり行なった葬儀は、別に遺言があったわけではないが、折口の意志が当然そうであったはずの神式で行なわれた。このことについてはまた後に詳しく述べる。だが、折口家で営まれた法事は浄土真宗の願泉寺で行なわれた。そこに出席して、檀の上に置かれた位牌に金文字で「釋迢空」と書かれているのを見た時、私はあっと思わず息をのみ、こういうことだったのかと思った。浮世の文学者としての名だと考えていたものが、そっくりそのまま彼岸の法名だったことに、仏教に疎い若者は初めて気づいて驚いたのである。これはとても、軽みの命名などではないのだということを思い知らされ、その名を生涯使い通した折口の心を思った。あの人は現世に生きながら、同時に異形の他界身を持っていたのであった。異種の者としての思いが深かったのである。それは実は母系につながる思いから来ている。

河内の名主の家から養子に来た父の秀太郎と、折口家の長女の「おこう」との夫婦の間に起きたまぎれについては、父の方に原因があるとする見方と、母のおこうの方に過ちがあったとする見方がある。私は後者の方の考えに妥当感を持つ。兄や姉と違って自分だけが不当に違ったあつかいを受けているという幼少期の折口の思いは、その理由をつきとめようとして、母の過ちに思い至り自分だけが兄や姉達とは異種なのだと感じたのではなかったか。少くとも青少年期の折口はそう信じていたとすると、父への反感や、異常なまでの潔癖な正義感や、「母のあとを絶とう」とする決意などの理由に筋道が通ってくるようだ。そんな母につながる自分を浄化しようとする思いが、一つは祖父の系譜につながる大和国飛鳥の飛鳥坐《あすかにいます》神社の社家の飛鳥家をしたい、二つには女性に触れることのない独身生活を決意する心となっていった。父が養子に来てから交際の絶えてしまっていた飛鳥家との旧交を復活させるのは、父の死後の中学生折口の孤独な大和への旅、さらに祖母や叔母をともなっての再度の旅がきっかけになっている。折口の心の血脈は父を飛び越えて、祖父からさらに遠い古代飛鳥びと、万葉びとの世界、さらには古神道の世界に伸びて行くことになる。そのことが、異種だと思い定めた折口の心の支えとなり、死の誘惑への抵抗のより所となっていった。

境川の内の掟

折口の少年期の心を知るためのよい資料となるものに、昭和十三年に書いた「新撰山陵志」という文章がある。その冒頭のあたりの部分を引用する。やや長い引用になるが、ここには若き日の折口の悲しみと、過激なほどの感情のほとばしりの動機が見えている。

百舌鳥耳原《もずのみゝはら》 中 陵《のなかのみさゝぎ》、私にとつて、此ほど思ひ深く残つてゐる陵はない。あれは、中学へ這入る前々年だつた。高等小学校初年級の私は、その頃、博文館から出た歴史読本かで、高山彦九郎伝を読んで居た。先人の伝記は、其を読む者の生活に沁みつくものである。差別なく受け入れる。とり入れ易い廉《かど》から吸収すると見えて、美点も、弱点も共に摂取する。私どもが幼い心を涙深く感激させたのは、彦九郎の侘しい旅であつた。思ひ見るのも胸のつまるやうな姿をして京都に現れ、又九州三界まで出て来た——さう言ふ寂しい一人の行きとゞまらぬ歩きの跡であつた。貧しい家に育つた私ではなかつたけれど、心掛けのよかつた町家の両親たちは、見だてのよい著物を着せることをしなかつた。私よりも気の毒な家に生れた友だちなどでも、もつとよい著物で、学校へ通つた。さうした服装の上に出て来る幼い一種の衒《てら》ひが、何よりもまづ、私を彦九郎自身にした。さう感じることが、誇らしくもあり、悲痛に似た喜びを誘つた。

かう言ふことの続いた年の秋の末、ちようど之《これ》を書いてゐる時分、空の色もやゝ暗くなりかける頃、私は疲れた足を引きずつて、百舌鳥耳原の塚原の間を縫うて歩いてゐた。さうしてとつぷり暮れてから、此大仙陵に辿り著いた。今思へば、御陵の真裏の御門に当る所であつた。田舎へ通ふ荷車の音高くする往還から、ほんの僅か這入つただけで、玉垣もなく、直に木戸のやうな御門に行き当つた。参道の上にも、白砂や玉砂利は敷いてなかつた。黄昏の目に、唯ほんのりと白く見える道と、両側に水田と、目の前に深々と、既《すで》に夜らしく繁つてゐる木立とが見えるだけであつた。幼い高山彦九郎は、今まで一年か半年蓄へに貯へた悲愁を迸らす口に行きあつたのである。その白い地面の上に、ぴつたりと坐つた。其から、正面の奥深く尊い御姿を念じて、額《ぬか》づいたのである。其土の額に触れた感じは、今は朧《おぼろ》になつたが、其後長く残つて居たものであつた。

小学生の折口が高山彦九郎の伝記に感動し、仁徳陵に詣でて、彦九郎の時代の憤りをそっくり自分の心によみがえらせている様子が伝わってくる。伝記というものが少年に与える感化を純な心で受けとめれば、当然そうなるだろう。それだけではなくて、折口には彦九郎の旅から旅を続けて襤褸をまとったような身なりになりながら、道に座して皇居や皇陵の荒廃をなげいたことが、身につまされて共感される動機があった。これは高山彦九郎だけでなく、父の夏目甕麿《みかまろ》の晩年の旅に同行して旅中に父の突然の死にあい、さらに若き身そらの旅をつづけて歌を詠んだ加納諸平などに対する傾倒に一層強く表れている。異種の故に親や兄弟にまで疎んじられ、わけへだてされているという胸中に秘めた思いが、鬱勃として動いていたはずである。

それと、伝記の元になったはずの高山彦九郎日記を読めばわかるが、中国・四国・九州を旅し、さらに東北に足をのばして、うちつづく飢饉に一村の民が餓死して滅びたり、村民の半分が死亡したりしている実情を見た彦九郎が、もう徳川幕府では民は救えない、この上は禁裏の力による新政治を願うよりないと思い定め、京にもどってきてその禁裏の困窮、御所の荒廃に涙する次第は、単なる尊皇精神だけの単純さと違った感化力となって少年折口の心を動かしていたはずだ。後に姉のあいが、その人から古典の教えを受けていた縁で、折口も心を寄せるようになってゆく大阪の国学者、敷田《しきた》年治《としはる》も列聖御陵のことに触れてしばしば言うことがあった。

敷田先生の胸の中は、今になつて考へると、訣るやうな気がする。当時勿論、畿内到る処に在つた皇陵は、いづれも疎《おろそ》かならず御手入れが届いてゐた。でも、蒲生君平・伴林光平等の抱いた慨《うれた》みは、書き物や歌から其まゝ心に栽《う》ゑつけられたやうになつて、世の中が変つて、昔人の理想が実現しても、悲しみは悲しみとして、学問の筋の通じあつて居る人々の心には、印象してゐた。敷田年治先生にも、そんな所があつたに違ひなからうし、亦《また》後輩私如き者の幼い心にも、さうした先人のため息が、流れこんで居たのに違ひない。（「新撰山陵志」）

この思いは、折口の国学の伝統に寄せる心の上で、非常に大事な思いである。その内容は別に皇陵の荒廃に限ったことでなくてよい。国学の先輩が時に触れ事に当って、清純な心で憂いや憤りを発したその情熱は、その事自体が経過し解消した後も残っていて、学の道統を継ぐ後の世の後輩の心にすがすがとした興奮を伝え、あるいは悲傷の思いをよみがえらせてくれる。それが国学の伝統で、特に思いを歌の定型に托して残した時、その心は一層深く鮮明に歌のしらべの中にこもって伝えられ、よみがえる。国学は気概の学であり、和歌は国学の慨《うれた》みの声であると折口が言うのは、その意味である。ただ、その慨みが国学の先輩の場合はしばしば、時代の正しい見通しを欠いた、不聡明な時代錯誤におちいることがある。それは悲しくいたましい。彼が新しい情熱と学問の英知をかけて新国学を提唱するのは、先輩の悲劇的な轍を踏まぬ意志のあらわれである。そして具体的には、古代に対する深く正しい実感による把握と、古典の正確な読みこみ、民俗学による日本人の心意伝承の解明、といったことが、新国学の基盤として重要であり、それを支える情熱のみちびきの声としての歌がともなう必要があるのであった。

折口が新国学の重要な要素として民俗学の成果を考え、心の支えとして父ではなく飛鳥につながる祖父をしたい、また母系の祖先や生みの母親に対して哀切な心を持っていたこととと関連すると思う、一つの事がらがある。

折口が数日の旅行をしたり、休暇に入って箱根の山荘へ出かける時、かならず書物や日用の品をつめて持って行く二つの鞄があった。それはごく薄くなめされ、柔らかで軽い上等の皮で、丹念に仕上げた、特別製のものであることが一見してわかった。折口の家に入ってその鞄を使う最初の時に、こまやかに語って聞かせられた話である。

祖父の造酒《みき》ノ介は安政二年二月に折口家に養子に入って、医を本業とし、家族は旧来の家業の生薬および雑貨を商う業をつづけた。慈愛の心の深い人で、広く近郷近在の人々の信頼を得ていたが、殊に明治十八年のコレラが大流行した時には、その診療に努めたが、遂に自身も感染して亡くなったという。実はこのことは折口が歌にも詠み、私に直接話しても聞かせたのだが、その年度に記憶違いがあって、造酒ノ介の没年は明治十二年である。明治二十年生まれの折口は祖父の生前の姿を知らなかったわけで、祖母や親から聞いた話の内容はその通りでも、年度の記憶が違っている。そして鞄の由来のことだが、祖父は他の医者が見たがらない貧しい人や村の人達をもへだてなく診療し治療した。二つの上等の鞄はそのことに感謝するために、腕によりをかけて特別に造って持ってきてくれた鞄であったという。なるほどその大きさは、昔の医師が治療の道具を入れて診察廻りをするのに適した大きさだった。祖父が亡くなった時は、恩を受けたその人達は家の前の土に座って、声を放って泣いたという。

父の秀太郎は明治十一年に河内から養子に来た。祖父に接したのはごく短期間であった。父は大酒を呑む人で、夏は井戸に一升徳利を吊り下げて冷えたのを好んで呑んだ。気象もはげしくわがままで、患者に対する態度は祖父の頃とは一変した。ある時に村の代表の者が折口家に来て、「先代様から受けた御恩はわれわれ一同、決して忘れることはございませんが、御当主に対してはこれを限りにさせていただきます」ときっぱりと挨拶して帰った。そのことは折口の心に深く刻まれて残っていたらしい。祖父の遺愛の二つの鞄をもらい受けて、昭和の時代まで使い私にもその由来を語って旅行に持ってゆかせたのは、祖父の博い慈愛の心の形見の品だったからに相違ない。

握りの部分もすっかり傷み、あちこち修理の縫目の見える、古色蒼然として軽いだけがとりえの鞄を両手にさげて、いつも旅行に従っていった。折口は温泉が好きで、宿の好みは贅沢である。そういう客の持物としては似つかわしくない鞄を、由来を聞いてからの私は誇らかな顔で持ち歩いた。そうさせないではおかないものが、折口から放射されている感じであった。

折口の学の対象には、永い間不当の扱いを受けてきた人々のありようを考察したものが多い。後世にそうした歪みを生じてくるのは、本来は神や仏の恩寵を深く受けた、選ばれた神人や童子の集団であったものが、長い期間に聖と俗の観念が入れ替って、逆の形で考えられるように変った結果によるものが多いことを、しばしば説いている。その心の要点のところには、飛鳥の万葉びとのように心が豊かで視野が自在で、典雅な祖父のこの世では会うことのなかった姿と心への思慕があった。それと両親が兄や姉達と分けへだてして、育て方に差のある末子の自分に対する切実な思い入れがあった。さらにつけ加えれば、幾つかのそう考えられる可能性のある事がらを踏まえた私の推測というほかはないが、母の過ちによる異種の子ではないかという疑惑が、その象徴のように思われるいちじるしい眉間の痣のように、若き日の折口の心に常に疼いていたのではないか。彼の世の中に対するいさぎよく激しい憤りの底にあるもの、大らかで自然の人間性を持った古代生活への心寄せ、そして古神道や国学のよみがえりを求める新国学の理想の底に、また海彼の妣の国の異郷と、そこから来訪する他界の聖なる魂を希求する思いの奥に、己の身の宿世からにじみ出る切実な願いの一筋が流れていなかったろうか。

見おろせば、膿涌《ウナワ》きにごるさかひ川　この里いでぬ母が世なりし

この境川は名を鼬《いたち》川といった。鷗橋がかかっていて鷗町の名が出た。母親の世界はこの境川の内を出ることはなかった。「木津や難波の橋の下」と謡われたその橋の下には、街川の濁った水と汚泥がよどんでいる。気むずかしい父の機嫌をうかがいながら、祖母と母と二人の叔母、それに姉と三人の兄が居たのが折口の幼時の家族である。母の末子である折口の七歳になった時に、上の叔母と父との間に双生児の弟が生まれた。すべて、境川の内らのことである。

父の亡くなった翌々年四月、祖母と、折口にもっとも優しく庇護の心をそそいでくれた下の叔母のえいをともなって、当麻・吉野・飛鳥へ旅して、父の代から交流の絶えていた飛鳥神主家との旧交を復することになる。それは折口にとって、境川の内の家族の葛藤を、

みそぎ祓いによって清めるような思いのする旅であったに違いない。

七　国学の伝統

家の宗旨と墓

折口の生家の宗教は浄土真宗である。西本願寺と格別の縁故を持ち、顕如上人根来落《ねごろ》ちを助けて働いたという由来を伝える木津の願泉寺門徒であって、女親達の信仰心は篤かった。ところがもの心つきはじめた頃からの折口は、そうした家の信仰とは違った、独自の古代憧憬の心のありようを示しはじめている。前章に触れた「新撰山陵志」に見られるような、少年時の自己の悲劇精神に触発された国学の伝統の慨《うれた》みの思いを、胸中に激情として感じていること。あるいは父の急死から引きつづいて中学落第の屈辱を体験したのち、家の祖母や叔母をともなって大和へ旅し、父の代から交際の絶えていた祖父にゆかりの、飛鳥坐神社の累代の神主家との交際を復活させたというようなことが、その心のありようを示している。そこには小・中学生としては度を越えた古典の読書からの影響や、姉が国文の教えを受けていた大阪の国学者敷田年治からの間接的な影響があるだろう。家族の期待に反して東京の国学院大学に進学を決めたのも、「むさし野は　ゆき行く道のはてもなし。かへれと言へど、遠く来にけり」という歌が示すように、青年らしい悲劇精神と気負いが深く感じられる。その傾向は大学予科の時期はまだ、かなり生《なま》なましい形で保たれていた。たとえば、宗派神道の教義研究団体である「神風会」に加入し、会誌に寄稿したり、街頭布教の演壇に立ったりしたのは、その現れであろう。国学院の学生で当時の友人であった田端憲之助は、後年まで「あの時期のああいう折口さんは私には理解できませんでした。折口さんらしくないと思いました」と語っている。しかし、折口の胸の中にはもともと、はげしい求道的情熱が流れていて、殊に若い時期にはそれが奇矯に見えるような過激さを示すことがあった。こういう行動の一方では、上野の図書館に通って古典部の書籍を片端から読破したり、三矢重松の講義に心を引かれていった。さらに学部の一年になると、河井酔茗の詩草社の発会式に出席して社友となり、歌人服部躬治《もとはる》に入門して歌の批評を受けた。やがて学部二年になると、特待生となり、国学院同窓会誌『同窓』を『新国学』と改称してその編集に当り、学生間のリーダーシップをとるようになった。その成長の上には、三矢重松の学問と気稟から受けた影響が大きかったに相違ない。その後の折口は、古代日本人の生活を探究し、その中から現代の生活を清新にする力をみちびき出そうと努力をつづけたから、自然に古神道的な気分を身につけていったが、それはきわめて自在で伸びやかなもので、狭い神道精神や道徳観にとらわれるところはなかった。

世間では、折口の死後の葬儀や年々の追悼の祭りが神式で行なわれるから、折口家の信仰が神道であったと考えたり、折口個人の宗教が神道であったりするように考える人が多いようだが、それは実状と違っている。日本人に関して、その魂の問題、その道徳の根元、その心意伝承の追究にあれほど強い情熱を注いだ折口が、もし神道一つを信じたのであれば彼はとっくに新しいあるべき神道の教祖になっていただろう。彼は常にものごとの発生から追求する情熱的な研究者であったから、古神道的な世界に心を寄せたけれど、そこから出て変化してきた神社神道的なものや、更には国家神道的なものに自己の安心を求めたのではなかった。折口の学問や小説『死者の書』を見れば明らかなように、日本人の長い心の軌跡を広く深く探求して、神への信仰も仏への信仰も、さらには俗信や迷信と近代の有識者からきめつけられるような小さな草かげの信仰や霊的なものまで、彼の追求の対象であった。戦後になると、敗戦の苦い体験から日本人の神を大きく人類教化することを熱心に説いたけれど、それは教祖としての布教とは違っている。将来出るべき教祖のための、学者としての研究であり、また信仰薄き日本人への研究者としての警告であった。この戦後の折口の神道論については、後に別項を設けて書くはずである。

おそらく、大阪から今宮中学の職を辞して上京してきて、下宿住まい、借家住まいを始めた折口は、仏壇も神棚も設けなかったはずである。そういうものがあった話を、折口その人や古い門弟から聞いたことがない。大正四年歳末から正月にかけての時期の歌に、「机一つ　本箱ひとつ　わが憑《タノ》む　これの世のくまと、目つぶりて寝《ヌ》る」とあるように、窮迫した生活の中で信じ得るものはわが身の才学のみ、という他を頼まぬ自負の思いを一筋に保っていたはずである。ところが昭和三年、四十二歳の十月から移り住んだ品川区大井出石町の借家は、間数も多く木口の良く選ばれたしっかりした家で、玄関の二畳の間にはきちんと神棚が設けられていた。やがて、昭和九年、それ以前からしばしば東北地方の神事芸能見学に旅することの多かった折口は、青森県西津軽郡出精村のお水虎《しっこ》様と呼ばれていた河童の神像を仏師に模造させて、翌年の六月国学院大学郷土研究会で河童祭を催し、大宮市の氷川神社の古い社家の家筋の門弟、西角井正慶に河童像への入魂の儀式をたのんで、魂の入った夫婦二体の河童像を出石の家の守りとして玄関の神棚に据えるようになった。それが唯一の折口の家の霊的な存在であったが、その扱いはあくまで、村の路傍に祭られていた水の精霊であって、それ以上のものではなかった。家を出る時、帰った時、その下を通りながらぴょこりと軽く頭をさげるし、正月にはお雑煮を供えるけれども、そのお下《さが》りは台所で矢野花子さんが喰べた。矢野さんは私より一月前に折口の家に来て、家事を見た人である。戦後になって居間の床の間に位牌を置いて、陰膳を据えて祭るようになった、戦死した春洋の霊に対する扱いと、河童の魂の扱いとは、はっきり違っていた。春洋さんへの陰膳やお茶は折口自身が口に収めた。

しかし、このお水虎様はなかなか威厳があった。男河童は黒漆、女河童は朱の漆で塗られていて、吊り上がって裂けた金泥の眼と口もとには烈々とした気迫が感じられた。折口の没後の家をあけ渡す直前になって、私がその魂を抜いて品川の海に通じる水脈に返したのだが、その時も私は重く心にひびくものを感じないではいられなかった。折口は平素の生活の中で、神霊に対してほとんど態度の違いを示さなかった。招かれて正式参拝をするような時はその礼式に従ったが、日常、町の社の前を通る時も、靖国神社とか氷川神社とかいう大きな社の傍を過ぎる時も、路傍のお地蔵様や庚申塚の前を通る時も、まったく同じ様に帽子をひょいと取ってぴょこりと頭を下げて、文字通り挨拶して通った。時に大森駅へ出る途中のお地蔵さまへの挨拶を忘れて五十メートルも行き過ぎてから、思い出してふり返ってぴょこりとお辞儀したり、「忘れていたら言っておくれよ」と私に言うこともあった。おそらく少年の頃、大和や河内の村々を歩いた当時から自然に身についた動作であったろうが、霊的なものに格差をつけないで挨拶をするのが、いかにも折口的で自然に感じられた。

つまり、本居宣長の『古事記伝』の中の神の定義にある、「天地の諸《もろもろ》の神たちを始めて、其《その》其《そ》を祀《まつ》れる社に坐《ま》す御霊《みたま》をも申し、又人はさらにも云《いは》ず、鳥獣《とりけもの》木草のたぐひ海山など、其余《ほか》何にまれ、尋常《よのつね》ならずすぐれたる徳《こと》のありて、可畏《かしこ》き物を迦微《かみ》とは云なり」という広い考えに近いと言えようか、もう少し言えば、われわれの祖先が長く広く信仰の心を保ち続けてきた霊的なものに対して等しく、つつましやかで身近な挨拶を忘れなかったのだと言えば、折口の気持に一番近いことになるだろう。

春洋の霊に対する態度が格別なのは、生前の思いがそのまま続いている愛着と、戦の場で非業の死をとげた鎮まりがたい不幸な霊への思いの切実さの故である。

そういうわけで、折口の家の宗教が大阪の生家の浄土真宗を離れて、どうしても神道でなければならぬという必然性はほとんどなかった。古神道的な世界への心寄せは折口の学問の上で重いものであったが、それを是非に家の祭祀の根元に据えようと考えたわけではない。にもかかわらず、折口の家の祭りが神式になっていったのは、まず国学者三矢重松が居たからであり、次に国学院と関係が深かったからであり、三番目の理由は養子の折口春洋が居たからである。三矢家も、春洋の生家も神道の家であった。だから折口が生前に三矢重松にちなむ祭りを営む場合にも、春洋の南島忌や墓前の祭りも、皆神式による家庭祭祀的な祭り方であった。自然にそれが折口没後の祭りにも受け継がれたのである。

家庭祭祀風の祭り方だというのは、世間で広く行なわれる神社祭式によらず、神饌はすぐ食べられるように調理した熟饌を供え、祭員は羽織・袴で、祝詞もいわゆる祝詞の文体の格式ばったものではない、和文体・長歌体の祝詞をとなえる。この形は江戸の国学者などがその家の祭り、あるいは先師を祭る形として伝えてきた習わしに近いものを感じさせる。そして折口の生家では、別に分骨を木津願泉寺の折口家の墓に納め、年忌には願泉寺で供養が営まれる。その時の位牌の戒名は「釋迢空」である。そして現在も私が祭主をつとめて、折口父子の墓のある能登一宮の藤井家や墓前で行なう年々の追悼祭の時の位牌は「折口信夫大人《うし》之命」である。

こういう形を見ると、家の宗旨が浄土宗で、累代の菩提寺の樹敬寺に「高岳院石上道啓居士」と戒名を刻み、妻と並んだ墓碑を建てながら、別に山室山《やまむろやま》の上の妙楽寺の墓域に奥墓を設け、そこに亡骸を埋めて神道式の魂の鎮まり所を残した本居宣長との暗合のような節々を感じる人があるかもしれぬ。だが決定的に違うのは、宣長はそれらのことを詳細きわまりない遺言に記して、没する前年に残しているが、折口は何も没後の祭り方について言い残さなかった。主として門弟や遺族が、生前の心を汲んで後の祭事を行なっているだけである。あの悲壮な墓碑銘を刻んだ父子墓は生前の昭和二十三年に建てたのだが、それは独身のまま戦死した春洋の名を残すのが目的で、自分だけなら墓も造らずに、母のあとをこの世から消すためにひそかに終るのが願いであったという。

ただ、前に触れた宣長の山室山の墓域から遠く望まれる、伊勢湾の青い海について、その後にわかったことがある。彼は遺言を書いた翌々月、寛政十二年九月十七日に本居大平等の門弟と共に、山室山を下見に出かけている。その時に詠んだ「山室山詠草」十六首があって、その中に次の二首がある。

遠き海もちかく見渡す山寺の軒端によする海士のつり舟

海は池里はまがきと軒ちかく見渡し広き山寺の庭

また随行した大平の書き残した手記には、

山室ト申所ハ、松阪同郡、飯高郡ニて、松阪より一里半余南方ノ山里也、山室村ノ民屋ハ麓ニ有レ之、民屋より山道十四五丁上ニ妙楽寺と申寺あり、此寺ノ書院より東方ニいせノ海を見わたして、海の向ひハ尾張三河遠江ノ山々、十里廿里へたて見わたさる、風景佳好ノ寺也

とある。伊勢湾の遠望はここに墓所を定める宣長の胸中に予め組みこまれていたことがわかる。ただ、宣長の心の中でその海の眺望が、どんな意味を持っていたかはわからない。少くとも実際の距離感をうんと縮めた誇張表現の箱庭のようなこの歌いぶりからは、海の異郷意識などはまったく感じられない。早くから能登の海に濃密な異郷性や他界とのつながりを感じていて、計らずもそこに骨を埋めることになった折口の運命的な暗合は、宣長には無い。

師の祭りとその祭詞

折口の国学の師、三矢重松が世を去ったのは大正十二年七月十七日、行年五十三歳だった。

死に顔の
あまり　空しくなりいますに、
涙かわきて
ひたぶるにあり
ますらをの命を見よ
と　物くはず、
面わ　かはりて、
死にたまひけり

胃癌を病んだ国学者の死は、壮烈であった。だが折口にはその死を悲しんでいる暇はなかった。翌十八日には二度目の沖縄への民間伝承採訪旅行に発った。折口が同門の者と共に師の後を祭るのは、満一年の祭りの時で、その祝詞が残っている。

三矢重松先生一年祭祭文　（大正十三年）

かくり世はしづけくありけり。さびしきかもと大きなげきし給ひて、やがて来まさむものと思ひまつりしを、うつし身の事のしげさ、片時と言ひつゝ、早も一年は来経行きぬ。三矢重松大人の命や、いまし命のみおもかげは、これの大学の廊のゆきかひに立つとは見れど、正目《まさめ》には、おはし、日のそびやげる御うしろでをだに見ずぞなりぬる。大やまと日高見の国の元つ教へを、をぢなくかたくなしきわれどちに、ねもごろにさづけ給ひて、つゆうませ給ふさまなく、ある時は、あぎとひせぬ子を、母の命《みこと》のひたしつゝ撫でつゝ、おふし立つる事の如く、ある時は、讐懲《あたきた》むる軍君《ぎみ》なす目さへ心さへいからして、叱りこらし給ひけむ。

わかきほどの三年四年あるは、五年よ。み心ばへにかまけまつりし事を思へば、あはれ大人の命のいまさゞらましかば、われどちの今日の学問も、思想も生ひ来ざらましを。あはれ大人の命や、世人《よひと》にははえ多く見え来し文学博士の名すら、み名にかけて申せば、つゆの光りなきなべてのものにてありけり。

いまし命国学の道に立つる理想を、ひた守りまもりをへ給ひしかば、道のいりたちいと深くいまし、は更なり。教育家と言ふ方より見るにも、まことなきあきびとめく人のみ多き世に、ひとりたちそゝりて見えたまひしを、こぞの七《しち》月十《じふ》七日のさ夜中に、にはかにも世を易へ給ひて、泣きいさちる我どちのすべなき思ひをあはれとや見給はぬ。ゆくへも昏《く》れに、道にまどふこゝだの弟子を、かなしとや思ひ給はぬ。かくり身のさびしさに馴れて、み眠りのどにしづまりいますをおどろかしまつりて、今日しこゝにをぎまつらくは、おくれたるわがともがらの恋しくに心どはなり、悔《くや》しくに慕ひまつるさまを、つばらにも沁《しみ》にしわけまさせむとて迎へまつるなりけり。ひそかなる世に住み給へば、ほがらに聞きわくべくなれるみ耳のさとりよく聞き知りたまへと申す。

今年はじむる年のめぐりのみ祭りの今日をはじめにて、われどち生きてあらむほどは、その年々に怠る事なく、ことゝり申さむを、その時毎にたちかへりこゝにより来たまひて、わがともがらのしぬびまつる心をうけたまへ。あらまし事は千年をかねても尽くる事なけれど、うつし世にたへずと言へるみ身のいたくつからしぬらむ。

いで、岩床《いはとこ》安寐《い》にかへり入らせ給へ。天《あま》がけり神あがらせたまへと申す。

こういう時の神式の祝詞の定式を破っていきなり「かくり世はしづけくありけり」と、この世ならぬ師の魂の在り所に迎え入って近々と呼びかける言い方から始まり、師の亡き後の一年の経過の早さを嘆く。次の師のおもかげを慕う段の「おはしゝ日のそびやげる御うしろで」というのも、師を知っている人々にはその姿を髣髴とさせるものがあった。痩身で背が高くすっきりと背すじの伸びた鋭い感じで、その行動はきびきびとしていたといふ。

神職が作る神葬祭の祝詞は、亡き人の一生の経歴を述べて、会葬者に改めて回想と悼みの思いを持たせようとする形のものが定式である。だが近々と教えを受けた者や遺族が集まって年々の祭りを営む場合の祝詞には、経歴など述べることは不必要である。日本の古代の挽歌を考えると、挽歌の第一の目的は死者の魂に力ある呼びかけをして、呪的な力による死者の魂のよみがえりを計ることにあった。倭建命《やまとたけるのみこと》の死にからむ「なづきの田の稲幹《いながら》に　稲幹に　這ひもとほろふ　ところ繌《づら》」などは、古風で意味もさだかではないが、匍匐し、這いまわりながら、命のシンボルの蔓草の茎を手ぐりよせ、手ぐりよせる仕ぐさをくり返すのであろうと思う。それが世々の天皇の大御葬《おおみはふり》に歌われたのも、本来はその呪的効果を期待したはずのものが、やがて儀礼化してゆくわけで、万葉集でも天智天皇の死にかかわる大后《おほきさき》の古風な挽歌「天の原ふりさけ見れば大君のみいのちは長く天たらしたり」などは、明らかに呪的な力を期待した祈りの歌である。柿本人麻呂の長大な宮廷儀式挽歌は、古風な招魂の呪的挽歌をより新しい誄詞的挽歌に変えたものであるが、同時に内容も招魂から死者としての魂の鎮定を計るものに変ってゆく。葬送の場で氏々の代表者が系図を読みあげるのも、死者に死者としての自覚を持たせるためであっただろう。

折口の祝詞は、そうした挽歌に流れる古風のおもかげを、言葉のふしぶしに見せながら、主調としては人麻呂のような力わざの言いまわしをせず、静かに沈潜した感情のうねりを感じさせる表現の流れが主流である。しかし「大やまと日高見の国の元つ教へを、をぢなくかたくなしきわれどちに、ねもごろにさづけ給ひて、つゆうませ給ふさまなく、ある時は、あぎとひせぬ子を、母の命《みこと》のひたしつゝ、撫でつゝおふし立つる事の如く、ある時は、讐懲《あたきた》むる軍君《ぎみ》なす目さへこころさへいからして、叱りこらし給ひけむ」という一章は、先師の国学の師としての心の高い潔《いさぎ》よさや、温容と威厳を伝えて、力ある見事な表現である。

折口は繰り返し、亡き師をしのぶ歌を詠んでいるが、師の命が旦夕にせまった次の作品などは、三矢重松が折口の薫育に注いだ心の篤い切実さを感じさせる。

先生、既に危篤

この日ごろ

心よわりて、思ふらし。

読む書のうへに、

涕《ナミダ》おちたり

わが性《サガ》の
人に羞ぢつゝ、もの言ふを、
この目を見よ
と　さとしたまへり

学問のいたり浅きは
責めたまはず
わがかたくなを　にくみましけり

憎めども、はた　あはれよ
と　のらしけむ
わが大人の命《イノチ》
末になりたり

こういう歌に現れた三矢重松という人は、折口にとって実に心こまやかで、やわらかな人間性に富んだ教育者であったようだ。この後、折口は三年祭・五年祭・十年・二十年・二十五年・三十年などの祭事を営んだ。三十年祭の祭文は昭和二十八年、没する年の夏、病苦に耐えながら作ったもので、短く力弱った文体にまざまざと身の衰えがにじんでいる。その前の二十五年祭は昭和二十二年に行なわれたが、祝詞にも敗戦後の悔いと国学再興の決意が示されていて迫力がある。

祭りを執り行なう前日には折口が三矢家にうかがって先生の奥様に挨拶し、祭場に据える先生の肖像画をお借りして、私が唐草模様の大風呂敷に包んで国学院へ運んでくる。そういう時、先生の思い出を語り聞かせてくれる。柳田先生からは学恩を、三矢先生からは人間的により深い、魂の薫育を受けたのだということが、折口の話から汲みとれるのであった。

源氏全講会の継承

三矢重松に関する祝詞をもう一つ引用する。

三矢重松先生歌碑除幕式祝詞

この御《み》歌よ。石には彫《ゑ》らず、里人の心にゑりて、とこしへに生きよとこそ。かく申す心を、天がけりより来る三矢重松大人《うし》のみたまや、かくり世の耳明らかに聞き明らめ給へ。みまし命《みこと》過ぎ給ひしより、早く十年《ととせ》に三《み》年あまりぬ。うつし身こそは、いよゝ離《さか》り行け、おもかげはます〳〵けやけくなり来給ひて、しぬび難くなりまさるに、いかで、大人の命のいにしへの後たづねまつらむの心を起し、千重隔《ちへへな》る山川こえて、山川更にとりよろふ出羽《いでは》の国庄内の国内《くぬち》にまうで来つるわれどちの心知りたまふや。

みまし命、いまだこの鶴岡の町の子どもにて、わらは髪うち垂りつゝ、町といふ町巷《ちまた》といふ巷行き廻《めぐ》り遊び給ひしほどのけしき思はするもの多く残れるを、この里のみ中の春日のすめ神の御社よ、遠きその世のをさな遊びに、となり〳〵の同輩児《よちこ》らとうち群れたまひ、心もゆらにたはぶれ給ひし日のまゝぞと、里びとの告ぐるによりてとめ来れば、宮の内外《うちと》の古き木むらも仰ぎ見る額の絵のかず〳〵も、皆みまし命の幼目《をさなめ》にしみて親しかりけむと思ふに大人のかくりみすらたゞこゝもとにいまして、今日の人出にたちまじり、たのしみ享《う》け給ふと、今しはふと思ひつ。

あはれ、この処のよさや、里古く屋並《やなみ》とゝのほりあたりの家居正しく、人心なごみて、たゞ静かなる神のみにはなりけり。そのうぶすなの神のみ心おだひに、こゝをこそあへめとよさし給へるまに〳〵、この場の隈処《くまど》をえらび定めて、大人のみ名永く、御思ひ深く、里人の心にしるさむと、そのかみ鋭心《とごころ》盛りにいましゝ日のよみ歌一つ価《あたひ》なき玉をいだきて知らざりしたとひおぼゆる日の本《もと》の人とあるをすぐり出で、よき石だくみやとひて、たがねも深に岩にきりつけ、今しこゝに立ちそゝれる見れば、遠き山川、近き里なみと相叶《かな》ひ、ところえてよろしき姿なるかも。

あはれ、大人のみたまや。われどちのをぢなき心もてすることを、よしとうべなひ享《う》けたまふや。又いたづら事と苦《にが》み憎みたまふや。唯ひたぶるに、なぐしきみ心に見直し給ひ、心おだひに、たまのよすがになしたまひて、ゆり〳〵もこゝにより来たまへ。しかあらば、この御歌よ。里人の心にしみて、大人の御心は、見はるかす山川とひとつになりて、とことはに生きなむものぞとまをす。

昭和十一年、三矢重松の郷里、山形県鶴岡市の春日神社境内に、歌碑を建立した時の祝詞である。同じ鶴岡出身の丸谷才一氏は、その『文章読本』の中に、この祝詞をとりあげて賞揚していられるが、さすがに炯眼で折口の祝詞のうちでも第一の出来ばえの作だと思う。ここでも最初の一章が、常套を破って力ある呼びかけになって居り、今、除幕されて眼前にすっくと立つ碑とそこに刻まれた歌に、一座の心を集中し、転じて作者の三矢大人のみ魂への語りかけに、なめらかに移ってゆく。前に引用した一年祭の祭詞も同様だが、和歌・長歌・祝詞などは、物語よりもさらに朗誦性の強い文体だから、くり返し口に誦し舌頭に言葉のひびきを楽しんで味わうべきもので、どうか朗々と声にして味わってみていただきたい。選ばれた日本の古語のひびきと、磨かれた文語のしらべが、おのずから心を打つ力となってにじみ出してくるのが感じられるはずである。丸谷氏も指摘していられるが、漢語をほとんど用いることなく、（額の一字のみ）倭語だけでこれだけの文章がなめらかに格調高く述べられているのに驚かされる。

この時、歌碑に刻まれた「価なき玉をいだきて知らざりしたとひおぼゆる日の本の人」は、伝統的な良きもの、すぐれたものに気づかないで、外来のものにばかり心をうばわれる日本人の心の傾向をさとした歌として広く理解することもできるが、実は源氏物語を詠んだものである。この除幕式の後の折口の講演は「三矢先生の学風」(『折口信夫全集』第二十巻所収)という題目であったが、その中で次のように歌の内容を語っている。

……あの歌は大正六年、日附はありませんが、大正六年の七月一日に、多分、お作りになつた歌であらうと思ひます。あの歌は、先生が源氏の研究に脂の乗り出した頃のお作で、連作になつて居ります。(中略)先生の歌集を見ますと、連作をしきりに作つてをられます。其中《そのなか》に、源氏物語を詠んだと思はれる歌が「あたひなき」の歌をはじめ、七首ばかり載つてをります。二番目に、

わりなしや人こそそれと知らざらめ知る人さへやひそみ棄つべき

といふ歌があつて、何れも何を歌はれたか一寸はつきりしませんが、この歌は、「全然何も知らない人が、源氏の世界的な価値といふものを、認めてゐないのは尤もではあるが、さうだからと言うて、其源氏を理会した人までが、あの価値を黙つて、いゝ訣《わけ》がな

い」といふ意味の歌であります。先程の歌碑を卒然とみますと、源氏物語など、は何の関係もない、堂々したますらをぶりの歌で、

価なき珠をいだきて知らざりしたとひおぼゆる日の本の人

まるで、神道を説いた歌のやうに思はれるが、此は天下に比類のない優れた珠をば抱いてをりながら、その価値をちつとも知らずにゐる日本人は、あはれなものだといふ意で、過去の読書人に対して、不満の心を吐き出された歌なのであります。

先師の幼なじみの町のうぶすなの社に、こうしたますらおぶりの歌碑を建てて、まわりの山川や里人の心をゆりたてるような祝詞を読んで、師の志を伝え残そうとする。それは古代の挽歌が持つ、亡き人の魂を今の世に招きよせ、よみがえりを求めるような、強い意力のこもる祝詞である。折口は三矢重松が世を去ったその翌年の一月から、三矢家遺族のすすめもあって、師の「源氏全講会」を再興し、その没年まで講義を続けた。

三矢博士の没後五十年、そして折口の没後二十年に当る昭和四十八年の十月、国学院大学はその門弟で、折口の門下でもある今泉忠義博士が中心になって、三矢博士五十年祭を鶴岡市で営んだ。その時の「三矢先生と源氏物語」と題する記念講演で、今泉博士は十九項目にわたる実例をあげて、三矢博士の源氏物語解読の上の特色や発見を述べている。その筆記録を読むと、後に私どもが聞いた折口の「源氏全講会」の講義の中に、三矢博士の

発見が多く受け継がれていることに思い当る。だが、折口が三矢重松の源氏物語の講義に心を引かれ、継承し発展させようとしたのは、そうした個々の発見にだけ動かされたのではなく、もっと大きな問題があった。「三矢先生の学風」の中で折口が説く要点は、およそ次のようになるだろう。

㈠三矢先生は世の中の推移を大きな理解力を持って受容しながら、時におほやけばらと言うべき憤りを発する人で、小さなちゆうっぱらでない気概を持っていた。

㈡新しい文法学の研究によって、国学に新鮮な科学的研究態度を加え得た。

㈢近代の学者の中では、誰より先に源氏物語に文学を発見し、大きな指導力をもって人に奨めた。

㈣源氏物語を認めたのは、国学者にして国文学者であり得たからで、平安朝の生活にも、古代生活のひき続きがあると考え、そこに日本人のモラル・センスを発見する糸口を見出していたからである。その矢先に体をいためてしまわれた。

結局、こういう点から、三矢博士の源氏物語にかかわる遺志を、自分が受け継ぐのだという思いが、折口には強かった。だが、四十代になったばかりの折口に対する、国学院の先輩たちの風当りは強いものがあった。

きのふは、おのれ、源氏物語全講会の事をつぎて後、四年目第二学期の最終日なりき。

師の道を
つたふることも絶えゆかむ。
我さへに
人を　いとひそめつゝ

この歌を発表した直後の昭和三年四月、「源氏物語全講会」を国学院から慶応義塾に移したのであった。

八　「まれびと」とすさのを

くびられた親鳥

折口の思索の跡を、その短歌作品を通して見とどけようとすることは、研究と創作の二つの違った営為を曖昧に混同してしまう危険を常にはらんでいる。しかしまた、その危い境に分け入って行かなければ、彼の心の秘奥がこまかに解明できてこないことも事実である。たとえば、次のような歌がある。詞書きが一首と歌の形を成しており、二首の連作と見るべきだ。

ゆくりなく訪ひしわれゆゑ、山の家の雛の親鳥は、くびられにけむ

鶏の子の　ひろき屋庭に出でゐるが、夕焼けどきを過ぎて　さびしも

大正十三年の作で、第一歌集『海やまのあひだ』の冒頭、「島山」一連の終りの部分に収められている二首である。大正十年夏、沖縄の旅からさらに壱岐の島を歩いた時の体験と見ておくべきだが、折口のこういった歌の熟してくるまでの過程は、長く微妙な心の重層を経ている。やはりこの一連の初めにある、「葛の花　踏みしだかれて、色あたらし。この山道を行きし人あり」なども、従来は熊野での作だとも、壱岐での作だとも言われてきたが、その初案と見るべき形はすでに、大正九年の信濃・三河・遠州の山間部を旅した日記の中に見えている。だから、この二首に関しても、長い心の堆積を考えておいた方がよいと思う。

何よりもこの二首について、作者の折口も、われわれの先輩の誰も、ほとんど触れることなく過ぎてきたのが不思議である。私は今まで見てきた近・現代の短歌作品にも、古典和歌の中にも、見ることのできない特異な内容をこの二首から感じ、その感じの不思議さが年とともに深まって来る。「ゆくりなく……」の歌を一首に独立させないで、「鶏の子の……」の歌の詞書きの形にしてあるのは、歌集に編集する時の改訂で、「日光」(大正十三年十月)に発表した時は、一首に立ててある。いま見ても、「ゆくりなく」一首を詞書きにする必然性はあまり無いと思う。そして、この二首の持つ幽暗な心の世界を考えるには、配列順を逆にした方がわかりやすいという気がする。その順序で、作者の心をたどってみる。

山深い家の、がらんと広い庭に出てひっそりと餌をあさっている数羽の鶏の雛の動きが、さっきから妙に気になっている。何かあるべきものが欠けた、もの足りない思いがして、さっきまで染まるような赤さに夕焼けていた山の上の空が急に色あせてゆくにつれて、その思いが深いさびしさに変って身に迫ってくる。めったに人の訪ねてくることもない山の一軒家に、道に行き暮れた自分が思いがけず一夜の宿を乞うたために、この小さな一家族とそこに飼われている生き物の上に、予測もしなかった変化を生じさせたのではないかという思いが、夕闇の気配の濃くなると共にじわじわと身をつつんでくる。

ああ、そうだった。さっきから気になっていた思いが、急にとけた気持ちになったのは、あたりがとっぷりと昏れはてて、家びとの立ち居のさまが身近に感じられるようになった時だった。さっき、この家のあるじが家の裏手であたふたと動いていたのは、あれは突然の来訪者のための俄かな馳走のこしらえをしていたのだと思い当った。夕陽の庭で頼り無げなさまでひよひよと鳴いていた雛鳥の親は、あの時に家の裏手でくびり殺されたのであったろう。旅びとの自分がこの山の家にもたらしたものは、こんな災厄であったのだろうか。

こういう心の世界を詠んだ短歌を、私は古典の中にも近・現代の作品の中にも見たことがない。釈迢空・折口信夫がどれほど特異な旅を体験し、その旅の体験からかすかで幽暗な日本人の伝承的感覚を、旅のしらべの上にどのようにしてみちびき出していったかということを、考えずには居られない気持ちになる作品である。この歌を含む「島山」一連の中には、次のような迢空の代表作と言われる作品が収められている。

葛の花　踏みしだかれて、色あたらし。この山道を行きし人あり
谷々に、家居ちりぼひ　ひそけさよ。山の木の間に息づく。われは
山の際《マ》の空ひた曇る　さびしさよ。四方の木《コ》むらは　音たえにけり
この島に、われを見知れる人はあらず。やすしと思ふあゆみの　さびしさ
ひとりある心ゆるびに、島山のさやけきに向きて、息つきにけり
もの言はぬ日かさなれり。稀に言ふことばつたなく　足らふ心
いきどほる心すべなし。手にすゑて、蟹のはさみを　もぎはなちたり
沢の道に、こゝだ逃げ散る蟹のむれ　踏みつぶしつゝ、心むなしもよ

白秋が命名した、「黒衣の旅びと」のひそかな息づかいが、一首一首に刻まれている。しかしこういう歌と比べても、一連の最後に置かれた鶏の子の二首の歌は、格別な心の境地に踏みこんでいると思う。「自歌自註」の口述は、この一連について密度濃く自註を加えているのだが、終りの二首にまで話がおよんでいない。筆記している私が気づいて、問いかけるべきだったが、当時の私にはこの二首の大切さがわかっていなかった。一連の末

尾のところで、物語めいた気分を出そうとした二首なのだ、というくらいにしか考えていなかった。

……日本の短歌は、さう常に充実した内容ある詩ばかりでなければならん事はない。「いきどほる……」「沢の道に……」のやうな、殆《ほとんど》空虚と言つてい丶くらゐ効果の乏しい、僅かの結果しか残らない、その結果に期待をおく歌があるのである。いきどほるといふのは、中世以後、怒ることの同義語のやうに思つてゐるが、胸がどき〳〵する程感動することで、それが多くの場合、怒りによつて心が強くをどることの表現に、使はれてゐる為である。私はたび〳〵古語の用例を活して来て、胸に動悸を打つやうな生理状態を表す語に使つてゐる。こ丶では、蟹のす速い動き方を見てゐると、自然に心が激しく動いて、それを手の平にのせて、蟹の鋏を自分の手でちぎつてしまつたといふやうな、残虐味を含んだ事も、或《ある》日の子供らしい、或《あるい》は又、やるせない心から起つて来ることであれば、咎《とが》める訣《わけ》にはゆかない。むしろ、心の動き方が実感通り出て居れば、それで十分だとしなければなるまい。さういふいきどほりをおぼえる旅のすべなさよ、といふ風に訳すれば通ずるであらうか。

私は此《この》時既《すで》に三十五歳である。普通の人なれば、そんなに感情の動揺する年ではない。

而《しか》もかういふ静かな、すべなさを感じる島山のあひだに遊ぶと、さびしがる自分の性質がむき出しに出てくる。壱岐の島のやうな、本土から離れた沖の小島に、独りかうして旅をしてゐると。

鶏の子の歌の前に収められた作品についての言葉を読むと、この連作に表わそうとした作者の思いは、およそ感じ取ることができる。これらの歌の核になっているさびしさやいきどおりは、近代人の心のそれとはずいぶん違った思いを言うのである。「日本の短歌は、さう常に充実した内容ある詩ばかりでなければならん事はない」と言うのも同じことで、近・現代人の心で考えれば、およそ無内容でかすかな心の動きしか伝えていないように思われる歌も、実は歌の定型としらべの上にみちびかれた、日本人の永い心の奥の伝承心理をにじみ出すように感じさせているのだというのが、折口がしばしば言う無内容な歌の効用である。歌の表現だけが持つ力というべきなのかもしれぬ。この一連で言えば、洋《わた》なかの離れ島の山や野や村を独りで歩いていて、その旅中に心を襲ってくる言いようのない深いさびしさや、生理現象のように胸をとどろかせる実体のわからない心おどりである。蟹のはさみをもぎ放ったり、踏みつぶしたりするところまで言うのは、それを現代人にわかるように伝えるための手法であって、重要なのは、握りしめれば掌の中で跡もなく解けてしまう雪のような、しかし辺土の寂寥を旅する折口の心にまぎれもなく湧きたってくる、その折々の心ゆらぎである。

連作「島山」の最後に置いた二首が漂わせる、来訪者のためにくびられた親鶏と雛鳥の陰惨な輪廻を思わせる幽暗な気分も、こうして見るとその位相がわかってくるようである。

少年の頃から、繰り返し繰り返し、苦しい思いを噛みしめて体験してきた旅中の心に湧いてくる旅する者の心も、三十なかばに至った今は、余程まとまった形でとらえることができるようになっている。殊に沖縄と壱岐の旅で得たものがあふれ出てきたような、「島山」の作品である。その一連の最後のところに、こういう形で折口自身が「まれびと」となって訪れた家に、災厄をもたらした形を作品化しているのが、私には深く心を引きつけられる点である。しかもその作品が、他の歌と比べて際だって深い幽暗さをともない、宗教性をともなった、鮮明な印象を与えている。言いかえれば、今まで旅のまれびとの心は折口の内側から集中して体験して表現していたのが、この二首では外側からの立体的な視点をも加えてまれびとを表現しようとしている。しかもそれが、まれびとのもたらす暗面とも言うべき点を表現しているところに、私は心を引かれるのである。そこには、従来の日本の山間部の村々を歩いていたのとは違ったまれびとの体験、たとえば大正十年、さらに十二年の二度の沖縄旅行で知った、石垣島の盆アンガマの来訪者や、八重山の赤又・黒又など、恐怖と尊敬の両面を持った他界からのおとずれびとの印象が動いてきていると言うことができよう。

まれびととけがれ

昔話を分類する上で、「大歳の客」と言われる形の話がある。歳変る夜におとずれて来る、順礼・遍路・虚無僧といった異形の旅びとが、一夜の宿を乞う。多くは「隣の爺」形の話と複合しているが、貧しい爺の家ではせいいっぱいの歓迎をして幸福を得、富んだ爺の家では冷酷にあつかって不幸になる。しかしその来訪者の姿が、不幸をもたらす場面はもちろん、結果的には幸福をもたらす場合でも、妙に陰惨な要素を持っていることが多い。乏しい食べ物のありったけを馳走し、集めた薪で暖をとって炉のそばに莚《むしろ》を着せて寝かせる、翌朝に見ると旅びとは冷たい死骸になっていた、だが実はそれは黄金の山であったという話。あるいは冷遇した家の方では、それから後は正月の餅を搗くと、臼に血がにじみ出してくるのだといった話など、正月の幸福を与えるために村におとずれてくる「まれびと」の姿には、後世になってもただ明るく清い幸福の使者というようなイメージばかりではなく、常に聖の裏に俗なる要素がはりついている。

未知の土地を、しかも人の住む家も稀で、一日歩いていても道で人に行き逢うこともほとんどないといった過疎の地を歩いていて、一番気になることは、自分がこれから入ってゆく村で、あるいは家で、果たしてこころよく受け入れてもらえるだろうかという不安である。遠い古代からほんの一世紀ほど前まで、いや近代になっても折口が若い日に体験した旅は、まさにそういう思いが片時も胸から離れることのない旅であった。柳行李に革の手のついた鞄をさげ、よれよれの背広と洋傘、渋紙色に陽焼けした異相の顔と、定職を持たない身で旅費は決して豊かではなく、留守番の鈴木金太郎の清水建設からの月給を当てにして、しばしば電報為替で旅費を送れと要求し、時には旅費に窮して道ばたのお地蔵様から賽銭を借用した、という葉書まで書いている。そういう旅びとを受け容れて、宿を引き受けてくれた山の一軒家のさっきまで見も知らなかった家族の、異人歓待と異人畏怖のあいなかばする心の照射の中で、歌は生まれたのであった。

ゆくりなく訪ひしわれゆゑ、山の家の雛の親鳥は、くびられにけむ

鶏の子の　ひろき屋庭に出でゐるが、夕焼けどきを過ぎて　さびしも

日本の古典の歌の中にも、まして近・現代のどの歌人の作にも、類を見ない歌だというのは、そういうところである。

今刊行中の新版『折口信夫全集』の第三巻の月報に、小松和彦氏の「『まれびと』あるいは『外部』からの発想」という文章が載せられていて、まず柳田と対比しながら折口の村の外からの視点としての、「まれびと」の概念をとらえたのが、明快である。

大阪西成の商家の息子として生まれた折口信夫は、商都大阪の空気を肌一杯に感じつつ育った。柳田国男が「常民」という概念を編み出してくる背景に生まれ育った農村があったのに対して、「まれびと」という「常民」の対極に位置するような概念を発想することになった背景には、そうした彼の生い立ちが深く影響しているのは疑いの余地がないだろう。

折口は、この共同体の「外部」にこだわった。「外部」への眼差しではなく、「外部」からの眼差しに深い共感を抱いて発想し続けた。その思索の過程から生み出された概念が「まれびと」であった。「外部」と「内部」、「マチ」と「ムラ」の交通の物語が「まれびと」の物語であったのである。

まさしく、大阪の木津という所は、農村と都市との隣接する地であって、その二つの世界のあい接し交流する様子を折口は見て育った。やがて天王寺中学に進んで、その通い路となったのは、江戸時代以来の大阪旧市街や俊徳丸ゆかりの道であり、中世以来の西方浄土への憧憬の思いの跡をとどめる家隆塚や四天王寺西門のあたりをたどることも多かった。

……折口が生まれ育った大阪の木津もそのようなところであった。いや、現代の大都会のど真ん中でさえ、「ムラ」と「マチ」はせめぎ合っている。折口は、こうした二つの世界の差異とその相互交渉のあり方に気づきつつ、柳田が前者の方に視点を下降させていったのに対して、折口は後者の方にこだわり続けたのだ。

両者の相違を大きく見れば、小松氏の指摘の通りである。その折口が、「見おろせば、膿涌《ウナワ》きにごるさかひ川　この里いでぬ母が世なりし」と詠んだ、木津のムラの濃密な母系的家族の家と、河内の大百姓の家から養子に来た性格のはげしい父との葛藤の中に育ち、やがて父の死後しきりにムラから外へ旅をする少年になっていった。その旅は彼の心が次第にムラの外からの視点を深めてゆくための重要な契機となり、さらに旅の苦しい体験は、まれびとの漂泊の心をみずからの心の中に濃密に集中して感じていくことになった。だがその旅の、あたかも遊行僧の求道の漂泊のように見える折口の情念の元に、何があったのだろう。その事実の真相はどうであれ、折口の心の中で幼児から次第に深まり巨大化していった、母につながる罪障意識が大きな影を落としていたのだろうと思う。母のあやまちによって生まれて、兄や姉とは独り差別されて育った末の子、母のあとをこの世から絶とうとする強烈な意志を貫く生活、墓すらも残そうとせぬ断念の深さ、これはただごとではない。

母こうが世を去ったのは大正七年、折口の三十二歳のことで、切実な挽歌を詠んでいるが、この時に病む母を看病する折口のひたすらな態度がのちのちまで家族の間で話題になって、「あの神経質で潔癖なのぶさんが、お母さんの面倒を一切引きうけて、下《しも》の世話まで人にまかせなかった」と皆が驚いたという。これも、そのあとをこの世から絶とうとするまでの母への思いの、逆の現れと言うべきかもしれない。「膿涌きにごるさかひ川」から外へは出ることのなかった母がその境川の内のムラで犯した罪、さらに母から受け継いだ自分の罪の思いが、旅によって少しずつ変質し、浄化されてゆくような思いを、折口は抱きつづけていたのではなかったか。

何より忘れてならないことは、折口の心にあった「まれびと」像の奥には、つぐなうべきけがれを負って、遍歴の旅をしている者の姿がはりついていた。村びとの生活の規範と祝福を与える力ある来訪者としては、聖なる面が大きく表に現れるが、その裏側には忌むべき俗な面がはりついて伴っていた。古代の村をおとずれる者には、常にこの聖と俗の両面問題がからんでいて、沖縄をたずねる以前の日本の主として山間の旅の体験の中で、すでに折口はそのことを感じ取っていたはずだ。山から村里へ折あって出現する鬼・天狗などは、山の権威ある神としての要素を持つ反面に、異界の忌むべき霊の姿としての面を持っている。さらに沖縄の八重山や石垣島の盆におとずれる異類的な要素のいちじるしい来訪者を知るにおよんで、その実感はいよいよ深まったに違いない。しかし、そういう外からの体験でまれびとの両面を感じとってゆく以前に、彼の内部から旅とからみあって湧きあがってくる罪の思いがあった。それがふっと旅先の事物に行き触れて表現を得た時に、「鶏の子」の歌のような作品となり、また孤独な心の旅中詠や述懐の歌にしばしば現れる、「遂げがたき思ひ」となって示されるのだろうと思う。

すさのをの原罪

延喜式の祝詞の中にある「六月晦日《みなづきつごもり》（師走晦日）の大祓の祝詞」というものを、現代のわれわれは単に古典の中のもの、あるいは専門の神職だけがとなえるものだと考えてしまっている。だが伊勢の旧北畠領・藤堂領の農・山・漁村の人々の崇敬篤い神社の世襲の神主で、昭和の初期までは御師として講社の宿所も兼ねていた家に育った私の記憶では、神社に参籠して「大祓の祝詞」を朗々とくり返し暗誦して祈りを捧げる庶民の数は非常に多かった。「大祓の祝詞」の内容はかなり多くの村びと、殊に農家のあるじの心に昭和の初期あたりまでは生きていた、というのが私の実感である。

国中《くぬち》に成り出でむ天の益人《ますひと》らが過ち犯しけむ雑々《くさぐさ》の罪事は、天つ罪と、畔《あ》放《はな》ち・溝埋《みぞう》み・樋《ひ》放《はな》ち・頻蒔《しきま》き・串刺し・生け剝《は》ぎ・逆剝ぎ・屎戸《くそへ》、許多《ここだく》の罪を天つ罪と法《の》り別けて、国つ罪と、生膚断《いきはだた》ち・死膚断ち・白人・胡久美《こくみ》・己が母犯せる罪・己が子犯せる罪・母と子と犯せる罪・子と母と犯せる罪・畜《けもの》犯せる罪・昆《は》ふ虫の災《わざはひ》・高つ神の災・高つ鶏の災・畜仆《たふ》し、蠱物《まじもの》する罪、許多の罪出でむ。

これが大祓の祝詞の天つ罪・国つ罪を一つ一つとなえるところである。しかし実はこの祝詞のすばらしいのはこれからあとの部分で、その罪のことごとくを、きわめて大きく力づよい言葉をもって表現の限りをつくして、この世の彼方、海原の潮の八百路《やほぢ》の涯にまで運び去り、雲散霧消させてしまうまでを、実に雄大な構想を持った叙事詩として描き出しているところにある。声に出してとなえていると、身にまつわる罪・けがれのすべてが拭い去られてすがすがと復活《よみがえ》る感動を感じたのが、世々の日本人であったろうと思われてくる。その清々《すがすが》しさを得るためにも、天つ罪・国つ罪を一つ一つとなえ上げて、己が身にふりあてて省みることに意味があった。この祝詞は村々で年中行事として夏と冬の二回行なわれる大祓行事の、台本のようなもので、少なくとも六十年ほど前までは、多くの村人の心に生きてとなえられていた。

昭和の十年代の初期の頃、この祝詞の神社における神職のとなえ方について、内務省から指導の通達があったらしい。天つ罪・国つ罪の部分をすっかり省いて、ただ「天つ罪・国つ罪成り出でむ。かく出でば……」と言うように指導した。小さい事のようだが、国家神道がどれほど日本人の自然な宗教心を疎外し、統制し、換骨奪胎してしまったかの例証になるだろう。ちょうど私が神宮皇学館の普通科に入学した頃で、古典の先生がそのことについて、神様の前で罪の一つ一つをあらわに申し上げることが恐れ多いからだと説明した。だが今になって気がつくのだが、真相はそんなところにあるのでは無くて、追々に戦争が大陸で拡大してゆくさなかに、「生膚断ち・死膚断ち」などを己が身にふりあててとなえて省みる国民の永く深い宗教心を、国家の手をもって閉塞するための策であったに違いない。こんな事についても、その後の日本の宗教関係の人から事の核心に触れた言葉を聞いた事のないのが不思議である。

その頃の夏休みに帰省していると、祖父の代から何十人かの講社の人を引きつれて参籠してゆく老人が父に向って、「先代様はかならず、天つ罪・国つ罪の一つ一つをとなえなさいました。あれを省かれては、祝詞の有り難さが無くなりますぞ」ときびしく迫って、養子に来た父を困らせているのを見た。思えばその頃から、日本人はみずからが久しく伝えて心を支えて来た信仰を、戦いに迎合して変質させ、信じる力を自身の手で閉ざしていったのであった。

ところで、大祓の祝詞の天つ罪は、すさのをの神が高天原で犯した、田の耕作を妨害したり壊したりする罪をはじめとする、すさびわざによっているのは、周知のことである。古事記には次のように記している。

わが心清く明し。故《かれ》、わが生める子に手弱女《たわやめ》を得つ。これに因《よ》りて言はば、自《おのづか》らわれ勝ちぬと云《まを》して勝ちさびに、天照大御神の営田《つくだ》の畔《あ》を放ち、その溝を埋め、またその大嘗《おほにへ》をきこし召す殿に屎まりちらしき。故《かれ》、しかすれども天照大御神はとがめずて告《の》りたまひしく、「屎なすは、酔ひて吐き散らすとこそ、わが汝背《なせ》の命、かくしつれ。また田の畔放ち、溝を埋むるは、地《ところ》を惜《あたら》しとこそ、わが汝背の命、かくしつらめと詔り直したまへども、なほその悪しきわざ止まずて、転《うたて》かりき。

姉の天照大神が幾度か詔り直して、その罪をかばおうとするのは、力ある言葉によって罪科を変質させようとするのだが、こういうところに天つ罪の始めをすさのをに託して語るこの伝えが、繰り返し語りかつ形をもって再現されていた痕跡を見ることができよう。さらに、日本書紀の第一の一書の伝えは、この伝承の民俗化した面を見せている。

即ち素戔嗚尊に千座置戸《ちくらのおきど》のはらへを科《おほ》せて、手の爪をもて吉爪棄物《よしきらひもの》とし、足《あし》の爪をもて凶爪棄物とす。……世人、つつしみて己が爪を収むるは、これその縁《ことのもと》なり。既にして諸神たち、素戔嗚尊を嘖《せ》めていはく、「汝が所行《しわざ》はなはだ無頼なり。故に、天上に住むべからず。また葦原中国にも居るべからず。すみやかに底つ根の国に適《い》ね」といひて、すなはち共に逐降《やら》ひ去りき。時に霖《ながめ》ふる。素戔嗚尊、青草を結束《ゆ》ひて笠蓑として、宿を衆神《もろかみ》に乞ふ。衆神曰《い》はく、「汝はこれ身のしわざ濁悪《けがらは》しくして、逐《やら》ひ譴《せ》めらるる者なり。如何《いかに》ぞ宿を我に乞ふ」といひて、遂にともに距《ふせ》ぐ。これをもちて、風雨はなはだふきふるといへども、留り休むことを得ずして、辛苦《たしな》みつつ降りき。それよりこのかた、世に笠蓑を著《き》て他人《ひと》の屋の内に入ることを諱《い》む。また束草《つかくさ》を負ひて、他人《ひと》の家の内に入ることを諱む。これを犯すこと有る者をば、かならず解除《はらへ》を債《おほ》す。これ太古の遺法《のこれるのり》なり。

ここに記されたすさのをは、一層、古代の農村の人びとの心にまざまざと宿っていて、農耕の上の原罪ともいうべき天つ罪の条々を、みずから犯し贖う罪の祖神としての信仰の源を説いている。この神の姿は、年毎の霖雨期にまざまざとした姿をもって、村をおとずれてくる罪の漂泊者のあったことを見せている。村々の夏越《なごし》の祓の民俗は、もともとはそれほど綺麗ごとの神事ではなかったし、命の糧の米を生み出す田は、一歩足を踏み込めば奈落を思わせるような冷たく不気味な深泥《みどろ》から成っていた。畔放ちも、溝埋みも決して神話の中だけのことでないという実感を、田に引く水を隣人と争いあう悲しい体験を持つ村びとは身をもって知っていた。蓑笠を身にまとって霖雨の村を訪う者の姿は、近々として彼らの心の内に生きていた。

折口の「まれびと」の中にも、贖い切れぬけがれを負って漂泊するものの姿はあったはずだが、それが一時に噴出するようにして表現の上に現れてくるのが、敗戦の後の昭和二十二年に次々に発表する詩作品である。彼は日本の敗戦を、われわれの信仰の力が、キリスト教国の人々の信仰の力に敗れ、われわれの神がキリスト教の神に敗れたのだ、と受けとめた。その自覚に立ってもっとも近々と感じられたのが、贖罪の漂泊者すさのをであった。昭和二十二年五月、『八雲』に発表した「贖罪」、同月『群像』に発表した「天つ恋――すさのを断章」、同年十二月『人間』に発表した「すさのを」など、いずれもすさのをを主題にして、自身の内なる思いの苦悩を詩編の中に吐露している。

　母産《ナ》さば、斯く産すべしや―
胎《ハラ》なしに　生ひ出でし我
胞《エ》なしに　やどりし我
天地《アメツチ》の私生《ワタクシバラ》と
胎裂《ハラサ》かで　現《ア》れ出でしはや―。
父の子の　片生《カタナ》り　我は、
不具《カタハ》なる命を享《ウ》けて、
我《ワ》が見る　世のこと〴〵

天の下 四方《ヨモ》の物ども
　まがりつゝ 傾き立てり。
男なる父の 泌物《ヒ》 凝りて
成り出でし 純男《モハラヲトコ》と
あゝ満《タ》れる面わもなしや——
わが脚は 真直に蹈まず、
舟舵如《フナカヂト》 横に折れたり——

そもそも、黄泉国をおとずれた父のみそぎの場の泌物から成った、片生りの、私生の出と、身のけがれを歎くすさのをの姿の上に、親兄弟から厭われ、独り愛されることのなかった乞丐相《こつがいそう》だと自分を歎く、詩編「幼き春」などに表れた折口自身の姿がかさなっているし、正当に母の子として生まれなかったと思いこんで苦しんだ少年時の苦悩が、そのまま八束鬚胸前《やつかひげむなさき》に至るまで泣きやまぬすさのをの激情にひびきあっている。

そういう詩の創作から二年後の昭和二十四年四月に、雑誌『表現』に発表した論文が「道徳の発生」であった。これは従来に見られなかった角度から、日本人の倫理観念の成立の次第、道徳の発生の過程を見ようとした論文で、その中に「天つ罪」と「国つ罪」がそれぞれ章を立てて論じられている。天つ罪の問題を考える上で折口は、神以前の神というべきもの、「天地の意志と言ふ程抽象的ではないが、神と言ふ程具体的でもないもの」を既存者と呼んで、その既存者が与える共同罰というべきものを考えている。

個人生活に就いて、まだ深く考へてゐなかつた時代に、既《すで》に営んでゐた団体生活を、思ひがけなく、人々が破る事が度々あつた。其時《そのとき》、神とも思はれ、神以前とも言ふべき――恐らく神以前の――存在が、我々を罰する。責任者の自分だけでなく、周辺の人までも罰する、協同生活をしてゐる部落の人達を均等に罰する、と言ふ事が、起り勝ちであつた。

日本古代にも、天つ罪と言はれるものは、此《この》意味の既存者が与へる部落罰である。其犠牲者の考へが、逆にかの天つ罪の神話「すさのを」の命の放逐物語を形づくりなしたのである。天つ罪の起原を説くと共に、天つ罪に対する贖罪が、時としては、無辜《むこ》の贖罪者を出し、其告ぐることなき苦しみが、宗教の土台としての道徳を、古代の偉人に持たせたことのあつたことは、察せられる。

少年時の旅の苦しい思いから発して、自分の内なる罪・けがれの意識に非常に敏感であった折口の思いは、戦いに敗れた後の悔いの中から、こうしたところに考え至っている。常にムラの外からの視点を持とうとする心と、内なるものを思いつづけて思索する心との、ひびきあいの上にたぐり出されてきた思索の跡である。

九　日本人の神

柳田との対談から

折口が生涯かけて考えつづけた、日本の神、あるいは日本人の霊魂観を知る上で、昭和二十四年十二月の雑誌『民族学研究』に載った柳田国男との対談、「日本人の神と霊魂の観念そのほか」が、重要な意味を持っていることは、よく知られている。

殊に「まれびと」の問題については、この座談会で柳田との考えの相違をくっきりと見せているところが、強い印象を与える。司会の石田英一郎が比較民族学者の立場から、日本民族の固有信仰の問題について、両人の発言を求めたのに対して、柳田が次のように言って折口の論の提出をうながし、話が展開してゆく。

柳田　……ではいい機会だから折口君のマレビトということについて、一つ研究してみたいと思います。あなたも研究している。私も書かれたものを注意してきているが、私の学問の面にはそうはっきりしたものが出てこない。意見が違うからふれずにおいてもいいが、いい機会だから、あなたがマレビトということに到達した道筋みたいなものを、考えてみようじゃありませんか。これはかなり大きな問題と思いますから。

折口　殆ど書く必要に迫られなければ書いたことがありませんから、動機はそう濃厚なものではございません。どんなところから出てきたかよく覚えませんが、まあそういった発表の中では、マレビトのことは割合に確かなように思います。何ゆえ日本人は旅をしたか、あんな障碍の多い時代の道を歩いて、旅をどうしてつづけていったかというようなところから、これはどうしても神の教えを伝播するもの、神々になって歩くものでなければ旅は出来ない、というようなところからはじまっているのだと思います。

柳田　それは私などの今まで気のつかなかったところだ。常世《とこよ》神がいちばんはじめですが、仏教以前の外教宣伝者のことが幸いに同時代の文献には出ています。常世神は、あの時はたしか駿河国でしたね。あの記録以外にも、旅人が信仰を以て入って行ったというようなことがあるでしょうか。

折口　いま急にどれかということを思いだそうとすると、不自然なことになりそうですが、いくつもそういう歴史上の類型を考えて、考えあぐねたころのことだったと思います。台湾の『蕃族調査報告書』あれを見ました。それが散乱していた私の考えを綜合させた原因になったと思います。村がだんだん移動していく。それを各詳細にいい伝えている村々の話。また宗教的な自覚者があちらこちらあるいている。どうしても、我々には、精神異常のはなはだしいものとしか思われないのですが、それらが不思議にそうした部落から部落へ渡って歩くことが認められている。こういう事実が、日本の国の早期の旅行にある暗示を与えてくれました。

この対話から感じ取れる両者の間の考え方の違いは、柳田が記録・文献の上の実証性を踏もうとしているのに対して、折口は日本人の、そして自分の心の内証的なものを重んじてマレビトの追求に切りこんで居るという感じが、はっきりしている。折口はまず遠い古代に、日本人が何故に多くの障碍と困難を越えて他郷へ旅をしたか、日本の旅の始源を考え、その理由となる根元の情熱を、言わば宗教的布教の情熱に置いている。これは彼の日本文学の母胎の発生論と表裏一体になってゆく考えである。しかもその始源の情熱は遠い古代に一度あってそれで終焉するのではなくて、時代を違え発生の動機を違えて何度もくり返し湧きたってくるものなのであった。

柳田はそういう折口の考えに対して、自分の考えてこなかったところだと言い、文献にある例を出して、日本書紀皇極三年秋七月の条の、東国の不盡川《ふじのかは》のほとりで大生部多《おほふべのおほ》が常世神だと称して橋の木につく虫を土地の民に信じさせた、という例をあげている。この常世神の例は折口も他界論としてはもっとも早い時期の論「妣が国へ・常世へ――異郷意識の起伏――」（大正九年五月）の中に引いていて、「（常世神が）秦《はた》ノ河勝《かはかつ》の対治《たいぢ》に会ふ迄のはやり方は、すばらしいものであつたらしい。……「新富入り来つ」と歓呼したとあるのは、新船来《いまき》の神を迎へて踊り狂うたものと見える」と言い、その新しい魅力と情熱をかきたてた神を退治した秦河勝が「太秦《うづまさ》は　神とも神と　聞えくる　常世の神を　打ち懲《きた》ますも」と時の人からたたえられたことを心にもってさらに、「仏も元は、凡夫の斎《いつ》いた九州辺の常世神に過ぎなかつた。其が、公式の手続きを経ての還《かへ》り新参《しんざん》が、欽明朝の事だと言ふのであらう。守屋（物部）は「とこよの神をうちきたますも（紀）」と言ふ讃め辞を酬いられずに仆れた」と、仏の渡来神としての素性と、その古代日本人の受け容れ方について、折口特有の犀利な洞察を示しているのである。

折口にとって、時をへだてて点のように連なるそうした歴史上の、常世神・マレビトの類型を文献の上にたどることも大切だが、それよりも類型の底を貫き流れる心意のありようの探究こそ切実な問題であり、現にそれは発生の因由と情熱をよみがえらせよみがえらせして、現し身の折口の心を灼き、身をかきたてて心そぞろな旅に誘《いざな》いよせる力として、働きかけてくるのを実感しているのである。「妣が国へ・常世へ」をはじめとして、折口の異郷・他界を説き、「まれびと」を言う論が、われわれの心に強い働きかけをひびかせてくるのも、また逆に実証論を堅持する研究者の反撥を招くのも、理由は同じところにある。

　だから柳田が、『日本書紀』の常世神の記事以外にも、旅人が信仰を伝播して旅して行った文献の例を問うたのに対して、「いま急にどれかということを思いだそうとすると、不自然なことになりそうですが」と答える。折口の関心は事例をたどるというよりも、内なる脈絡の追求が重要だった。そういう歴史上の類型をたどって、内側の心意の脈絡のかすかで複雑なすじみちを考えあぐねていた時、その散乱した心に集中と綜合のきっかけを作ってくれたのが、台湾の『蕃族調査報告書』、つまり日本の外の民族の習俗から得た刺戟だったという。折口の学問は早くから、一国民俗学にとどまらず、比較民族学の領域に入って行かざるを得ない、必然性を持っている。その次の「また宗教的な自覚者があちらこちらあるいている。どうしても、我々には、精神異常のはなはだしいものとしか思われないのですが、それらが不思議にそうした部落から部落へ渡って歩くことが認められている」と言い、そのことがヒントになって、日本の遠い古代の旅する者と、それを受け入れる村人の心を考える上の暗示を得たというのは、その思いのすじ道が察しられる。それは後世から考えるようないわゆる布教者のイメージとはまったく違って、精神的にも身体的にも異類というよりほかないような条件を持って、あてどなく漂泊して村に入ってくる、あるいはまぎれ込んでくる者などを考えるべきなのだろう。同じ調査書を読んでも、柳田と折口の感受するものは、かなり違っている。

殊にこれから後の、マレビトの核心に触れた部分の、両者の切りむすびのさまは、何度読み返しても息づまるような思いがする。私はこの対談が成城学園町の日本民俗学研究所で行なわれた時、その場で聴くことができたのだが、その時から対談の二つの頂点となっているのはマレビト論と産霊《むすびの》神論の部分だと思っている。

折口 私の昔の考えでは、おなじマレビトといいましても、ああいうふうに琉球的なものばかりでなく、時をきめずさすらいながら来るものがあったようですね。今はっきり覚えていませんが、中には、具体的にいうと、日本の村々でいう村八分みたいな刑罰によって、追放せられた者、そういう人たちも、漂浪して他の部落に這入って行く……。

柳田 旅人か何かわからない不時の出現。それを信仰者が旅をしていると推測できますか。

折口 私はそう思っておりました。旅をつづけて不可解な径路をたどって、この村へ来た。それがすでに神秘な感じを持たせるほかに、その出現の時期だとか、状態だとか服装だとかいろいろな神聖観を促す条件がある。それよりも大きなことは、それがもたらす消極的な効果――災害の方面、そんなことが、ストレンジャアとしての資格を認めさせたものと思われます。この強力な障碍力が部落の内外にいる霊物のための脅威に転用せられるようになってくる――これを日本的に整理せられた民俗の上で見ると、ホカイビトの原形を思わしめている。他郷人を同時に他界人と感じた部落居住者の心理というものを思うようになって行ったのだと記憶しています。

最近次々に発見され発掘されて、われわれの持っていた縄文人の生活に対する考えを変更させずには置かない、縄文遺跡の村の生活の内部を見せられているような思いが、折口の言葉のふしぶしから伝わってくる。マレビト・正月様・ご先祖様、どんな言葉で言ってみても、われわれには美しいとのいと、浄らかな印象で感じられる聖なる来訪者の祖型にひそむ、暗く恐ろしい姿と、それがもたらす強烈な負の面の災いやけがれの障碍的な力が、逆に村人の周辺の庶物霊に対する鎮定の力として転化して、村々のホカイビトの原型となってゆくという過程の推論は、思わず息をのんで引き入れられるような感化力を持っている。しかも折口がここではっきり言っているように、その考えは彼のマレビト論の初期の段階から、すでに考えの中に入っていたのであった。

唯さへ、おほまがつび・八十まがつびの満ち伺ふ国内《くぬち》に、生々した新しい力を持つた今来《いまき》の神は、富みも寿も授ける代りに、まかり間違へば、恐しい災を撒き散す。一旦、上陸せられた以上は、機嫌にさはらぬやうにして、精々禍を福に転ずることに努めねばならぬ。併し、なるべくならば、着岸以前に逐つ払ふのが、上分別である。此ために、塞《さ》への威力を持つた神をふなどと言ふことになつたのかも知れぬ。一つのことが二つに分れたと見えるあめのひぼこ・つぬがのあらしとの話を比べて見ると、其辺の事情は、はつきりと心にうつる。

大正九年の「妣が国へ・常世へ」の論文の終りのところで、すでに折口の海の外、村の外から来訪する神に対応する、村びとの心をこんなふうにとらえている。古典をただ広く深く丹念に読めば、誰にでもこんなふうに古代の神のありようと、それに応ずる人の心がとらえられるという問題ではまったく無い。また、民俗学の研究が極度に精緻な網の目のように日本全体におよんで、そこから当然の帰結として割り出されてくる結論というようなものでも勿論あり得ない。何よりも、折口自身の内に幼く若い頃から、自分達の神の本質を究め知りたいという篤い希求の心があって、まず旅と歌と古典の博い読書と、やがて民俗学をはじめとする近代の学問がそれを支えていった。書物や資料の読解力・分析力にすぐれていたのは当然のことだが、まず自分の内部から、神の実体、日本人の信仰の事実を知ろうとし、考えようとする欲求がはげしかった。

さて、対談のマレビトに関する部分は、次のような形で内容がやや転換し、終りに近づいてゆく。

石田　折口先生、マレビトの中には祖霊とか祖先神とかいう観念は含まれておりましょうか。

折口　それはいちばん整頓した形で、最初とも途中とも決定できませんが、日本人は第一次と見たいでしょうな——。常世国《とこよのくに》なる死の島、常世の国に集まるのが、祖先の霊魂で、そこにいけば、男と女と、各一種類の霊魂に帰してしまい、簡単になってしまう。それそれが個々の家の祖先というようなことでなく、単に村の祖先として戻ってくる。それを、そうは考えながら、家々へ来るときに、その家での祖霊を考える。盆の聖霊でも、正月の年神でも、同じことです。その点では、近代までも、古い形が存しているのでしょう。私はどこまでも、マレビト一つ一つに個性ある祖先を眺めません。分割して考えるのは、家々の人の勝手でしょう。だが家々そのものが、古いほど、そういくつもなかったわけだから。

柳田　常世からきたとみるか、または鉢たたきの七兵衛とみるか、受け方だけの事情ではなかったろうか。

司会者によって引き出された、折口の考えるマレビトと祖霊の関係は、日本の神の祖型を祖先霊と考える柳田と大きく違った指摘に入らざるを得ない。そのことが柳田のマレビトの出自に関する辛辣な発言になった。だが、折口は自説の主張は確かであっても、師に対してのつつましい語調と態度は、いささかも変ることがない。

柳田　私の想像しているのでは、家々の一族というものが自分の祖先を祀《まつ》り、自分の神様をもっているのならば、そのあいだにまずもって優勝劣敗みたいなものがあって、隣の神様はみなの願望によく応じられるが、こっちの神様にはその力がいささか弱いから少しくあっちのほうを拝むというようなふうがあって、それから stranger-god（客神）の信用は少しずつ発生しかかっていたのではなかろうか。（後略）

折口　先生のお考え――そういう見方は、私にとっては、はじめてで。その考え方によって、考え直してみましょう。

柳田　私の知っているかぎりでは、折口君は沖縄に行かれて大きな印象を受けて来られた。しかしマレビトの考えはそれより前だから、やはりご自分の古典研究、古典の直覚からきたものとしかみない。（後略）

どんな時にも師の言葉は鞠躬如として受けるというのが、柳田に対した時の折口の態度である。他の学者や先輩に対しては、時に凄烈な反論も辞さない折口だが、柳田にだけは格別であった。この柳田の客神についての素朴な考えなどは、折口にとってこう答えてすませるよりほか、すべがなかったであろう。それがまた一層、柳田の心を刺戟した。マレビト論を折口が言いはじめたのは、柳田の示唆によって大正十年・十二年に折口が沖縄に採訪するよりも前だから、それは古典研究、古典の直覚的な読み解きから出たものとしか認めない。すなわち、民俗学の範囲に入る考えではないというのは、一方的なきめつけ方だが、折口はそれについて何も言うことをしなかった。

若き悲痛の死を伝える心

折口が日本人の神について特別な追求を深めてゆく要因には、度々言うように少年時からの内側から身を焼くような熱い希求の心がある。時にその情熱は彼の心の平衡を破って激しい動きを持つことがある。青年の一時期、宗派神道系の教義研究を目的とする神風会の運動に参加して、会誌に寄稿したり、街頭演説をしたのは、希求の激情が実践面に火を噴いた観がある。しかしそれは、短期間で鎮まって、学究的な思索にもどってゆく。大学卒業の前後からその後の数年間、明治四十年代から大正の初期にかけての折口は、国文学のほかに柳田や南方熊楠等が『人類学雑誌』『東京人類学会雑誌』『郷土研究』などに発表する論文を読み、また一方で岩野泡鳴の詩人的情熱をこめた日本の古典をめぐる思索の書物から、刺戟を受けることが大きかった。こういうところが折口の特色であって、冷静で緻密な智的追求と、激情を内に秘めた詩的で求道的な思索との二筋の心の動きが、いつも一個の折口の胸の内で、時に静かに並んで深めあい、時にきびしく葛藤しあって、学術論文を生み、短歌・詩・小説の作品を生み出してゆくのである。そうした彼の営為の中心にある問題が、日本人の神の追求であった。その心の動きはじめるのは、柳田にめぐり会うよりもはるかに前、少年期からおぼろな形で独自の心の萌芽を持ち、やがて国学院で三矢重松の国学的薫陶を受け、大学卒業後の数年間で人類学・民俗学さらには泡鳴の論などの刺戟を受けて、より広い思索と視野を持っていった。折口がマレビトの発見を心に持つのはこの時期のことであって、その点で柳田の言う通り、沖縄を知る以前であり、同時に民俗学以前であると言ってもよいだろう。しかしそれは柳田が「古典の直覚からきたものとしかみない」と言うほど単純なものではない。

明治四十年代、すなわち折口の二十代前半の頃の心の大きな動きを思わせる手がかりが、後年の昭和十三年五月の雑誌『日本評論』に発表した「寿詞をたてまつる心々」という文章の中にある。

故人岩野泡鳴が『悲痛の哲理』を書いたと前後して、『背教者じゆりあの――神々の死』が、初めて飜訳せられた。此《この》二つの書き物の私に与へた感激は、人に伝へることが出来ないほどである。私の民族主義・日本主義は、凜として来た。

――じゆりあん皇帝の一生を竟《を》へて尚《なほ》あとを引く悲劇精神は、単なる詩ではなかつた。古典になじんでも、古代人の哀しみに行き触れない限りは、其《それ》は享楽の徒に過ぎない。我々の知りあひには、何と、この爛酔の古典党が、最《もつとも》多いのである。

泡鳴が「悲痛の哲理」を発表したのは、明治四十三年一月発行の『文章世界』であり、ロシアの作家、メレジュコフスキー著、『背教者ジュリアノ』（神々の死）が島村苳三の訳で、『ホト、ギス』増刊第三冊として刊行されたのは、明治四十三年十一月のことであった。当時二十四歳で国学院大学を卒業したばかりの折口が、この二つの書物から刺戟を受けた。つけ加えれば、柳田の『遠野物語』『石神問答』を読んだのもこの年のことである。泡鳴やメレジュコフスキーの『神々の死』から影響を受けたことは、断片的に門弟に語ったりすることがあったが、その感動の内容をつぶさに書いたものは無い。だが、四十年近く経た昭和十三年の文章の中で、「人に伝へることが出来ないほど」の深い感激を受けたと書いているのだから、余程のことであったに違いない。その感激の内容は、「寿詞をたてまつる心々」の文章の脈絡の中からたぐり出すより仕方ないのだが、これが容易ではない。

この文章の書かれた昭和十三年は、その前々年に二・二六事件が起り、前年に日中戦争が起きて、戦火が大陸に拡大していった年で、題名などにそういう時代色が反映しているようでもあるが、論の内容は折口の特色ある古典への情熱と感覚にあふれている。また彼が小説『死者の書』を書き始めたのも、この年のことであった点も忘れてはならない。「寿詞をたてまつる心々」で折口が述べようとしている主題を、敢えて一口で言ってみれば、古代伝承の中に流れる悲劇的精神ともいうべきものである。文中に古事記から、二つの場面が引用されている。

ちはやぶる 宇治の渡りに さをどりに猛《はや》けむ人し、我がもこに来む

渡りて河中に到れる時に、其船を傾けて、水の中に堕し入れき。かれ 乃《すなはち》浮き出でゝ、水のまに〳〵流れ下れりき。即、歌ひて曰《い》はく……。こゝに河辺に伏し隠れたる 兵《いくさびと》かなたこなたこぞりおこりて、矢《や》中《さ》して流しき。故《かれ》、訶《か》和《わ》羅崎《らのさき》に到りて沈み入りき。故《かれ》、鉤《かぎ》以ちて其沈みし処を探りしかば、其衣の中《なか》の甲《よろひ》にかゝりて、「かわら」と鳴りき。故、其地《ところ》を号けて、訶和羅崎と言ひき。

其弟建《おとたける》、見畏《かしこ》みて逃げ出でき。乃《かれ》、其室《むろ》の階下《はしもと》に追ひ到りて、其背《そびら》をとらへ、剣もちて其後《しり》より刺し通す時、こゝに其熊襲建白《まを》して曰はく、其刀《たち》を勿《な》動しそ。僕《やつこわし》白す言《こと》ありと言ひき。こゝに暫らく緩《ゆる》し、押し伏せき。こゝに白して言はく、汝《な》が命《みこと》は誰ぞ。かれ詔《の》り給はく、吾は纏向《まきむく》の日代宮《ひしろのみや》にいまして、大八洲国しろす大帯日子《おほたらしひこ》淤斯呂《おしろ》和《わ》気天皇《けのすめらみこと》の御子、名は倭男具那王《やまとをぐなのみこ》ぞ。……其熊襲建白《まを》さく、信《まこと》に然なり。西の方には、吾二人を

除《お》きて健《たけ》く強《こは》き人なし。然るに、大倭国《おほやまとぐに》には、吾二人に益《ま》して健き男は坐しけり。こゝを以《もち》て、吾、御名《みな》献《たてまつ》らむ。今より後、倭建御子《やまとたけるのみこ》と称《たた》へまをすべしと言ひき。

前の引用は、応神天皇の三人の皇子のうち長兄の大山守が父の遺志に反して位に即こうとして、弟の宇遅和紀郎子《うじのわきいらつこ》を殺そうとしたが、逆に計りごとにおちて宇治川に流れ死ぬ場面である。引用は、大山守が流れつつ歌ったという歌を初めに出して、大山守の悲劇的な運命を美しく印象づけている。

後の引用は、まだヤマトヲグナと呼ばれていた少年のヤマトタケルが、女装して熊襲建兄弟に近づき剣をもって刺し通すと、苦しい息の下から「御名献らむ。今より後、倭建御子と称へまをすべし」と、祝福の言葉をおくる場面である。

折口がこの二つのいわば討伐されてほろびゆく側の伝承に感動するのは、謀反を企てたり叛意を貫いて死んでゆく者が残す歌や、最後の言葉に宿るあわれさと美しさである。「熊襲の誓言は、己の名を献つてゐる訣である。名を献ることは同時に霊魂を献ずることである。唯、其に更に「倭」を冠して、「やまとたける」と申したのである。而も命終時を控へて、此誓ひをしてゐる。其から思へば、大山守命の場合も、あの歌は其に近い意味を持つて居ることが察せられる」と言う。大山守の命終に歌った「ちはやぶる……」の歌は学者によっていろいろに解かれているが、折口は本来は婿《むこ》入りを迎える祝福の歌が、この物語の場にとり込まれたのだと説いている。それで、大山守も熊襲建も「寿詞をたてまつる心々」という題意にかなうわけだが、実はこの文章で折口がもっとも情熱をこめているのはその点ではない。それは文中の次のような言葉を見れば察しがつくであろう。

さうした古《ふる》びとたちは、単に悪しき者の亡びることの歓喜に、喝采するばかりではなかつたであらう。此《この》詞章を語り進んだ時、其語部《かたりべ》の顔を見上げながら、必《かならず》愉悦の歔欷《すすりなき》の声をそへてる者があつたことを思ふ。さうして、其等の若い人たちの中から、次の代の英雄に生ひ立ち、輝き充ちて而《しか》も寂しい、善徳を立てる道に誥《たけ》びをあげて、ひとり一人の道に死んで行つた人々の迹《あと》を思ひ浮べずに居られない。

大山守命は叛人である。浄く若い皇子の為に欺かれて、水に溺れなければならぬ梟雄《けうゆう》とも言ふべき身であつた。而も伝はること斯《か》くの如く、後代の我々には、其人其事の美しくさへ感ぜられるほど、語部は叱り懲《きた》める口吻を交へないで語つて居る。

もともと大山守の死は折口が心を引かれていた主題で、大正十一年に詩劇「おほやまもり」の作品があり、完成しなかったけれどその第二部には「大山守の屍にならうとする身が、歌を謡ひ乍ら、大河を下る事が書きたかつたのだ」と自註の言葉を残している。しかし、昭和十三年の「寿詞をたてまつる心々」が、こういう熱気をはらんだ文体で、改めて大山守や、刃の下からわが命をこめての服従と祝福の寿詞をのべる熊襲建の伝承とその心をなぜのべなければならなかったか。

さらに言えば、岩野泡鳴の『悲痛の哲理』とメレジュコフスキーの『背教者ジュリアノ・神々の死』に感動した若き日の思いを想起して、

> じゆりあん皇帝の一生を竟へて尚あとを引く悲劇精神は、単なる詩ではなかつた。古典になじんでも、古代人の哀しみに行き触れない限りは、其は享楽の徒に過ぎない。
>
> 私一己にとつては、じゆりあん皇帝を扱つためれじゆこふすきい氏の文学は、文学と言ふよりは、生活として感じられた。精神として感じられた。

というようなはげしい反応を示し、古典享楽の徒や、平安朝風な「もののあはれ」的趣味にだけ耽溺する者をきびしく批判している、その思いの底にあるものは何なのか。

『神々の死』の主人公ジュリアノは四世紀後半のローマ皇帝で、父や兄を殺した叔父のあとを継いで皇帝となり、北方や東方の敵を平定しようとして、ペルシャ軍との戦に傷を受けて若く死んでしまう。倭建の悲運を思わせるような人物なのだが、彼の悲劇は別の点に

あった。当時のローマではキリスト教の力が強まってきて、彼の祖父のコンスタンティヌス皇帝は四世紀の初めにキリスト教をローマの国教として承認した。だが、ジュリアノは思索を好み、古代のギリシャの神々の世界を憧憬し、その神々の世界がキリスト教によって閉塞せられてゆくことを悲しみ、抵抗した。そのためにキリスト教徒から「背教者」と呼ばれ、戦場で槍に貫かれた傷に力尽きて、「ガリラヤ人！　汝は勝った」とキリストへの敗北の一語を残して死んでゆく。明治四十三年に島村苳三の訳で出たこの小説を、二十代の折口は大きな感動をもって読み、また同じ頃に岩野泡鳴が次々に発表した「悲痛の哲理」や「新自然主義」さらに「古神道大義」などの論から刺戟を受けた。その若き日の感動が、何かの動機に触発されて、ふたたび昭和十三年の「寿詞をたてまつる心々」によみがえって来ている。

ここまでは、誰がこの論を読んでもわかる。だが私は長い間、この文章を何度読み返しても、どうしてもそれだけで終らない内容を感じ、それが何かつきとめられないもどかしさを感じていた。最近、メレジュコフスキーを読み、泡鳴を読み、何度も折口の文を読んでいるうちに、ふっと解けてくるものがあった。文の表には一切そのことを出していないが、叛いて誅殺される若き悲劇の主人公を後世に伝える古代伝承の、人心を悲しませる純一さと、殺される最後の息の下から歌や寿詞《よごと》をもって世に残す言葉の清冽さを説いたこの文章は、実は昭和十一年二月雪中に兵を率いて事を起し、叛逆の徒としてその七月に処刑されて果てた、青年将校たちへの深い悼みの思いを秘めているに相違ないと思う。

事件が起った直後の作品の上では、

たゝかひを　人は思へり。空荒れて　雪しと〳〵とふり出でにけり

つゝ音を聞けばたぬしと言ふ人を　隣りにもちて　さびしとぞ思ふ

と詠んだ折口であった。しかし、やがてあの若者たち十七人がこまやかな取り調べもないまま反乱罪による銃殺刑を受け、夏草の上に骸を横たえる直前になってなお、ほとんどの者が天皇の万歳をとなえて果てていった。その悲痛の寿詞申しの心ごころから、父に恐れられへだてられた倭建の「やまとは国のまほろば……」をはじめ、大山守や忍熊王の水死直前の歌、熊襲建の誅殺される前の祝福の言葉を連想し、その物語を伝えた古代人の伝承の豊かさと、それに心を浄化されて聴いた世々の若人の感動とを、今の世の人々の胸にひそかに伝えたかったに違いない。

あの事件を境にして、軍人の専横と越権は一層過激になり、一挙に戦火は大陸に拡大していったし、思想統一、言論統制は極度に厳しくなった。だが、折口が文章の上にそのことを具体的に出すのに慎重であったのは、むしろ単純な右翼的思想の者から表面的に利用されることを嫌う気持ちの方が大きかったはずだ。

昭和十二年春早く

我《ワレ》どちよ。草莽人《クサカゲビト》となり果て、　慨《ウレ》たきときは、　黙《モダ》し居むとす

みつ〳〵し伴《トモ》の隼雄《ハヤヲ》は、よきことをよしと言へども、何ぞ　こゞしき

そして戦後になって、次のように歌う折口である。

誰びとか　民を救はむ。目をとぢて　謀叛人《ムホンニン》なき世を　思ふなり

折口が日本人の神を追求する心の奥には、いつもその時代のはげしい現実との葛藤の心が息づいている。

十　時代と批評精神

旅の歌仙

柳田国男も折口信夫も連句が好きで、一緒に旅行をするとその旅先での作品を残している。昭和十七年の一月、二人が熱海で巻いた「鳴沢即事」と題する歌仙があって、高橋順子さんの『連句のたのしみ』（新潮選書、一九九七年）の中に、この歌仙の評釈が述べられている。民俗学の師弟の間のやりとりに対する、するどい洞察がなされていて面白い。たとえば初折《しよおり》の裏も終りに近いあたりに、次のような付合《つけあい》がある。沼空は折口、柳叟は柳田である。

憑き物をうき世を持たぬ家もなし　沼空
旅人あはれ故郷なのらぬ　柳叟

ほの〴〵と男鹿の春風山吹きて　空

高橋さんの評釈では、この部分について次のように言う。

憑き物をうき世を持たぬ家もなし　空

「憑き物」の正体は何かの祟りで、人に乗り移った霊である。「うき世」は、浮世でもあり、憂き世でもある。どんな家も人知れず悩みを抱えている。

旅人あはれ故郷なのらぬ　柳

村八分のような刑罰を受けるとか、あるいは業病や天然痘などの伝染病に罹るとか、現世の生活に堪えられなくなったとき、人はこの村からあの村へと出奔する。呪われた者も他の村では「まれびと」として大切にされる場合があったが、警戒され、異人殺しの対象にされた者もあった。折口には「まれびと論」があり、まれびととは、常世から来訪する神であるとした。柳田は折口の「まれびと論」を認めなかったようで、「私は折口氏などとちがつて、盆に来る精霊も正月の年神も、共に家々の祖神だらうと思つて居るのである。」(「山宮考」)と記している。挑発的な句のようである。

ほの〴〵と男鹿の春風山吹きて　空

初折裏十七句目は本来花の座である。柳田の『雪国の春』には男鹿紀行も載っているが、男鹿の「なまはげ」について、「一年の境に、遠い国から村を訪れて遥々神の来ることを、確信せしめんが為の計画ある幻しであつた。さうして男鹿人の如きは当然に彼等のナマハギを、霊山の嶺より降り来るものを認めて居た」と記している。もっとも「なまはぎ」は小正月の行事なので、深読みにすぎるかもしれないが、折口は、その旅人は遠いところから来た神である「まれびと」なのですよ、と暗に言いたかったのではないか。しかし表向きは平和な春の光がそそいでいる。

柳田の句がはたして挑発的であるかどうか、人によって見方が分かれるだろうと思うが、この付合を交しあう間の二人の心理の推移に、こうした思いがちらちらと去来したのであろうと考えることに、私も同感である。二人は同じ宿に泊まると、それぞれの部屋の電話で付句を告げあって、連句を巻いていった。この時もおそらくそうして一晩で歌仙を巻き上げたらしい。相手の顔が眼前に無いだけに、相互の間のこうした民俗学的な考えの相違にからまる思いは、自在に胸の内に去来したはずである。殊に師の学問に啓発されて、そこから展開させた「まれびと」の発見を、どうしても師に認めてもらえない折口の思いは、折につけ時につけて彼の胸の奥にかなしくわだかまりつづけていたに違いない。連句というものは、一座の連衆の間に流れる深い心の底の照り翳りを、付合の句の表裏にあやしくこまやかに織り込みながら、さりげない表情で巻き上げられてゆくものである。

「鳴沢即事」一巻の印象について高橋さんは、「折口の句は浪漫的だが、柳田の句は逸脱せず、手がたい印象をうけた。両者とも際立った個性の持ち主なので、両吟が単調になることはありえない。折口は柳田に師としての礼をとってはいるものの、学問の上では互角ないし師をしのぐ者だという自負の念をもって歌仙に挑んでいたことが分かる。柳田も折口をライヴァルと認めていたのだ。人間関係の察せられるのが、歌仙を読み解くときの楽しさである」と述べている。適評である。

柳田も感情の激しい人だが、折口もまた激情の人である。ただ二人が同じ場に居あわせると、折口の方がかならず五歩も十歩もゆずって、師の感情を通し、柳田が他者に対して怒りを示そうとすると、素早く脇から身を挺して、折口が怒りの役を自分でつとめてその場を収めてしまうのである。私はそういう場面に何度も居あわせて、その様子をつぶさに見た。

昭和二十五年秋に柳田と折口が半月ほど一緒に関西旅行をした時のこと、招かれた伊勢神宮で神主さん達が両先生の神道や伊勢信仰に関する話を聞いて、その後に座談式に質問を出して答える場がもたれた。こういう時は柳田の独り舞台のようになって、折口はきわめてつつましく傍に侍しているという形を守っている。折口が話したのは釈迢空という筆名の由来を問われて、例のごとくきわめて簡潔に由来など覚えていないと答えた時だけで、あとは柳田がお蔭参・御遷宮・伊勢講・御師の果たした役割などについて情熱をこめて話し、さらに信仰と学問の問題に言いおよんだ。

「こうしたさまざまな問題を考えていえることは、研究と信仰をはっきり分けて考えてほしいことです。正確な理由の上に湧きあがる信仰でなければなりません。……どうかもう少し学問的に純化して、こういう問題を考え、計画してほしい……」

柳田はあの戦争への反省をふまえて、正しく緻密な学問によって支えられた信仰の必要を、熱心に説いた。それは、この座談会の場に来る途中で、折口が「この座談会で、神宮側の人からわれわれの民俗学的な研究に対する疑問が、きっと切り出されるだろう。柳田先生はあのとおり厳しい方だから、それを受けて真正面から考えを述べられるにちがいない。しかし信仰と学問の問題は、そう容易に折り合いがつかないから、何とか収拾をつけなければ……」と心配していた状態が、次第に濃密になってゆくような気配だった。

やがて質疑応答が進んでゆくうちに、やや気負いこんだ感じの一人がすっくと手をあげて質問した。

「最近、東京の学者たちの間には、天照大神は、日の神に仕える巫女だというような説があると聞きますが、先生はその点についてどうお考えですか」

柳田がその質問者の方へ、きっとした感じで居ずまいを正すのが感じられた。しかし、折口の反応はそれを上まわって早かった。

「柳田先生をさしおいて、まことに僭越ですが私がお答えします。そういう説もあるやに聞いておりますが、今ここで答えるべき必然を感じません。次の質問にお移りなさい」

　質問者に正対して一気に言い切ると、最後は司会者に向いてさっさと進行をうながし、あっという間にその場は過ぎてしまった。これはまさしく学問と信仰の問題で、柳田も『妹の力』の中の「玉依姫考」でそういう考えを書いているし、折口はさらに天照大神に仕える高巫としての大日孁《おおひるめ》貴《むち》の性格が、天照大神の性格そのものに反映して考えられてくることを、古典の伝えの中に具体的に指摘している。あの場でその問題が論じられてもよかったのかも知れない。少くとも柳田はそのつもりで居たはずだ。だがそれにしては、質問の仕方が礼を失って意図的であった。その民俗学的な説を提唱する学者二人を前にして、わざと曖昧をよそおった問い方をそのまま逆手にとって、失礼な問い方には答える必要を感じない、と言ったのである。その答えが間髪を入れず幕を切って落としたようによどみがなかったので、座が白けることもなく、当然のように話題は次のテーマに移っていった。折口の気配りと進退のあざやかさは見事であった。

　この旅行を通して感じたことは、柳田は折口に面倒なことはまかせて、まるで子供のようにわがままにふるまっていた。家に門弟と居ると時に子供のようにわがままを言う折口が、柳田と一緒に旅をしていると千々に心をくだいて、勝手気ままにふるまう柳田のために尽すのであった。

公憤の人、折口信夫

だが、こういう折口が、折口の常の姿ではなかった。折口の心が一番の激しさを示す時は、彼が世間に対して大きな公憤を発する時であった。それを彼自身は、源氏物語などに用例のある「おほやけばら」という言葉を用いて「公《おおやけ》腹がたつ」と言った。直接には自分の利害に関係のない事に、大きな憤りを発せずにはいられないことで、中腹《ちゅうばら》の逆である。現代の言葉で言えば、それは折口の独自な論理の発見、倫理の発見からみちびき出されてきた、新鮮な時代批評の精神であり、果敢でするどい文明批評であった。

折口の批評精神がいちじるしい形で示されるのは、少年の頃から身に具わった彼の激しい性癖の一つだと思ってもよいだろう。若い頃から時代の傾きや、いちじるしい事件に彼の心が触発されるたびに、演説をしたり、評論を書いたりする形で示されてきたが、やがてその端的な心の表現は何よりも短歌作品に多く示されるようになる。歌集を読んでいると、その作品の中に時代を憤り、時流を批判する心から出たものの多いことに驚かされる。折口にとって早くから、歌は慨《うれた》みの声であったのだということを、改めて思わずにはいられない。この傾向は、時代が軍国主義や戦争に向って傾斜してゆく昭和初期から彼の歌の上にいちじるしくなり、さらに戦後の歌になると、深い憂いと憤りの歌としての内圧は一層強くなってゆく。

だが一方で、彼が体験しなければならなかった大正から昭和初期の日本の時代推移の激しさの中で、その思いを短歌作品に表現するだけではどうしても飽き足りなくて、非定型口語詩や、長い叙事詩によって示そうとする時期がくる。そのきっかけとなるのは、大正十二年の関東大震災の体験であった。この時の突発的な場に居あわせた体験は、折口のそれまでの短歌表現に対する考え方を、大きくゆるがすほどのものであった。彼は内側から衝き動かされるような思いになって、今までとちがって短歌定型をはみ出し、洗練せられた文語体による表現をかなぐり捨てて、口語自由律の短詩の形で、その切迫した思いを作品化しようとする。これを逆の側から言えば、折口にとって短歌定型はその小さく美しい結晶体を、どうしても無惨に崩すにしのびない思いがあって、強烈な現実につき当った時は、他の表現様式をとるよりほか、術がなかったと言うことにもなるだろう。

第二歌集『春のことぶれ』の中には、震災後三、四年を経て、当時を追懐した歌があるけれども、その作品はもうしらべと定型の均衡を崩すことのない、短歌作品としての整いを見せていて、それだけに迫ってくるものの激しさはない。ところが、次のような非定型自由律の作品になると、伝わってくるものの内容は一変する。

砂けぶり　二　（抜粋）

両国の上で、水の色を見よう。
せめてもの　やすらひに—。
身にしむ水の色だ。
死骸よ。この間、浮き出さずに居《ヲ》れ

水死の女の　印象
黒くちゞかんだ　藤の葉
よごれ朽《クサ》つて　静かな髪の毛
—あゝ　そこにも　こゝにも

横浜からあるいて　来ました。
疲れきつたからだです—。
そんなに　おどろかさないでください。
朝鮮人になつちまひたい　気がします

夜になつた—。

また　蠟燭と流言の夜《ヨル》だ。
まつくらな町を　金棒ひいて
夜警に出かけようか

井戸のなかへ
毒を入れてまはると言ふ人々──。
われ〳〵を叱つて下さる
神々のつかはしめ　だらう

かはゆい子どもが──
大道で　しばいて居たつけ──。
あの音──。
　帰順民のむくろの──。
おん身らは　誰をころしたと思ふ。
かの尊い　御名において──。
おそろしい呪文だ。

万歳　ばんざあい

この引用は後に手を加えた『折口信夫全集』によっている。初出の大正十三年六・八月の雑誌『日光』の語句には、これよりさらに強烈な感じの部分がある。

折口は大正十二年の七月十八日から二度目の沖縄旅行に出かけていて、大地震の翌々日の九月三日夜に横浜港外に着き、翌四日横浜桟橋に上げられて、歩いて谷中清水町の家に帰った。その途中の夕方に芝増上寺の山門のあたりで、自警団から朝鮮人と間違えられあわや暴行を受けそうになった。後年、「自歌自註」の中で、その時のことを思い出している。

……大正十二年の地震の時、九月四日の夕方こゝを通つて、私は下谷・根津の方へむかつた。自警団と称する団体の人々が、刀を抜きそばめて私をとり囲んだ。その表情を忘れない。戦争の時にも思ひ出した。戦争の後にも思ひ出した。平らかな生を楽しむ国びとだと思つてゐたが、一旦事があると、あんなにすさみ切つてしまふ。あの時代に値《あ》つて以来といふものは、此国の、わが心ひく優れた顔の女子達を見ても、心をゆるして思ふやうな事が出来なくなつてしまつた。

この「自註」は、次の歌に対応するものとして語られている。

増上寺山門

国びとの　心《ウラ》さぶる世に値《ア》ひしより、顔よき子らも、頼まずなりぬ

この一首などは短歌としての整いと、中心にある慨みの情感とが、はげしい現実を前にして、うらはらな感じになってしまっている。「国びとのうらさぶる世にあひしより」という清冽な歎きが、宙にまよってしまいそうだ。折口自身が「歌としては相当な位置にあるものだと思ふが、芯にある固いものが、どこまでもこの歌の美しさを不自由ならしめてゐる。結局これなどは、とりわけ古典的作品と言ふのだらう」と自己評価している通りである。しかし折口はこういう慨みの心を述べる歌を、全面的に否定したり卑下したりしているのではない。むしろその反対で、一方で無内容に見えて自然な澄明さで日本人の心の古典感にひびいてくる歌らしい歌や、さらにもう一方で口語的で自由律の短詩や長詩によって、生《な》ま生ましい時代の現実と直接的な批評精神を作品化しながら、なお頑として歌のしらべにのせた慨みの心の表現としての短歌を作りつづけてゆく。それが歌人、釈迢空の特色となっているのである。殊に戦後、さらに晩年には、彼のそういう面の歌が今までに見られなかった独自の深さを見せて、人々の心を引きつけるようになる。しかし、大正期

から昭和の初期にかけての折口は、「短歌の命運はもう尽きようとしている」と言い、短歌の次に来るべき定型を模索すべきことを、現代の歌人の協同の責任としてしきりに提言する。それは、彼のするどい時代批判の心が現実と触れあって燃えあがり、軋轢《あつれき》してきしむものを、よりするどく表現するための力ある次の詩を求める切実な思いから発しているのであった。

関東大震災の次に折口が、歌人としては身も世もあらぬような姿になって、定型を破り、文語体をかなぐり捨てて作品を作るのは、昭和初期の東北地方の村々を襲った大凶作の地を旅した体験によってである。これはあのうちつづく天明の大飢饉のさなかに諸国を旅して、飢えに滅びる民を救うものは京都におわす天子のほかにはないと思い定めて、激しい行動をかさねてゆく奇人、高山彦九郎に似た慨みの心に根ざしているのだが、折口はそう単純な行動派ではない。昭和九年十月に『短歌研究』に発表した、「水牢」という作品をあげてみよう。

水　牢

水牢さ這入つて　観念の目を閉ぢた。
何《ナア》も　悟《サト》れねえと言つて　出て来た　おれのぢい様

小貧乏《コビンボ》め。もつと　人間らしい事をだ。
ふてくされた言ひ分は　其からだ

娘を売つて——から　水牢だ。あ、羨《ウラヤマ》しいなと言つたつけ——
水呑み百姓をよ

水しか呑めねえ⁉　水でも　呑んでるでねえか。
おれたちは黙つてんだぞ。紋附《モンツキヨー》を　羽織つて

上からだ。そして　下からもだ。
しぼられる百姓は　手拭ひだ。雫《シツコー》を啜る　水呑みめら

先祖代々　乗りつゞけて来たおだてに、
おれが乗ると思つたかよ。小貧乏めら
爺様《ヂサマ》は宗五郎に　なり損ねて、名主になりやつた。

おれは学者になつて、吐息づいてる

痩せ馬に小《コ》づけ！　こて〳〵と　附加税！
少しは分け前も受けろよ。小貧乏め

税吏と　小貧乏め。小当りに懐を考へるちぼと。
悪態はよさないか。出すよ　出すよ

学問やめて　山へ還《カヘ》ろと思つたりや。
村ぢや田地《デンチ》持ちなさろと言つた

学問よして　山めぐりせうや。
山の馬めに味噌嘗めさせて　まはるべいか

学問もふつゝり……。山の分教場へでも出ようか。
教員にも古過ぎる　おれだつけな

まるで大阪仁輪加《にわか》の口調で一気にまくしたててゆくような、饒舌で野卑な言い方の裏に、痛烈な批評のえぐさが息づいている。和歌的なもの言いばかり見ていたのでは、連想もできない大阪びと折口が、ここでは小憎づらいほど奔放にものを言っている。しかも徹底しているのは、上からと下からの板ばさみになって四苦八苦する、村の中産階級というべき農家の側に立ってものを言っている。これは、都市と農村があい接し、入り組んだ階層の人々の生きる木津という特別の地区の医と商家を兼ねる家に生まれ育った折口の、生涯をつらぬく社会観であり、人生観であった。昔から一番苦しみながら生き、社会を支えてきたのは、上下の層にはさまれた中流の階層の者であり、武士でもなければ土地を持たない小作人や日傭労働者でもない。村ならば、零細な土地を守って生きる百姓こそ、もっとも苦しみを耐えて村を保ってゆく者なのだという考えが、折口には確かな形で信じられていた。批判精神と反骨の心は硬いものがあったが、庶民の文化を生み保ってきた基層の民の見とどけ方はしっかりしていたから、当時の知識人の多くが感化された外来の社会思想に動揺させられることが無かった。いつでもその基盤に立った視点から、時に国学の志から発する慨みの声を、時に長い彫琢を経た伝統的詩歌のしらべに託した憂いの心を、そして稀にはこのような大阪の市井人特有の華やかでにがみのきいた諷刺にまかせて、時代の批評を述べている。折口の学問的論文の多くが、常に時代の批評精神を感じさせるのと同様に、その作品世界においても、様式に変化を持たせながら、同じ心の発露するさまに変りはない。そして注意すべきことは、戦後の時期になると、その批評の精神は一層の激しさを加え、学術論文においても、伝統を踏んだ短歌的表現においても、従来にない深まりと展開を見せるのだが、もう一つ忘れてならぬことは、三番目の非定型口語詩、その大阪仁輪加的な饒舌体のもの言いが、戦後には長い口語詩として展開してくることである。戦後の折口は大阪の詩人、小野十三郎の詩に関心を持っていたが、それも一連の心の動きの上のことであったはずだ。

追悲荒年歌の抒情

学問の上では同じような心を保ちあい、同じようなところに価値観を据えながら、民俗学のために早くその詩歌を捨て、文学への情熱を押し伏せてしまった柳田と、最後まで詩歌による表現にその批評のするどい心を託しつづけた折口とでは、大きな違いが生じてしまったという気がする。少なくとも柳田は、東北の村々の常民の上に起きた大凶作と飢饉について、直接に触れてものを言うことがなかった。折口は、「水牢」「貧窮問答」「東京を侮辱するもの」といった口語作品によって、社会批評の鋭角的な切り口を示したほかに、これらの作品にひきつづいて昭和十年七月の『短歌研究』に長歌体の文語詩「追悲荒年歌」を発表する。この詩は後に第一詩集『古代感愛集』の巻頭に置かれた。折口の長歌体の詩の最初の作として大きな意味を持っている。『短歌文学全集・釈迢空篇』（昭和十二年刊）にこの詩を収録した時に附した作者の註は、次の通りである。

初めて（?）発表した長歌。昭和十年。『短歌研究』「静けき空」の中。反歌は、後に加へた。此《この》前年、東北凶作の事、頻りに新聞に伝へ、虚実常に相半して居た。だが、奥州の農民の貧寒に苦しむ事は、菊多・白河の関より奥に、空閑《くうげん》を開いた昔からの事で、経済世態が進むにつれて、痛苦の激しく感じられるのは、当然である。其《それ》を思ふと、生を其《その》国々の而《しか》も、水冷かに山掩《おほ》ふ里陰に享《う》けた人々を、いとほしまずには居られない。此歌は、数度漂遊した印象から出た空想である。

追悲荒年歌

ちゝのみの　父はいまさず、
はゝそばの　母ぞ　かなしき。
はらからの我と、我が姉
日に　夜《ヨル》に　罵《コロ》ばえにけり。

怒ります母刀自《ハヽトジ》見れば
泣き濡れて　くどき給へり。
　そこゆゑに、母のかなしさ――。

家荒れて　喰ふものはなし。
屋場《ニハ》寒く　鳥もあそばず。
あはれ　かの雀の子らは、
軒の端《ハ》ゆ　顔さし出でゝ
ちゝと鳴き　くゞもり鳴きて、
声やめぬ。ふた声ばかり――

すゞめ子も、餓ゑ寒からむ。
あはれ〳〵　喰ふ物やらむを――。
腹へりて　我も居にけり。
頻々《シクヽヽ》に　いたむ腹かも――

晴るゝ日の空の　青みに
　こだまする　もの音もなし。
静かなる村の日ねもす―
村びとも　みなから飢ゑて、
　ま昼たゞ　寝貪《ムサボ》るらむ。

朝明《ケ》よりものにい行きて、
　帰り来し姉のみことの、
我を見て　あはれと言《ノ》らし、
町人《マチビト》の、姉にくれたる
蕎麦の粉の練《ネ》れる餅《モチヒ》の
焼きもちひ　喰へと言ひて、我に給《タ》びたり。

　くるゝ時、我を見し目の
　姉が目の、さびしかりしを
髣髴《オモカゲ》に　今も忘れず―。
ひた喰はゞ　片時の間ぞ―

喰はざらば　腹ぞ　すべなき―。
蕎麦もちひ　惜しみ　たしみて、
ねもごろに　我が喰ひをるに―
ほろ〳〵と　とすれば崩《ク》えて―
もろくくづる、蕎麦の粉の　すべもすべなさ

反　歌

いとけなくて　我は見にしか。野山にも　交《カタ》らひ浅き若うどの　群れ

なか〳〵に　鳥けだものは死なずして、餌《エ》ばみ乏しき山に　声する

家に養《カ》ふものは　しづかになりにけり。馬すら　あしを踏むこともなし

戦後、山上憶良の貧窮問答歌が万葉集には珍しい民衆詩としてとりあげられ、一部の人々から格別に賞揚されたことがあったが、折口はそういう動きに同調しなかったし、憶良の歌をさほど純然たる民衆詩だとも考えていなかった。折口にとって万葉集における真に価値ある民衆詩といえば、何よりも巻十四の東歌であった。おそらくこの詩を作る時に

も、貧窮問答歌的な歌い方にはしたくないと思ったはずである。自註に言うように、東北地方の村々を旅した体験を背景とする空想に違いなかろうが、この母や姉にからんでゆく思いは、多分に彼自身の幼少時の切実な記憶とひびきあっているに違いない。それは、『古代感愛集』の中でこの「追悲荒年歌」の次に置かれている、「乞丐相《こつがいそう》」や「幼き春」を合わせ読んでみるとよくわかる。わずかな田畑を、父祖永劫の伝来の地として執着して、悪条件の下で米つくりに努める農民の家の苦しみを、都市に近い中産の商家に育った自分の家の苦しみと重ねあわせて、詩の上ににじみ出させてきていると言えよう。少なくともここに歌われているのは、一戸を構え、田畑を伝え、馬小屋に馬を飼ってその土地を耕作する家族の、凶作と貧窮の苦しみであって、小作人や日傭労働者ではない。都会の知識人の議論やジャーナリズムの報道が、虚実あいなかばして真実を伝えていないことを憤って書いた、「水牢」「貧窮問答」「東京を侮辱するもの」に流れる痛烈な批判精神が、この抒情的な長歌風の詩篇にも流れている。そして何よりも、こうした折口のするどく独自性をもった、世相への文明批評の詩魂が、やがて戦後の長く饒舌な文語詩、「暗渠の前」や「最上君の幻影」を生み出してくるのだということを考えないではいられない。

十一　新しい神の発見

まれびと論と天皇

没後四十年以上の変化を経た現在、こういうことを言うと奇異に感じられるかもしれないが、折口の学問や文学は、戦前、そして折口の生きている間は、正当な理解や評価をほとんど受けていなかった。短歌だけがその特異な作風を認められて、異風の歌人そして異色ある歌論者と注目されていたが、国文学や民俗学の業績は知る人ぞ知るといった程度の一私学の研究者だった。『古代研究』はまぼろしの名著といった感じで、その学説は魅力を秘めながらも、正面から取り上げられ論評されることは稀であった。小説『死者の書』は雑誌に発表した時も、単行本として刊行された後も、論評らしい論評を受けることが無く、折口を嘆かせた。

「まれびと」論をはじめとする学説や、小説『死者の書』がきちんとした評価を受け、さらにその学説が緻密に検討されるようになるのは戦後になって、しかも昭和二十八年の折口の没後のことである。それには幾つかの理由があって、学説の内容が非常に特異で一般化しにくかったことや、折口の文体や表現法が個性的でありすぎること、小さな私学の出身であることなどがあげられるが、もう一つ今まであまり注意されてこなかった理由があるはずだ。それは、折口の説く学説の内容が、その奥深いところで戦前の日本の国体や皇室観に対して、危険な要素となり得るものを内包しているということを、敏感に読みとった人々があったに相異ない。深く読みこめば読みこむほど、霧の中に凝り成すおぼろな一つの象《かたち》のように、折口の説く学説の奥に見えてくるものがあって、それは近代日本国家が標榜してきた天皇即神観の問題に微妙に触れてゆきながら、実は天皇即神観を内側から否定する論拠を秘めていることに気づいた人々が、折口の書物を冷静に読んだ人の中にはきっとあったはずだ。そのことが戦前・戦中には、折口の学説にあまり深くかかわってゆくことを忌避させるようなところがあった。津田左右吉や美濃部達吉の学説が受けたような批判が、折口の説く「まれびと」と天皇に関する問題について、起きたとしても不思議ではなかったのである。昭和十年代初期の頃のことだと思うが、折口のところへしげしげと通ってくる学生の一人に、共産主義の非合法活動をしているのではないかと疑いをかけられて捕えられた者があって、その関係で折口の家へもその方面を専門とする刑事が二人でやって来た。折口との間に簡単な質疑があって、「それでは書庫を見せていただきます」

と言って、書庫をひとわたり見て何ということもなく帰っていったという。当時、関西に住んでいた鈴木金太郎はこのことを聞いて、先生の学問にも官憲の手が入るのではないかと深い危惧の思いを抱いたという。私はこの話を折口の没後になって鈴木から直接に聞いたのだが、その時に鈴木はこういう言葉をつけ加えた。

「戦前、柳田先生が身近に危険思想を持った者を出入りさせていられるという疑いがかかっていて心配だ、と折口先生がしきりに気をもんでいられたことがある。だが、実は学問の内容から言えば柳田先生より折口先生の方がずっと危なかったはずなんだよ」

これはまさに、鈴木の言う通りである。折口の「まれびと」論は、日本人の神を解き明かす精緻な学説である。それだけに、深いところで天皇との問題にからんでゆかざるを得ない。折口は大正三年頃から、空を経て降臨する他界の威霊とその招来の形について次々に論考を発表する。「まれびと」論の祖型というべき段階である。実はこれは偶然の要素を多分に持っているが、明治の世が終って大正天皇の即位大嘗祭の行なわれる時とかさなりあっている。現に折口は大正四年九月二十六日、国学院の国史・国文学会が連合で催した講演会で、白鳥庫吉の「大嘗祭の根本義」という講演を深い関心を持って聞いている。柳田国男の民俗学に啓発されたことが何よりも大きいのだが、それに次いで天子のみ代替《よ》りの時に触れると、折口の心は日本人の神の問題、さらにはそれと深く関連する宮廷信仰と天皇の問題の解明について、強い情熱をわきたたせずには居られないのである。その経過を、さらに彼の「まれびと」論の成立とからみあわせて見てゆくと、大正九年五月、「妣が国へ・常世へ」の論を『国学院雑誌』に発表して、海の彼方の異郷についての深い洞察を述べている。そしてこの論の発想のきっかけとなったのは、文章の冒頭にも出てくるように、明治四十五年八月に行なった伊勢・志摩・熊野の旅における、大王崎の尽端に立った時の思いであった。偶然で直接の因果関係があるわけではないが、この旅が明治天皇諒闇の時期とかさなっていることは、一応心にとめておくべきであろう。

そして大正十年と十二年の、沖縄および先島列島の民間伝承採訪旅行を経て、海の彼方の他界と、そこから来訪するまれびと、およびまれびとと呪言の問題がいよいよ具体的に詳細に論じられてゆく。その主要なものは、次の四つの論考である。

国文学の発生（第一稿）――呪言と叙事詩と――大正十三年四月『日光』に発表

国文学の発生（第二稿）――大正十三年六・八・十月『日光』に発表

国文学の発生（第三稿）――まれびとの意義――昭和二年十月稿。昭和四年一月『民族』に発表

国文学の発生（第四稿）――唱導的方面を中心として――昭和二年二・四・十二月『日本文学講座』に発表

右の四論文は後に『古代研究』国文学篇に収める時には、第三稿・第一稿・第二稿・第四稿の順に並べ変えて収録されている。これはまれびとの本質と、そのもたらすものとし

ての威力ある言葉、さらにはまれびとをともなって旅する漂泊集団の人々、まれびとを受け入れる村の祭りといった問題を順よく理解させるための適切な編集であった。

客をまれびとと訓ずることは、我国に文献の始まつた最初からの事である。従来の語原説では「稀に来る人」の意義から、珍客の意を含んで、まれびとと言うたものとし、其《その》音韻変化が、まらひと・まらうどとなつたものと考へて来てゐる。形成の上から言へば、確かに正しい。けれども、内容——古代人の持つてゐた用語例——は、此《この》語原の含蓄を拡げて見なくては、釈かれないものがある。

まれと言ふ語の溯れる限りの古い意義に於て、最少の度数の出現又は訪問を示すものであつた事は言はれる。ひとと言ふ語も、人間の意味に固定する前に、神及び継承者の義があつたらしい。其側から見れば、まれひとは来訪する神と言ふことになる。ひとに就て今一段推測し易い考へは、人にして神なるものを表すことがあつたとするのである。人の扮した神なるが故にひとと称したとするのである。私は此章で、まれびとは古くは、神を斥《サ》す語であつて、とこよから時を定めて来り訪ふことがあると思はれて居たことを説かうとするのである。幸にして、此神を迎へる儀礼が、民間伝承となつて、賓客をあしらふ方式を貽んで来た次第まで説き及ぼすことが出来れば、望外の欣びである。

今はまれびとの論のまさしく古典となった、「国文学の発生」（第三稿）の書き出しの部分のこういう言葉を、『古代研究』の冒頭の頁を開きながら初めて読んだ時の、新鮮で衝撃的な印象は今もまざまざと心によみがえらせることができる。世襲の神主の家に生まれ、やがて神宮皇学館の普通科に学んで、神典として古事記・日本書紀・万葉集を教えられ、戦前・戦中の「大君は神にしませば」と敬仰する天皇即神観や皇国史観の影響を受けて育った私などにとって、特に折口のまれびと論の説くところは鮮烈な思いをかきたてる力を持ってひびいた。

まれびとは、古代人の意識の上では神をさす言葉であるが、他界から時を限って来訪するその神は実は、人にして神なるものであり、さらに人の扮した神であるからまれひとと言うのだ、とするこの説は、それまでの日本人の神観念を一新せしめるものであった。しかも、折口の説くところを読み進めば、時を違え所を違えて日本の村々、家々の民間伝承の上に伝えられてきた、実に多様なまれびとと神の姿と、それを運んで旅する人々の集団を知ることができる。また、これらの論が「国文学の発生」と題されているように、折口のまれびと論はまれびとがもたらす力ある呪言としての詞章すなわち言葉を核にして述べられ、次にはまれびと来訪の場において演じられる所作・あそびのわざを核にして追求されてゆくところに特色がある。これは大正年間の初めの時期の「髯籠の話」「盆踊りと祭屋台と」「稲むらの蔭にて」「幣束から旗さし物へ」などの論がみな、神を招く時の目じるし、神の依《よ》り料《しろ》としての物を中心にして述べているのと軌を一にしている。抽象的・観念的になりやすい神の本質を説くのには、必要な効果ある表現法であったし、まず何よりも確かな神のとらえ方であったと言えよう。

ところでこの昭和初期のまれびと論が次々と生まれてくる一方で、同じ時期に折口はまたやや違った面の研究に、はげしい集中力を見せてたちむかっている。それは昭和二年の「貴種誕生と産湯の信仰と」あたりから始まって、昭和三年三月の「高御座」（『国学院雑誌』）から同年八月の「大嘗祭の風俗歌」（『国学院雑誌』）、十月の「神道に現れた民族論理」（『神道学雑誌』）、十一月の「大嘗祭の本義並びに風俗歌と真床襲衾《まどこおふすま》」（『国学院雑誌』）、十二月の「御即位式と大嘗祭と」（『歴史教育』）などの論を発表し、さらに大嘗祭に関する論の草稿を一本残し、長野県の教員を対象とする研究会で「大嘗祭の本義」と題する講演を行ない、さらにその上で『古代研究』民俗学篇第二冊所収の「大嘗祭の本義」を書きおろしている。昭和天皇の即位大嘗祭を期に、宮廷に伝わる天皇霊や天皇の神性の問題、あるいは大嘗祭の意義とその秘儀的な部分について、折口独特の緻密で執拗な追求を試みようとして、苦心をかさねている。

折口は天皇の資格については、神の「みこともち」としての一つの通った見解を持っていて、天皇は即ち神であるという考えとは別の立場を持っている。しかしまた一方で、大和宮廷が長い時の経過の中で、独自の神話を育て、神の血筋の家、神の子孫としての天皇といった印象を与えるようになってきたのも事実である。さらにその印象が、日本人の天皇に対する心の集中を深くさせ、日本人の生活の安定をもたらしてきたことも事実である。みずから国学者の自負と責務を深く感じている折口は、新しい昭和の世の始まりに当って、この解明の困難な問題について、正しい見解を出そうと果敢に試みたのであった。

「みこともち」としての天皇

折口は天皇に対して、国民として篤い敬愛の心を持っている。だがそれは時として、きびしい批判の対象として、まさしく公憤《おおやけばら》をたてることもあった。その二つの面に示された場合を見てみよう。

歌集『春のことぶれ』に収められた歌だが、ちょうど昭和三年の作に次の一首がある。後年の「自歌自註」の文章も合わせて引用しておく。

王　道

年どしに　思ひやれども、山水をくみて遊ばむ　夏なかりけり

——明治御製——

大君は　あそばずありき。髣髴《オモカゲ》に　夏山河《ガハ》を　見つゝ　なげゝり

山河や、山の井の水、そのすゞしさは、来る年〳〵いつも想像に考へてゐるけれど、実地に臨んで、それを手に汲んで飲んで遊ぶといふ、夏はないことだ。

これはまだ誰も覚えてゐる、明治天皇の御製である。そのお歌から、まう少し写真に焼きひろげるやうに、まう少し私の考へてゐるのに近い明治陛下を、別の歌で考へてみたいと思つた。天子といふお身の上故、あの方はちつとも遊びをせずにゐられた。唯いつも〳〵、夏の山河の景色をまぼろしに見ては、歎き〳〵してゐられた。こんな風に訳してみると、御製に対して、無用の長物みたいな気がする。唯此歌で見てもらひたいのは、皆が濫用する敬語が倹約して一つも表には使つてないことである。而も敬語の感じは、此一首に十分出てゐる、と私は信じる。それは言ふまでもなく、「大君は」といふ語を、懇ろに、まるで判を押すやうに、ぢつとすゑてゐるところから来てゐるのだと思ふ。同じ敬語を抜いた処でも、「見つゝなげゝり」は、最《もつとも》有効に、敬語感を出してゐると思ふ。

明治二十年生まれの折口は、明治天皇の身を苦しめて世を思う歌に心を引かれて、王道を踏んだ天子とはこういうものだと、自身も歌をもってその心に応《こた》えている。明治天皇の数多い歌の中から、世人がもてはやす歌と違って、明治三十七年作のこの一首の思いに集

中しているのはさすがと思われる。こういう天皇ゆえの嘆きの心に感動する心と共に、またその逆のはげしい公憤を宮廷や皇族に対して示すことが、しばしばあった。大正十三年十月二十二日の『東京朝日新聞』に、「今の世に何を一番望むか」という質問に答えて発表した、次の文章などはその一例である。

争臣を

一口に探してゐる物と申すと、限りもなく浮んで来る強欲を恥ぢ入ります。探しても見つかりさうもないものを申し出た方が、ぱらどつくすめいても、気持ちはよい様です。私は、「争臣を」とお答へします。

翁島と言ふ地を持つた東北の貧寒な県では、今年の臨時支出分として十二万円を議決したと言ふ事を、其国の志の篤い青年は、情熱を以て申しました。

日本に於ける儒道政治の具体化した時代を示す一番の榜示《ぼうじ》は、大三輪ノ高市麻呂《たけち》でせう。

私は儒教主義は、極端に拒否しますが、ごるふや、山登りや、すきい遊びに於てのみ、若い聖儒のおんふるまひを窺ひあげて居るに止まるのでは、どうしても寂しまずには居られません。高市麻呂はまだ、国民が、古事記も日本紀も持たなかつた時代の争臣です。

年々に思ひやれども、山水をくみて遊ばむ夏なかりけり（明治天皇御集）

当時、若き皇太子であった昭和天皇がスポーツにばかり熱心であり過ぎることについて、諫言する臣下が居ないことを憂えた烈々の文である。大三輪の高市麻呂は持統天皇の伊勢への行幸を、民の農生活の妨げになるといって、冠を脱し職を辞して諫止した人物である。ここにあげた翁島は福島県の地名で皇室の御用地となっていて、皇太子が出かけられることが何かと地方の負担になることが多かったのであろう。ここにも、明治天皇の山水の歌が引かれている。後に金田一京助はこの文を読んだ時に折口の心の激しさに感心すると同時に、その身を心配したことを記している。しかし、良きにつけ悪しきにつけて、折口が皇室に対して示す心と行動は時代を越えて一貫したものがあり、また激しさをともなっていた。戦後になって米よこせ運動の群衆が「朕はたらふく喰っている」というようなプラカードを持って皇居におしよせた時などは、何という恥しらずなことをするかと怒り、この間まであの人は人間である自由すら持つことが出来ず、その犠牲の上に国民の心の集中と軍国の繁栄が成り立っていたことを、戦に負けるとたちまち忘れて、みずからを省みることもなく掌の裏を返すように行動する日本人の軽薄さこそ、国を滅すもとなのだと言って憤りやまなかった。

またA級戦犯が処刑された翌日のことだった。かねて切符を買ってあった歌舞伎座の芝居を見に行くと、劇場を入った所で数人のそれとわかる華やいだ女性達が二階に向ってしきりに手を振っている。見上げると天皇の弟宮がそれに応えて手を振っていられた。途端に折口の顔色が変って、激情を発する時の燐のように青く燃える眼を上げてきっと見据えた。一緒に居た伊馬春部がなだめようと小声で、「あの方が派手にふるまわれるのも、今の世間へのゼスチュアなんでしょうね」と言ったものだから、一層怒りが加わった。「今日も天皇は一日、悲しみの中でつつしんでいられるに違いない。その直宮《じきみや》が何という軽々しさだ。世間へのゼスチュアだなどという甘い考えが許されるものじゃない。あの方を養育したのはうちの大学の先輩なのだが、そのことがこの上もなく恥しい」と言って、その一日中、口もきかないで押しだまっていた。

皇室に対して持つべき敬意と愛情はきちんと持ちながら、是は是、非は非として、決して故なくゆずることは無かった。その折口が、宮廷信仰の上の天皇の役割について説くのが、「みこともち」の論である。この用語を折口が宮廷の祝詞に関する論の中で使いはじめるのは、昭和二、三年の頃からである。「国文学の発生」(第四稿)(昭和二年)の中には、祝詞の中で呪言性のもっとも強く一番神秘な部分に関して、「中臣祝詞の中でも、天つ祝詞又は、中臣の太詔戸《フトノリト》と言はれてゐる部分である。此は祓へを課する時の呪言であつて、さうした場合にも古代論理から、呪言の副演を行ふ斎部は、呪言神の群行の下員であつて、みこともち(御言持者)であつた」と言い、また「神道に現れた民族論理」(昭和三年)の中には、「まづ祝詞の中で、根本的に日本人の思想を左右してゐる事実は、みこともちの思想である」と言う。さらに「日本文学の発生」(昭和七年)になると、「日本古代の文学を見るには、みこともちの思想及び時代並びに地理の超越、この三つの点を考へる事が、大切である」と述べている。それが「神道に見えた古代論理」（昭和九年）になると、急に重い文体になって「天神の御裔《あまつかみのみすえ》の聖なる御勤は、只一筋にすぎなかつたものと拝察せられる。天神のみことをこの土《ど》に伝達して実効を生ずる事であつた。……天神のみことを持たれたのは、第一代の天孫以降、御代々の天子皆、御同格の御威力と神聖味とを持たせ給ふのである」というふうにまとまった考えになってくる。

みこともち論も昭和天皇の新しい代の始まる頃から折口の考えの中で次第にまとまってきたものと考えられ、まれびとが他界の力ある呪言をこの世にもたらす者として、言葉を核にして考えられているのと同じく、みこともち論もまた、宮廷伝来の天神のみことを核にして、それを神に代わって神の資格で宣下するみこともちとして、天皇を考えている。こちらの方は長い宮廷信仰の中で論理化される過程を経ていて、それが折口の指摘している時代と地理の超越である。天神のみことが宣言されると、時間と空間の変化が生じて、その呪言の発せられた始源の時と場にもどり、それを発する天皇も天神の資格を持つのである。常には人である天皇がこの時と場においては、神の資格を持って言葉を発すると信じられるわけで、その意味では天皇は万世一系というよりは、それぞれが始めに帰る、万世一元の信仰に支えられているというのが適切なのだと見ている。さらに宮廷信仰の上では、みこともちの資格はただ力ある言葉を伝達するだけではなかった。「みことは単に伝達するだけでは意味がない。その内容を実現する事によつて、その伝達の意義が全うせられた訣《わけ》である。だからみことをもつなる語自身、長い過程を含んだものなのであつた」と「神道に見えた古代論理」の中で説いているように、天皇は「食国《おすくに》のまつりごと」すなわち神の領国の統治を委託されているわけで、その実現のために宮廷から次々に地方へみことが逓送されてゆく。その時のそれぞれの逓送者もまた、みことの資格でその言葉を発言するわけで、尊・命の字をあてるみことも、そのことにもとづいている。つかさびというつかさも、やはりそうした言葉の発せられる小高くなった場所と発する者の資格を示す言い方である。

天皇を核とする宮廷信仰は、長い伝統と教義や儀礼を伝承しているから、みこともちの思想のほかにも天皇霊の問題やみたまのふゆの問題があって、折口はそれぞれ考察を持っていた。戦後の昭和二十一年に講演した「神道観の改革」の中で、「私は天子非即神論をとっている。これは恥ずかしいが、ごく最近まで、戦争がすむまで、天子即神論だった」と反省している程、天子即神観に近づいた形で宮廷信仰を説いた時期もある。しかし、折口が日本人の神を「まれびと」の来訪に据えて見る考えと、まれびとをそれぞれの村へ時を定めて招来するために、人がまれびとに扮してまれびとの資格で、神話の時間、神話の空間をよみがえらせ、村人の篤い心のるつぼの中で発する呪言を、まれびとと信仰の核に据える考え方は、戦前も戦中も戦後も変っていない。その都度まれびとに扮する資格を得るだけの試練を経る村の習わしと、特定の系譜の上にその資格者を限って、教義と儀礼と系図の裏づけによって論理化していった宮廷信仰とでは、大きな相違の姿が生じるのは当然のことだ。その宮廷信仰の様相にも折口は探求の心をとどかせたけれど、日本人の総体の「まれびと信仰」の上から見れば、天子もまた常には人であって、祭りの中枢の時に限って神としての資格を持つという考えに変りはないのである。

日本の神と戦後

折口が世を去ってのち、その学問の普遍化はいちじるしいものがあり、殊に「まれびと」に関する論は、時代の自由さと学問の多様な発達や連繫する学の動きによって多くの論が書かれ、めざましい成果を示し得た。それにもかかわらず、最初にこうした形で日本人の神を発見し、その未知の神の性格を、表現の困難さを乗り越え乗り越えしながらこまやかに説いていった、折口のまれびと論の新鮮さは変ることがない。何よりも折口の発見した日本人の神は、ただ日本の限られた国土の中にのみとどまるものではなかった。広々とした海洋のめぐる狭い野と山に住むべき地を求めるよりほかなかった小さな列島の住人は、思い切って広い海と空の空漠たる彼方に、魂のふるさとを求めた。それは折口によれば、遠い祖の世の人々にとってかすかな魂の故郷であるはずの、遠い記憶の揺曳する海彼岸の世界であった。これは従来の研究者や国学者の説いたどの神観念よりも、遠く広く自在な考えであった。おそらく折口は、海をとざして狭めてしまった近い世の人々の心の束縛を解き放って、遠い永遠性を持ち、一民族性を踏み越えて人類の共通の心にとどき得る大きな神の発見を予感し願望しながら、ああいう形の日本人の神観念の発見に情熱を傾けていったに違いないと思われるほど、まれびとの実感は生き生きとして生命感に富んだ神の発見であった。

殊に敗戦後、われわれが敗れたのはただ科学の進歩の遅れや、物量の乏しさによって敗れたのではない。われわれの神、われわれの信仰の力が、彼らの神、彼らの信仰の力に敗れたのだ。それをただ、物の量に負け、科学の進歩に敗れたのだという反省しかしないのでは、百年後の日本は危ないよ、と予言した折口であった。また、キリスト教国の彼らは、その聖地エルサレムを奪い返そうとする十字軍のような情熱をもって、南方の島の一つ一つを落としながら日本本土に迫ってきた。それに対してわれわれはただ、神風が吹くといったまったく他力本願な心しか持たなかったという深い反省から、一時は熱心にキリスト教の教義を研究し、敗戦の年から亡くなる年まで国学院で神道概論を説きつづけた折口であった。

その説くところは、日本の神、日本人の信仰の中に、エホバのような既存神的な存在を求めて、天之御中主の性格を追求したり、日本的な造物主として高御産霊日神・神産霊日神をはじめとするむすびの神の働きとその信仰の要素を考えたり、日本の神の中に愛の要素を見出そうとしたり、次々に従来の日本人の信仰を、一民族の固有信仰から広い人類教の展開の方向へ導き出そうとする努力をつづけた。その講義を聴きながら、折口のまれびと信仰の発見は、今日の日のためにあったのかと思うような気がすることがあった。戦前、出口王仁三郎の説く大本教の教義は、天皇を中心とした神の体系とは別の体系を持つものだとして、不敬を名目に重い弾圧を受けた。折口の「まれびと論」も見方によれば、同様に異端の神を言う異端の学説として罪に問われかねない、宮廷信仰とは別の要素を持つ神の信仰の発見であった。折口は十分それを知っていたから、一方で天皇のみこともちの要素を考え、宮廷信仰とまれびと信仰の間の共通性に注目していった。それは昭和十年代に近づき、日本の軍国化や言論統制が厳しくなる時期とかさなっていた。

だが敗戦の後になって、神道を人類教化することに心を集中する折口の講義を聴いていると、まれびと信仰の持つ広い視野と未来性を感じさせた。あれから半世紀を経た日本は、折口が危惧していた通りの経過をたどりつつあるように思われる。物量において敗れ、科学の進歩において敗れたのだという反省は、その面での急速な回復力を持つことを推進した。自他ともに驚くほど、国は豊かになり、生産技術は伸び、望む物は小さな列島に集まった。だが、この五十年に日本人がふりかえることをしなかった内面の世界の空疎化は、日本の過去の歴史にも無く、他の国の歴史にも類の少いものであるに相違ない。日本人がこのままで過ぎたら、五十年、百年後の日本は危ないよと言った彼の言葉は、いよいよ予言の重さを加えている。

折口の学問は、何時の時代にも根底の大筋は変らないで通っていたが、時の変化によって変るべき部分はいちじるしく変っている。戦後の折口は日本の神にできるだけ大きな、人類教になり得る性格を見出してゆこうと努めた。キリスト教という彼らの人類教に敗れた自覚は、自分達の神を人類教の神にまで広め、高めようとした。この壮烈な志を誰が笑うことができようか。もう一つ苦しんだのは、戦争によって不幸な死をとげ、未完成霊となった若く巨大な数の死者の魂を、生き残ったり、戦の後の二、三世紀を生きたりする者の責任として、どう鎮めようとするかという問題である。天皇は神であるという旧神道の信仰の力で、その魂を浄化し鎮めようとした靖国神社も、わずか七十年の伝統しか持たず、天皇が神でないことを宣言した後はその魂の済度のより所も危うくなったことを、いち早く折口は見通していた。戦争中、神である天皇のために奮戦して死んだ者は、きわめて短期間に天皇の名において魂を浄化され、神として祭られた。日本人の心の伝統にはかつて無かった一夜にして軍神として祭られるというような形が、日本人の神観念を乱し、反動として世間の無関心や不信感を助長するであろうことを、折口は予感し常に危惧していた。この点もその予感は当ったと言うよりほかはない。

彼はその危惧と予感の中で、最後の論文「民族史観における他界観念」を書いた。戦後の折口はいつも苦悩深い様子で、心たのしむ時がなかった。それは彼の戦後の短歌作品を見れば分かる。若い頃の歌集『海やまのあひだ』や『春のことぶれ』の抒情とは違って、いつも憂い、悲しみ、憤る心の歌に満ちているのが戦後の歌集『倭をぐな』である。殊に亡くなる前年に最後の論文を書いている時の苦悩は深かった。この論の最大のテーマは二つあって、一つは日本人の他界観を広く見きわめようとすることと、もう一つは戦死者の鎮まり難い魂をどう鎮めるかという問題である。

折口は、自分の学問はやがて出てくるはずのすぐれた教祖のために、築いて残しておく学問である、と言ったことがある。晩年の彼の、日本民族の神を大きく人類の神の方向に向って昇華させる道を見定めてゆこうとした研究の難解さと、苦悩の深さは、そうした彼の志すところの悠遠さに原因があったと言えるだろう。

折口の没後、その手帳に記された歌の中に、次の一首があった。

人間を深く愛する神ありて　もしもの言はゞ、われの如けむ

まれびとの発する力ある言葉を中心にして、日本人の神を発見し考えつづけた折口らしい、最後の歌である。同時に、人類教的な大きな神を、自分達の内側から深く探り出し、はぐくもうとした、はげしく困難な情熱を抱いて晩年に至った者の博く深い静かさの伝わ

ってくる歌でもある。

十二　折口の古代と出雲

弥陀来迎図と古代

折口信夫が生涯かけて追求しつづけたのは日本人の「古代」の研究であった。その「古代」は単に歴史的な時代区分の古代ではなくて、日本人の心の中にほとんど永遠性をもって伝承されているはずの古代性、と言うべきものの追求であることは、その著述の中に一貫して繰り返し述べられている。折口の学問の主題である「まれびと論」も「日本文学の発生論」も、さらに「万葉びとの生活」や「日本文学の本質」、文学の目的としての「新しい論理の開発」も、その考えの根底には折口独特の古代性の見通しが貫流している。折口の古代研究は、日本人の精神文化における古代的要素の探究であって、その視野の中には、いわゆる古代は言うまでもなく、現代もさらに未来にかけての見通しまでも含まれていると言うことができる。

古代研究のもっとも行きついた表現は、小説あるいは戯曲の形をとらざるを得ないと考えていた彼が、小説『死者の書』を書くに至った心の深奥の動機について述べた文章「山越しの阿弥陀像の画因」の中で、次のように言う。

……私の心の上の重ね写真は、大した問題にするがものはない。もつと〳〵重大なのは、日本人の持つて来た、いろ〳〵な知識の映像の、重つて焼きつけられて来た民俗である。其《それ》から其間《その》を縫うて、尤《もつと》もらしい儀式・信仰にしあげる為に、民俗々々にはたらいた内存・外来の高等な学の智慧である。

……私共の書いた物は、歴史に若干関係あるやうに見えようが、謂《い》はゞ近代小説である。併し、舞台を歴史にとつたゞけの、近代小説といふのでもない。近代観に映じた、ある時期の古代生活とでもいふものであらう。

折口が『死者の書』の解説のつもりというよりも、この小説に書いたのとはまた別の心の経路をたどって、わが胸の秘奥にひそむ日本人の心の古代を、虹のかけ橋をたどるようにたぐり出し、たぐり出しして書いた「山越しの阿弥陀像の画因」は、不思議な感動を受ける作品である。『死者の書』のような小説化した構成を持っていないだけに、より直接的な形で、作者の心の触手が鋼の鞭のような鋭さで切りこんでゆく意識下の古代世界が、こちらの胸にひびいてくる。そして折口という人は、この後も次々に日本人の心の奥底にひそむ古代の系絡を掘りさげて、現代からさらにあるべき未来にかけての『死者の書』を書きつづけるに違いない、という気さえしてくるのである。

極楽の東門に　向ふ難波の西の海　入り日の影も　舞ふとかや

渡来文化が、渡来当時の姿をさながら持ち伝へてゐると思はれながら、いつか内容は、我が国生得《しやうとく》のものと入りかはつてゐる。さうした例の一つとして、日本人の考へた山越しの阿弥陀像の由来と、之《これ》が書きたくなつた、私一個の事情をこゝに書きつける。

この「山越しの阿弥陀像の画因」の書き出しは、『死者の書』の冒頭とまた違った静かな沈潜を示しながら、読む者の心を民族心理の秘奥へ、官能と英知をともないながら誘いこんでゆく力を持っている。そのキイ・ポイントになっているのが、彼が中学生の頃に毎日の通学の途次に感じた、夕陽ヶ丘から見わたす難波の海の日想観の想念をはじめとする、難波びとの異郷への情念である。折口一個の胸中にも、民族の共有の史観の上にも永い歳月をかけて抱きつづけ、熟成しつづけてきた、固有と外来の「まれびと」来訪への期待と感動をきっかけにして、冷泉為恭《ためちか》という幕末の世に激しい感情を持ちながら、浪士の凶刃に命を絶たれていった一人の絵師の「山越しの阿弥陀」の宗教画にからむ因縁から、話は展開してゆく。

この絵は、弥陀仏の腰から下は、山の端に隠れて、其から前の画面は、すつかり自然描写――といふよりも、壺前栽を描いたといふやうな図どりである。一番心の打たれるのは、山の外輪に添うて立ち並ぶ峰の松原である。その松原ごしに、阿弥陀は出現してゐる訣《わけ》であつた。

此《これ》は、為恭の日記によると、紀州根来に隠れて居た時の作物であり、又絵の上端に押した置き式紙の処に書いた歌から見ても、阿弥陀の霊験によつて今まで遁れて来た身を、更に救うて頂きたい、といふ風の熱情を思ひ見ることが出来る。だから、漫然と描いたものではなかつたと謂へる。心願を持つて、此は描いたものなのだ。(中略)為恭は、この絵を寺に留めて置いて、出かけた旅で、浪士の刃に、落命したのであつた。

動乱の時代に数奇な生き方をした個人の個的な執念と見えるものが、実は永い民族の古代的な情念と深くからみあい、根ざしあっていて、具体的な「山越しの阿弥陀像」という宗教画の様式の上に、あぶり出しの絵のように浮かび上がってくる形で説かれているところは見事である。『死者の書』の藤原南家郎女が、彼岸中日の二上山の男嶽・女嶽の間に落ちる陽に、かがやく古代の男性の魅惑的な姿と仏の面の荘厳とを併せて感じながら、やがてそれを蓮糸をもって曼陀羅に織り成してゆく構想も、変らぬ民族の憧憬の情念をとらえて見事であるが、私はより近い世の絵師為恭の危急に迫られた情熱が残した一幅の弥陀来迎図に凝縮する心が、期せずして民俗生活の久しい心の伝承につながっていることを解き明かしてゆく、折口の表現に引きつけられる。

二上山の山頂に入日よりもより静かで、ひっそりと他界との境を区切って見せている山の端の稜線が、かえってわれわれの異境意識を刺戟してやまない。そしてここにも、折口の少年時の孤独で不幸な心の疼きが、忘れがたい記憶として息づいている。折口はかつて美術雑誌で見た、為恭の絵の写真を思い出しながら、この文章を書いている。

今かうして、写真を思ひ出して見ると、弥陀の腰から下を没してゐる山の端の峰の松原は、如何にも、写実風のかき方がしてあつたやうだ。さうして、誰でも、かういふ山の端を仰いだ記憶は、思ひ起しさうな気のする図どりであつた。(中略) 私にも、二十年前に根来・粉河あたりの寺の庭から仰いだ風猛《かざらぎ》山一帯の峰の松原が思ひ出されて、何かせつない気がした。

「山越しの阿弥陀像の画因」は昭和十九年七月、雑誌『八雲』に発表された。『死者の書』が書かれて五年後で、戦況は切迫し藤井春洋は出征して硫黄島の守備に着任する時期である。そういう危急の思いのつのる昭和十八、九年に、この作品は書かれた。そして引用部にある、二十年前に根来寺や粉河寺の寺庭からその後に連なる山の稜線の空と接するあたりを仰いで、格別の思いを抱いたことを思い出しているところは、折口がうっかりしているが実はもっと古く、その心の根ざしを胸に刻みこんだ少年時の旅の体験があったのである。「三 まれびと論以前」のところで書いたように、中学生であった頃に友人と和泉山脈の一つの峯である葛城山を越えようとして山中で道に迷い、山村で一泊して翌朝に粉河寺へたどり着き、そこで縁日の翌日の町中に引き捨てられたんだんじり車の上の髯籠《ひげこ》を見て異様な印象を受けた。それが柳田の編集する『郷土研究』に大正四年四月に掲載された「髯籠の話」の初めのところに書かれている。空から下る神の依代《よりしろ》の格別な形に感応を受けたのは、当然その前日からの山中彷徨の旅の心意や、粉河寺からふり返って見た風猛山の峯と空とのあい接するあたりの心ひくたたずまいが影響していたはずである。後に折口は「風猛《かざらぎ》帖」という小さな歌帳を残していて、粉河寺のあたりから見る風猛山のあたりの風景から特別のものを受けとっていたことが察せられる。しかし、そういう思いの源泉となったものは、中学生の時の旅の体験が最初であった。後年、為恭の絵に描きこめられた伝承的な心の図柄と感応しあうのも、少年の魂に刻みこんだ古代とひびきあう、内なる古代の情念と英知があるからにほかならぬ。詩人的直感と言い、古代への実感というのも同じ折口の心のはたらきである。

大倉集古館に蔵せられている為恭の絵には、為恭の死後も幾つかの不思議なことがかさなって起った。だが、それは近い世の偶然だから不思議な感じがするのであって、当麻寺の蓮糸曼陀羅や、日本の古寺に伝えられている数々の山越しの阿弥陀像の画などの宗教画や仏像の上に堆積してゆく、人々の思いの重さ、仏教以前から仏教日本化の時の流れの中の心の凝集の久しさと濃密さを思えば、何ほどの不思議とも言えないのかも知れぬ。

どんな不思議よりも、我々の、山越しの弥陀を持つやうになつた過去の因縁ほど、不思議なものはまづ少い。誰ひとり説き明すことなしに過ぎて来た画因が、為恭の絵を借りて、ゑときを促すやうに現れて来たものではないだらうか。そんな気がする。

出雲の古代

今年（一九九七年）の三月、久しぶりで出雲の故地を廻る時を得た。三十年ほど前、『出雲風土記』の世界を心に持って半月かけて出雲を歩いて後は、折々あわただしい予定で訪ねるだけで、ゆとりある心であの国の古い息ざしに触れることがなかった。今回は日数は短かったが、心に得たものは豊かであった。

折口信夫の年譜を見ていて何よりも不思議に思うのは、出雲を訪れた記録の無いことである。その研究の中には当然、さまざまな形で古き出雲が出てくる。殊に戦後、日本の神話の神々に関して、神道を宗教化する意識を持って神道概論を説くことが多かった。すると「すさのを」や「おほくにぬし」など、出雲系の神が格段に、愛の神としての要素や人間的な性格を多く持っていて、大和の神々より魅力ある面を多く持っていた。戦後に折口が作った詩の「贖罪」「すさのを」「天つ恋」などには、スサノヲに托してすさまじい怒りと呪詛の声が刻まれている。それは神々に見放されて戦に敗れ、零落の一途をたどるよりほかなくなった日本の民の悲哀と怒りを、空にむかって絶叫しているような絶望と憤りに満ちている。

すさのをに　父はいませど、
　母なしにあるが　すべなき——。
　　母なしに　我《ワ》を産《ナ》し出でし
　わが父ぞ、慨《ウレタ》かりける。
いと憎き　父の老男《ヒコヂ》よ。

母産さば、斯く産すべしや―
胎《ハラ》なしに 生ひ出でし我
胞《エ》なしに やどりし我
天地《アメツチ》の私生《ワタクシバラ》と
胎裂《ハラサ》かで 現《ア》れ出でしはや―。

父の子の 片生《カタナ》り 我は、
不具《カタハ》なる命を享《ウ》けて、
我《ワ》が見る 世のこと〴〵
天の下 四方《ヨモ》の物ども
まがりつゝ、傾き立てり。

男なる父の 沁物《ヒ》 凝りて
成り出でし 純男《モハラヲトコ》と
あゝ満《タ》れる面わもなしや―
わが脚は 真直に蹈まず、
舟舵如《フナカヂト》 横に折れたり―

（中略）
わたつみの最中《モナカ》に立ちて
我は見ぬ。わが周囲《モトホリ》を――
我は見ぬ。露膚《アカハダ》われを――
我は見ぬ。わが現《ウツ》し身《ミ》を――
吠えおらぶ我が 足掻《アが》きを――

更に見ぬ。わが生みの子の
八千つゞき 八よろづ続き
穢れゆく血しほの 沈澱《ヨドミ》――。
あはれ其《ソ》を あはれ其奴《ソヤツ》らを
予《アラカジ》め 亡しおかむ――。
物皆を 滅亡《ツクシ》の力 我に出で来よ

「贖罪」と題する詩の一部である。神話の中のスサノヲをこれほど近々と己が身に引きつけて、身体化して表現しようとしている意力はすさまじい。もともとスサノヲは父の沁物から成り出でた独り神で、魂が不完全なために青山を枯山となすまで泣き枯らし、ついに父イザナギから追放され、おとずれた高天原でも姉のアマテラスから追放され、わたつみの世界にも高天原にも、葦原の中つ国にも身を置くすべのない、原罪を負う神である。世々の百姓達の農耕生活の上の大祓行事の時に、贖罪の重荷を一身に負い、裸身にわずかに青草をつけて、畔放《あはな》ち、溝埋め、頻蒔《しき》き、串刺しなど田の耕作を妨げる罪をはじめ、もろもろの天つ罪・国つ罪の贖いの象徴として、蹌踉と村をおとずれて来る。国が敗れ、日本人の零落の時にあって、折口はそのスサノヲに托して己が贖罪を身に問うたのである。それは折口の身の内にある生きた「古代」が、敗戦という未曾有の民族の運命に遭って発した、悲痛の声であった。折口だけがこういう深く重い言葉で、日本人の変らざる伝承の心を表現し、敗戦の体験を以て自らを責めたのである。神をこういう形で近々と身の内に持っていたから、戦後の神道概論の講義で日本における愛や慈悲の神として、大国主や少彦名を説く折口の話には、生き生きとした力があった。理論神学的にぎごちなく神を説く神道学者とは違って、生きた日本人の「古代」を実感し、さらにあるべき未来への志向に情熱を注ぎつづけるその講義には真実の力が感じられた。「人間を深く愛する神ありてもしもの言はゞ、われの如けむ」という遺詠は、決して独りよがりの言葉ではなかった。

折口が説く出雲系の神には、暖かい血が通っていた。鉄幹の歌集『相聞』の中の、

大名牟遅《おほなむち》少那彦名《すくなひこな》のいにしへもすぐれて好《よ》きは人嫉《ねた》みけり

右の一首を常に秀歌として推したのも、鉄幹の心に自然な共感を見いだしていたからだろう。人間的な要素を多く持つこの二神などは、古事記や風土記の中で天つ神系の神とは比べようもないほど身近で、時として「尾籠《をこ》」な面を見せる神として語られる。神の持つ尾籠で色ごのみの性格は古代人の考えの上では決して品さがった欠点というのではなく、むしろ神話の主人公として持つべき二面性の一面で、神も英雄も光源氏ですら、この両面を備えてはじめて物語の主人公としての存在を感じさせるのである。播磨風土記の「埴《はに》岡《をか》」の説話などはまさに尾籠なる話の例で、大国主と少彦名が我慢くらべをして旅をする話である。大国主は便をこらえて、少彦名は重い埴（赤土）を荷として持って、旅をつづけてゆくうちに両方とも耐えがたくなって、少彦名は埴をそこに投げ出し、大国主は道ばたで用便をした。埴と糞とは岡となって今に残っているという。

戦後の講義の中で聴いた次の話なども、大国主の尾籠な面をきわだたせる話であり、古事記が古代の村の神話として語られる時の人々の心の生き生きと活力ある反応を髣髴とさせる。ただし、それも折口の古代の人々の生活をよく知った解き方があってのことである。

その野に入ります時に、則《すなは》ち火をもてその野を焼きめぐらしつ。ここに出でむ所を知らざる間に、鼠来て言へるは、「内はほらほら、外《と》はすぶすぶ」と。かく言ふゆゑにそこ

を踏みければ、落ち隠り入りし間に、火は焼け過ぎき。ここにその鼠、かの鳴鏑を咋ひ
持ち出できて奉りき。その矢の羽は、その鼠の子どもみな喫《く》ひたりき。(古事記)

この鼠のささやきの部分の解説を宣長の『古事記伝』では次のように記している。

己が地中に構へたる穴の奥は、廓《ホガラ》に広し、入口は窄狭《スボク》ければ、火の焼入《ヤケイル》べき由なし。故《カレ》しばらく此の穴の内に隠れ坐《キ》て、難《ワザハヒ》を免《ノガ》れ給へとなり。さて富良《ホラ》も須夫《スブ》も、重《カサネ》て云るは、鼠の鳴くに象《カタド》れるにや。

よく行きとどいた解で、以後の諸註釈書もほとんどこの解釈を出ることはない。宣長はこれに加えて、鼠の穴に隠れ入った大国主は、「此神も、少那毗古那神の如く、身体《ミ》の甚《イト》小《チヒサ》く坐《マシ》けるにや、されどここは、たしかに物に見えたること無ければ、定《サダメ》ては云《イヒ》がたし」と附言しているのが注目される程度である。

ところが折口の講義では、「すばる星」を例にあげて、「統《す》ぶ」は多くの玉に糸を通して丸く一つの輪にしぼることで、唇や肛門をすぼめる、統《す》べるも一連の語であるという。そしてさりげなく「内は洞ほら、外《と》は統ぶすぶ」は女性器をいう古い諺ですね。終りの、矢羽根はみな鼠の仔に喰われてしまっていたというのも、笑話のおちみたいなもので、まじ

めな話の中に尾籠《をこ》な要素をまじえて、笑いを生み出させているのです、といとも簡単に言ってのけて、聞いている者を呆然とさせるのであった。天の岩戸の段の天の宇受売《うずめ》が神がかりして「裳緒《もひも》を陰《ほと》におし垂りき」とあるのと同じく、神話が語られる場での大らかな笑いがもたらす活力の大切さを、古代生活の実感の中で感知している人の言であるはずだ。そしてまじめな歌物語に対して、滑稽や尾籠の要素を持つ諺物語の流れがあって、竹取物語などは後者の系譜のものだという。しかし両者ともに、その本をたどれば神話から出たもので、神話の語りくちの中に笑いの要素も含まれているのだという。こういう現代人の意識の上にはどうしてもとらえられて来ない盲点のような古代生活の中の真実を、ふっとさりげなく指摘された時の驚きは大きかった。

笑う古代

『日本文学の発生　序説』は戦中から戦後にかけて書かれて、昭和二十二年十月に刊行された書物だが、その中に「笑ふ民族文学」という一項目があって、日本文学における笑いの要素、殊に、問答・唱和の形で生み出される笑いの展開を、連歌や俳諧の上に見とどけたあたりは、新鮮な感じを与える。同様の視点は昭和八年に書いた「連歌俳諧発生史」にもすでに示されている。

「母《おも》にも夫《せ》、吾《あれ》にも夫。わかくさ吾が夫《つま》はや」

これは日本書紀にある、仁賢天皇六年秋、百済に派遣された日鷹吉士《ひたかのきし》が出発してのち、その従者の妻で飽田女《あくため》という女性が難波の港にあって、哀しみ哭《な》きながら言った言葉である。人がその意をいぶかしんで問うと、女は「秋葱《あきぎ》のいや双《ふた》ごもり、思ふべし」と答えたという。女の答えは二重の謎になっていて、余人には真意が解けないのだが、菱城《ひしき》の邑の鹿父《かかそ》がその謎が複雑な近親結婚の内容を言っているのを説明したという。こうした謎の言葉の世間におよぼす動きに折口は敏感であり、そういう言葉からやがて新しい文学の生まれてくる隠れた微妙な動機を見のがさない。

平安時代に伝説的に語られていた歌についても、面白い見解を示している例がある。

……古今集以来の誹諧歌を見ると、田舎人のしやれ、型に這入つた道化がよく見える。人が始終繰り返してゐた筈のしやれを、短歌の上に入れてゐる。さうして幾分、文学化したのである。其外、此と並んで、ほのかにえろちつくな味が見えてゐる。(中略)譬へば、女郎花を詠むには、女に譬へると言ふ行き方、此がいくつもある。或は又何故か訣らぬが、誹諧歌と言ふと、をかしくもない藤袴を歌ふ例などがある。此に就いては名高い行基菩薩の作つたといふ歌がある。――其は連歌の形の変つたもので、詳しい話は省略するが、智光法師と言ふ人、以前は真福田丸と言ふ下童であり、其真福田丸が仕へてゐた豪族の娘が、行基自身の前身であつた事を行基が知つてゐて、智光に歌ひかけた歌だ、と伝へてゐる歌だ。

真福田が修行に出でし日、藤袴　我こそ縫ひしか。片袴をば——今昔物語

藤袴と言ふのは、田舎生活では、山の真《ま》藤で作つたものを下身につけてゐたからである。衣ですら相当なごつ〳〵した物だが、はかまにしたら、肌の痛むことだらう。其が、又一つの笑ひなのだ。

六月（一九九七年）の『中央公論』誌上で、丸谷才一氏と折口信夫について対談した時にも、丸谷氏は折口の文章のわかり難さ、書き方の不親切さについての話があり、門弟が必要な註をつけない怠慢を指摘された。ここに引用した部分などもまさに不親切であって、いまひとつこまやかな理解がとどいてこない。本人はわかって書いているから、先へ先へと話を端折《はし》って進めてしまうが、初めて読む者には折口の小説や詩の文体のようには理解がとどかない。ちらと出ている女郎花の詠い方でも、「名にめでて折れるばかりぞをみなへし我おちにきと人にかたるな——僧正遍昭」を連想するのとしないのとでは、理解が違ってくる。さらに言えば万葉集に多い萩の花を、「萩の花づま」あるいは「脛《はぎ》」との連想を働かせて歌っていることを考え合わせれば、この引用文の前半の、和歌の表現に表れた田舎人のしやれや、えろちつくな味は察せられるであろうと思う。

引用文の後半部の真福田丸や行基の前世譚の因縁はわかりにくくはない。ただ、「藤袴」の歌がなぜ面白く、広く世の人の笑いになるのかわからないと言われると、ちょっと註のつけ方がむつかしい。

私の村に、人の良い勇み肌のあわて者で名の通っている「あわ忠さん」という男があった。忠次郎という立派な名があるのだが、誰もそうは呼ばないで、目下の者は「ちゅじさん」、村人のほとんどは「あわ忠」と呼んだ。村に事件が起きると、誰よりもまっ先かけて現場に駆けつけるのはこの男をおいては無かったし、本人もそれを唯一の生き甲斐にしていた。ある冬の真夜中、村境の山中にある製材工場が火事になった。村からは雪深い峠を二つも越えてゆかねばならぬから、自動車も使えない。それでも、命がけで走って誰よりも早く火事場に着いたのは「あわ忠さん」だった。だがいつもと違って、彼は到着したものの消火活動をするどころか、そこで貧血を起こして倒れてしまったのである。消防団員は厚く堅いごわごわの刺子の消防着を着る。「あわ忠さん」は半鐘の音でいち早くとび起きて、消防着を身につけたのだが、どういうわけか褌が見当らず、素肌に刺子のズボンを着て何里もの山道を走っているうちに、微妙なあたりが擦りむけて出血しているのも気がつかないで、現場に着いた途端に貧血で倒れたのであった。本人はそんなことを気にもかけなかったが、その後しばらくの間、気の毒なのは「あわ忠さん」の家内で、褌がどこへまぎれこんでいたのかが村中の者の話題になったのであった。

　真福田が修行に出でし日、藤袴　我こそ縫ひしか。片袴をば

田舎人の生活の中で、行基菩薩の前身が詠んだと伝える問答風な歌の藤袴が、一つの笑いを誘い出す共有の人気ある話題になったであろうことは、十分に察しられる。大阪びと折口信夫の古典の読みは、大国主の野鼠との問答や、行基の前身の乙女が真福田丸に歌いかける歌が、庶民の心に生み出す古代のすこやかで大らかな笑いの心にまでとどいているのである。これは宣長も思いおよばず、まして近・現代の知的合理解で古典を分析的に解剖しなければ納得できない研究者には、遠くとどかない世界であった。

話を出雲のことにもどす。あれほど生きた深い憂いや、憤りや、笑いの心を、すさのをや大国主から汲み取っている折口が、ほとんど出雲を訪れなかったというのは、どういう理由からだったろう。これについては折口自身の述懐がある。

……私にはどうも、気の多い癖に、又一つ事に執する癖がありすぎるやうである。（中略）ともかく時には、驚くばかり一つ事に、かゝはつてゐる。旅行なども、これでわりにする方の部に入るらしいが、一つ地方にばかり行く癖があつて、今までに費した日数と、入費をかければ、凡《およそ》日本の奥在家・島陰の村々までも、あらかたは歩いてゐる筈で

ある。それがさうなつて居ぬのは、出たとこ勝負に物をするといふ思慮の浅さと、前以てものを考へることを、大儀に思ふところから来るのは勿論だが、どうも一つ事から、容易に、気分の離れぬと言ふ性分が、もとになつてゐる様である。

（「山越しの阿弥陀像の画因」）

今度、出雲を訪ねたのは一つの目的があった。師匠よりもさらに視野も行動も狭く、ただ一つ事に執する癖ばかり強い私は、大和あるいは畿内ばかりをしげしげと歩いて、そのほかへ出て行こうとしない。しかし、大和族の本貫の地である大和でもっとも力ある社が、大国主を祭る大神神社であり、飛鳥の飛鳥坐神社も同様であることを考えると、出雲の神の力というものを大和族はどう考えていたかということが気になって仕方がない。三十年前に出雲を歩いた時、佐太神社の朝日山山頂での古い神送り神事の話を聞いた。山頂に池の形の凹みを作って、そこに船を浮かべる形で神送りをするという。その後、三輪山に登拝するたびに、頂上の沖つ岩群のあたりに池のような凹みのあることが気になっていて、数年前に、明治の初期の頃の三輪山の絵図が軸に仕立ててあるのを宮司室で見せてもらうと、山頂にありありと水色で池が描いてあって感動したことがあった。

今はもう佐太神社の神送りは朝日山では行なわず、もっと近い山ですませるらしい。その朝日山に登ってみると、全山仏教の聖地という感じで、古代の出雲の神々の山はおそらく中古か中世に仏の聖地に変化したのであろう。大和の初瀬をはじめ各地にその例は多い。しかし、山頂から目の下の恵曇《えとも》の浦や、涯しなく広がる日本海を見ていると、大和よりも遥かに大きな広がりを持つ神の世界を感じることができた。銅鐸の出た加茂岩倉遺跡の入口の巨大な岩倉ひとつを見ても、大和には見られない威容である。国ゆずりの問題なども、大和宮廷の記・紀の記述だけで終ったわけでは決してあるまい。

そんなことを考えながら、折口が出雲を訪れなかった理由を惜しみ、不思議に思った。宮廷や出雲国造家のような古い伝統を継ぐ家のしきたりや格の重さには、特別の気分がつきまとう。これは難波の市井人折口にとって一番縁遠いものであった。また千家・北島両家に教え子や知り人が多い。さらに言えば、歌の弟子である二人の歴史家、藤井貞文は千家家に近しく、村田正志は北島家に近しかった。そんなことも、折口の心を重くしていたのかも知れない。

逆に言えば、出雲にほとんど足をふみ入れなかったから、すさのをや大国主に対するあれほど切実な思い入れがあり、戦いに敗れた後の心の渇きの日々に、追放《やら》われびととしてのすさのをを思う心の激しさによって、潰えようとする心を支えつづけたのであった。

事代主《コトシロヌシ》　古代の神を祖《オヤ》とする　いとおほらかなる系図を伝ふ
大汝《ナムチ》　少彦名《スクナヒコナ》を思ふ時　かく泣かるゝは、今の代のゆゑ

日本の古典は　すべてさびしとぞ人に語りて、かたり敢へなく
汪然と涙くだりぬ。古社《フルヤシロ》の秋の相撲に　人を投げつる

晩年の折口の心に浮かぶ大国主や少彦名は、大和成す神とは違った身近さと、悲しみと、寂しい安らぎとを、彼の胸にとどかせてくるのであった。古代の神を詠う時、「大汝　少彦名のいにしへ」を思うのは、万葉の大伴家持以来の歌人の伝統である。戦後五十年を過ぎる間に、われわれはこの伝統の力を消《うしな》ってしまった。

十三　折口のブラック・ホール

コカインと茶

同じ家に家族として起居しながら、年齢のへだたりが日常の人間理解の上におよぼすどうしようもないもどかしさを、私はしばしば感じていた。初めて大井出石町の家に入った時、折口は六十二歳、私は二十二歳、ちょうど祖父と孫の年齢差だった。その間に横たわる生きた時間の体験の重さの違いは、どんなに心をくだいてもとどかないところがあった。居間で折口がいつも背にして座っている書棚の一番下の段には、二、三十本の茶筒が並んでいて、さまざまな種類の玉露・煎茶・抹茶・紅茶がそろえてあった。朝の用をすませたのち机の前に座って、大きな湯呑になみなみと注いだ濃い緑茶を喫することから、一日が始まるのであった。私は一杯の茶で十分だったが、折口はそれから食事が終るまでに何杯も茶のお代りをし、最後には茶殻を全部食べてしまうのだった。学校へ行けばまた、研究室ではもちろん、講義する教室の卓上にまで大きな湯呑が置かれた。旅行する時にもたいていの旅館の茶は気に入らなかったから、二、三種類の茶を持って行った。二月に一度くらいのわりでお茶屋へ茶を買いにゆき、宇治から直接とりよせもした。馬込の室生犀星家をおとずれると、小さな茶器にぬるま湯で丹念にお茶をいれて出された。しばらくは室生流の玉露の味を楽しむが、すぐそれでは我慢できなくなって大ぶりな飲み方にもどってしまった。

茶殻まで食べてしまう常軌を越えたほどの嗜好は、果物や野菜をあまり摂らないための栄養の補いになっていたに違いないが、何よりも医者と売薬を兼ねた家に生まれて薬について独特の好みと自信を持っていた折口の、長い生活体験が生み出した習癖であったろうと思う。三十代から四十代にかけての数年間、コカインを用いて心を集中させ、やがてそれをぴたりと止めたのだが、茶への好みはその頃から一層いちじるしくなったのだろう。

コカインの吸引で鼻の粘膜がそこなわれて、嗅覚はほとんど失われていたらしい。何でも神経質に消毒することが好きで、風邪の流行が気になるとユーカリ油をマスクにしみこませて、鼻のしびれるような強い刺戟も平気だったし、食器や野菜をクレゾールで消毒してその臭いが残っていても気にしなかった。毎朝の歯みがきには、粉歯みがきを買ってきてそれにクレゾール液や樟脳などを加えた自分専用のものを作って使っていた。胃腸の具合に敏感で自分の判断で緩下剤を用いたり、秘結剤を用いたり、ロートエキスを頻繁に飲んだりした。稀に私が風邪を引くと、原稿用紙を小さく四角に切って、その即席の薬包紙の上にアミノピリンを小瓶から眼分量でぞろり、ぞろりとこぼして、これだけでは胃腸を痛めるからと胃散を加えて、たちどころに二、三日分の風邪薬を作ってくれた。それは実によく効《き》いた。飲んで寝ると、胸がどきどきしてきて体じゅうから汗がわき出すような感じになった。二度目にもらう時、「先生、少し量が多すぎはしませんか」と言うと、「人の愛情を信じる素直さがない」と叱られた。箱根の強羅の急な坂道を登っていて、途中で立ち止って何か薬をとり出して飲んでいるからたずねると、「少し息苦しいからジギタリスを飲んだのさ」と事もなげな返事だった。そんな具合だから、毎月の薬屋にはらう代金がずいぶん嵩《かさ》んだ。日常かかりつけの医者と薬屋に対しては、格別の気持を持っているのが感じ取れたし、『本草綱目』は座右の書だった。

それもこれも、医者の家に生まれ、薬篳笥の前で調剤する母や祖母の姿を幼い記憶にこまごまと焼きつけ、やがて自分独りで薬剤室にまぎれこんで薄荷や樟脳の刺戟をひそかに好むようになっていった、少年の日からの心の名残のようなものであっただろう。その心の延長の上に、あの中年期の一時期のコカインの愛用が生じてくるのだと思うが、その上に加わってくる別の情念の存在を考えないわけにはいかない。コカインを用いていた時期は、折口の「まれびと」や「日本文学の発生」に関する初期の論文が次々に生み出されていった時とかさなっている。折口が自身で話してくれたところによると、その効果は非常に求心力が強くなるのだという。彼が自分でも認めていた類化性能、無関係に見える幾つかの事象の底にひそむ深い脈絡をさぐり出して、一筋の糸で繋ぎとめて示して見せる力は、彼の論文の随所に現れている。そういう時の独特の求心力の働きを助ける面で、薬の効果は大きかったはずである。原稿用紙の上に点々と鼻血をしたたらせながら書いた原稿が今も残っていて、鬼気迫る思いがする。しまいには真っ暗な夜中でも、着ている浴衣の模様がはっきりと見えるようになって、自分でも気味が悪くなって止めたのだと、折口は話してくれたが、本当はそう簡単なことではなかったはずである。その頃一緒に居た鈴木金太郎と藤井春洋が、折口が薬を買う店を全部押さえてしまって買えないようにし、時には力ずくで師を畳にねじ伏せてまで、その使用を止めさせたのである。それでも後年一緒に町を歩いていると、思いがけない所で、「この薬屋は金《きん》も春洋《はるみ》も気がつかなかった。亭主はぼくの色紙を何枚か持っているよ」と、昔のいたずらを告白する時の楽しそうな顔になって、ちょろりと漏らしてくれることがあった。

お茶から薬のことにまで話を進めてきたのはほかでもない。折口が日常生活の中でいつも胸の奥に保っていた、独特の心の集中について話そうとしているのである。こういう面は家族として相当に長い期間、気息を共にする生活をしてようやくわかってくることで、かなり頻繁に接していても、客間や教室での雰囲気では伝わってこないものである。まして、書いたものや講演から察することは容易ではない。

折口の家に入って、三月、半年とたつほどに次第に感じられてくる独自の生活律があり、それは家の主人その人の身の奥から深々としてきざしてくるものであることが、身に沁みるようにわかってきた。現れ方はさまざまだが、根ざすところは一つであった。折口の心の底には、普通の人間の尺度では推し量《はか》ることのむつかしい、ブラック・ホールのような部分があった。彼の身近にはそこから放射されてくる秩序めいたものが、眼に見えぬ蜘蛛の糸のように張りめぐらされていた。世俗の人の言う宗教的な戒律でもないし、人倫の規範というような一般的なものでもない。その感じに近いものを表現し得たと思われるのは、たとえば北原白秋の言った「黒衣の旅びと」というネーミングや、軽井沢に別荘を借りていた没する前年の折口を室生犀星がたずねて書いた、『わが愛する詩人の伝記』の中の描写などがそれである。心の中に宇宙のブラック・ホールをかかえこんで、そこに向ってひたすらに集中してゆく、黒々としてこの世の外の存在者のような姿と本質を、折口をよく知った二人の詩人は見事にとらえている。ブラック・ホールを、人間の魂の異境、あるいは日本人の心の古代と言いかえれば、一層わかりやすいだろう。

単なる受身の憧憬ではない。あらゆる知能と情熱を集中させて、その小宇宙を自分の中に領しようとするような凝縮と気迫を持って、日常を生きているのが感じられた。戒律でもなく、人倫でもなくて、茫漠としているようで緻密な脈絡のある秩序のようなものは、巨大な一点に集中してゆく熱を帯びた気迫であった。おぼろげながらもそれがわかってくると、そばに居る者の心は幾らかより所を持つことができた。しかし、わかればわかるにつれて、放射されてくる熱気を受けてこちらの心も緊張と集中を深められた。外からおとずれて来て接する伊馬春部や池田弥三郎といった人たちでも、「先生と居ると疲れる」と言い、「先生が東京を離れて旅行に出かけると、どっと疲れが出て体がくたくたになってしまう」と言った。まして、起きてから寝る時まで、毎日の起居を共にし、何処に出かけるにもついて行く者は、心をゆるめる時がなかった。その心の緊張感は、常に地上から身を一寸《いっすん》浮かべて保っているのと似ていた。また、常世からおとずれる「まれびと」の力に満ちた呪言の末裔としての定型詩である短歌の、凝縮した情念の表現を生み出すために、地上一寸の心は不可欠のものであった。凝縮に凝縮を深めて、しかもその彫琢の跡など片鱗もとどめないすらりと丈《たけ》高い一首であってこそ、読む者の心に深い感銘と力のよみがえりを誘発し得るのである。まさしく歌は、他界からもたらされる旅のまれびとの声であり、新しい世の啓示としてのエネルギーをよみがえらせるものであった。短歌創作は折口の学問を形成し推進する上の心の垂鉛であり、道の栞《しおり》であり、あるいはその成果の表現そのものでもあった。

折口の生活律が、現代にあるべき日本人の古代性を、未来かけて我がものとして生きようとする新鮮な情熱の発見のためのものであるということがわかると、そばに居て共に緊張を持続してゆくことがむしろ楽しかった。足かけ七年にわたる師の家の生活の中で、心の違和を感じ、苦しいと思ったのは初めのわずかな間だけである。しかし私の心の集中の源である折口その人が、あの濃密な迫力のある心の世界を保ってゆくために、どれほどのエネルギーを必要とするかという点について、思いおよぶことはあまり無かった。彼の初期の学説がもっとも果敢に創造され発表されている時期に用いられたコカインや、その後のさまざまな薬、多量の茶の愛用などは、身の内にかかえこんだブラック・ホールや、己が身を常に地上一寸の中空に保つ異常に強い意力の集中と関連していることだと思う。折口の晩年に襲ってきたぞっとするほど迫真感に満ちた幻覚と、これらの諸要素との関連については、もっと後に改めて述べるはずである。

「幻覚の古代」をめぐる論

折口信夫の学問が不当な低さでしか理解され評価されていないという歎きは、その門弟の間では古い人ほど強く持っていた。鈴木金太郎、西角井正慶、高崎正秀、山本健吉、池田弥三郎などという人々は、大体ここに並べた順序に折口に接し、そういう思いを強く感じていた人々である。この人達はまた、理解のむつかしい折口の学に普遍性を持たせ、啓蒙に努めるのが門弟のすべきことだという思いを強く持ち、そのことに努力された。ただ、今宮中学で教えを受けて卒業後二十一年間も同居生活を体験した鈴木だけは、門弟が折口の学をその死後に啓蒙的に述べることに反対だった。鈴木は昭和五十七年に没するが、晩年になるほど強く、高崎正秀や山本健吉や池田弥三郎の説く折口の作品や学問の普遍化に疑問点を出して、訪れた私に問いかけることがあった。わかる時がくればこのままでわかるはずで、それを性急に普遍化する必要はないという考えであったようだ。どちらかというと、私もその考えに近い。それは折口の学を、カリスマ的な雰囲気の中に閉じこめておこうというのとは全く違っている。折口と気息を共にした長い生活を体験して、その学の生み出されてきた強烈な凝縮と情熱の実際を知っているから、なまじっかな啓蒙普遍化をするより、少々時がかかっても、折口がみずから書き残したものをテキストとして、その学は着実に理解されてゆくべきだという思いが強いのである。

私が今もなお、恩恵を受けた良き先輩に対する失礼を恥じながら、どうしても書いておかなければならぬことがある。

昭和四十八年一月の雑誌『国文学』は「柳田国男と折口信夫――日本人の原像を求めて――」と題する特集を編集した。その中に池田弥三郎の「折口信夫における幻影の古代」という論文が載せられている。その内容は、冒頭に折口が皇紀二千六百年（昭和十五年）を祝福して発表した長歌の反歌「畝傍山。白檮《かし》の尾の上《へ》にゐる鳥の 鳴き澄む聴けば、遠世なるらし」を引用して、次のように述べるところから始まっている。

それは、歌人釈迢空の、単なる空想ではなくて、今がすなわち「遠世」だとしているのは、実は折口信夫が、まざまざと感じている古代なのである。……今が古代であるかのような気がしてくる、というような程度のことを言っているのではなくて、もっと切実に、今がまさに古代である、という、切迫した実感なのである。折口にとっては、古代が今に対立してあるのではなく、また、近代の現実に立って、観察している古代でもない。折口信夫は、古代に没入してしまっているのである。

こういう池田さんの折口の古代に関する考えに対しては、私はほとんど異論はない。ただ、戦争期の国家意識昂揚の中で詠んだ作品には、特別の配慮が必要だということはつけ加えておきたい。折口は早くから日本紀元には反対だった。柳田国男に対するよりも親身な敬愛の心を寄せていた国学の師の三矢重松とも、この点では考えが対立して、研究室で始まった論争が激論になって、校門を出てもなお続いた様子を、西角井正慶が語っている。皇紀二千六百年のこの寿歌も、その点は理解の上に注意が要る。やはり戦時期の作品である「大君は　神といまして、神ながら思ほしなげくことの　かしこさ」という歌なども、天皇は即ち神ではないと一貫して考えていた折口を考えると、単純に説いてしまえない二重表現を秘めているはずである。「人間である天皇は、それにもかかわらず神としていらっしゃって、神さながらに心を悩ましなげかれることの、おそれ多いことだ」と、人間であるべき天皇が、心ならずも神としての役を負わされて苦しみ身を責められることに対する思いの方が、折口としては切実であったはずだ。人麻呂流の「大君は神にしませば……」という天皇讃歌とは違っている。

池田の「幻影の古代」の論はさらに、橘曙覧《あけみ》の「天の下清くはらひて上古《かみつよ》の御《み》まつりごとに復《かへ》るよろこべ」という歌や、明治初期の国学の徒矢野玄道の「橿原の御代に帰ると思ひしはあらぬ夢にてありけるものを」という歌を引用して、幕末や明治維新の心ある人々の志が裏切られて、悲憤の声調に変ってゆく次第に説きおよぶ。

曙覧にしても、玄道にしても、上つ代に理想的な御まつりごとが行なわれた時代があったこと、橿原の御代はそういう時代であったと言うことを、考えているのではない。橿原の御代を、幻影の古代として想定して、その時代を復興しよう、ということを考えているわけであって、「橿原の御代」に、理想境を見出そうとすることは、一つの「錯誤」であったかも知れない。

この論旨に対して、私は共感こそすれ、反対に考えることは何一つない。これはまた、折口が国学に関する論の中でくり返し情熱をこめて説くところであって、曙覧や玄道が思い描いたあこがれの古代が、明治の新しい政治の上でむざむざと葬りさられてゆくところに、歎きと慨《うれた》みの声を詠んだ歌が生まれる。それが国学の心である。しかし折口は、ただ悲憤慷慨して世に背を向けているのは、愚かなことだとして、とるべき国学の新しい姿を示してもいる。

……日本文学、総ての国文学の中から自由なる道念をば引き出して来て、我々の清純なる民族生活を築き上げようとする欲望、それを学風としてゐるものが国学なのです。大変難しいやうになります。つまり固定しないで、非常に自由に、日本の国文学及び国文学的な伝承の中から出て来る道念、今の言葉で言ふともらるせんすと申しますが、それを引き出して来て我々の清純なる民族生活を築き上げて行く、その欲望を学風として居るのが国学ではないかと思ひます。（「国学と国文学と」）

だから、池田弥三郎の「折口信夫における幻影の古代」という論の内容は、もっと早く国学院の研究者の側から書かれなければならなかったもので、じれったい思いを抱きながら、よく言って下さったと筆者に感謝する気持は当時も今も変りはない。

古代の文献の中に埋没してしまって、現れることのなかった精神文化というか、民族の心というかは、それは、それを迎えるべき用意が、こちらの側になされなければ発掘せられることはない。

折口信夫の説く、すさのをも、おおくにぬしも、神武天皇も、仁徳天皇も、すべて、その点では、幻影の古代に生きている人々であって、語としての矛盾を持った言い方を承知の上で言うならば、言わば、古典の読者の側に、顕在し得た幻影の人物像と言えるであろう。

折口信夫が、古代を、実感せらるべきものとして受取ったのは、ほとんど体験というにひとしい直観であった。万巻の書物の渉猟も、生涯にわたる民俗採訪の旅行も、すべて、折口にとっては、古代生活の実感を誘うためのものであった。そしてその実感は、知識と経験との融合を促して、地方生活、特に郷土生活の中に、幻影の古代を甦らせたのであった。

こうした池田論文の論旨にも、私はまったく異存はない。ただ、繰り返し出てくる「幻影の古代」という用語が、飯の中に小さな石を噛みあてたように気になるだけである。だが、その違和感が当時の私にはどうしても気になった。もう一つ、少し気になる点を言えば、ここにあげた引用文の三番目の、郷土生活の中によみがえる幻影の古代の例として、

さ夜ふかく　大き鬼出でゝ、斧ふりあそぶ。心荒らかに　我は生きざりき
遠き世ゆ、山に伝へし　神怒り。この声を　われ　聞くことなかりき

といった、雪祭り・花祭りの村を詠んだ作が引かれている。私は歌集『春のことぶれ』のこの一連は、歌集『海やまのあひだ』の「供養塔」一連の作と比べると、叙事的、説明的なところがあって、古代を実感に顕現する集中力の点で劣ると思う。

人も　馬も　道ゆきつかれ死にゝけり。旅寝かさなるほどの　かそけさ
道に死ぬる馬は、仏となりにけり。行きとゞまらむ旅ならなくに

前の二首もこの二首も、みな三句切れだが、その下の句は前者はいかにも醒めてしまっている。醒めて内省している。「供養塔」の我か人か馬か、区別もさだかならぬ思いのにじみ出している方が、池田さんの「幻影の古代」の実感の例としてははるかに適切なはずである。

折口信夫における「古代」とは、こうした類化の心的作業の上に、髣髴として現出す

る、幻影の古代であった。従ってそれは、一つのユニークな個性によって描き出されたものであり、同時に、個性的なるがゆえに、普遍性を主張しうるものであったはずである。

右の言葉で「折口信夫における幻影の古代」は終っている。このしめくくりの内容にも、「幻影」という言葉のほかは何ら異論はない。その通りである。実はこの論文の内容を一行も読まない以前、学燈社の『国文学』編集部から特集の企画説明と原稿依頼がとどいた時、私の論の前の論題に、「折口信夫における幻影の古代」があるのを知って私は強い反撥を感じた。その段階では筆者が誰であるかも、論の内容も全然わからなかったが、「幻影」という決めつけ方がいやだった。それで私に課せられた「折口信夫における直観と論証」の中で、「編集部から示されたプランによると、この前の章の題名は『折口信夫における幻影の古代』とある。折口が少くともその学問の上にとらえてきた古代が、決して幻影の古代でなかったように、彼がその学問的追求に当って最も重要としたものも、彼自身の言い方によれば直観でなくて、実感であった」と書いた。

雑誌が出来てとどいてみると、その項目の筆者が同門の先輩であることに驚いた。そして前半の近世の国学者や矢野玄道が思い描いた橿原の御代が、幻影の古代であるということもうなずけた。だが、「まれびと」招来の古代の村びとの情熱に対する折口の実感を、折口に薫育された池田さんが敢て幻影と言ったことは納得できなかった。それが「幻想」や「幻影」でなくて、やまと言葉で「幻《まぼろし》の古代」と言ってあったら私は何も言わなかった。「まぼろし」には強い憧憬と希求の心がこもっていて、折口も作品の名に「幻《まぼろし》源氏」というふうに使っている。「幻想」では、吉本隆明氏の『共同幻想論』の印象も鮮明に連想せられた。

その後に池田さんと会って、そのことを中心に話しあったけれど、私は「幻影」はみとめられなかった。さらに後の谷川健一氏司会の座談会の中で私は、「幻影の古代という規定は、これからの折口信夫研究の上でのっぴきならぬ大きな課題を提出した。いままで学問的ということでかえって気分的にとらえられてきたことだが、もうあいまいさは許されまい」とも言った。それについて池田さんは「僕は「のっぴきならぬ大きな課題」などという大上段の言い方は嫌いなんですが」(『柳田国男と折口信夫』池田弥三郎・谷川健一、思索社)と言われたが、それは池田さんの「幻影」の論文中に、折口の類化性能について、「そこから発して、折口信夫にとっては、実にのっぴきならない思考の論理を形成している」と言われたのが心にあったからだった。

折口は自分の学問に関する叙述の中で、ライフ・インデックスとか、ホークエチモロジイとかいう新しい用語を使うこともあったが、一方で「古代運命共同体」とか「古代村落共同体」とかいう言葉は使わず、古代の村、万葉びとの生活というふうに言った。そういう言葉を用いれば、現代人の合理感や近代感にどんなにかわかりやすく伝わるだろうにと思うのに、頑として使わなかった。

「まれびと」という用語でもそうである。今日でこそ、「まれびと」は『広辞苑』の項目にまで採りあげられ、「貴種流離譚」と共に折口用語のうち広く一般化された代表的なものになっているが、折口が使いはじめてから普遍化するまでずいぶん長い年月を経ている。しかし一度普遍化してみると、頑強な個性に裏づけられた言葉の持つ印象の鮮明さが、その学説の内容を際だたせていることを思い知らされる。前掲書『柳田国男と折口信夫』は、谷川健一氏と池田氏との対談によって成っているが、次のような発言がある。

池田 なぜ、そんなに問題にされるか（幻影の古代について岡野が）、といえば、「まれびと」の問題にぶつかるからなんですね。僕は、折口信夫の考えていたような「まれびと」は、けっして来やしなかったんじゃないかと思うんです。現実に来訪者はたくさん来ていても。

たとえば、節季候《せきぞろ》のようなおとずれびとがある。あかまた　くろまたがくる、花祭の翁もくる。そうしたものをすべて重ねていって、折口信夫のなかに訪れてくる神、あるいはたま、霊魂ですね、そういったものが具体性をおびてきて作られたのが、「まれびと」じゃなかったかと思うんです。そうした蓋然性で「まれびと」の骨格を作りあげ、おとずれびとをそこに配置していったのが折口学説だろう、したがって「まれびと」というものは、折口の胸の中にある幻影なのではないか、ということなんです。

また、谷川氏と数回の問答があって、次のようなとじめの会話がある。

池田　（前略）僕はよく引くんですがね、これは岡野君も納得して聞いてくれるところですが、「橿原の御代に帰ると思ひしはあらぬ夢にてありけるものを」なんですね。国学者たちが、自分の空想の中にある古代が、あの明治に現前すると思っていて、失望したことを示しているものですね。「橿原の御代」というのは、国学者たちがみた幻影の古代なんですよ。僕はそこを痛感するんです。

谷川　よくわかります。池田さんの言われる幻影は二つにとれるんですね。ひとつは虚妄の古代、現代人が勝手に描いた古代。もうひとつはそうではなくて、現在から追体験した古代、そこに折口の描いた幻影が投影している、そうした構造的な古代。

ここで「幻影の古代」に関する部分は終っている。さっき言ったように、国学者達の思い描いた古代の幻は、その悲しみの心を含めてよくわかる。その次の折口の「まれびと」については、折口の言うような形では、来たかもしれないし、来なかったかもしれない。この大きな蓋然性に立つ仮説は、まだまだ広い振幅を持って生きつづけるだろう。だが、私は折口が「まれびと」について言った言葉を心に刻んでいる。それは、人にして神なるものであり、時あって人の扮してもたらす神なるものとして「まれびと」と言って通して来ている。その「まれびと」はたとえ幻であってもいい。折口が古典の中や、沖縄をはじめ離島・山村の民俗採訪、村々の古風を伝える祭事習俗の見学を通して心に得たものは、古代以来の村びとが「まれびと」の来訪を乞い願って湧きたたせる、はげしく濃密な共同の情熱である。それあるからこそ「まれびと」は出現するのであり、村の中に日常の時間・空間を越えた神の世の時間・空間が出現し、力ある「まれびと」の呪言が人間の生活に力を及ぼして定着することになる。

折口がよく例に引いた万葉集東歌の「誰《た》そやこの家《や》の戸おそぶる新嘗にわが背をやりて斎ふこの戸を」という歌などは、新嘗の夜の神聖が崩れてゆく過程を思わせながら、古い村の「まれびと」来訪の感動をなまなましく秘めている。折口の「まれびと」追求の真意は、それを自分達の生活の場に時あって招来しようとする、村びとの側の熱くひたすらな情熱を思う心に、より多くがかかっているのである。天つ罪の原罪を負う者として、世々の農村に漂泊して来る「すさのを」の末裔のおとずれも、その来訪を魂の焼けつくような切実さで待ち受ける、罪を意識した農耕生活者の思いがあるからである。柳田から「鉢たたきの七兵衛（か）何か……」と言われながら、他界からおとずれるものを追求し続けてゆるがなかったのは、それを待ち受ける側の心のありように重心を置いて、日本人の精神伝統における古代要素の脈絡を見ていたからであったろう。それを主として「まれびと」の面から「折口の古代は幻影の古代」と決めつけてしまうことに、私はどうしても同感できなかったのである。

折口の没後、私は国学院の先輩よりも、池田弥三郎・加藤守雄・戸板康二といった慶応出身の十歳ほど年長の人々から、学問的にも人間的にも、また文学にかかわる面でも、貴重な影響と温い恩恵を受けた。後にも先にもこの時一度だけ、私はかたくなであった。池田さんの「幻影論」は評判がよかった。折口の難解な古代がよくわかるじゃないか、と感じる知識人や研究者は多かったに相違ない。西洋の近代を通ってきた日本の近代の学問の上では、こういう合理感にひびく割り切り方が、理解されやすい。だが、折口自身がどんなに責められても、もの言わぬ癋《べしみ》の面になったようにして、世に通りやすい言い方を承知しながら言わなかった部分は、そのままにして残しておきたい。
最後の論文の「民族史観における他界観念」になると、他界の本質やありようも、そこから来訪するものの姿や性格も、エスノロジイの領域におよんでいよいよ多様さを示してきている。「まれびと」は折口の命の果ての時まで、固定することなく流動性を持ち続け、追求され続けていたのだった。

ちょうど昭和四十八年は折口信夫没後二十年に当る年で、幾つかの雑誌の特集があり、折口博士記念古代研究所でも、慶応義塾大学でも、折口を記念する催しや講演会が開かれた。そのために大阪の鈴木金太郎宅をたずねて、報告したり相談したりすることがあった。折口門下の者の書いたものは丹念に読んでいた鈴木さんは、池田さんとの経緯をつぶさに読んで知っていて、温い心くばりを示してくれながら、「先生の家の生活を身につけた者は、どうしても世俗にうち溶けられない、心のしこりのようなものが芯のところに宿ってしまうんだね。それは一生、負ってゆくより仕方のないものだね」とさとしてくれた。ああ、この人も師匠ゆずりの地上一寸の生を生きようとする頑《かたく》なさを負っているのだと思ったのであった。

十四　慨《うれた》みの声としての短歌

短歌の表現と現代

『天地に宣る』という歌集は昭和十七年九月に日本評論社から刊行され、折口の歌集の中では戦時中の気分が直接的に感じられる歌集である。折口の学問に対する敬意と友情とを常に持っていた土岐善麿が、折口没後のある時、「何しろ釈さんは、天地《あめつち》に宣《の》っちゃったんだからねー」と、その戦時詠の独得の内容について感慨をこめて言ったことがある。この歌集の巻頭には次の一連が置かれている。

天地に宣る　昭和十六年十二月八日

大君は　神といまして、神《カム》ながら思ほしなげくことの　かしこさ

暁の霜にひゞきて、大みこゑ聞えしことを　世語りにせむ

人われも　今し苦しむ。大御《オホミ》祖《オヤ》かく悩みつゝ、神は現《ア》れけれ
天つ日の照り正《マサ》しきを　草莽《クサカゲ》に我ぞ歎きし。人の知らねば
天地に力施すすべなきを　言出《コトデ》しことは、昔なりけむ
たゝかひの場《ニハ》に　哮《タケ》べば、我が如き草莽人《クサカゲビト》を　人知りにけり
天地の神の叱責《コロビ》にあへる者　終全《マタ》くありけるためしを　聞かず

日米両国に対する宣戦の詔勅を聴いて国学者らしい感動から生まれた歌であるが、当時の多くの歌人達が作った、空疎な用語と内容をともなわない戦争讃歌と同様に見すごされてきた傾向がある。殊に敗戦後間もない時期の、伝統的なものはすべて否定し、反動であるときめつけたような単純な批判は、半世紀を経た今もう一度緻密に考え直す必要がある。何よりも、国民全体が一様に異様な戦いへの興奮に襲われて、自身のたしかな考えももの言いも失って、空虚でうわずった言葉にその興奮を托していた時に、わずかでも違った心を、多少とも独自の表現に示そうとした作品は、細心の努力をして見とどけておかなければ、後世のものを正しく見抜く力を持った人々から笑われ、さげすまれることになるに違いない。ここにあげた折口の昭和天皇の宣戦の詔勅に応じて詠んだ一連の作品も、そういう心を尽して読むべき独自の内容を持っている。現代の歴史の中でめぐり合った、民族にとって未体験の巨大な事実に突入して、折口の歌の表現は、その事実をただ受身に受容し

て歌っているのではない。一見、多くの歌人の作品内容と変りなく歌っているように見えて、実は驚くほどしたたかに、自己の学問的成果とそこから導き出された独自の情念を燃えたたせて、歌っている。

しかしこの作品の心を今の時代に本当に精緻に理解するには、幾つもの障碍になる条件がある。その第一は、戦前、戦中の日本を覆っていた狭い神国思想と天皇を神と仰ぐ信仰が、どれほど強く庶民の心を動かし、特に小学生や若者の内的な世界を一つの焦点に集中させていたかということは、それを体験して来なかった人にどんなに説明してもわかってもらえないところがある。この作品は、そういう世相人心の燃えあがったまっ盛りの時期に、一見それに呼応する如く見えて、実は大きく違った天皇観に立って歌われている。言わば、世の傾きを正しながら、己の信じる真実を歌い深めている。その内容を理解するためには、当時の世相人心の動きと、それに対して新しい理想を述べる折口の思想と、二つながら併せて考えないと精緻な理解には至らない。半世紀以上前の囚われた人心の動きを知ることもむつかしく、またその中で毅然として独り胸の思いを述べる折口の思想も、なかなか難解である。

理解の障碍の第二は、それが短歌の様式で表現されているからである。敗戦の後の五十年間に、伝統定型詩としての短歌は、過去のどの時代にも無かったほど日本人の理解から遠のいてしまった。現代人の多くは、短歌を見てすぐその一首の正しいしらべに従って読むことができなくなった。三句切れの歌なのか、二句切れなのか、あるいは小さな間をどこで置くべきなのかは、ほとんど見わけることなしに読まれる場合が多い。テレビやラジオで短歌を正しく朗読できるアナウンサーが稀なのを見ても、歌のしらべは現代人に縁遠いものになっていることがわかる。もっとも折口はそのことをずっと早い時期から考えの中に入れていて、表記に当ってかならず句読点や字あけの方法、時には散らし書きの方法を用いて、自分の歌のしらべや内容の正しく伝わることに細心の配慮をしている。古歌や他人の歌についても、自分の解釈や評価を示す時にはかならず句読点を打って、正しい読み方を示した。作者自身が歌を声に出して歌う時代から遠のくにつれて、歌の心の瞬間の理解は次第にむつかしいものになってきている。その例は迢空の最晩年の次の歌についても言える。

雪しろの　はるかに来たる川上を　見つゝおもへり。斎藤茂吉

昭和二十八年二月二十五日、茂吉は世を去った。三月二日のその葬儀に折口は出席したが自身でも健康の衰えを感じていた。そして茂吉の『作歌四十年』に刺戟されて、自分もそうしたものを残そうとして「自歌自註」の口述が始められた。六月三日には堀辰雄の葬儀が行なわれ、参列して追悼詩を読んだが身の衰えは三ヵ月前より一層深いものになって

いた。七月になるとすぐ箱根の山荘にこもって静養していたが、体力の衰弱は日々にはげしかった。その頃、角川書店主で国文学の門弟の角川源義が病状を心配しておとずれた。その車の運転手の鈴木氏は、七月にも折口を東京から移動させてくれた人で、山形県の出身だった。お礼のつもりで、その場で色紙にこの歌を書いて与えた。死の半月ほど前のことで、これが折口の最後の作品となった。死後に遺稿として発表する時に、私が二カ所の字あけと、句点を附した。茂吉が亡くなってのち、雪しろ水に水嵩の増した最上川のほとりに作者は立って、はるかに上流を見ながら茂吉をしのび、その死を悼んでいるのである。もちろん、茂吉の死後に折口が実際に山形をおとずれることはなかったが、己が身を春の最上川のほとりに立たせることによって、茂吉への深い追悼の思いを現したのである。

「おもひ」は古今集の詞書に「ははがおもひにて詠める」「おもひに侍りける人をとぶらひにまかりてよめる」など、喪に服することもいう語で、折口はこれについて「おもひは我々が直に感じる思ひの外に、古くから近代に到るまで、物忌み・謹慎生活・服忌を意味する用語例があるのである。諒闇を「みものおもひ」、忌月を「おもひづき」と言ふのは、其一例に過ぎない」(「和歌の発生と諸芸術との関係」)と述べている。古今集に「諒闇の年、池のほとりの花を見てよめる」とある小野篁の歌、「水のおもにしづく花の色さやかにも君がみかげのおもほゆるかも」の思いなどは、折口の歌の追悼の心に近いものだと言えよう。

ところが後年、歌集も何冊かある若い歌人がこの歌の意味を、雪しろ水の流れてくる最上川の上流に向って、斎藤茂吉が思いにふけっている場面を想定して歌っているのだ、と説いているのを見て驚いたことがある。これでは歌が平板になり、作者の茂吉追悼の思いも淡いものになってしまう。「おもへり」の主語は作者の迢空その人である。短歌表現に対する現代の人々の感受のまどろっこしさは、たとえば正岡子規の「瓶《かめ》にさす藤の花ぶさみじかければたゝみの上にとゞかざりけり」などでも、教科書によく出てくる歌だが、性急な読み方でしか読めないために、「みじかければ……とゞかざりけり」という因果関係のきわめて単純でそっけない一首だとして、読みすごしてしまわれることが多いらしい。

だが実は、折口はこうした近・現代の日本人の短歌表現に対する読解の鈍感さをよく知っていて、時にそれを逆手にとって、わが胸の底の思いを人知れず歌の上ににじみ出させることがあった。それは、同じ思いを特有の晦渋さをともなう散文で吐露するよりも、はるかに胸のつかえの晴れる気持であったに違いない。戦争中の作品に、そういう傾向の見られるものが眼につくが、特にこの「天地に宣る」の一連七首には、二重表現というのがむしろ適切だと思われるような心が託されている。そのことは、発表当時に誰ひとり気づいて問題にした人はなかったし、まして戦後の時代に折口の真意を読み取る人は出ていない。

草莽《くさかげ》のなげき

……すめらみこと（天皇）、なかつすめらみこと（中天皇・中皇命）に併せてみこのみこと（皇子尊）を考へて見ると、みことはみこともちの略形であつたに相違ない。同時にすめらみこともちが、すめらみことの原形であつたと考へ申すのが正しい様である。すめらみことが既に最尊いみこともちでいらせられる以上は、この聖なる御勤が又今一つ下段の貴種に及ぶ事も、信仰的に言へば正しくなければならない。後世の語で申せば、摂政の宮に相当するみこのみことは、とりもなほさずすめらみことのさらなるみこともちであらせられた。だからみこ（皇子）にしてみこともちなる事を示す、みこのみことと言ふ語が成立したのである。宮廷に仕へる内臣・外臣、斉《ひと》しく皆下に向つて聖旨を伝達する所に本分が存する。だから日本紀の古註に、大夫・宰などの字にみこともちの訓を附けてゐる訣である。日本の古代に於て公式に尊い人と認められる資格は、みこともちであると言ふ事であつた。

所謂《いはゆる》百官僚、即《すなわち》も、のつかさびとがみこともちである事は、後代の民俗によつても明らかである。伝説的に今尚存在する呼寄塚《ヨビヨセツカ》なるものは、官人・使人その村里に臨んで、人を呼び寄せ、自らは一段高い所謂つかさなる丘陵の上に立つて、命を伝達した所に原義が存するのである。つかさに立つてみことをもつ人なるが故につかさびとであり、それを略してつかさとも言つたのである。この任務は何処まで逓下しても同様であつた。

（「神道に見えた古代論理」昭和九年）

昭和二、三年頃から現れはじめた折口の「みこともち論」は、昭和九年になるとこんなふうに体系づけられてくる。尊も命も、大夫も宰もすべての官僚も、それぞれ順を追って天つ神のみことを伝達し代宣する人で、すめらみことはその一番高いみこともちとしての人であった。その任務の本質はどこまで逓下しても変りがなかったから、民に接する面の多い下級のつかさびとほど、威張ったりする始末の悪い面も出てくる。これなどは戦時中に下級将校や下士官が兵に対して、軍人勅諭による「上官の命令は朕が命令と思へ」という言葉を楯にとって難題を強要したことを連想させる。近代の軍隊の大元帥は神国思想による神の装いに包まれていたから、逓下してくる命令は一層重い圧力を持っていた。ともかく戦前・戦中の天皇神格化傾向の強い日本の中で、折口のみこともち論は、幸運にも極端な右翼や天皇信仰を奉じる側の人から、目だった指弾を受けることもなく過ぎた。

戦後の昭和二十二年七月に『日本歴史』に発表した「宮廷生活の幻想――天子即神論是非――」という論文は、天皇に関する幾つかの用語例を検討しながら、天子は神でないことを明らかにしようとしたものである。文中でとりあげているのは、現人神《あらひと》・現御神《あきつみかみ》・神ながら・大君は神にしませば、などいう用語である。神ながらのながらについて、次のように言う。

……ながらは、二つの動作が併行してゐる時、どつちにか主がある場合に使ふ語である。神が思ふのと併行して、天子なる朕《ちん》が思つてゐる、と言うてゐられるのである。勿論此語も、使ふ人によつて、——代々の宣命を起草した人の解釈次第で、使ひ方が変つて行かないでは居ぬが、神の意志と同じ様に俺はかう思ふ、と言ふ事で、神そのものとは、古い神ながらの用語例にも見えない。「俺の言ふ事は神の言ふ事だと思つたらよからう」と言ふ位に釈くべきであらう。従つて神ながらと言ふ語でも、天子即神論は解決しない。

また、柿本人麻呂の「大君は神にしませば、天雲の雷《いかづち》が上に、廬《いほり》せるかも」をはじめとする、壬申の乱の収まった後に天子を誇張してたたえた同類の歌について次のように言う。

大君は神にしませば、天雲の雷が上に、廬せるかも　(二三五)

天子は神であるからして、雷の丘陵の上に廬を拵へてゐられる。天雲のは所謂枕詞。雷は雷の丘を暗示してゐる。雷の丘は実在の地名である。極度に興味が昂揚した時に、雷の上と言つて、感じられる語のあやを楽しんでゐる。よく考へてみれば、雷の丘は実際のものなのだから、其上に廬する事も出来る訣だが、さう言つてしまつては文学と言ふものはなくなつてしまふ。さう言ふ言ひ方が、文学の価値ではないが、一種の誇張である。神でなくてはこんな事は出来ない、と言つてゐるのである。

語通りにとれば、天子は神だからと言つてゐるのだから、天子即神観が、真実に行はれてゐたといふ論拠になりさうであるが、此も、神でない天子が、神でなくては出来ぬことをなさるといふ、驚嘆するやうな表現法をとつてゐる訣である。

こうして見ていると、驚くべきことに、人麻呂のこの歌に対する解釈と評価は、大正五年、二十九歳で口述した『口訳万葉集』のそれとほとんど変っていない。こうした人麻呂の大げさな誇張や比喩を嫌って、折口は沈潜し思い入ったように歌って呪的な祈りの心を深める、高市黒人の歌により心を引かれていったのである。この類の歌に関する論評をもう少し見てゆこう。

大君は神にしませば、赤駒の匍《はらば》ふ田居を　都となしつ（四二六〇）
大君は神にしませば、真木の立つ　荒山中に、海をなすかも（二四一）

二つとも天子の徳を讃美した歌である。赤い馬が腹這つてゐた田圃を、一度に都にしてしまはれた、それは天子が神だからだ。建築用材の立ち繋つてゐる荒い、歩かれぬ山の中に、一遍に海が出来た、其《それ》は天子が神だからだ。（うみと言ふのは、海ばかりでなく池や沼など、すべて大きい水面を持つ地形にいふ。）此「大君は神にしませば」と言ふ歌の類は沢山ある。此《これ》を以て、天子が神だと信ぜられた証拠であると、昔の学者も、今の学者も考へて来たし、今も、あなたたちはさう考へてゐられるであらう。併しさう考へることは、此等《これら》の歌の文学としての価値を薄くすることになる。昔びとの持つ讃美と、驚異と誇張との関係を、しみ〴〵考へて見るべきである。文学としての此等の作物の価値は、自らそこにあるのである。

かう言ふ、天子の徳を讃美する形が、飛鳥・藤原朝で盛んになつて来た。宮廷に於ける肆宴、或は行幸などに従うた時行はれる饗宴、さういふ時に、讃頌の歌が献られた。

昭和二十一年正月、ひとたび天皇の我は神にあらずという宣言があってのち、わずか五十年を経てこれほど急激に人心は変ったのである。その人心の変化のあっけなさは、自然の変化よりも何倍かの早さであり、魂のふるえあがるような虚《むな》しさである。今の世では、お前は奇妙に無駄な過去にこだわり過ぎると思う人が多いだろうが、小学校に入学した日から軍国日本の教育の中で天皇即神信仰をひたすら教えこまれ、ついにはその方のために異郷の戦場に命を失っていった彼等の鎮まらぬ魂のために、この事にこだわらないでは居られない。たとえば、佐渡や隠岐や大和を旅していて、それらの土地にわずか一世紀ほど前に旋風のように吹き荒れた、明治初期の排仏棄釈のすさまじい爪跡をかいま見ることがある。千年を越えて信仰されてきた国分寺の寺をはじめ堂塔伽藍が、一夜にして暴徒と化した人間の手で形をかき消し、谷底に埋もれ、煙となって空に消えている。その心の変化の激しさに対して、形あるもののほろびの早さと跡なさは何ともむなしいけれども、しかしそこに竜巻のように吹き過ぎた激情の嵐は推測することができる。ところが我々の若き日を思い返すと、小さな村の分教場の二つの教室の距《へだて》を取りはらった式場で、明治節・元旦・紀元節・天長節、冷え冷えと足もとから昇ってくる寒さに耐えて震えながら仰いだ神の権化の御真影。やがて白馬を御《ぎょ》して神の戦《いくさ》を統《す》べたまうお方の御旨《みむね》に従って果てていった巨万の若き命。あの幻の焦点と幻の一瞬の凝縮、さらにそれよりもはかなく空虚な瞬時の崩壊と消失。幾ら考えても余りにむなしく、余りに変幻きわまりない速やかな滅びであって、このままでは表面の事象だけ記録されて、あの多くの若者の命までも失わせた内なる思いのほどは、跡もなくなり果てるのではないかと思われる。せめて、戦の終った後の一年、二年のほどに、私の心に静かな説得をとどかせてきた、折口のこういう講義や論説の言葉と心とを書きとどめて置きたいと思う。そして何よりも思うことは、昭和の初期の日本の国をおおった時代の興奮は、ついに空虚で、何の力ある歌をも残し得なかった。それに比べて飛鳥・藤原の代に興隆した時代の情熱と信念は、折口の言う文学的な力ある歌を、千余年の後までも残し得ていると言えるだろう。

ここでもう一度話をもどして、初めにあげた昭和十六年十二月八日の作品について見ることにしよう。

大君は　神といまして、神ながら思ほしなげくことの　かしこさ

この表現にこめられた折口の真意は、世の受け取り方とは大きく違って、「人間である大君は、いま神のみこともちとしていらっしゃって、神ではないのに神さながらにして、お思いなげきなさることの、おそれ入ったことだ」というべき心である。人でありながら神の代役を演じなければならぬ天皇の重い苦しみを思っている。

古い習慣によつて行はれた祭りには、現実に神が出現するものと感じようとした。まことに神を目に見ようとする欲望から、神の姿になつた人が出て来る。宮廷の場合に限らず、社々では、さうした神聖な祭りを近代まで行つて来た。（「宮廷生活の幻想」）

漫然として人が神になれるわけではない。村の祭りにおいても、一年に一夜、聖なる資

格で神の座に出現し神の言葉を宣下して、村人すべてのその年の生活の規範を生み出すためには、卜定その他の方法で選ばれた若者は、一年を通して普通の人間を超絶した生活と試練に耐えなければならない。別火の禁忌は勿論のこと、集団から独り隔絶した場所で日夜禊祓をして、心と体の浄化と充実を祭りの夜の焦点に向って凝縮させてゆかねばならぬ。かつて出雲の佐陀大社の宮司から、最近までこの社の神主はほとんど一年の半分は精進潔斎につとめなければならず、家庭生活、夫婦生活は大きな犠牲を強いられたのだということを聞いた。

折口は民俗学の採訪の結果、そういう事例を詳細に知り、さらに古典を余人のおよび難い深い洞察力で読みといて、人にして神にならねばならぬ者の苦しみをよく知っていた。たとえば「女帝考」の中で示した、飯豊青尊《いひとよあを》の宮廷の高巫としての神妙な性格と役割の発見などは、単に記・紀の記事の読解にとどまらず、記録の奥にひそむ神秘な事実の発掘と言うべきである。

こういう折口を評していろんな面からの評言があるわけだが、私は何よりも彼は「人」を大切に考え、人の本質をいとおしんで生きたのだと言いたい。「まれびと」の発見も、宮廷信仰の上の神主である天皇の本質を見通したのも、村の祭りに出現する神に扮する若者の試練をあわれむのも、人間そのものの本質を見とどけようとする心から出ている。だから、日本民族が未曾有の戦を始めようとして、異常な昂揚の坩堝《つぼ》《る》にある時も、神として民族の求心力の核になることを迫られる天皇の苦悩を思いやる、醒めた独りの心を失わない。しかしそれを表現する時に、折口の胸の底に燃えあがってくるものがある。それは二千年にもおよぶ日本人の情念のしらべとしての歌の力であり、また近代の真理追求者としての識域だけにとどまらぬ、国学者としての慨《うれた》みの思いである。それは、二首目、三首目、四首目の歌によく現れている。

暁の霜にひゞきて、大みこゑ聞えしことを　世語りにせむ
人われも　今し苦しむ。大御《オホミ》祖《オヤ》かく悩みつゝ、神は現《ア》れけれ
天つ日の照り正《マサ》しきを　草莽《クサカゲ》に我ぞ歎きし。人の知らねば

「人われも」の歌は深い意味を持っている。「人間の一人である自分も、こうして今苦しんでいる。遠い昔の世の偉大な祖先の方々も、人としての深い苦しみを重ね重ねて、この世に出現させなければならぬ神を、その力によって出現させたのであった」

大御祖は宮廷をはじめ、広く日本の家々の祖先と考えられる。この世に他界から神を招来するためには、人は深い苦しみに耐えねばならぬ。今の世の民のすべてがその苦悩を耐えるべきことを、ひそかに心に期しているのである。

「天つ日の」の歌は、自分自身を人知れず草葉の陰にひそむ名もなき民として、その名も

なき者すら、天日正しく照らす今の世の力に誘い出されて、ひそかに世を思いなげく時に生れあわせた感動を歌っている。この草莽の歎きは、折口が世に事がある時に自分の思いを托して歌う言葉で、二・二六事件の後にも、

我《ワレ》どちよ。草莽人《クサカゲビト》となり果て、 慨《ウレ》たきときは、黙《モダ》し居むとす

とすべなき思いを訴えている。また戦場に出て戦う兵士を言う時にもこの言葉を用いる。

たゝかひの場《ニハ》に 哮《タケ》べば、我が如き草莽人《クサカゲビト》を 人知りにけり

あるいは少し表現が違うが、次の歌なども同じ草かげの名もなき者を思っているはずである。

いさましきにうす映画に、うつり来《こ》ぬくさむら土《づち》を思ひ かなしむ

こうして見ると、大東亜戦の開戦に当って折口が歌った第一のテーマである、人の世の戦に神の力を招き寄せるために耐えなければならぬ、天皇の苦悩を歌った部分の真意は読

みとられないままに過ぎた。それはもとより折口も承知の上のことで、言わば二重の表現をしているのである。世が静かになれば、こうした国の危急の時に当って、日本人のすべてが本来の民族の心を失って他力本願の神だのみや、過激な神国思想ばかりを鼓吹していたのでないことを、この表現の中から読み取ってくれるだろうと信じて、その孤高の苦しみを歌のしらべに托したのであったはずだ。

次に、折口が真理の追求者としての研究の面とやや違って、世を憤り慨みの心を発する国学者としての気概の面は、名もなき草莽のなげきとして、一途な現れ方で示されていて、読む者の心にひびくものがある。

人間への愛情と執着

戦争期の折口の歌には、稀に身に添わない表現で戦う国の興奮を歌った作品もあるが、多くは戦いの中の名もなき草かげ人の生や死のかなしみに心をそそいでいる。

萱山に　炭竈ひとつ残り居て、この宿主は　戦ひに死す
たゝかひは　国をゆすれり。停車場のとよみの中に、兵を見失ふ
直土《ヒタツチ》に　息絶えゆく隊長を再《マタ》見ざりきと言ふ　旗手のふみ

よく死に、けりと　思はむ。もの、数ならざるものは　さびしけれども

頰赤き一兵卒を送り来て、発《タ》つまでは見ず。泣けてならねば

まだ戦が中国大陸の中だけで行なわれていた時期の歌は、このように心ならずも戦の場に身を置いて、命果ててゆかねばならぬ若者の上に心をとどかせて、思いの沁み入るようなしらべで、生と死のさびしさを歌った作品が多い。ここに歌われた若き兵士の多くが、大学での教え子で本来ならば学問や文学を愛し、平和な生を送るはずの者だったという思いが、その歌の内容をさびしくさせている。そして何よりも、釈迢空の歌風そのものが、言葉をきらびやかに使って高らかに歌いあげるといった類のものではなくて、内にむかって深く凝縮してゆくところに特色を持っていることが、よく示されている。はげしい時世の動きに対して、無関心であったり淡白であったりするのではない。折口ほど時代の動きにさとく、必要な時にするどい批判精神を発する学者・歌人はめずらしいと言うべきなのだ。だが国全体が活気づいて、一途に戦に興奮している時、折口はわざと冷静で時勢に動かされない独自の世界を保ちつづけてゆく。逆に、敗戦になり誇るべきものをすべて失い、打ちひしがれた気分が世に流れると、彼の批判精神は燃えあがり強靭になって、一変したはげしいもの言いをするようになる。折口の歌はこの後、歌集『倭をぐな』の時代に入って戦争末期から敗戦後になると、しずかなしらべと内容は一転して、悲痛な歎きのはげし

さや怒りの様相を見せる。敗れた国の民の憤りと鎮めを沈痛に歌うのと並行して、学問も尖鋭になり、敗れた国の未来のためにふたたび果敢に新しい仮説の追求を試みるようになってゆく。

なおこの時期、昭和十六年の八月、戦火しきりの中国へ短い旅をして、山海関・南京・蘇州・杭州を巡って、二十五首の歌を残している。これだけの旅だが、実は折口にとっては唯一の外国旅行であり、国の外を歌った作品である。不幸にして彼には、茂吉の『遠遊』『遍歴』や、文明の『韮青集』のような、外国の旅とその旅中の作品がほとんど無い。ヨーロッパへ遊学したいという願いを三、四十歳代には持っていたが、実現しなかった。中でもフランスへ行きたかったと言う。後年ふっと思い出して、「慶応は僕を大事にしてくれたけれど、ただ一つ、フランスへ留学させてくれるという約束は果してくれなかった」と言うことがあった。ヨーロッパの学者と交流していたら、その学問に新鮮な領域が開かれたはずだが、それは遂げられなかった。

車站《シヤタン》の外は　たゞちに土の原。煙の如く　人わかれ行く
我の如　その身賤しく、海涯《カイガイ》に果てにし人も、才を恃みぬ
乞食《コツジキ》の充ち来る町を歩き行き、乞食の屁の音を聞くはや
兵隊は　若く苦しむ。草原の草より出でゝ、「さゝげつゝ」せり

敗れたることはさびしも。敗れたるゆゑこそ　人は争はずけれ

短い旅であるが、見るべきものは見ている。戦に敗れて、ただ黙々と争うことをしない彼の国の民の姿をさびしいと思って見た四年後に、運命は逆転して自国の民の上に、自分の上に、もっと苛酷でみじめな敗れたる民の運命がおとずれようとは、折口も予想しなかったろう。彼が見たのは、国土深く敵の軍隊に侵略されながら、広漠たる野に煙りの如く散ってゆく、あるいは屁の音をひびかせながら町に満ちひしめいている、巨大な国の悠々たる民の姿であった。

十五　古代への溯源

心と「かたち」

折口がこの世を去る前の年、昭和二十七年のことだった。二月に「春日大社・興福寺国宝展」が催されたのにちなんで、毎日新聞社講堂で記念の公開講演会が開かれた。折口は頼まれて、「浄きまなじり」という題で、興福寺の阿修羅像をめぐる話をした。残念なことに、この講演は記録されたものが残っていないのだが、私の記憶に焼きついている話の内容は鮮烈である。講演としては、国学院に入って最初に聞いた、昭和十八年の篤胤百年祭の記念講演、「平田国学の伝統」（『折口信夫全集』第二〇巻所収）と共に、眼前に未知の世界があざやかに開けてゆく思いのする話であった。平田国学の話の方は、主題になっているのが近い時代の篤胤の学問の新しい評価の発見であって、これは大学予科に入ったばかりの私にも、それまでの皇学館普通科で講演や著書で知っていた山田孝雄《よしお》博士の篤胤に対する視野とは非常に違った、新しい世界を示されていることがよくわかった。全集でいま講演記録を読まれる人も同じ思いを持たれるに相違ない。ところが「浄きなまじり」の方はやや違って、筆記が残っていたとしても、それを読んで話の奥深いところまで折口の心を理解するのは、容易ではないと思われる類の話である。それはちょうど、昭和十九年に発表した「山越しの阿弥陀像の画因」が持つ難解さと似ている。小説『死者の書』が書かれなければならなかった折口の個的な心の秘奥を語っているようで、実は遥かな古代から現代にまで続いている、日本人全体の魂の奥に伝承されてきた、永くかすかな精神伝統の一面をくっきりと浮かび上がらせているのと、軌を一つにしていると言えるだろう。興福寺の阿修羅像を通して、折口の心に湧きあがってくる個の情念が、かねてその胸の内で、あるいは語られているうちに幾度も微妙な脱皮をとげて、いつの間にか永遠の広い民族の心理の原野の中を羽ばたいている、といった感じの話であった。こういう類の話においては、聴き手の心のひびきかた次第で、受けるものの容量や重さが大きく違ってくる場合がある。

講演の中でそんなことまで語ったわけではないが、「浄きまなじり」という話のテーマが、折口の心に熟してゆく契機となったことが、ずっと傍に居た私には多少とも察することができる。当時の折口は敗戦の反省を踏まえて、日本人の神についての根元的な追求をしていた。神道概論の講義で説く、神以前と神・日本の既存神・日本人の罪の意識などの問題の追求は毎時間が新鮮で、そういう追求の上にこそ、阿修羅像に日本の遠い世の神の面影を見ようとする考えも育ってきていたはずである。だが、更に身近で個的な刺戟となることがあった。昭和二十七年の一月には、養嗣子の春洋が戦死した硫黄島へ和智大佐等が遺骨を求めて訪れる企てが実現し、その機会に新聞各社の硫黄島取材が行なわれた。かねて洞穴の中で発見して保存されていた、春洋の所属部隊における考課表（軍隊内の勤務評定）が偶然に写真に撮られて読売新聞に載った。その記者の話によると、人物評の欄には「身体極めて強健にして、如何なる困苦欠乏にも耐う」と記されてあったという。能登の一の宮気多神社の鎮まる海岸の村で育った春洋は、能登びと特有の青く沈んだ肌の色と、一見痩身に見えて鋼のような筋肉質の鍛えられた体を持っていて、鳥船社同人の中では一番の力持だった。馬籠の室生犀星の家の庭に立っていた板碑は、春洋が一人でかついで行ったのだと折口から聞いた。戦場に発ってゆく春洋を愛《いと》しんで折口が詠んだ、

大君の伴の荒夫の髄《スネ》こぶら　つかみ摩《ナ》でつゝ　涕ながれぬ

という歌にも、その雄々しさは歌われている。興福寺の阿修羅像は、あの清冽きわまりない少年のような、眉根をきりりと寄せた怒りの表現と、三面六臂の上半身に人々の眼がもっぱら注がれているが、ひとたびあの像の前に立ってじっと見つめていると、上体を支え

る足の細く鋭い強靭さにはっとさせられる。革のサンダルらしきものを履いて、余分な肉をすべて削ぎ落した、骨格と腱ばかりの脚がひとたび風を起して走り出せば、その脛に触れるものはことごとく断ち切って、かまいたちのように疾走するに違いないと思われる。さらにずっと後になって私が気づいたことだが、各地の寺にある古い遊行僧空也・一遍あるいは西行の像の脚はみな、阿修羅の脚の清い鋭さを短い遊行衣の裾からにょっきりとむき出しにしている。仁王像の筋肉隆々とした脚と違ってあの細い脚の清潔な強靭さは、阿修羅像から始まって、世々の遊行僧さらに修験道の開祖、役《えん》の行者の像にまで流れて来ているはずだと思う。

折口の話が阿修羅の脚に及んだわけではない。彼の話はいつものように柔らかだが不思議に断定的な自信を持った語りくちで、飛鳥大仏をはじめ古い仏像や、平安初期の僧形八幡像や神功皇后像、松尾神社の神像などに触れながら、一方でさらに古い日本人の神観念に溯って、もともと自分達の神を偶像化しなかった日本人が、仏像からの刺戟を受けて、自分達の固有の神を形象化しようとする意志が、あの阿修羅像に、殊に浄い怒りの眼にあらわれているのではないかと述べた。もともと折口の説く来訪神「まれびと」の姿には、恐ろしくあるいはグロテスクな要素が含まれていた。大正十年・十二年の沖縄の民俗採訪の際に知った「赤また」や「黒また」の中にも、海人族の信仰する「あどめの磯良」の姿にも、さらには論文「翁の発生」で説いているように、海のまれびとの姿から転生したと思われる山からの来訪神の姿の奥にも、畏怖と醜悪を含んだ強烈な威厳の様相は存在した。しかし、敗戦後になって阿修羅の浄い怒りのまなざしに古代日本の神の遥かな意志を見出そうとする折口の心には、戦前の考察の流れとは少し違った要素が加わってきていることが感じられた。

阿修羅は本来、猛烈な戦いの神で、仏に叛いて激しい悪逆のいくさをつづけた後に降伏して、仏法護持のための戦の神となるのだ。これはまた不思議なことに、日本古代のものゝふの家の伝承と形を同じくしている。古代の武族、久米氏も物部氏も、さらにはより素性の明らかなはずの大伴氏にも、そのはじめを溯源してゆくと、強烈な霊力のものを持っていて一度は大和族に叛いて戦ったのち、服従の誓いを立てて、それ以後はもっとも信頼できる宮廷護持の武の家となった跡が見られる。記録時代以前の伝承にほのかな形跡を残すこの、叛逆してのち従った者の魂の転生・変生のパターンは、記録時代に入っても、東国の蝦夷の行動とそれに対応する大和宮廷の処遇の上にそのまま見ることができる。日本書紀の記事にあるように、蝦夷の頭領を捕えて大和へつれてくると、泊瀬川で禊をして三輪山の神にむかって服従の誓いを立てさせる。すると一度は叛いて猛烈な戦をいどんだ者どもは、それ故に一転してもっとも信頼できる警護の役になる。その場合に誓いの対象、あるいは仲だちとなるのが、三輪の神すなわち大国主の神霊であるのも深い意味を持っていそうである。ただ、大和の地を代表する神だからというだけでなく、かつて大和族に服従の誓いを立てた神としての意味が大きいはずだ。この心はさらに中古の時代の源義家と安倍貞任・宗任との故事の上にまで流れている。この場合、誓いの言葉は即興の歌によるもの争いの形をとっている。古代以来のもののふの家の伝承とその信仰の問題も、あの講演をした時の折口の心の奥にはきっと揺曳していたに違いない。その年の夏、軽井沢の貸別荘の暑い部屋で、最後の論文「民族史観における他界観念」の口述がはじまって、論のテーマが不幸な戦のための死者の魂の鎮まりと関連して、今までの「妣が国へ・常世へ」といった幸福な他界と違った、恐怖の要素の多い他界、畏怖感と異形のまれびとについての考察が深まってゆくのを聞きながら、私はその年の二月の「浄きまなじり」をあんなふうに語った折口の胸の奥には、無数の若き戦死者の、そして「もつとも苦しきたゝかひに　最くるしみ　死にたる」硫黄島の死者、折口春洋の面影が、阿修羅の苦悶の表情とかさなってゆらぎ立っていたに相違ないと思った。

だがこれは私自身も後になって知識を整理して言っていることで、阿修羅の像の浄きまなじりから、遠い遠い有史以前の古代の日本人固有の神の姿をたぐりよせようとする折口の意図が、どれだけあの日の聴衆の心をとらえ得たかは、よくわからない。筆記が残っていたとしても、「山越しの阿弥陀像の画因」のように、個の執着の念に発しながら、一つの絵の図柄の展開を追って、日本人の精神伝承の追求に及んでゆく脈絡が、「浄きまなじり」の方にはもう一つはっきりして来ない。何しろ対象になっているのが、遠い時間・空間の彼方のことであり過ぎる。しかし、こういう民族の心理の長い時間にわたる流離・変化の微かなあとを、その形から受けるものの連想の上にたどりながら、形の奥の心の伝承を溯源してゆく試みは、折口の古代追求の一つの方法であり、彼の学問の特色でもある。

十三四年前、友人等と葛城山の方への旅行した時、牛滝から犬鳴山へ尾根伝ひの路に迷うて、紀州西河原と言ふ山村に下りて了ひ、はからずも一夜の宿を取つたことがある。其《その》翌朝早く其処《そこ》を立つて、一里ばかり田中の道を下りに、粉河寺の裏門に辿り着き、御堂を拝し畢つて表門を出ると、まづ目に着いたものがある。其日はちようど、祭りのごえん（後宴か御縁か）と言うて、まだ戸を閉ぢた家の多い町に、曳き捨てられただんじりの車の上に、大きな髯籠《ヒゲコ》が仰向けに据ゑられてある。長い髯の車にあまり地上に靡いてゐるのを、此《これ》は何かと道行く人に聞けば、祭りのだんじりの竿の尖きに附ける飾りと言ふ事であつた。最早十余年を過ぎ記憶も漸く薄らがんとしてゐた処へ、いつぞや南方氏が書かれた目籠の話を拝見して、再《ふたたび》此が目の前にちらつき出した。

（「髯籠の話」大正四年）

何度読んでも、不思議な感覚を誘われる文章である。よく知られている、大正元年の夏の旅中、熊野の大王ヶ崎の尽端に立って、海原の涯に「妣が国へ・常世へ」の日本人の心の憧憬を実感したという文章は、岬をめぐる黒潮の海のけぶりたつ水平線が目に浮かんできて、遠心的に人の心を遥かな海の他界と遠い精神伝承の古代へ溯行させる働きがある。それに対してこの髯籠を初めて見てその異様な形に心をとらえられた体験は、折口がさらに若い中学四年頃の旅の記憶の唐突なよみがえりであるが、髯籠が特別なものであるだけに、読者の胸にすぐに感動の共感が湧きたってくることはない。しかし、こういう時の折口の心は、物のかたちを核にして強い求心的な思いにとらえられ、遠い父祖の世の心の軌跡を溯源する契機となってゆくのである。これをきっかけに、「幣束から旗さし物へ」(大正七年)、「まといの話」(同年)、「だいがくの研究」(同年)など、空から神を招きおろすための招《お》ぎ料《しろ》として、神の降臨する眼じるしとなるべきものの研究が一挙に開けていった。少年の日に心に焼きついた、旅先の村の祭りが終った後の空虚な感じのする朝、だんじりの車の上にひっくり返ったまま置き捨てられた髯籠の異様に長い髯の垂れた形から引き出されていった、永い心の系譜であった。

もう少し芸能的な面で言えば、もの言わぬ癋《べしみ》の面から、神に誓いの言葉を迫られて、ひたすら口を閉じて耐えている庶物霊・精霊の姿を見いだし、うそぶく形で口をつき出したひょっとこ、しおふきの面の表情や動作から、もどき芸と祭りの場におけるもどきの要素の重要さを見いだしていった経緯、さらに言えば「翁の発生」(昭和三年)に示された、幾層もの入り組んだ山の神の信仰の形象化の変化の追求など、いずれも心とかたちの微妙なひびきあいをたどってゆく折口の独自の心のはたらきを示す、業績の系列に入ってくるものである。

心と「ことば」

食《を》すといふのは、食《く》ふの敬語である。今では、食《を》すを食《く》ふの古語の様に思うて居るが、さうではない。食国《をすくに》とは、召し上りなされる物を作る国、といふ事である。後の、治《をさ》める国といふ考へも、此処から出てゐる。食《を》すから治《をさ》める、といふ語が出た事は、疑ひのない事である。天照大神と御同胞でいらせられる処の、月読命の治めて居られる国が、夜の食国《をすくに》といふ事になつて居る。此場合は、神の治《をさ》める国の中で、夜のものといふ意味で、食すは、前とは異つた意味で用ゐられて居る。どうして、かう違ふかと謂ふと、日本の古代には、口で伝承せられたものが多いから、説話者の言語情調や、語感の違ひによつて、意味が分れて行くのである。此は民間伝承の、極めて自然の形であつて、古事記と日本紀とでは、おなじ様な話に用ゐられてゐる、おなじ言葉でも、其意味は異つて来て居る。時代を経る事が永く、語り伝へる人も亦、多かつたので、かうした事実があるのである。

（「大嘗祭の本義」昭和三年）

口頭伝承の古代詞章の上の、語句や、表現の癖が、特殊な――ある詞章限りの――ものほど、早く固定するはずである。だから、文字記録以前に既《すで》に、時代々々の言語情調や、合理観が這入つてくる事を考へないで、古代の文章及び、其《それ》から事実を導かうなど、する人の多いのは、――さうした人ばかりなのは――根本から、まちがうた態度である。神聖観に護られて、固定のまゝ、或《あるい》は拗曲したまゝに、伝つた語句もある。だが大抵は、呪詞諷唱者・叙事詩伝誦者らの常識が、さうした語句の周囲や文法を変化させて辻褄を合せて居る。口頭詞章を改作したり、模倣した様な文章・歌謡は、殊に時代と個性との理会程度に、古代の表現法を妥協させて来る。記・紀・祝詞などの記録せられる以前に、容易に原形に戻す事の出来ぬまでの変化があつた。古詞及び、古詞応用の新詞章の上に、十分かうした事が行はれた後に、やつと、記録に適当な――あるものは、まだ許されぬ――旧信仰退転の時が来た。奈良朝の記録は、さうした原形・原義と、ある距離を持つた表現なる事を、忘れてはならぬ。譬へば天の御蔭・日の御蔭、すめらみこと・すめみまなど言ふ語も、奈良朝或は、此《この》近代の理会によつて用ゐられてゐる。

（「水の女」昭和二年）

今の時代から見れば格別新しい考えでもない、当然のことのように感じられるが、現存する記・紀や祝詞の以前に、こういう複雑で多岐にわたる変貌のあることを、これほどはっきりと見通して発言することは、大変なことであった。折口は大正三年に今宮中学の職を辞して上京してのち、国学院大学と常に接触を保っていて、国文学会で何度か講演をし、さらに大学内に郷土研究会を創立し、『口訳万葉集』も世に出し、新進の研究者としての評価は高かったにもかかわらず、国学院の中での身分が定まらず、大正八年(三十三歳)になってようやく臨時代理講師となり、翌九年に専任講師、十年に教授となっている。教授陣の中に古風な考えの人が居て、「折口は神典の『古事記』を叙事詩だなどという。けしからん」といった意見が会議で出たりするたびに、三矢重松が弁護したという。それと比べると、大正九年の三田演説会で折口に「信太妻の話」の講演を依頼し、十二年に講師、昭和三年に教授として遇した慶応義塾大学が、折口にとって自由な学問の場と感じられたのは当然のことである。昭和七年三月、折口は学位論文「『古代研究』国文学篇中の、万葉集に関する研究」によって文学博士の称号を受けるのだが、その時の国学院での審査会議でも、折口の研究法に対する異議が、文献史学や神学的に古典を見る先輩学者の間から出て、すらりと通るというわけではなかったらしい。慶応の方では五月三十日の慶応地人会に「胞の話」を講演させ、その後に地人会同人が山水楼で折口の新博士祝賀の会を催してくれている。さらに言えば、大正十二年七月に三矢重松が世を去り、その翌年の一月に折口は三矢家遺族のすすめによって、亡き師が国学院で課外の講座として開いていた源氏全講会を再興する。ところが昭和三年四月になって突然、その源氏全講会を慶応義塾大学に移し、福沢諭吉の由緒深い演説館で課外の公開講座として没するまで続け、堀辰雄夫妻・小島政二郎夫妻・豊田三郎夫妻・田中澄江氏など、この講座を聴講した人は多かった。三矢重松から継承した源氏全講会を慶応に移すというのは、余程の理由があったはずだが、折口がその理由を語ることはなかった。ただ、昭和二年歳末の作品に、痛切な思いを歌ったものがある。

十二月十八日、粉雪しきりに降る。国学院の行くすゑ、思ふに堪へがたし。昼過ぎて霽れ、わびしけれども、心や、朗らかなり。

還り来む時を
なし　と思ふ。
ひたぶるに
蹈みてわが居り。
冬草のうへ
学校の庭

冬ふかくそよぐ　草の穂や。
なにを　はゞかりて居たる
我ぞも

なにゆゑの涙ならむ。
つくばひて
我がゐる前の　砂に
落ちつゝ

きのふは、おのれ、源氏物語全講会の事をつぎて後、
四年目第二学期の最終日なりき。

十日着て、
裾わゝけ来る　かたみ衣《ギヌ》。
わが師は
つひに
とぼしかりにし

師の道を

つたふることも絶えゆかむ。

我さへに

人を いとひそめつゝ

こうした作品を見ても、正確な理由は何もわからない。だが、この翌年四月、慶応へ源氏全講会を移すのだから、ここに歌われた心情とからみあったトラブルが国学院の中であったことは間違いない。「なにを はゞかりて居たる 我ぞも」という、自分の弱気を叱咤するような表現や、師もまた乏しかったことを歎く歌などから察すると、折口の学問に対して世間よりも固陋な立場から、学問的な理解を欠き、公開講座としての会場の便宜を計ることにも反対があったのかもしれない。いずれにしても、その学問が画期的な新しさを持っているために、良き師である三矢重松の理解と庇護が失われてしばらくは、国学院における折口の立場は苦しい面が多かった。伝統を狭い視野に立って守ろうとする皇典講究所・国学院大学の古風な先輩が大く、当時の折口にとって避けることの出来ない受難であった。

ところがまた、そういう古風な情念を現代に失わないで保ちつづけているからこそ、その国学院に格段に深い愛情を持ち、民族の道義を追求しようとする国学院の学問を、自分の理想とする民俗学を導入した新国学によって新しく築こうとする、強い執着を燃え立たせつづけたのである。近代の学府である慶応義塾大学と、国学の伝統を継いで日本人の道義、すなわちモラル・センスを追求する国学院大学とは、折口にとって双方とも身を置く必然性をそれぞれに持った学問の場であって、車の両輪を得た感じで二つの大学においてその研究を特色ある形で進め得たのだった。後年、彼の教えを受けて育った研究者達が、国学院では国文学・国語学・神道学・漢文学・考古学などの分野でそれぞれ教授になって、折口が専制的な学匠のように見られることがあったが、それは図抜けた学力を持った者が二十年、三十年かけて一つの大学で教育に力を注いだ自然の結果であって、折口が専制的学匠であったわけではない。

先に引用した二つの文章の、記録以前の伝承と記録された記・紀・祝詞の内容との変化、推移の問題に話をもどす。この文章の中で記録時代の七世紀、八世紀に入って大和宮廷の中で成立する古典について、その内容がより古代の伝承との間に大きな変化があり、あるいはその伝承自体の中ですら複雑な変貌をとげていることを、かなり大づかみな形で述べている感じがする。しかし昭和三年の頃になると、この問題についての折口の考察は緻密な体系的溯源の筋道が立ってきている。漠然と大きな網をかぶせるような形で言っているのではない。何よりも彼の卒業論文が「言語情調論」であったのを見ても、早い時期から彼の関心の中心がすでに日本人の言語としての微妙な働きを緻密に分析してとらえ、殊に和歌の情調表現の本質を解明しようとすることに集中していることを察することができる。

もともと言葉に対して、格別な興味と感覚を持っていた。中学二年の頃には大判の『言海』を父に買ってもらって、それを最初の頁から精読したという。今宮中学で教えられた生徒達の印象に強く残っていたのは、文法の時間であった。たとえば「冴ゆ」という言葉について、川の音が冴える、鐘の音《ね》が冴える、刃《やいば》の色が冴える、眼が冴える、などいろんな用語例を出させたのち、心に冷涼感を感じるのが「冴ゆ」の原意だと説明されると、実によくわかった。天文学者となり、東京天文台長となった萩原雄祐はこの時の教え子の一人だが、折口から教えられた言葉の正しい把握、根源的な内容の理解力について、後に話すことがあった。「憤る」というのは、感情が激しくなって息がはずむことであり、「歎く」は思わず長い溜息が出ること、すなわち長息《なげき》であるといったふうに、言葉の原意、言葉のもつ根源の力に溯って説明したから、日本語の内容が実によくわかって、文法の時間が楽しかったという。

実践女子大学で国文学、特に源氏物語を講義した於保みを（旧姓池田）はまた、折口の歌の弟子でもあった。ある時下田歌子が、その頃の各大学で源氏物語を講義している学者の講義を片端から於保に聴講させて、その筆記ノートを読みくらべた上で、「この折口という人はまだ若いが言葉の内容を実に確かにとらえていて、現代語訳するときに訳がぶれたり動いたりすることがない。力のある人だ」と言った。それから於保は折口の講義をすべて聴くようになり、数少ない女性の歌の弟子となった。古語を語源に溯って、第一義でとらえることを心がけていたから、万葉集にしても、源氏物語にしても、読み解きが確かであったわけだ。なお、折口はその後、於保の手引きで下田歌子の源氏の講義を聴いている。理由は、宮中の女性が源氏をどんなふうに読むか、つまり平安朝の女房の語り方が多少とも残っているはずで、それを知りたいと思ったからである。折口の源氏の読み方は、関西のアクセントで、語感がやわらかくて、息を長くつづけてあの長い文体の感じを生かした読み方であった。

だが、何といっても折口の言葉に対する感覚は歌を核として深められ、言葉の追求は歌を核として推し進められた。「まれびと」の発見とその働きの具体性を精密にしてゆく上にも、「まれびと」の発する力ある言葉の面からの追求は、「まれびと」をこの世に招来するための招《お》ぎ料《しろ》としての形ある物の研究や、海の彼方、山の奥処から来訪する「まれびと」そのものの多岐にわたる姿の追求と共に、常に折口の心の中で深められ緻密な分析を加えられつづけていった。

「うた」の始原は海の彼方の魂のふるさとからもたらされた、生活の根源の力を持つ呪的な言葉であるとする考えに基づいて、日本語の表現、殊に和歌表現の上の精妙な脈絡が体系的にとらえられている。

たとえば、歌枕・枕ことばなど、「枕」といわれる言葉、歌語の上の約束なども、日本人の心と言葉の間に流れる深い脈絡を示す用語である。その点に関する折口の考えを一番わかりやすく伝えるのは、枕草子の中に記された有名な逸話に関する折口の解釈である。一条天皇の中宮定子が、兄の伊周から奉られた草子について、「これに何を書かまし。上の御前には史記といふ書をなん書かせ給へる」と、清少納言に問いかけたのに対して、「枕にこそはし侍らめ」と答えた。中宮はそれではというので草子を清少納言に下された。それがやがて枕草子になったのだという。折口はこの話の内容について、次のように解説している。

……この枕は、枕を書く草子にしようといふ意味に違ひない。人に依ると、枕もとに置いて、思ひつくまゝに書くに備へて置くもの、と考へてゐる。けれども、枕なる語は、さうした意味ではないやうである。いはゞ、ことのはのまくらといふ事で、この時分の通用語なる、まくらごと・まくらことばの意味である。文章の中心になつて、その生命を握つてゐる単語、或は句の意味である。（「枕草子解説」）

折口は枕について、古く日本人は信仰の上では枕を「魂、殊に生魂《イキミタマ》の集中保持せらるゝ処」と信じていたと述べている。それに対して「ことのはのまくら」というのは、言葉の中に、生命・生魂の宿っている部分をさしていうのである。古代の祭りの場において、まれびとが神となって顕《た》つべき特定の神聖な設備の場や物が「まくら」であるのと同じく、祭りの時にまれびとに扮した聖なる資格者の発する力あることばが「ことのはのまくら」である。折口の「日本文学の発生」の論はここから始まるのである。さらにその力ある言葉の伝統は、枕ごと、枕ことば、歌枕などいう枕という語を含んだ言葉の中に、後世の印象を残している。清少納言が中宮からいただいた草子に書きつけたものは、歌に詠むべき山川の名や、歌にふさわしい題材、さらには中宮の動静にかかわる話であって、中宮および中宮に仕える女房達が歌に詠んで世に伝えるべきものの精粋を集録した、後世の作歌用語便覧、あるいは歌のための必携辞典の如きものである。これはさらに時代を溯らせて古い風土記の姿を考えれば、かえって理解がしやすいかもしれぬ。古風土記が撰進された目的は、それぞれの国の「地名や山川草木の名号の由来や、古老相伝ふる旧聞異事」を記録して、宮廷に奉ることにあった。つまりそれは、国にまつわる「ことのはのまくら」を集録し、宮廷に報告することによって服属の誓いとし、国々の力を中央集権化する目的にかなうものとしたのである。一口に言えば、国々の神話を奏上する形である。

後世、それぞれの国の代表的な「歌枕」となるのは、古風土記に伝えられるような由緒ある地名であり、「枕詞」となるのは、「筑波の山に黒雲掛《か》きて衣手漬《ころもでひた》ちのむ」といった、常陸の国の古い風俗《くにぶりの》諺の変化が示す如く、国ぶりの祝言の集約部である。

こういう「ことのはのまくら」に対する信頼の心を背後に持って、和歌の伝統はその力を持続し、日本人の長い執着の対象となり得て来た。言葉の力は、一つの詞章や物語の全体にまんべんなく宿るというものではなくて、特に集約した部分に集まると考えられた。ここに古い替え歌の派生してくる理由があり、また物語のエッセンスとしての歌の力が信じられる結果、物語と歌との結びつきの上にさまざまな混合・異同が生じるようになる。先の二つの引用文において、折口が記録された古典の中の、記録以前の口誦による伝承の上の乱れや、記録期に入ってのかなり意識的な語り変えや合理観による変化を述べているのも、その基礎には古代歌謡と物語に関する体系的で緻密な見通しをもって述べているのである。やがて和歌表現上の技術的な特色となる、縁語・掛け詞・本歌取りなどという技法も、その根源をさぐれば単なる技法の問題にとどまらず、歌の根底に流れる「ことのはのまくら」への信頼感とつながっている。その点の連繋を見ないで、単に中古和歌の技法とする見方は、折口によって打破せられた。

日本文学における心とことばの問題について、折口はもっとも早く、文献以前の口承の時代に溯源し、記録以前から記録の時代にかけての困難な追求に先覚的な努力を傾けたのであった。

十六　時代と学問

「水の女」とその時代

折口の短歌や詩に表れた、時代に対する批判精神についてはすでに述べた。関東大震災の時の流言にまどわされて暴徒と化した民衆に対する怒りの作品や、昭和初期の東北地方の凶作と飢饉に対する憂い、あるいは戦後社会の矛盾を見つめた非定型詩や口語詩の中に見られる、時代相についての厳しい批判は、折口がそういう面について常に敏感な心と鋭い反応を示す力を持っていたことを語るものである。

一方の学術的な論文については、作品のように時代に対する動きが直接的に表れてこないのは当然のことである。学問に単純な政治色を持たせたり、主義や既定の目的のために学問を方向づけるようなことからは、もっとも遠い学者であった。だが、折口には国学者として、しかも自分が発見した日本人のモラル・センスに基づく新国学を提唱して、宣長や篤胤とも違い、柳田国男の新国学とも微妙に違った、日本人のあるべき生き方の自由な追求に理想と情熱を注ぐ面がある。その点で、ただ実証的に求められる事実だけを追求する近代の学者とも大きく違うところがある。彼の学問が個性的であり、求める古代以来の日本人の心の真実が、近代の合理化された単純な一面性とはかけ離れて、複雑多岐にわたるために、現実からは遊離した抽象世界を追っているように誤解されやすい。またその反対の側面では、たとえば戦後の神道を一民族教から人類教に発展昇華させようとする、大きな視野と高い理想をかかげた研究が、その志の高さを理解し得ない人々から、アメリカの進駐軍の意図した神道指令の方向に従って、神道を換骨奪胎しようとする態度だと非難されたりする。この戦後の神の研究や新しく追求した神道論については、いずれ章を設けて詳しく書くはずであるが、折口の戦後の神観念や神道論は敗戦によって大きく変ったところがある。しかしその変化は戦争中から敗戦に至る間の日本人の信仰心の在り方の実際を知り、折口自身の苦しい心の体験を経た中から生み出されていった、深い反省と苦悩の結果であって、単純な神道指令への迎合などとは違っている。

こういう誤解が生じるもっとも大きな原因は、折口の論が難解なところにある。その難解な理由は二つあって、一つは論の内容そのものが多く文献以前、あるいは文献の表記の奥に秘められている真実の追求であるために、現代の人の理解が容易でないこと。もう一つはその表現が、微妙でありすぎて難解なことである。未知の問題の追求であればあるほど、彼は多岐にわたる思索追求の径路をたどり、試行錯誤と訂正の試論をかさねながら、真実を求めようとし、その思考の過程を表記の上に記してゆく。それは端的に整理した個々の結論を示すという単純なものではなく、彼の輻輳した思考過程そのものを共にたどってゆくことによって、他者も次第に多面的な折口の考察の中へ引き入れられてゆくというような、綜合的な問題の追求であるから、性急な読者にはまどろっこしい思いをさせたり、誤解を持たせたりすることが多くなる。

折口は決して現実の時代の日本人が当面している切実な問題に対して、鈍感であったり無視したりする学者ではなかった。それと同時に、時流に迎合したり、短絡した政治性を持つこともまったく無かった。長い視野を見通して、誰も気づくことのない重要な事柄の本質を、緻密に考えて示している。前に触れた昭和十三年発表の「寿詞《よごと》をたてまつる心々」と題する評論のように、古代から叛逆者がその最後の時に公《おおやけ》に対して祝福の寿詞を残して討伐の刃に倒れてゆく例を幾つもあげて、その寿詞たてまつる心の美しさと哀れさを示した論は、折口の胸中に二・二六事件の青年将校たちの衷情をあわれみ悼む思いがあってのことに違いないが、それを具体的にはふっつりとも表に出さないで、読む者が読めばわかるはずだといった書き方で終始していることなどを考え合わせてみれば、折口のこういう時の真意は察せられる。眼前の生《なま》な事件との関連を短絡させ、浅はかな言論や行動を刺戟するようなもの言いは、折口のもっとも嫌うことであった。これだけ書いておけば、あの悲劇的な死をとげた若者たちの魂の鎮めにもなり、何よりも後世の正しい歴史の評価の基準にもなるはずだと考えていたに相違ない。

そういう折口の時代と学問の関連の厳しい示唆と抑制のかねあいを、私が初めて眼前のこととして体験したのは、昭和二十一年十月の雑誌『思索』に発表した「女帝考《にょてい》」である。この原稿のもとになったのは、慶応義塾大学国文学研究会で二十一年六月の三日と十日の二回にわたって行なった特別講演で、池田弥三郎が筆記したものに自身が加筆して雑誌に発表したのである。二十一年は敗戦の翌年で、一月にはいわゆる昭和天皇の人間宣言といわれる詔が出たのであった。私が折口の家に入ったのは二十二年四月からだが、すでに二十一年から日曜や休日など、時間があると大井出石町の家へ行って雑用をしたり、原稿の清書をしたりしていた。この論文が雑誌に出た頃の折口の周辺のことは、幾らか記憶に残っている。

「水の女」の事に就いては、私既《すで》に書いたものがある。あの研究は、すべて皇后の起原に関聯して来る問題であり、起原の訣《わか》らぬ、其《その》――きさきと言ふ語のある解決の階梯には到達してゐたつもりである。併《しか》し、右の論文は半分書いて、私の疎懶に加へて、時勢の変化の煩があつて、表現に苦しかつた紛れに、あとは書かぬまゝになつてゐる。それで、あの話のあとを継いで行かうと思ふ。静かに、一学究として顧みると、まだ本道は、これを書く時期に到達してゐぬ気もする。私の認識が、まだ十分に熟してゐるとは言へぬし、何にしても、最《もつとも》、私どもにとつて、慎重の上にも慎重を把つてゆかねばならぬ題目である。其《それ》より、世はかはつても、我々の気持ちは、まださう豹変してゐぬといふことが、こんなたど〳〵しいものを書かせるのである。

女帝の存在は、日本に限つた事実ではない。だが、之《これ》を書きとめておかうといふのは、日本の国に於ける女帝は、其形に、極めて特徴があつた。其点、女帝の意義の解説を試みようと企てた、一番の由来である。

「女帝考」の書き出しは右のようにして始まっている。いきなり二十年近くも前に書いた論文「水の女」が出てくるが、折口の心の脈絡の上では、これは唐突ではなかったはずで、昭和二年から三年にかけて雑誌『民族』に発表したこの論文はまさしく、古代の宮廷におけるる皇后あるいはきさきと呼ばれる女性の、宮廷信仰の上における性格や役割、その伝承上の系譜を明らかにした、折口の代表的な論文の一つである。この折口の発見した「水の女」について、高梨一美氏に非常に簡潔で要を得た解説があるから引用させてもらう。

折口信夫が発見した日本の神は、村々のまつりに来臨する実体をもつ神であった。古代の女性はその来臨する神を迎え、神の嫁となって親しく神に仕える資格を有した。「水の女」はそういう古代女性の信仰生活の中でも特殊な一角——聖水信仰と関わる方面を総括する名辞である。古代社会には、水の女神もしくは水の神の女の資格をもって神聖な呪力ある水を管掌する女性——「水の女」があって、神または貴人の若子のみそぎに奉仕し、水の呪術を施してその資格を完成せしめた。しかる後、神または貴人と「水の女」との間に神聖な結婚が遂げられた、と折口は説く。「水の女」の考察は、天皇の資格を完成する神秘なみそぎとそれを司る女性の問題に向かい、古代宮廷における后妃の信仰上の役割を明らかにすることになった。　（『折口信夫事典』）

折口の学問の上の発見の多くがそうであるように、この「水の女」の古代信仰の水脈をさぐり出す発足点にも、やはり沖縄の若がえりの聖なる水すなわち変若水《おちみず》信仰の刺戟があるのだが、論は日本の古代詞章の中の用語例を縦横自在にたどりながら、折口独自の深い読みと連想を重ねて、古代宮廷の后妃の上に見られる「水の女」としての流れを、見事に浮き上らせてくる。それはまず、出雲国造神賀詞や出雲風土記をはじめ古代詞章に出てくる、みぬま・みつは・みぬはなどと呼ばれて聖なる水で貴種の若子が禊《みそ》ぎをする時、水の女神として介助の役をつとめて貴人の魂を完成させる巫女の働きを明らかにすることから始まる。また、みぬま系の水の女神とよく似た役割を持つにふの女神から、貴種の産湯に奉仕して、その若子の養育につとめる壬生部《みぶ》、すなわちにふべからみぶべ、さらに宮廷の中で天子の禊ぎや沐浴についての聖職にあずかる女性が、やがて中臣・藤原氏の女性に固定してゆくことなど、折口の連想は不思議な粘着力を持った精巧な網の目のように、奔放な展開を示しながら同時に強い求心力を持って、水の女の核心の問題点に集中してゆく。

みづのをひもは、禊ぎの聖水の中の行事を記念してゐる語である。瑞《みづ》といふ称へ言ではなかつた。此ひもは「あわ緒」など言ふに近い結び方をしたものではないか。

天の羽衣や、みづのをひもは、湯・河に入る時につけ易へるものではなかつた。湯水の中でも、纏うたまゝ這入る風が固定して、湯に入る時につけ易へる事になつた。近代民間の湯具も、此である。其処に水の女が現れて、おのれのみ知る結び目をときほぐして、長い物忌みから解放するのである。即此と同時に神としての自在な資格を得る事になる。後には、健康の為の呪術となつた。が、最古くは神の資格を得る為の禁欲生活の間に、外からも侵されぬやう、自らも犯さぬ為に生命の元と考へた部分を結んで置いたのである。此物忌みの後、水に入り、変若返《をち》つて、神となりきるのである。だから、天の羽衣は、神其物《かむながら》の生活の間には、不要なので、これをとり匿されて地上の人となつたと言ふのは、物忌み衣の後の考へ方から見たのである。さて神としての生活に入ると、常人以上に欲望を満たした。みづのをひもを解いた女は、神秘に触れたのだから、神の嫁となる。恐らく湯棚・湯桁は、此神事の為に、設けはじめたのだらう。

これは、古代の宮廷において大嘗祭などの重要な神事の時に、天子の禊ぎを助けて、もっとも重要な秘儀的役割をつとめる、聖なる水の女としてのありようを述べたところで、論文「水の女」の緊要部である。これだけの引用では、みづのをひもや天の羽衣など、神秘な名称がいきなり出てきたり、さらにそれにつづく秘儀的な内容の理解が困難だと思う。少し説明的に補って言えば、新しい天皇の即位始めの大嘗祭において行なわれる儀式の中心部を、折口は自分の学問を綜合した分析によって解明して、その根底に流れる精神というべきものを述べている。

大嘗祭において天皇は三度、湯に入る。湯はすなわち斎(ゆ)であって、聖なる水を意味するが、そのうちの二度は大嘗宮の北側に設けられた廻立殿《かいりゅうでん》で湯に入る。その時、天の羽衣という湯帷子《ゆかたびら》を身につけたまま湯に入り、湯槽の中でそれを脱いで新しい帷子に着かえたのちに、悠紀殿《ゆき》・主基殿《すき》へのぞむのである。そこで天皇は衾にこもり、新しい魂を身につけて、新しい天子として復活をとげる。大嘗祭は結局、天皇の死と復活のための儀礼である。ところが折口は、その悠紀殿・主基殿における天子誕生の儀式は、古くは廻立殿の湯の儀式の中でとげられたはずのものだと考え、さらに後のしきたりでは、廻立殿の湯に奉仕するのは小忌の官人の役になってくるが、本来は聖なる水を司り、禊ぎに仕える家の女性の役であったと推定している。

折口のこういう考え方は、断片的な一、二の事柄に限って見ると、いかにも独断的で危い飛躍があり過ぎるように感じられるが、実はその推理の背後には、古代人の心の真実を正しく読み解く配慮が、緻密に張りめぐらされているのである。たとえば、この「水の女」の論が発表された翌々年の昭和四年に、雑誌『民俗学』に発表した「古代人の思考の基礎」の中にも、次のような一節がある。

……もと天皇霊の著いてゐた聖躬と、新しく魂が著《つ》く為の身体と、一つ衾で覆うておいて、盛んに鎮魂術をする。今でも、風俗歌をするのは、聖上が、悠紀殿・主基殿に、お出ましになつてゐられる間、と拝察する。中休みをなさつた聖躬が、復活なさらなければ、御一処にお入れ申した、新しく著く御身体に、魂が移ると信じた。死と生と、瞭らかでなかつたから、御身体を二つ御一処に置けたのである。生と死との考へが、両方から、次第にはつきりして来ると、信仰的には、復活するが、事実は死んだと認識するやうになる。そして、生きてゐた者が出て来ても、一度死んだ者が、復活したのと、同じ形に考へた。出雲の国造家の信仰でも、国造の死んだ時には猪の形をした石に結びつけて、水葬したが、死んだものとは、少しも考へなかつた。其間に、新国造が出来たが、宮廷に於ける古い形と等しく、同じ衾から出て来るので、もとの人即、死者と同じ人と考へられてゐた。従つて、忌服即喪に籠る、という事はないのである。

ここには「水の女」に関連した天子の復活とは違った系統の、先の天皇とその次の天皇になるべき者との間における魂の移動や、死と復活の古代信仰について解明されている。この推理の背後には、フレーザーの『ゴールデンバウ』(『金枝篇』)の中の例をはじめ、日本の文献資料やさまざまな伝承が考慮の中に取りこまれているに違いないが、ここで興味深いのは古い出雲国造の死と復活の伝承について述べているところである。国造家では国造の死に際して、その遺体は大社の東南にあった菱根の池に沈めて水葬にしたのだという。その時に猪の形をした石に結びつけて水葬したと言っている。この猪の形の石のことは、折口が何によって知ったのか、今のところその出所がわからない。ただ、『古事記』に伝える大国主の受難の一つに、兄神たちが手間の山もとに大国主を呼び出して、赤く焼いた猪の形の石を落とし、それを抱き止めさせて殺してしまう場面がある。御祖《みおや》(母神)の神が来て復活の呪術を施してくれるのだが、その始祖の大国主の魂を代々が一貫して受け継いでいったはずの山雲国造の死と復活に当って、大国主の死と復活の神話の原形を踏むというのは、いかにもふさわしい感じがする。こういう折口の古代推理の論理については、加藤守雄の次のような言葉が参考になる。

現存する民俗の中に、かすかではあるが、古代生活の一部を印象しているものがあることは事実だ。一方、文献に残された「ことば」がある。それは、古代民俗の形骸であり、断片ではあるが、正しい論理に立って、推測を加えれば、その全体像を復原することは不可能ではない。

全体を構築するための論理が、現代人の論理であるならば、それは時代の距りを無視した常識論の一種にすぎない。逆に、その論理が古代人の論理に近づけば近づくほど、全体像はよりよく古代を映写することになる。

折口がどこかで断片的に知ったはずの、国造の遺骸を石の猪につけて沈めるという話も断片的なものだが、折口の古代論理の流れを通した話の中で語られると、生き生きとした血脈を持ってよみがえってくる。

水の女の古代論理によって位置づけようと折口がした宮廷の高巫としての女性と、その果たす役割の具体的な推測についても同じことで、「天の羽衣」とか「みづのをひも」という名辞も、その断片的な「ことば」に託された古代論理が、先の引用文を見ていると、髣髴として浮かびあがってくる。次代の天子として、継承されてきた特定の威霊を身につけて復活するために、若子は厳しい禁欲の生活を守らねばならぬ。「外からも侵されぬやう、自らも犯さぬ為に生命の元と考へた部分を結んで置いた」その聖なる緊縛の具が、

「みづのをひも」「天の羽衣」であり、それを結ぶのも解くのも専有の結び方のできる水の女の役であった。さらに、禊ぎによって復活して神さながらの新しいみこともちの資格を得ると、情熱のたぎりのような性の解放が来て、ここでも水の女すなわち「みづのをひも」を解いた女は、「神の嫁」として性の解放の相手をつとめることになる。皇后以下の天子の身近に仕える女性はみな、こうして水の女の要素を持っていた。それがある時期から、中臣・藤原の家の娘が特に重んじられることになってくるのである。

折口のこうした宮廷の秘儀に関する論考は、この「水の女」の論につづいて、「貴種誕生と産湯の信仰と」「大嘗祭の本義」「皇子誕生の物語」「神道に現れた民族論理」「大嘗祭の本義並びに風俗歌と真床襲衾《まどこおふすま》」「御即位式と大嘗祭と」といったふうに、昭和初期、矢つぎ早やに同じ主題をやや視点や方法を変えて、追求しつづけている。昭和天皇の即位と大嘗祭を眼前にした日本人として、古代学者として、天皇の本質を考え、あるべき民族論理を見出そうとする情熱が、この時期の折口の心に熱気を帯びた研究成果を生み出させていたのである。その中でも「水の女」の論は発端となるもので、また論自体が古代の秘儀ときわめて微かに感じられる古代の民族論理を伝えるものであるにもかかわらず、論に集中力があって折口の独創的な研究が幸福な成果を示した論文であった。

それにもかかわらず折口は、前に引用した「女帝考」の冒頭の文章に書いているように、「時勢の変化の煩があつて、表現に苦しかつた紛れに、あとは書かぬまゝになつてゐる」

という状態で過ぎてしまっていた。大正期を経て新しく始まった昭和の時代に、折口は大きな期待を持って、かなり思い切って、自分の解明した宮廷の秘儀、天皇の神にあらずして「みこともち」であることの意義、さらに皇后・きさき・中宮その他、天子の身近に仕える女性の古代的意義などを次々に論文に書いて、広く世に知らせようとした。それは彼の論文を見ればわかるように、古代を奇異なもの、未開で暗いもの、おどろおどろしく神秘なものとして説こうとするのと全く反対で、日本人の民族論理によって解明した本質を、広く世に知らせて自分達の未来の生き方の上に、そのことがどのような意義を持つかを考えようとしたのである。それだけに、宮廷や天皇にからまって存在する、古来の秘儀性について深く言いおよぶことが多かった。昭和の時代も六年、七年と大陸に戦火が広がるにつれて、俄かに軍国化の厳しさを加え、やがて言論の統制も圧力を加えていった。昭和即位期にあれだけ思い切って言えた真実も、その自由な表現を急速に重苦しい圧迫を感じさせる時代に変っていった。折口の宮廷の秘儀性にかかわる研究も、その表現や発表の上に、重苦しさを感じないではいられない気分が、次第に濃くなっていった。「時勢の変化の煩があつて、表現に苦しかつた紛れに、あとは書かぬまゝ、になつてゐる」という「女帝考」冒頭のことばが、そのことを述べている。

だが、敗戦によって、「水の女」の主題を別の必要からふたたび考えてみなければならぬ、新しい必要性が起きてきたのであった。

「女帝考」とその時代

昭和二十一年十月、雑誌『思索』に「女帝考」は発表された。その最初の言葉の中で、「一学究として顧みると、まだ本道は、これを書く時期に到達してゐぬ気もする。私の認識が、まだ十分に熟してゐるとは言へぬし、何にしても、最、私どもにとつて、慎重の上にも慎重を把つてゆかねばならぬ題目である」と躊躇と懸念とを持ちながら、敢てこの時期にこの論を世に示したのは、何故であったろうか。

ちょうどこの時期、昭和二十一年の一月から三月にかけて、折口は敗戦に直面した天皇その人を、何首かの歌に詠んでいる。

昭和廿年八月十五日、正坐して

大君の宣りたまふべき詔旨《ミコト》かは―。然《シカ》るみことを　われ聴かむとす

戦ひに果てしわが子も　聴けよかし―。かなしき詔旨《ミコト》　くだし賜ぶなり

大君の　民にむかひて　あはれよと宣らす詔旨《ミコト》に　涕𣵀みたり

ひとり思へば

畏さは　まをすゝべなし―。民くさの深きなげきも　聞《キコ》しめさせむ

戦ひに果てにし者よ―。そが家の孤独のものよ―。あはれと仰《オフ》す
悲しみに堪へよと　宣らせ給へども、然宣《シカノ》る声も、哭かし給へり

いさゝかも　民の心をやぶることなかりし君も、おとろへたまふ

この時ほど、折口が天皇に近々と心を寄せて歌を詠んだ時は他に無かった。それまでは、天皇や皇室を歌う折口はおおむね、天皇や皇族、あるいは宮内省などに対して批判的な心を歌に示すことがほとんどであった。だが、敗戦の悲しみに打ち沈んで歌ったこれらの歌は、天皇の悲しみと心を一つにして哀切な思いをのべている。さらに言えば、祖国と天皇のために命をささげて死んだ者達と共に、国のほろびと天皇のおとろえを歎いている。殊に最後にあげた一首は、痛ましい。ちなみにこの年の一月一日発布の国運振興の詔書、世に言う「人間宣言」の中、次のような言葉がある。

夫《そ》れ家を愛する心と国を愛する心とは、我が国に於て特に熱烈なるを見る。今や実に、此《こ》の心を拡充し、人類愛の完成に向ひ、献身的努力を効《いた》すべきの秋《とき》なり。惟《おも》ふに、長きに亘《わた》れる戦争の敗北に終りたる結果、我が国民は動《やや》もすれば焦躁に流れ、失意の淵に沈淪せんとするの傾きあり。詭激《きげき》の風漸く長じて、道義の念頗る衰へ、為に

思想混乱の兆あるは、洵《まこと》に深憂に堪へず。
然れども、朕は爾等国民と共に在り、常に利害を同じうし、休戚《きうせき》を分たんと欲す。朕と爾等国民との間の紐帯《ちうたい》は、終始相互の信頼と敬愛とに依りて結ばれ、単なる神話と伝説とに依りて生ぜるものに非ず。天皇を以て現御神《あきつみかみ》とし、且つ日本国民を以て他の民族に優越せる民族にして、延《ひ》いて世界を支配すべき運命を有すとの架空なる観念に基くものにも非ず。

自分の古代観や古典解釈に基づいて、一貫して天皇は即ち神にあらず、神の「みこともち」であると説いてきた折口には、科学者の昭和天皇自身が神にあらずと感じていられるであろうことは、かねて察しられていた。だが、この期におよんでこういう言葉を発しなければならぬ天皇を、「いさ、かも　民の心をやぶることなかりし君も、おとろへたまふ」と哀傷している。戦争中、軽薄な天皇讃歌など作ることのなかった折口が、国敗れて内外から天皇の責任を問う声が厳しくなる中で、こういう歌を詠んでいることは心にとどめておく必要がある。彼の考えと行動は、一般の時流と逆行するように見えることが多い。それは折口の考えが、時流を越えて、何時のときも事の本質、淵源から説きおこしてくるからである。戦後の論考「女帝考」は、こういう世相や時流の中で、世に問われた。「女帝考」の内容は、昭和二年の「水の女」と深いかかわりのある主題を持ってはいるが、

「水の女」が自在に奔放に宮廷信仰の中心に奉仕する聖なる役を負った女性を追求しているのと比べると、何となく重く自在さを欠いた感じがある。その説くところはまず、すめらみことおよび中つすめらみことの解明である。

すめらは、最高・最貴の義の語根であつて、今日考へる如く、直に天皇を意味する語ではない。みことはみこと執《モ》ち。即、すめらみことは、「最高最貴の御言執ち」の義であつて、其処に、すめらみことの尊い用語例も生じて来たのだが、同時に、天皇に限って言ふばかりの語とは限らなかつた。中つすめらみこととは、すめらみことであつて、而も仲に居られるすめらみことと言ふことであつた。

この引用部でもわかるように、まず天皇が宮廷最高の神の言葉の伝達者であり、そのそばにかならず「中つすめらみこと」と言う、宮廷信仰の上の神と天皇の間の仲だちをする女性が添っていた。

……其《それ》は、血縁近い皇族の女性であり、他氏の女性でも、特に宮廷に入り立ちの自由であつた貴婦人、さう言ふ方々の存在が思はれる。併し、其《その》方々は、国史の表面に書く必要はなかつたし、あれば、皇后又、妃・嬪・夫人の類として、記述するのであつて、宗教的な記述を要せぬことのみであつた。

こういう宮廷の高巫としての女性が、常に天皇の近辺に存在して、神意を受けてその神のみ言を天皇に告げる。天皇はまたそれをみこともちの資格で臣下の官人に告げ、み言は順次みこともちによって地方へ下達されてゆく。それが宮廷本来の祭りと政治《まつりごと》のあり方であるが、たまたま男子の天皇が何らかの理由で欠けた時、女帝が歴史の上に姿を現わすことになる。

中天皇が神意を承け、其告げによつて、人間なるすめらみことが、其を実現するのが、宮廷政治の原則だつた。さうして、其両様並行して完備するのが、正常な姿であつたのが、時としては、さうした形が行はれずに、片方のなかつすめらみこと制だけが行はれることがあつた。さうして、其が表面に出て来ることが、稀にはあつた。此がわが国元来の女帝の御姿であつた。だから、なかつすめらみこと単式の制で、別に誰かゞ実際の政務を執《と》れば、国は整うて行つたのである。

こうして見ると、折口がこの時期に「女帝考」を書かないではいられない、矢も楯もたまらない気持にかりたてられた理由は明らかだ。敗戦後、アメリカの日本に対する態度、皇室の扱いに対する考えがどう決まるかわからず、新憲法も定まらない時期、昭和天皇の戦争責任と退位をめぐって、さまざまな推測と対策があった。内側からも天皇の退位や、仁和寺に籠っていただくよりほかあるまい、というような考えが出たりもした。当時、そういう皇室の内の情報が、何らかのルートを経てこまやかに折口のところへとどき、その事について心を労することが多かった。

「女帝考」が、同様の問題を追求した「水の女」よりも、論文としてののびやかさと論旨の自在さの点で、自在さを欠いたこだわりを感じさせるのは、あの時期の天皇の地位の不安定さ、日本人全体のその問題に対する意識の昏迷の深さ、国の内外からの圧力の緊迫感といったものが影響している。やがてこの年の十一月、新憲法も公布され、天皇の地方巡幸も地についた形を見せはじめた頃、折口の身近に居てその考えをこまやかに察する力のある年輩の門弟の一人が、論文「女帝考」が容易ならぬ国の事態を眼前にして書かれた、重い憂国の論であったことを言った時、折口は、「少しでも多くの日本人があなたと同じ様な気持で読んでくれることを期待して、あの論は書いたのです」と言った。

われらの生けることば以《モ》て綴り、
われらの命を捺印《オシテ》し、
いちじるき　清き紀元を　画日《ヒカ》く——。

うちとよむ　時代の心
句々に充ち　章段にほとばしる―
我が憲法　生きざらめやも。

昭和二十二年五月に『朝日新聞』に発表した詩「新憲法」の最初の章である。新憲法による新しい国の歩みを祝福する折口の心の内には、敗戦以来この日まで、彼が思い屈し苦しんだ深い苦悩が、新しい覚悟となって刻みこまれている。

十七　敗戦による、死と再生

戦後社会の軽さ

すでに半世紀以上にわたる歳月が過ぎて、すべて過去の記憶として遠ざかってしまった、あの一九四五年八月十五日を中心として、その前後の心の沸騰し焦燥していた日々の体験。あれほど血のにじみ出すような心の深い傷痕が、どうしてこんな短い間にこれほど容易に風化してしまうのだろうと、わが心の内のことながら不思議に思われる。ましてそれ以後に生まれて、あの時期のことは体験の外にある人々にとって、切実な感情など持つすべのないのは当然のことであろう。軍国少年として育った私どもは、日清・日露両戦争の記念の日に、村の生き残りの勇士である老人が小学校に招かれて来て語る、戦の日の体験談を聞いた。地図で示したり、掛図の絵を使って勇ましく語られる過去の戦話《いくさばなし》は、いくらリアルに力をこめて語られても、もう一つ肌身に迫ってこないまどろっこしさがあった。

そんなある日、村の同級生の家の炉端《ろばた》に二、三人の子供が集まって、今日聞いた村の老人の日露戦争の話、さらにその後で校長がしてくれた広瀬中佐と杉野兵曹長の話について、思い思いの感想を言いあっていた。近い過去のいくさ話の中で、私どもの心に一番ひびいたのは、日清戦争の喇叭《らっぱ》手であった木口小平が弾丸に身を貫かれて、「死んでも喇叭をはなしませんでした」という場面と、文部省唱歌の「広瀬中佐」であった。

轟《とどろ》く砲音《つつおと》　飛び来る弾丸
荒波洗う　デッキの上に
闇を貫く　中佐の叫び
「杉野は何処《いずこ》　杉野は居ずや」

船内隈《くま》なく　尋ぬる三度《みたび》
呼べど答えず　さがせど見えず
船は次第に　波間に沈み
敵弾いよいよ　あたりに繁し

歌はもう一章あるのだが、私はこの一・二章が好きだった。薄暗い田舎家の炉端で、友達とこの歌を低く口ずさんでいると、いつの間にか囲炉裏のそばに寄ってきたその家の老人が、低い声でささやくように言った。

「坊《ぼう》らは知っとるか。そんなふうにして死んだ者《もん》は、天皇さんがその肉を喰うてくれるちうぞ」

「ほんまかや、じいよ。ほんなら、広瀬中佐の肉も喰べてくれたんかや」

「おお、そうよ。缶詰にして、天皇さんのとこへとどけたちゅぞ」

この爺と孫の奇想天外な会話は、胸に押し当てられた烙印のように、私の心になまなましく強烈な印象を刻みつけた。あの雪のように白い馬にまたがった、凜々しく若い天皇(当時、昭和天皇は三十代に入ったばかりだった)が、そんなことを戦の死者のためにしてくれると言う……。親からも先生からも聞くことのできない、秘密の匂いの立ちめぐる魅惑と恐怖とあやしい甘美さをともなった感情が身を熱くした。『小学生全集』の一冊に収められているドイツ神話の挿絵《さしえ》に、王子ジークフリートが宝剣をかざし白馬にまたがり、空から龍を退治に下ってゆく姿が描かれていた。その雄々しく、悲劇的な面影に初めて身を焼くリビドーを感じた時と似た情念を、闇の中で、ちらちらと炉の炎の遊ぶさまを見つめながら私は感じていた。

思えばこの爺も、若い日にこの家の炉端に集まって来た村の老人達から同じような話を聞き、それを広瀬中佐と明治天皇にからめて心に刻みこんでいたのに違いない。沖縄には近親者による洗骨の儀礼があったし、本土の中でも肉親の者が親の骨を喰べる習俗がちらほらと伝えられている。折口はまた、沖縄の津堅《つけん》島で昔、人魚すなわち儒艮《じゅごん》を村人が共食したという伝えについての考えを述べたのち、さらに次のような推論をおし進めている。

又、此《この》島と呼べば聞えさうな辺にある一つの土地では、血縁の深さ浅さを表す語に、まじゝゐゝか・ぶつ〳〵ゐゝかと言ふのがある。ゐゝかは親類、まじゝは赤身、ぶつ〳〵は白いところ即脂身である。死人の赤身を喰べるのが近い親類で、遠縁の者は、白身を喰ふからだと説明してゐる。

此二つの話に現れた、死人の命を肉親のからだに生かして置かうとする考へと、今一つ、神及び村の人々が共に犠牲を喰ふと言ふ伝承とを結び付けて見て、気のつく事はかうである。

動物祖先を言はぬ津堅の島にも、曾《かつ》ては儒艮《ざん》に特殊な親しみを持つて居たらしい。其が段々に、一つ先祖から岐れ出て、海獣で先祖の儘の姿で居るといつた骨肉感を抱く様になり、祖先神の祭りに右の人魚を犠牲にして、神と村人との相嘗《あひなめ》に供へたものであらう。さう言へば、黒犬の子孫だと悪口せられる宮古島にも、八重山人などに言はせると、犬の御嶽があつて、祖先神として敬うてゐるなどゝ言ふ噂もする。

かうした事実や、考へ方が、当の島々には行はれて居ないかも知れない。だが尠《すくな》くとも、さうした噂をする、他の島々・地方（ぢかた）の人々の見方には、その由来するところの根が、却つて其人々《そのひとびと》の心にもあるのである。めい〳〵の村の古代生活に、引き当て、考へてゐるのに過ぎないのだ。これを直様《すぐさま》、とうてみずむのなごりと見なくてもよい。
（「信太妻の話」大正十二年）

折口は早くからトーテム信仰的な要素を日本人の心の伝承の中に見出そうとして模索していて、引用文はたまたまそれを否定するような言い方で終っているが、実はこの「信太妻の話」という論もそういう日本のトーテミズムに探りを入れた貴重な論文の一つである。小学校の友人の家の爺が語った話と、沖縄の離島の民間伝承とが、どうひびきあうと言うべきなのか、簡単に言えることではない。だが、近代の政治家や法制家や軍人が、憲法や軍人勅諭の中に、ものものしくきらびやかな言葉で塗りこめていった天皇、それに従うことを近代国家の民の守るべき徳目とし、それに背く者を国家の権力や軍の権力によって処断していった、あるいはコンクリートの奉安殿にとじこめて拝ませたり、白馬に乗せてきらびやかに歩ませた、そんなきんきらきんの近代の天皇像とは大きく違った、もっと陰影深く昼間の明るい光線の下では語ることのない、古代の村の共同体で深夜に執り行なわれる祭りの秘儀のような心が、この小さな島国の民の天皇に凝縮してゆく情念の中にひそんでいるのは事実だ。それがどういう理由に基づき、何処から生じてくるのかということは、まだ本当に解明されてはいない。戦前は不敬罪というような大きな網をかぶせて、きんきらきんのたてまえの天皇観だけで押し通そうとし、戦後は百八十度転じた側からのタブー視によって、日本人がみずからの心の底の真実をのぞき見ることから閉ざされてしまっている。

今、静かに考えてみると、あの敗戦の前後の時こそ、日本人の心の深層に沈んでいるものが、どっと露《あら》わな形で噴き上がってきた時期であった。空襲が日増しに苛烈さを加えて、東京が戦場そのものと化したような観さえあった頃、防空壕の中で寒さと饑餓にふるえながら東京の子供たちが口ずさんでいた唄は、日本書紀の終りの頃に頻出してくる、世相の不安動揺を諷し、神威のひそかに動くことを予言した、「童謡《わざうた》」そのものの復活を思わせる内容が感じられた。

あんた方どこさ　肥後さ　肥後どこさ
熊本さ　熊本　どこさ
せんばさ　せんば山には　狸が居ってさ
それを猟師が　鉄砲で打ってさ
煮てさ焼いてさ喰ってさ

一ノ橋落チタ　二ノ橋落チタ　宮城下ノ
二重橋落チタ　最後ニ宮城焼ケ落チタ

もとは子供の手毬唄などの形が、米軍の投ずる焼夷弾による業火にあぶられる夜の壕の中で、幼い者によって無心に唄われると、胸の底から湧きあがってくる得体の知れない恐怖感があった。そうした不安動揺の中で、極度に天皇を憎悪する心と、反対に殉死をも辞することのない随順の心とが生じていった。このあい反する激情の底には、意外に通底する日本人の民族的な心理が流れていると見なければならぬ。こういう問題はもっと、息長く本質的に考え明らめるべき事柄だが、戦後の風潮はそういう問題を着実に考える事をすら、反動だとしたり、非合理なオカルティズムのように考えて、圧殺してしまった。

惟《オモ》フニ長キニ亘《ワタ》レル戦争ノ敗北ニ終リタル結果、我国民ハ動《ヤヤ》モスレバ焦躁ニ流レ、失意ノ淵ニ沈淪セントスルノ傾キアリ。詭《キ》激《ゲキ》ノ風漸《ヤウヤ》ク長ジテ道義ノ念頗《スコブ》ル衰ヘ、為ニ思想混乱ノ兆アルハ洵《マコト》ニ深憂ニ堪《タ》ヘズ。然レドモ朕ハ爾等《ナンジラ》国民ト共ニ在リ、常ニ利害ヲ同ジウシ休戚《キウセキ》ヲ分タント欲ス。朕ト爾等国民トノ間ノ紐帯《チウタイ》ハ、終始相互ノ信頼ト敬愛トニ依リテ結バレ、単ナル神話ト伝説トニ依リテ生ゼルモノニ非ズ。天皇ヲ以テ現御神《アキツミカミ》トシ、且日本国民ヲ以テ他ノ民族ニ優越セル民族ニシテ、延《ヒイ》テ世界ヲ支配スベキ運命ヲ有ストノ架空ナル観念ニ基クモノニモ非ズ。

昭和二十一年一月一日に出された、いわゆる「人間宣言」と称せられる詔書は、こういう世の惑乱に一つの鎮静を与えるものであったが、同時にその単純化は民俗生活の底に流れる混沌たるエネルギーを消失させたり、あるいは無力化させたりする面もあって、深くその根源を追求すべき民族心理の深層を、小さな合理化に解消させてしまったことも否定できない。この傾向は戦後から現在まで変りなく続いていて、平成の世の即位大嘗祭には、昭和三年の大嘗祭前後に折口が次々に鋭い仮説をくり出して、その習俗の由来と、習俗にからまるエネルギーの本質を追求したような成果はほとんど現れなかったばかりか、単純な記録の有無の問題に限定され、政治的なつじつま合わせに矮小化されてしまった観がある。同じことは、伊勢神宮の式年遷宮に関しても言うことができる。江戸時代のお蔭参りや遷宮に示された爆発的な信仰のエネルギーは、近代に入ると整然とした秩序による荘厳化によって圧殺されてしまうばかりか、信仰に基づいた秘儀性をも合理化して消失させようと努めてきた。これをつきつめてゆけば、まだ建物は健全なのに、二十年目ごとの建て替えによる莫大な材木の伐採などは無用の事だと考えるのは当然である。戦後に特にいちじるしくなったこういう傾向を見るにつけても、折口信夫の敗戦の受けとめ方と、その後の再生の情熱の深さを考えないではいられない。

老い漂零《さすら》う民

昭和二十五年に柳田国男と折口信夫が関西へ半月ほどの旅をした時のこと、伊勢神宮での数日の滞在が終る日、折口は柳田を松阪に案内して鈴の屋を訪い、松阪肉を喰べてもらおうと計画していた。ところが柳田の方が先手を打つ形でその日の朝食の時に、「この頃の文士どもが、お伊勢さんへ参ったのちすぐさま松阪へけだものを喰べに行くのは、けしからんことだね」と話し出したので、冷やりとした。松阪へ案内すると言い出そうとしていた矢先だった。自分達の部屋へ引きあげながら、「柳田先生は明治の人だねー」と感に堪えるように折口は言った。それを聞いて私は、えっ、先生は大正の人のつもりなのかしらんと思ったが、明治二十年生まれの折口は、大阪びとで、十二歳年長の柳田とくらべるとずいぶん自由人だったが、まぎれもない明治の人であった。私などのように、大正の末に生まれて昭和を生きてきた者とは、敗戦の衝撃も、その受けとめ方も大きく違ったはずである。殊に彼の身に添った深い古典への共感が、その敗戦の日々の感慨を深く痛切なものにしている。その心のありようを、当時の身辺の状況を通して見てみよう。

折口は戦争の末期、どれだけ空襲が激しくなっても、どれだけ熱心に地方の心あたたかい人から疎開をすすめられても、東京を離れることがなかった。折口春洋が硫黄島の守りに就かせられたということは、十九年の夏からわかっていた。その頃から、折口の心は春洋と共にかの島の渚に敵に向って立っているような気持になって居たに違いない。翌年の二月になると春洋の兄に送った手紙の中に、次のような言葉がある。

昨日から、世間急にせはしくなり、東京は、大した事もないでせうしまたなからしめねばなりませんが、あちこちへ出る足がとめられるので、かなひません。何よりもかよりも、これは有王島（硫黄島をわざとこう書いている）へ来たのだ。有王島無事なれかしと祈ります。まつ先に昨日も、これがあたまへ来ました。（中略）どうか、あなたも祈つてやつて下さい。（二十年二月十七日、藤井巽宛書簡）

また、度々信州への疎開をすすめてくれた酒井治左衛宛の返事には、次のように書いている。

……御手紙頂いて考へてゐた間にも、もう敵が、上陸（硫黄島へ）してしまひました。若者らしい覚悟のきびしさには、却《かへつ》て、度々、私が教へられました。もう併し、今は、何事も過ぎ去つてゐるでせう。（中略）一番くやしいのは、かういふ学問の外に出来ぬ才能しか与へられなんだ言ふかひない私自身です。いよ〱海の渚に徒手空拳の身をさらしてゐると考へることが、唯一の心ゆかしになりました。祖先に対しても、さう思ふ外申しひらきもなくなつた気がします。第一さうでも思はねば、廿年一処にくらして来て、何にも出来ず、あつといふ間に、お役らしいお役にも立たずに過ぎ去つたと思ふ春洋に対して、言ひやうも、考へやうもなくなり、心咎めがいたします。

（二十年三月十五日、酒井治左衛宛書簡）

再度のお心づくし（疎開のすすめ）、あつく頂きます。唯、どちらむいても、執著だらけで、何ともふみきりがつきません。唯、こんな国士がつた方面のある学問をして来たことが、どんなをりにも渋面つくつて思ひあがつたやうな事を言うてゐねばならぬ癖を、つけてしまひました。

昨日は思ひ立つて、春洋の新しい姓名を書いた表札を書いて、かけかへました。もう暫らくすれば、これも出来なくなるのだと気がついて、あわてゝさうしました。未練らしい人間です。だが、一週間に一度、学校へ出て、若い者あひてにしやべつてゐると、何も忘れたやうな、さばさばした気になつて来ます。習慣におひつかはれてゐるのだとは思ひ乍ら、わるい気もしません。此が唯一の慰みです。

（二十年四月二日、酒井治左衛宛書簡）

折口の敗戦は、実際よりも半年も早く、硫黄島に米軍が攻撃を加え、上陸して来たと思われる頃、すなわち春洋の命が終ったと思われる頃に来てしまっているというふうに言っても、過言ではないという気がする。まだ二十一歳の学生であった日から膝下に置いて育て、硫黄島で三十八歳の命を終るまで、類のない深い人間的な絆で結ばれて過ごした師弟であった。折口にとっては、わが歌と志の後継者であり、こよなくこまやかな生活の伴侶であった春洋だが、もう命を保たせる術もない孤島の死地に赴かれてみると、妻も子も無く、この世の名残を何一つ残さない、自分と同じ独身の生活を守らせて死なせることへの、深い悔いが折口を責めたに違いない。それは日本人の霊魂観からすれば、もっとも条件の悪い未完成霊であって、志を継ぎ語り伝えるべき者を誰ひとりこの世に残さないで死ぬ無惨な死にざまであった。だから硫黄島の春洋の死を思う迢空は、まことに身も世もあらぬ苦悩にさいなまれ、取りみだした心をあらわにして、身近の者に訴えている。それは、敗戦を悲しむ歌と、春洋を思って心痛する歌とを比べても、痛みの激しさが違っている。

硫気ふく島

きさらぎのはつかの空の　月ふかし。まだ生きて子はたゝかふらむか

＊

洋《ワタ》なかの島にたつ子を　ま愛《ガナ》しみ、我は撫でたり。大きかしらを

たゝかひの島に向ふと　ひそかなる思ひをもりて、親子ねむりぬ

物音のあまりしづかになりぬるに、夜ふけゝるかと　時を惜しみぬ

かたくなに　子を愛《メ》で痴《シ》れて、みどり子の如くするなり。歩兵士官を

大君の伴の荒夫の髄《スネ》こぶら　つかみ摩《ナ》でつゝ　涕ながれぬ

一連の作品のうち最初の一首は、遥かな島の守りについているはずの春洋の上に、深く静かな思いをとどかせている歌だ。二十年二月のことだから、まだ生き長らえているだろうかという、哀切な危惧感が歌のしらべを沈痛にしている。

そのあとの四首は、前年の夏、千葉県柏に駐留していた部隊から春洋が思いがけず帰ってきて、一夜最後の別れを惜しんだことを追懐している。夜がふけるにつれて、作者の感情が次第に耐えがたく激しくなってくるのが、終りの二首である。春洋が南方の島に発って行った十九年の七月、折口は柳田国男と鈴木金太郎を保証人として、春洋を養嗣子に入籍しているから、子といっておかしくはないが、「かたくなに　子を愛で痴れて、みどり子の如くするなり」と、折口ははばかるところなく春洋への愛をあらわに示している。母親の愛のように歌っているがそうではない。鈴木金太郎でも春洋でも、折口が愛する年若い男はみな毅然としている。それに対して、平素は澄み徹ってきびしく冷静な知性に面貌の引きしまっている折口が、まさに「愛《め》で痴《し》れた」愛を示すのである。ましてこの夜、再

び会うことの予期しがたい別れにのぞんで、折口の身も心も崩れるような思いは、「伴の荒夫の髄《スネ》こぶら　つかみ摩でつゝ　涕ながれぬ」という言葉にそのままあらわれている。

戦後、私が折口の家に入って驚いたのは、春洋によって整然ととのえられた家の秩序であった。書庫の隅には十余年にわたってつけてきた家計簿が並んでいたし、タンスの引出しや洋服を入れた箱には、「紺・夏服」「茶・冬服」と一目でわかる表示が記されていた。金太郎と春洋と、それぞれが十五年以上も折口と生活を共にして師の特異な生活を支えてきたわけで、金太郎から春洋へ受けつがれた家の秩序は、実にこまやかでゆきとどいていた。春洋を失うことは、愛する者を失うことと共に、そうした生活の安定が根底から崩れることであった。そのことをよくのみこんだ上でないと、加藤守雄の『わが師　折口信夫』の中に書かれた折口の惑乱は、理解のとどかないところがある。

折口がどんなに心のバランスを崩して、めろめろの愛と甘えを示しても、金太郎や春洋には師と経てきた長い心の蓄積があって、師に従いながら毅然としていた。折口がコカインを使っていたのは大正の末から昭和の初期にかけてのことで、それはまた彼の学問が見事に大きな成果をあげる時期でもあるが、金太郎と春洋は力を合わせてコカインの使用をやめさせている。二人がその様子を人に語ることは全く無かったが、折口が時に晩酌や散歩の途中で思い出として話してくれることがあった。二人は大変な努力を尽して、薬の入手先をつきとめて売らないようにさせ、時には折口を畳の上にねじ伏せて、薬の常用から脱け出させたのである。かなりの期間、おそらく地獄の責め苦のような時を体験して、薬の使用から脱け出たり、浪費癖の師を叱りつけてその家計を整える金太郎や春洋との生活があったから、それに支えられて折口の自在で奔放な学問と作品も生まれたのであった。

まして、一人の健やかな男を、四十近くなるまで手もとに置いて、自分の生活律に従わせたために、独身のままこの世に何の名残も残さずに死なせるのかと思うと、折口の心を焼く哀憐の思いと惑乱の苦しみは、限りなく深かったに違いない。それに対して、将校として一小隊の部下を率いて死地に赴く春洋には、すでに心に決するものがあって、師を思い案ずる心は切実でありながら、毅然と動かない覚悟は出来ていた。その二人の間の心の持ち方の違いが、一層、折口の思いを切ない焦慮と、哀憐のすべなさにかきたて、もだえさせているのである。みどり子のごとく悲しみふるまっているのは、むしろ親の方であった。

この悲しみの、余りに心乱れた歌から見ると、敗戦の日の悲傷の歌は静かで、それだけに深い諦念と覚悟の生まれているのが感じられる。つまり、春洋が再度の召集を受けて金沢連隊に入った十八年九月から翌年の末頃にかけて、『わが師　折口信夫』の惑乱の時期があり、二十年三月三十一日には硫黄島全員玉砕が公表されている。折口は米軍が島に上陸して間もなく、渚辺の戦で春洋は死んだであろうと想定していて、三月初めの日曜を南島忌として毎年の祭りをした。折口の胸中の「われら敗れたり」という自覚は、実際の敗戦の日よりもかなり早い時期に定まっていた。若い加藤が、自分の愛から背《そむ》いて去った時、折口は身のつたなさを思い知り、はじめてわが老残をまざまざと痛感した。そして、春洋の死と共に、自身の死をも自覚したのである。

戦後のよみがえり

八月十五日の後、直に山に入り、四旬下らず。心の向ふ所を定めむとなり

ひのもとの大倭《ヤマト》の民も、孤独にて老い漂零《サスラ》へむ時 いたるらし
野も 山も 秋さび果てゝ 草高し―。人の出で入る声も 聞えず
おしなべて煙る野山か―。照る日すら 夢と思ほゆ。国やぶれつゝ
しづかなる山野《ヤマノ》に入りて 思ふべく あまりにくるし―。国はやぶれぬ
道とほく行き細りつゝ 音もなし―。日の照る山に 時専《モハ》ら過ぐ

この詞書きにもあるように、歌は敗戦の日の後にすぐさま籠った、箱根仙石原の山荘での作だろう。従ってかなり「心の向ふ所」が思い定められている。身は老いて、孤独の漂泊者のような生き方を過ごすよりすべは無いと思いながら、一方で「ひのもとの大倭の

民」としての我の自覚を失っているわけではない。そして日本の神話は繰り返し繰り返し、死と復活を説いている。スサノオも大国主もヤマトタケルも、幾度か死の火群《ほむら》の中からよみがえり再生する若き神である。ちょうど私は、敗戦後の時期に、それまでよりもより近く、より深く折口の生活と学問・文学の世界に心を寄せ、やがて二十二年の四月から同じ家で起居を共にすることになる。生活を同じくして近々と見る折口信夫は、当時の日本人が誰でもそうであったように、栄養のバランスを失い、健康は衰えて、ザー、ザーと靴の踵を引きながら歩いていた。だが、若者に向って説く学問や、雑誌に発表する詩歌の作品は、烈々としたきびしさと抒情の美しさを示して、打ちひしがれた若いわれわれの心に励ましを与えつづけた。われわれは折口教授の誰よりも早く確かな魂の復活を認め、示される言葉の力に引きつけられないでは居られなかった。

二十一年から二十二年にかけて、折口は次々に長い詩を発表する。「神　やぶれたまふ」「贖罪」「すさのを」「天つ恋」などである。そのうちの「神　やぶれたまふ」を、部分的に引用してみる。

神　やぶれたまふ

神こゝに　敗れたまひぬ—。

すさのをも　おほくにぬしも
　青垣の内《ウチ》つ御庭《ミニハ》の
　　宮出でゝ　さすらひたまふ―。
　くそ　嘔吐《タグリ》　ゆまり流れて
蛆　蠅《ハヘ》の、集《タカ》り　群起《ムラダ》つ
直土《ヒタツチ》に―人は臥《コ》い伏《フ》し
青人草《アヲヒトグサ》　すべて色なし―。
（中略）
たゝかひの果てにし時に、
神集《カムツド》ふ　荒神たち
　鹿島神　香取神
　ことゞひの　ひと言もなし―。
たけみなかた　諏訪の御神《オンカミ》
おほものぬし　三輪の大神《オホカミ》
言稀《コトマレ》に宣《ノラ》すみ語《コト》の、

言寂《コトサビ》しー。なげきぞ　深き
既《ハヤ》く　我た、かひ敗れ
負け勝ちの本質《サガ》は知りたりー。
人間の闘《ア》ひ打つ　いくさ
天上に　神しろしめす
（中略）
神いくさ　かく力なく
人いくさ　然も抗力《アヘ》なく
過ぎにけるあとを　思へば
やまとびと　神を失ふー
日高見《ヒタカミ》の国びとゆゑに、
おのづから　神は守ると
奇蹟《シルマシ》を憑む　空しさ。
信なくて何の奇蹟《シルマシ》ー。

敗戦後、仙石原の秋風になびく穂すすきの原の中の家で、訪ねて来る者の誰一人ない孤独に耐えて、思いこらしたのは、この詩の題にもあるように、「神　敗れたまふ」ということであった。この考えはすでに、春洋の死を実感しはじめた頃の書簡の中に見られる。日本の神が、キリスト教の神に敗れたのだとする考えは、すなわち日本人の信仰心が、キリスト教国の国民の信仰心に敗れたという自覚である。一度緒戦に敗れた彼らが、やがて陣を立て直して、南の島を一つ一つ落としながら迫って来た気迫は、聖地を回復しようとして幾度も幾度も立ち直ってくる十字軍の情熱を持っていたに違いない。それに対してわれわれは他力本願に、神風の吹くことを神だのみしながら、近代以来の信仰の淡さについて、何の自覚も反省も持たなかった、というのが折口の考えである。「日本人が自分たちの負けた理由を、ただ物資の豊かさと、科学の進歩において劣っていたのだというだけで、もっと深い本質的な反省を持たないなら、五十年後の日本はきわめて危ない状態になってしまうよ」と、教室で憂いに耐えがたいという面持でわれわれに言うことがあった。折口の予言は、もっと手近なことでも恐ろしいほど当ることが多かった。

今、五十年たって、折口の予言が当っていたことを認めないわけにはいかない。しかも、彼がもっとも深く危惧した問題に、当時以上に今の日本人は無関心である。折口がその後、二十八年に亡くなるまで考えつづけたのは、日本人の神を、大きな神、一民族教の神から、人類教の神にしようとすることへの模索であった。その点に立って考えると、日本の古典や習俗の上に伝える神は、大和族の祭る高天原系の神より、すさのを・大国主のような出雲系の神に、より宗教的要素が濃密にさぐり出せるのである。戦後、没年まで講義しつづけた「神道概論」の講義をはじめ、神道に関する諸論文は、そこに焦点がしぼられ、「やがて出てくる本当に力ある教祖のための、神学の基礎の学を残しておくのが、私の仕事なのだ」と言っていた。敗戦後の折口の鮮やかなよみがえりの情熱は、もっぱらそのことに注がれたのである。

十八　二つの『死者の書』

山を仰ぐ女性《にょしょう》

小説『死者の書』は昭和十四年一・二・三月発行の雑誌『日本評論』（第十四巻第一―三号）に、三月間連載された。この雑誌には前年の五月に、「寿詞をたてまつる心々」を載せている。この評論についてはすでに触れたが、宮廷に叛意を示して誅伐される者の最後の心のあわれを汲みとろうとした評論と、大津皇子を一方の主人公とした『死者の書』との間には、書かれた時期も接続していて、ひびきあう心の流れがあったはずだと思うが、今これ以上のことを言う準備が私にはととのっていない。

やがて『死者の書』は、昭和十八年九月三十日、青磁社から単行本として刊行される。この青磁社版の『死者の書』の形が昭和二十二年七月刊行の角川版にも踏襲され、以後、中央公論社の新・旧全集本も青磁社版を底本としている。世に小説『死者の書』として流布しているのは、この形のものである。だが、初出の『日本評論』に発表された「死者の書」の順序と、青磁社本の順序との間には、大きな違いがある。

当時、青磁社の社員でこの本の担当者であった角川源義氏は、後年その時の突然な驚きの大きさを語ることがあった。校正ゲラを折口の家へもらいに行って、書斎に座るといきなり机の上に置かれたゲラ刷りの冒頭が、初めの形とまったく順序が違ってしまっている。「えっ」と思って頁を繰っても繰っても、元の形のどの部分から前へくり上げたのかわからなくて、先生の前でうろたえてしまったという。

初出誌の「死者の書」と、青磁社版以後の『死者の書』との構成の違いは、かなり重要な問題を含んでいると思うから、敢て「二つの『死者の書』」というような標題で、両者の相違とその背景、あるいは相違によって生じる作品の印象の変化について述べてみる。

今はほとんどの人の目に触れることも無くなっている、初出誌『日本評論』に載った「死者の書」のあらましを言うと、最初の頁に「死者の書」という題名と、「釋迢空」と作者名があって、中国の死者の書ともいうべき「穆天子伝」の一部が引用してある。この引用は青磁社本には無い。そして物語は次のように始まる。

鄭門にはひると、俄かに松風が吹きあてるやうに響いた。

一町も先に、堂伽藍が固まつて見える。――そこまで、ずつと砂地である。白い地面に、広い葉が青いまゝでちらばつて居るのは、朴の葉だ。

まともに、寺を圧してつき立つてゐるのが、二上山《ふたがみやま》である。其真下に、涅槃仏のやうな姿に寝てゐるのが、麻呂子山だ。其頂がやつと、講堂の屋の棟に乗つてゐるやうにしか見えない。

こんな事を、女の身で知つて居る訳はない。だが俊敏な此旅びとの胸には、其に似たほのかな綜合が出来あがつて居たに違ひない。暫らくの間、懐しさうに薄緑の山色を仰いで居る。其から赤色の激しく光る建て物へ、目を移して行つた。

此所は大和の西の涯、河内との境に南北に連なる葛城山系の北の端の二上山の麓にあって、四、五日前に落慶供養をすませたばかりの当麻寺の境内である。魂を誘いよせられるようにしてその寺の山門の内へ迷い入ってきた旅の若い女性は、この地を訪れるのが初めてであるにもかかわらず、以前からの深い黙契でもあるもののように、寺の屋根を圧して立つ二上山や、その手前に丸やかに臥している麻呂子山の姿を仰いだ。

女は、日を受けてひたすら輝く伽藍の廻りを残りなく歩いた。

寺の南境は、麻呂子山の裾から、東へ出てゐる長い崎が劃つて居た。其中腹と、東の鼻とに、西塔、東塔が立つて居る。丘陵の道をうねり乍ら登つた旅びとは、東塔の下に出た。

其でも薄霧のか丶つたやうに、雨の後の水気の立つて居た大和の野は、すつかり澄みきつた。

若昼のきら〳〵しい景色になつて居る。左手の目の下に集中して見える丘陵は、傍岡《かたをか》である。葛城川もほの〴〵と北へ流れて行く。平原の真中に旅笠を伏せたやうに見える。遠い小山は、耳無《みゝなし》の山である。其右に高くつ丶立つてゐる深緑は畝傍山。更に遠く日を受けてきらつく池は、埴安《はにやす》の水ではないか。其側に平たい背を見せたのは、聞えた香具《かぐ》山なのだらう。旅の女は、山々の姿を辿つてゐる。香具山をあれだと考へた時、あの下が、若い父母の育つた、其から叔父叔母、又一族の人々の行き来したことのある藤原の里なのだ。

もう此上は見えぬと知れて居ても、ひとりでに爪先立て丶伸び上る気持が出て来る。香具山の南の裾に輝く瓦舎《かはらや》は、大官大寺《だいくわんだいじ》に違ひない。其から更にまつ直に、山と山との間に薄く霞んでゐるのが、飛鳥の村なのであらう。祖父も祖々父《ひぢゝ》も其父も皆あの辺りで生ひ立つたのだ。


その女性は、女人禁制のはずの境内をわが庭のようにこだわりなく自在に歩いて、東塔の下の高みから遥かに大和盆地の南部、藤原・飛鳥の故地を見はるかす。その眺望はすばらしく、まるで国見の呪歌をのべている時のような、かくれた心の血脈と土地の由縁《ゆかり》とのひびきあう興奮が、女性の胸に湧きたってくる。読者はまだ女性の素性を知らされてはいないが、大きな伝承の誇りを持つ家系を背負っている人物であることが自然に感じられてくる。

> 二上山。この山を仰ぐ時の言ひ知らぬ胸騒ぎ。藤原飛鳥の里々山々を眺めて覚えた、今の先の心とは、すつかり違つた懐しさ。旅の郎女は、脇目も触らず、山を仰いでゐる。さうして静かな思ひが、満悦に充ちて来るのを覚えた。昔びとは、確実な表現を知らぬ。だが謂はゞ――平野の里に感じた喜びは、過去生《しやう》に対するものであり、今此山を臨み見ての驚きは未来を思ふ心躍りであつたと謂へよう。

この引用部は、後の青磁社版の方では次のように改められている。

> 二上山。あゝこの山を仰ぐ、言ひ知らぬ胸騒ぎ。――藤原・飛鳥の里々山々を眺めて覚えた、今の先の心とは、すつかり違つた胸の悸《トキメ》き。旅の郎女は、脇目も触らず、山に見入つてゐる。さうして、静かな思ひの充ちて来る満悦を、深く覚えた。昔びとは、確実な表現を知らぬ。だが謂はゞ、――平野の里に感じた喜びは、過去生《クワコシヤウ》に向けてのもので

あり、今此山を仰ぎ見ての驚きは、未来世《ミライセ》を思ふ心躍りだ、とも謂へよう。

小さな字句の変更だが、後の方が文章が引きしまって生き生きと迫ってくるものの深さが違う。こういう推敲は、この小説全体におよんでなされている。第一章はまだ続いている。この女性が藤原武智麻呂を祖父、豊成を父とする、藤原四流のうちでも本家筋の南家の郎女《いらつめ》であり、やまと心のおもむくままに古風な闊達さに生きる父の豊成は、最近は才《ざえ》すぐれた弟の仲麻呂の力に押され気味で、今は大宰帥としておもてむきには筑紫に居ることになっていて（実は難波にとどまっている）、奈良の屋敷は留守宅であることなどが明らかにされる。そんな留守宅を守る郎女のもとに、父から称讃浄土仏摂受経《しようさんじやうどぶつせふじゆぎやう》が送られてくる。まだ大和のどの大寺にも蔵せられていないこの新訳の阿弥陀経に感じた郎女は百部手写を果し、さらに千部手写を発願して、一心不乱に心魂をうちこんでいる。写経が五百部を越えた頃から、人々の眼には姫の身のやつれがいちじるしくなり、わずかな眠りの間にもはっと驚いて覚めやすくなった。九百部に達した。郎女は侍女にすらものを言うことなく、昼間も夢見るようにうっとりと西の空を見入っていることが多かった。

南家の姫の美しい膚は益《ますます》透きとほり、潤んだ目は、愈《いよいよ》大きく黒々と見えた。さうして、時々声に出して誦《じゆ》する経文が、物の音《ね》に譬へやうもなく、さやかに人の耳に響いた。

聞く人自身の耳を疑ふばかりだつた。

去年の春分の日の事であつた。入り日の光りをまともに受けて、姫は正座して、西に向つて居た。日は此屋敷からは、稍《やや》坤《ひつじさる》によつた山の端に沈むのである。西空の棚雲の紫に輝く上で、落日は俄かに転《くるめ》き出した。その速さ。雲は炎になつた。日は黄金《わうごん》の丸《まるがせ》になつて、その音も聞えるかと思ふほど鋭く廻つた。雲の底から立ち昇る青い光りの風――、姫は、ぢつと見つめて居た。やがて、すべての光りは薄れて、雲は霽れた。夕闇の上に、目を疑ふほど鮮やかに見えた山の姿。二上山である。その二つの峰の間に、あり〳〵と荘厳な人の俤が、瞬間顕れて消えた。後は真暗な闇の空である。山の端も、雲も何もない方に、目を凝《こら》して、姫は何時までも端座して居た。

この年の春分の日、入り日の中に浮き上った二上山の二つの峰の間にまざまざと見た荘厳な人の俤が、姫にとって最初の体験であった。実は正確には見たというのとは違っている。当麻寺の境内の高みから藤原や飛鳥のあたりを郎女が遠望したのは、まさにリアルな心で見て自分をめぐる過去と未来を思ったのであるが、奈良の都にある南家の邸に居て、春分の日が沈んだ後の闇の空に見たものは、二上山と思われた二つの峰も、その峰の間にしばし浮かび上った荘厳な俤びとも、姫の心の凝り成したおもかげであり、幻影《まぼろし》であった。作者は緻密な大和およびその周囲の国の地理を熟知して、たなごころを指すように人物を動かしている。作中でこの一カ所だけが、地理の実際を越えて、奈良からは見えぬ二上山とその峰に現れた俤びとを、姫に感得させているのである。それは姫の心の奥深い宗教的なさとりの力と、明敏な叡智のはたらきによっている。半年が過ぎて秋分の日にも、また姫は再び、西の山の端に浮き出た俤びとの姿を見ることができた。

翌年の春の彼岸中日、郎女は九百九十九部の写経を終え、千部目に入り、最後の行、最後の字を書き終えて気がつくと、外はしとしとと雨が降りしきっていた。

姫は立つても坐《すは》つても居られぬ焦燥に煩《もだ》えた。併し日は益々暗くなり、夕暮れに次いで、夜が来た。

茫然として、姫はすわつて居る。人声も、雨音も、荒れ模様に加つて来た風の響きも、もう姫は聞かなかつた。

これで初出誌「死者の書」の第一章は終り第二章に入る。二章の初めは「南家の郎女が神隠しに遭つたのは、其夜であつた」という書き出しで、雨の春分の日の後、人知れず南家を出た姫は、丸一日を歩き通して、翌々日の夜明けに、すがすがしい当麻寺境内に歩み入り、二上山を仰いでいた。第一章の書き出しのところへもどったわけである。集まってきた僧達の問いに、南家の郎女であることを明かすと大さわぎになった。一方、奈良の家では京中・京外に人を走らせて姫を探したが見出せず、あるいは里の女どものするように、春・秋の女の行《ぎやう》ともいうべき、日の影を追って野山を限りなく歩く、野遊びの習わしを思い立ったのかもしれぬなどと考えていたが、それも夕方になって失望に変っていった。

初出誌「死者の書」の第三章は、「万歳法院（青磁社版からは、万法蔵院と改められた）の北の山陰に、昔から小さな庵室があつた」という書き出しで、当麻寺の前身の寺と伝えられ、河内側の山田谷にある万法蔵院の境内の小さな庵室に、結界を犯した贖いとしてとめ置かれることになった郎女の身の上のことを書いている。

藤原南家に藤原氏の古物語を語る中臣志斐嫗《しひノおむな》が出入りしているように、当麻の里の当麻氏にも氏の語部の嫗が居て、庵室に籠る郎女に二上山の天つ水にからまる中臣藤原の家の物語を語って聞かせる。当麻真人氏の物語であって、中臣氏の聖水に関する神事を語る内容である。語っているうちに嫗はわなわなと震いはじめ、神憑りに入って、当麻里に伝える恐ろしい叙事詩を歌い始める。

遠々に　わが見るものを、
たかゞゝに　我が待つものを、
処女子《をなご》は　出で行《こ》ぬものか。
よき言《こと》を　聞かさぬものか。

青馬の　耳面刀自《みゝものとじ》。
刀自もがも、女弟《おと》もがも、
その子　はらからの子の
処女子の　一人
一人だに　わが郷偶《つま》に来《こ》よ。
久方の　天二上《あめふたかみ》
二上の陽面《かげとも》に、
生ひをゝり　繁《し》み咲く
馬酔木《あしび》の　にほへる子を
我が　取り兼ねて、
馬酔木の　あしずりしづる
吾《わ》はもよ　偲《しの》ぶ。　藤原処女

この歌の背後には、七十余年前にいちじるしい怨念をこの世に残したまま、罪びととして誅殺せられた大津皇子の執着が、後々の世の藤原氏の処女によりついてゆくという、おそろしい物語が伝えられていた。当麻嫗はその始終を郎女に語って聞かせる。

伯父の天智天皇に眼をかけられ、自分も大津の宮に愛着を感じていた大津皇子は、早く母を失いながら、朗々としてこだわりのない性格と、漢詩にも倭歌にも堪能な情熱とを備えていて、天武天皇亡きのちはこの皇子をという期待を集めていた。だが父の天武天皇崩御の直後、二歳年上の姉の大伯《おほく》皇女が斎宮として仕えている伊勢神宮へ、ひそかにたずねて行くという行為などがあって、謀反を企てたという理由で叔母の持統天皇の怒りを受け、磐余《いはれ》の池のほとりで刑死した。ところが大織冠鎌足の娘で、大津で亡《ほろ》びた大友皇子の妃になっていた耳面刀自という女性があった。近江朝廷がほろびた後、寂しく暮していたが、大津皇子の処刑を聞いて、一目ひそかになごりを惜しみたくて磐余の池上までやって来て、草かげから様子を見て帰ろうとした。その耳面刀自の姿がちらりと皇子の目にとまり、この世の最後の執心となって残った。その後の長い年月を経て、邪心はすべてすがすがとなった後にも、この執心ばかりは残って、藤原四流の中で一番美しい郎女が、耳面刀自として幽界の眼に見える。謀反を企てたほどの魂だから、大和の西の境の守りをつとめさせよという御命令で、二上山の上に埋められた亡き骸が、その力で姫をおびき寄せたのでございましょうと、当麻の語りの姥は説いて聞かせた。

しかし、聡明で新しい海彼岸の仏の教えに心を開かれはじめた姫の胸の内には、嫗の語る古い信仰の名残の姿を認めながら、おのずから違った感動が育ちはじめていた。

さう言ふ昔びとの宿執《しゆくしう》が、かうして自分を導いて来たことは、まことに違ひないであらう。其うしても、つひしか見ぬお姿――尊い御仏と申すやうな相好が、其お方とは思はれぬ。

春秋彼岸中日、入り方の光り輝く雲の上にまざ〳〵と見たお姿。此日本《やまと》の国の人とは思はれぬ。だが、自分のまだ知らぬこの国の男子《をのこご》たちには、あゝ言ふ方もあるのか知ら。金色《こんじき》の冠、金色《こんじき》の髪の豊《ゆたか》に垂れかゝる片肌は、白々と袒《ぬ》いで美しい肩。ふくよかなお顔は、鼻隆く、眉秀で、夢見るやうなまみを伏せて、右手は乳の辺に挙げ、左は膝のあたりに垂れて……あゝ雲の上に朱の唇、匂ひやかにほゝ笑まれたと見た……あの俤。

郎女が繰り返し見る荘厳な俤びとと、語りの姥がおどろおどろしく語り出す宿執の昔びとの間には、かなり大きな違いがある。郎女のさとりの深さは、すでにその両者の違いと、同時に両者の間に深く通いあっている共通の秘かな魂の暗合に、気づき始めている。それは驚くべき明敏さと、魂のさとりの深さであった。言ってみれば、姫の心が感じ取っているものは未来世につらなる俤びとであり、姥が語り伝えて聞かせるものは、過去世の因縁である。それでも姫は素直な心になって、その難解な古物語を訥々と田舎ことばで語る当麻の語りの姥の話を聞こうとする。

その飛鳥の宮の、日のみ子さまに仕へたと言ふお人は、昔の罪びとらしいのに、其が亦どうした訳で、姫の前に立ち現れて神々《かうがう》しく見えるのだらう。

其は申すまでもないこと。お聞きわけられませ。神代の昔、天若日子《あめわかひこ》と申したは、天の神々に矢を引いた罪ある者に御座ります。其すら、其後《ご》、人の世になつても、氏貴い家々の娘御《ご》の閨《ねや》の戸までも忍びよると申しまする。世に言ふ「天若《あめわか》みこ」と言ふのが、其で御座ります、天若みこ、物語にも、うき世語りにも申します。お聞き及びかえ。

古墳の中で復活する魂

初出誌の「死者の書」は三回にわたって連載されるが、その第一回分の三章はこうして、南家郎女を主人公とし、その心に働きかけるこの世の外の誘い《いざな》と、それに導かれて魂のさとりを得、夢うつつの中でこの上なく英断に満ちた行動を示してゆく、若き女人を描き出している。

そして連載の第二回に至って、はじめて第二の主人公、いや実は影の主人公と言うべき隠り世の男が、強烈な印象をともなって姿を現わす。青磁社版で巻頭に置かれ、以後、『死者の書』の読者の心に焼きつくような映像を刻みつけることになる。

彼《か》の人の眠りは、徐《しづ》かに覚めて行つた。まつ黒い世の中に、更に冷え圧するもの、澱んでゐるなかに、目のあいて来るのを覚えたのである。

した した した　耳に伝ふやうに来るのは、水の垂れる音か。たゞ凍りつくやうな暗闇の中で、おのづと、睫が離れて来た。

膝が、肱が、徐ろに埋れてゐた感覚をとり戻して来るらしく、彼《か》の人の頭に響いて居る。全身にこはばつた筋が、僅かな響きを立てゝ、掌、足裏に到るまで、ひきつれを起しかけてゐることを感じ初めた。

さうして、なほ深い闇。ぽつちりと目をあいて、見廻す瞳にまづ圧《あつ》しかゝる黒い巌の天井を意識した。次いで、氷になつた岩牀《どこ》。両脇に垂れさがる荒石の壁。した〳〵と岩伝《いはづた》ふ雫の音。

あゝ耳面刀自《みみものとじ》

甦《よみがへ》つた語が、彼の人の思ひを、更に弾力あるものに響き返した。

耳面刀自。おれはまだお前を。……思うてゐる。おれは、きのふこゝに来たのではない。それも、をとゝひや、其さきの日に、こゝに眠りこけたのでは決してないのだ。おれは、もつと〳〵長く寝て居た。でも、おれはまだ、お前を思ひ続けて居たぞ。耳面刀自。こゝに来る前から……こゝに寝ても、……其から、覚めた今まで、一続きに、一つ事を考へつめて居るのだ。

塚穴の奥の堅く冷たい石棺の中で、今は骨すらぼろぼろの枯木のようになっている遠い世の死者が、魂の復活をするのである。実際には大津皇子の死からこの時まで、七十余年の歳月を経過しているのだが、そんな歴史的考証はここにはふさわしくない。魂のよみがえりは、肉体の感覚のよみがえりとして具体性を与えられて、読む者の肌えに迫る力をもって描写せられている。

さらに言えば、この一章の最初の一語「彼の人」という用語にも、折口の深い知恵と工夫のこめられているのが読み取れる。一見、翻訳文体を思わせるようなしゃれた感じを持ちながら、「彼の人」には日本の民俗的な隠語の内包するものが秘められている。折口の晩年に民俗学の講義を聴いていて、樵《きこり》や猟師など山で働く人々の間では、猿を霊的なものと信じていて、直接その名を呼ばないで「彼のひと」などと呼ぶという事を知った時、ああそうだったのかと、『死者の書』の「彼の人」の出所がわかった気がした。新しい語感を持ちながら、実はその奥に長い民族の心理伝承を秘めている言葉であった。それだけにこの「彼の人」には、何となく不気味な気分のからまってくるのを感じ取ることができる。次によみがえった彼の人が言葉を得て、初めて発する「あ、耳面刀自」という名前にしても、視覚的にも聴覚的にもなじみのない、異様な感じのする言葉だ。

初出誌の順序では、南家郎女の場面が三章あって、大津皇子も耳面刀自も、また藤原氏の管理する聖なる天つ水と二上山の関連なども、当麻の語りの姥の話に語られているから、彼の人の塚穴の復活も耳面刀自への執心も流れの中で理解し受けとめてゆくことができる。だが青磁社版およびそれ以後の『死者の書』では、いきなり復活の場が冒頭に来るから、印象は強烈だが唐突感はまぬがれることができない。

唐突といえば青磁社版の第二章にも、読者の心を混乱させる場面がある。


当麻路をこちらへ降つて来るらしい影が、見え出した。二つ三つ五つ……八つ九つ。九人の姿である。急な降りを一気に、この河内路へ馳けおりて来る。

九人と言ふよりは、九柱の神であつた。白い著物・白い鬘《カヅラ》、手は、足は、すべて旅の装《イデ》束《タチ》である。頭より上に出た杖をついて――。この坦《タヒラ》に来て、森の前に立つた。

こう　こう　こう。

誰の口からともなく、一時に出た叫びである。山々のこだまは、驚いて一様に、忙しく声を合せた。だが山は、忽《タチマチ》一時の騒擾から、元の緘黙《シヾマ》に戻つてしまつた。

こう　こう。お出でなされ。藤原南家《ナンケ》郎女《イラツメ》の御魂《ミタマ》。

こんな奥山に、迷うて居るものではない。早く、もとの身に戻れ。こう　こう。

お身さまの魂《タマ》を、今、山たづね尋ねて、尋ねあてたおれたちぞよ。こう　こう　こう。

九つの杖びとは、心から神になつて居る。

実はこの直ぐ後の場面で、魂乞いの呪術をして廻る九人の白衣の杖びと達は、あろうことか選りにも選って大津皇子の塚穴の前で念入りに魂呼ばいの行を繰り返して、郎女の魂ならぬ、恐ろしい大津皇子の執心に凝った魂をよみがえらせてしまうのである。ここもきわめて鮮烈な印象を与える描写がなされていて、読んでいて背筋の冷えびえとなるような場面であるが、この魂呼ばいの九人の行者が、どうして派遣されてきたかは、前の南家郎女の話が後へ廻された青磁社版では、唐突な感じがする。しかしこうした時間的前後関係のくい違いによる小さな唐突感は、演劇や小説には珍しくないことで、むしろ唐突感が印象を深めもするのである。まして『死者の書』のような、日常的時空を超えて民族の心の底に流れる永い伝承心理をテーマとした小説にあっては、小さな合理性などを考える方が無理というべきであろう。

ただ、この魂乞いの呪術をして廻った九人の白衣の行者について言えば、誰もが一応は連想するはずの、郎女の失踪を知って大さわぎになった南家の配慮で派遣された者達ではなくて、結界に踏み入って正気もさだかでないように見える郎女のために、当麻の語りの姥などの考えによって、勝手に行なわれたことが後に記されている。初出誌の「死者の書」では十章、青磁社版『死者の書』では十五章にある。

乳母《おも》や若人たちも、薄々は帳台の中で夜を久しく起きてゐる郎女の様子を感じ出して居た。でも、なぜさう夜深く溜め息ついたり、うなされたりするのか、知る筈はない昔気質の女たちである。

やはり、郎女の魂《たま》があくがれ出て、心が空しくなつて居るものと、単純に考へて居る。ある女は、魂ごひの為に、山尋ねの呪術《おこなひ》をして見たらどうだらうと言つた。

乳母は、一口に言ひ消した。姫様、当麻に御安著なされた其夜、奈良の御館へ計らはずに、私にした当麻真人《たぎまのまひと》の家人たちの山尋ねが、いけない結果を呼んだのだ。当麻語部とか謂つた蠱物《まじもの》使ひのやうな婆が出しやばつての差配が、こんな事を惹き起したのだ。

郎女についている老女の身狭《むさ》乳母《おも》が憎々しげに言うように、この早まった魂乞いは途方もないものを呼び覚してしまった。そればかりか、この時不用意に呼び出したあらぬ者の魂を、郎女様のお身におつけ申したに違いないと、南家の人々は考えていたのである。

(1)初出誌と、(2)青磁社本との間の初め数章の違いを整理してみると、(1)では一章・二章に置かれていた部分が、(2)では六章・七章に送られ、(1)で連載第二回分、つまり通算すれば五章・六章に当る部分が、(2)の一章・二章にくり上げられてきた。

この違いは、初出誌で読む人には南家郎女の印象が小説全体を通じての主人公として自然に受けとりやすく感じられ、青磁社本系統の『死者の書』の読者には、大津皇子の復活が格別に強烈なものとして印象づけられることである。もちろんこれは、一般的な言い方をしているのであって、個性ある小説の読み方は、百人の読者があれば百通りの読み方が成立するはずのものである。だが、私は『死者の書』の真の主人公は当然、藤原南家郎女だと思う。これは作者も次のような言葉を残している。

……はじめは、此書き物の脇役になる滋賀津彦（大津皇子）に絡んだ部分が、日本の「死者の書」見たやうなところがあるので、これへ、聯想を誘ふ為に、「穆《ぼく》天子伝」の一部を書き出しに添へて出した。さうして表題を少しひねつてつけて見た。かうすると、倭・漢・洋の死者の書の趣きが重つて来る様で、自分だけには、気がよかつたのである。

（「山越しの阿弥陀像の画因」）

滋賀津彦は脇役であった。しかし初出の『日本評論』に発表の時から、このように脇役を大きく浮き上らせることにも、魅力を感じていた。それを、青磁社本では大きく冒頭に引き出して、脇役の働きを強く印象づけた。校正ゲラの上にその大胆な変更を見出した時の、角川氏の驚きも十分察しられる。この小説は雑誌に発表されてから単行本として出るまでに、四年余りもかかっている。雑誌に出ても、さらに単行本となってからも、批評らしい批評が出なかった。そのことは折口を歎かせ、落胆させた。ついには、「この作品を正当に評価出来ないのは、今の世の文学者の恥辱だよ」とまで憤らせた。

これは私の推測であるが、青磁社本のあの思い切った変更は、『日本評論』に発表してのち、ほとんど反響のないことにいらだった折口の気持が、かなり働いているのではないかと思う。それがまた、小説『死者の書』の印象を必要以上に重く暗いものにしたことも否定できない。冒頭の部分が持つ幽暗さが、この小説の自在で広い読み方を妨げたところがある。

「日本人総体の精神分析の一部に当ることをする」とは、「山越しの阿弥陀像の画因」の中の言葉だが、この『死者の書』も、日本人総体の精神伝承を分析して、折口の強大な力で形象化して示したもので、その内容には、日本固有の心を核にして外来の大きな宗教を消化吸収し、女性の持つ積極的で明るい民俗の力で、男性の重く深い執念を浄化してゆくと言った、明るく大きな面も十分に持っている。そういう『死者の書』の本質が緻密に評価されるようになるのは、折口の死後間もなくの頃からである。

十九　『死者の書』の主題

女の旅の系譜

小説『死者の書』は、その主題を一つにしぼって見ようとしても容易ではないし、またそれはあまり意味のないことだと思う。自分の古代追求の成果の究極の表現は、結局は戯曲あるいは小説の形をとらざるを得ないと早くから考えていて、幾度か試みた後に、折口が五十代に入って示した作品がこれである。その中には彼の心がとらえた、さまざまな古代が息づいている。それを単純に一つの主題にしぼって考えようとすると、他の多くのものを見のがすことになってしまう。その意味では、『死者の書』を書いた五年後の昭和十九年に雑誌『八雲』に発表し、やがて昭和二十二年角川書店版の『死者の書』の巻末に解説の意味で附載した、「山越しの阿弥陀像の画因」も、この小説全体の主題を解説した論というのとは違っている。この論の書かれた目的は、最初のところに示されている。

極楽の東門に　向ふ難波の西の海　入り日の影も　舞ふとかや

渡来文化が、渡来当時の姿をさながら持ち伝へてゐると思はれながら、いつか内容は、我が国生得《しやうとく》のものと入りかはつてゐる。さうした例の一つとして、日本人の考へた山越しの阿弥陀像の由来と、之《これ》が書きたくなつた、私一個の事情をこゝに書きつける。

結論をいきなり冒頭で言い切ってしまっているような書き出しで、唐突な感じがするが、論を読み終ってもう一度、この引用の歌に返ってみるとよくわかる。大阪の四天王寺の西門は極楽の東門に向っていて、古くは彼岸の夕べここに集まって西の海遥かに沈む入日を拝む日想観の習わしがあった。同じ信仰は熊野の普陀落渡海の入水死にも通じている。彼岸中日に海波をへだてて沈む入日を拝むと、彼岸の浄土へ導かれてゆくと信じられた。中世の念仏者が信じた観無量寿経の説くところに従えば、弥陀来迎の姿は、西方の海中に没する日輪を核にして、水平線の上に半身を現わし日輪を光背とする来迎の姿で描き出すはずだ。だが、こうした画像は実際には見当らず、来迎図に残る弥陀の姿はみな山越しの形をとっている。それは海彼から渡来した信仰が、日本で時を経て普及してゆく間に、固有の信仰と入れかわった部分があるからだと、折口は考えている。

日想観や法悦の入水死が日本人の信仰に定着するほど、固有信仰の中に彼岸中日の入日に凝縮してゆく深い思い入れの核となるものがあった。日迎え・日送りと言って、彼岸中日の日の出を迎え、日の運行に随って南を廻り、日の入りを送って帰る女性の行事があった。また、これとかさなるように、若い女たちが野山を廻って短い旅をする、山ごもり・野あそびなどの民俗もあった。それがまた、女の辛苦の旅の物語への連想に展開してゆく。

女が、盲目でなければ、尋ねる人の方がさうであつたり、両眼すゞやかであつても行きちがひ、尋ねあて、居ながら心づかずにゐたりする。何やら我々には想像も出来ぬ理由があつて、日を祀る修道人が、目眩《めくるめ》く光に馴れて、現《うつ》し世の明を失つたと言ふ風の考へ方があつたものではないか知らん。

折口はまた、山越しの阿弥陀像は比叡山の横川で源信僧都が感得したものだと伝えられているが、彼の故郷の二上山の山麓から仰いだ山容が投影しているのかもしれぬとも考えている。こうして「山越しの阿弥陀像の画因」は、折口の学説の一つの特色とも言える、日本人が外来の信仰を吸収し定着させてゆくにはかならず、それと類似性を持つ固有信仰を根としていることを述べたものである。ところがもう一つ、この論文の中で注目すべきことに触れている部分がある。中将姫のことを初めて書いたのは、「神の嫁」という大正十一年に書いた未完の作品が最初であって、その後も書きかけたものが幾つもあって、最後に『死者の書』が出来たことを述べたのち、突如として個人的な不思議な体験について述懐している。

……別に、書かねばならぬと言ふほどの動機があつたとも、今では考へ浮かばぬが、何でも、少し興が浮びかけて居たといふのが、何とも名状の出来ぬ、こぐらかつたやうな夢をある朝見た。さうしてこれが書いて見たかつたのだ。書いてゐる中に、夢の中の自分の身が、いつか、中将姫の上になつてゐたのであつた。

さうする事が亦《また》、何とも知れぬかの昔の人の夢を私に見せた古い故人の為の罪障消滅の営みにもあたり、供養にもなるといふ様な気がしてゐたのである。

この文章は、作者自身も始めは気づかなかったのに書いているうちにいつの間にか、作品の内にひそむ深い因由が次第にわかってきたように、渺々と述べている。実はこの思いは折口の心に時々よみがえって来ることがあったらしい。中学の同級生で、格別の思慕を寄せた辰馬桂二への思いである。最初の小説『口笛』にもこの若き友の面影は影響しているはずであり、折々の歌にも歌っている。辰馬は昭和四年に没したが、その翌年の十月、大阪に帰った折口は辰馬の家の近くにある阿弥陀池の和光寺をおとずれて供養のためのお経をあげてもらっている。東京の留守宅の金太郎と春洋にあてた書簡には、「きのふは、阿弥陀池へまゐつてお経をあげてもらうた。広い御堂にたつた一人控へて、回向の間をぢつとしてゐた。何だか空虚な気がした。それでも、うれしかつた。人間もあんまり、せんちめんとを征服しすぎると、こんな場合によりどころがなくなつて了ふ」とあって、その心のありようを知ることができる。当時、折口と同居していた鈴木金太郎と藤井春洋にも、辰馬のことは語り聞かしてあった。また、春洋が出征した後の家に同居した加藤守雄にも、『死者の書』を書く動機になった人として、辰馬の話をしている。私もまた古いアルバムの写真まで見せてもらって、「あかしやの花ふりたまる庭に居りて、人をあはれと言ひそめにけむ」という天王寺中学の頃のひそかな思いを聞いたし、最後の年の夏に箱根の山荘で「遠東死者之書」と題する二十五首の連作を紙に書き連ね、さらに亡くなる八日前の夕方、うつらうつらしていたのにふっと顔をあげて、「『死者の書』を書く動機になった人が、いま夢の中に出てきた。あの人については、まだ書かなければならぬ因縁があるのだろう」と私に告げている。

昭和四年、四十代に入ったばかりで世を去った辰馬桂二は、その生前に果してどの程度まで折口の胸の思いを知っていたのだったろうか。中学卒業後、仲の良かった友人の吉村洪一に頼んで辰馬の写真を手に入れようとしている。また最初の著作『口訳万葉集』が出た時は、折から能の上演のために上京してきた辰馬をたずねて一本を贈り、後に辰馬から礼状をもらっている。その程度の友情は交流しあっていたけれど、折口の深い思いのほどは口に出すこともなく秘められていたはずである。夢に現れてきた辰馬は、「私もまた、あなたと同じように思っていました」と告げたことを折口は語っている。それは、かくあれかしと願う胸の内の現れであったと見ることもできよう。しかし、そういう事実のありようはここではさほど問題ではない。何より興味を引くのは、「書いてゐる中に、夢の中の自分の身が、いつか、中将姫の上になつてゐた」という折口の文章であり、日本の『死者の書』を物語ることが、「何とも知れぬかの昔の人の夢を私に見せた古い故人の為の罪障消滅の営みにもあたり、供養にもなる」と考える折口の心の内こそが、私を引きつけてやまない。『死者の書』の中で長い眠りからよみがえるのは、謀反人大津皇子の魂であるが、実はさらに過去の世の幾つもの重層した、天に弓引く天若日子の魂でもある。それはこの物語を構成する重要な要素の一つであるが、その鎮まらぬ魂を鎮める日本固有の長い長い心の伝統と、その久しい民族心理をそれぞれの世々の女の民俗の中で伝承してきた女性の力こそ、折口がより心を添わせ身を添わせて語ろうとした大事な主題であったはずだ。それが単に物語の構成要素というだけにとどまらず、折口の心と身の奥深くに刻印のようにして刻みこまれた、彼自身の意志すらも超えて他界から働きかけてくるような、執ねき力として『死者の書』の成立や物語の内外にからんできているところに、折口の意図の達成を感じることができる。彼の少年時代の文学への導き役をした二歳上の兄の進が『死者の書』を読んで、「この小説には思想が無い」と批評した時の折口の怒りのすさまじさを、その場に居あわせた人から聞いたことがある。その怒りは、専門家でもない身内の者が軽々しい口をきいた、というような単純な怒りではなかったはずだ。「自歌自註」の中で、『海やまのあひだ』の「供養塔」一連について述べた言葉だが、次のように言う。

この供養塔で、も一つ重大な注意は、抽象・概念といふ語を今迄度々繰り返したが、つまりこの一連では、殊に思想的なものをとらへようと努めてゐる跡が見えてゐる。そして、此歌もそれを繰り返して、つひにとらへ得ないで、それを断念するに到つてゐて、さういふ点が私自身としては、意味のある点である。明治・大正或は昭和においてすらも、日本の文学評論家が繰り返して言つた、思想性の有無といふことに、余り懸念を持ち過ぎたのである。そして、散文学もさうだが、殊に律文においては、その思想性なるものが、人が考へ、我々が考へさせられて来たようなものではなかつたのである。明治以来我々は、我々の先輩から、もの、かげをとらへよ、といふ難題を始終課せられてゐたのである。

短歌と小説の違いはあるにしても、折口が日本の文学における思想を作品の中にどうとらえようとしたかという問題は、「供養塔」においても、『死者の書』においても、共通している。もののかげではない思想をとらえようとして苦しんだ結果に対して、兄の進が依然としてかげにこだわった批評をしたことへの怒りが、噴出したのである。その怒りは、彼の生前ほとんど批評らしい批評が『死者の書』に対して為されなかったことに対しても向けられた。

『死者の書』の中のもっとも重い主題はと言えば、それは南家郎女を主人公とした、古代の女性の宗教的な民俗の旅である。そして「十八 二つの『死者の書』」で述べたように、最初に雑誌に発表した形と、青磁社版以後の単行本の形と、二つの『死者の書』を比較すると、前者の方が郎女を主人公とした女の旅の姿を印象深く感じさせ、後者の方が大津皇子――天若日子のいわゆる鎮まりがたい男の執意と、その執着の長さを語る強烈な印象を与える形を持っていることは言うまでもない。もっとも、三回に分けた雑誌連載の形を見ると、第一回は『死者の書』の見出しの次に穆天子伝を引用し、南家郎女が当麻寺境内に入ったところから書き出し、二回目は見出しを『死者の書』(正篇)として大津皇子の塚穴における復活の場から書き出し、第三回は見出しを『死者の書』(終篇)として郎女の藕糸《はすいと》曼陀羅を織ることを主に書いている。二回目を『死者の書』(正篇)としたのは、いわゆる日本の死者の書として見れば、大津皇子のよみがえりが一番似つかわしいからであったろう。古代の男の深い執意の復活が強烈な印象を与えれば与えるほど、そこに働く女性の力のたおやかで豊かな印象を認めないではいられない。常識的には何となく、古代の女性は旅をしなかったという印象を持ちやすい。記録の表面に現れてくることが少いからである。だが、神が旅をすることはよく知られている。実は神の旅を助けているもの、いや神の旅を成立させているものは女性の旅なのである。

雑誌『群像』に連載されて単行本になった川村二郎氏の『伊勢の闇から』（講談社刊、一九九七年）は、古代における女の旅の多様で遠くかすかな跡をたどりながら、その旅の心の深い血脈をさぐり出すという、緻密な内容を示した本である。この本の「あとがき」の中で、著者の書きたかったものは、女のさすらい、人間のさすらいであることを言い、さらに次のように記している。

日本の物語の場合、人間の代表は女であって男ではない。太陽神が女として表象されることが、そもそも特徴的だといえる。その素性が本来は男神に奉仕する巫女だったとしても、巫女を至高神の代表とし、さらには至高神そのものと仰ぐに到るのは、原初の想像力の特異な偏向である。

そしてその巫女＝女神の原型は、さまざまなヴァリエーションを通じて、さすらいの相を開示する。巡行か、遍歴か、漂泊か、場合に応じてさすらいの相はニュアンスを異にするといえ、その相が受難の色調を濃く帯びている点ではおおよそ共通している。

川村氏は『死者の書』の小説としての高い評価を、早く世に示した人である。あれほど期待し、正しい評価の出ないことを憤りさえした折口の死後の魂が、ようやく鎮まりを得るであろうと思われるような確かな批評をもって、この評価の難解な小説を、西洋にも類《たぐい》稀な、日本においては「明治以後の日本の近代小説の、最高の成果」として位置づけた人である。今回の川村氏の著作の『伊勢の闇から』の中にも、『死者の書』の持つ深い闇の色が、多様な反照を受けながら追求されつづけている。大和宮廷の主《あるじ》としての崇神天皇すら殿を同じくし床を同じくして祭るに耐えられなくなった天照大神の霊威を、女の身に負い持って遍歴した内親王の豊鍬入姫命も、そのあとを受け継いだ倭姫命も、さらに後の世々の斎宮の姫君も、やがて伊勢へ招かれて外宮の神となる丹後の国比治山の泉に下った天女の受難と放浪も、神の妻としての古代女性の苦しく聖なる旅をしたのであった。

『死者の書』では大津皇子の霊は、日神とも阿弥陀仏ともまがう姿で、女主人公の前に現れたが、また、アメワカヒコとなって彼女の室を訪《おとな》いもした。小説ではあるが、類化性能に富んだ作者の直観が、そうした玄妙な複合を幻視せしめただろう。この二上山の側から逆に照らせば、伊勢から大和に帰り、「何しか来けむ　君もあらなくに」と嘆く皇女は、その哭く声が「風の与響《むた》きて天に到りき」といわれるシタテルヒメと、一つの姿に重なるのである。

彼岸中日の太陽の運行に従って、そのかげを追いしたって日迎え・日送りをする、日の伴《とも》とも言うべき女性達の向日性を持った習俗と表裏一体の形で、陰影と闇をはらんだ女の忍従の旅の心意が幾層にもかさなりあって伝承せられてくる。そして折口は、少年の日から心に刻みつけた一人の同性への思慕の執着の深まりの中で、わが身が女性として、すでに故人となった相手の男性から同じ思慕を告げられている夢を見て、その罪障消滅の供養のために、物語を語りつぎ、書きつぎして、死の日にまで到ったのである。

窮極の寂寥感

私は前々から、歌集『海やまのあひだ』の旅の歌の中に頻出する「かそけさ」「ひそけさ」は、ただのさびしさと言ったものと違った内容を持っている、それは折口の孤独な旅の魂が、旅中の風物や人々の生活と触れあって深まった結果生じてくる、極度に鎮静したもう一つ段階を異にした境地とも言うべきものだと考えてきた。たとえば次の「供養塔」の一連などがそのよい例だと思う。

人も　馬も　道ゆきつかれ死にゝけり。旅寝かさなるほどの　かそけさ

道に死ぬる馬は、仏となりにけり。行きとゞまらむ旅ならなくに
邑山《ムラヤマ》の松の木《コ》むらに、日はあたり ひそけきかもよ。旅びとの墓
ひそかなる心をもりて をはりけむ。命のきはに、言ふこともなく
ゆきつきて 道にたふる、生き物のかそけき墓は、草つゝみたり

そうは言うものの、「かそけさ」「ひそけさ」についての、もう一つ踏みこんだ解き方がどうも確かに心に生じてこないで、折につけて思い返してはじれったい思いを持ったまま、過ぎてきた。山折哲雄氏の『物語の始原へ――折口信夫の方法』(小学館刊、一九九七年)という本を読んで、幾つかの啓示を受けた中でも最も大きなものが、折口の極限の「寂寥」とでも言うべき点について解明してある点であった。

折口が大正十五年に「歌の円寂する時」という短歌滅亡論を書いたことはよく知られている。またその論の内容が、今日そのまま短歌状況、歌壇のあり方の上に生きていて、七十年を経た今はさらに速度を加えながら、短歌は滅びへの道をたどっていることも認めざるを得ない事実である。そして折口は、その翌年の昭和二年に「歌の円寂する時 続篇」を書く。これは北原白秋の要請に応じて、白秋に語りかけるようなつもりで書かれたもので、自分が尾上柴舟以来説かれてきた短歌滅亡の論旨をとらざるを得ないことを、歌壇の実状とからめて述べるうちに、にわかに「寂寥」についての論に入ってゆく。山折氏は

「それはこれまでの詩人や散文家がほとんどふれえなかったような、鋭い指摘ではなかったかと思う」と評している。その折口の文章は次の一節である。

「アララギ」に対して次第に、色調《いろめ》のわかれを際立たせて来た、白秋兄は、朗らかに寂寥な、歌壇（歌境とでもある方がよくわかる）を見出した。わが古代人の感情至上生活に愈近づいて、倭建や大泊瀬天皇（雄略天皇）の美的生活を復興してくれるのかと、心窃かに待ち焦れた。けれども白秋さんの孤独は、其感謝の一念の為に力を弱められて行つた。孤独観の近代味は、――古代人にはない――感謝精神であつた。彼等の生活には、感謝すべき神がなかつた。孤独に徹しても光明の赫奕地に出た事はない。東洋精神の基礎となつたと信ぜられる仏教の概念が、修道生活によつて、内化せられて、孤独と感謝、寂寥と光明、悲痛と大歓喜とを一続きの心境とした。芭蕉は、この昔から具体化の待たれた新論理の、極めて遅れて出た完成であつた。だが、実は此は、祖先以来暗示となつてゐた生命律の、真に具体化せられたものではなかつた。異種同貌の近似から、誣ひて異訳せられたものに過ぎなかつたのだ。「憂き我を、寂しがらせよ。閑古鳥」。寂寥に住して、孤独の充実感に慰めを得てゐる。寂寥に徹する事が、光明を恣にする所以だと言ふことを意識し過ぎて居る。孤独を呪うたものは、外にも見当らない。他力生活を知らなかつた古代人には、孤独は孤独であり、感謝は感謝であつた。「無即大」「空即色」など言ふ哲学はなかつた。弘誓の悲願の予期出来る信仰を知らなかつた祖先の生活にとつては、寂寥と光明とは没交渉の対立であつた。悲痛から大歓喜地を頓悟する様な心境は、夢にも知らず、現実に執して居た。

これはまさに、白秋や芭蕉の文学について言った言葉ではなく、山折氏の言う通り、「ただ古代日本人における「寂寥」の深さが、その絶望的なまでに救いのない淋しさが、いささか誇張され昂揚した文脈のなかで語られている」のである。大正の初期に茂吉や白秋が作って一時の流行にもなった、金色燦爛たる宗教歌の影響を受けて、自身でも、

たなぞこに　燦然としてうづたかき。これ　わが金と　あからめもせず
目ふたげば、くわう〳〵として照り来る。紫摩黄金の金貨の光り

というような作品を試みるけれども、その後は急速に孤独と寂寥の旅の中で深まってゆく心の集中を歌いつづけて、大正の末頃にはまったく独自の歌境を持つに至っていた。大正六年の薩摩・大隅・日向の旅や、大正九年の駿河・遠江・信州・三河の山間部の旅は、ただ民間伝承を採訪して歩くだけが目的の旅ではなくて、自分の心の内に古代の旅を追体験し、古代人の窮極の寂寥感を心と言葉によって確かなものにしてゆく時であった。

もの言ひて　さびしさ残れり。大野らに、行きあひし人　遥《ハル》けくなりたり
はろ〴〵に　埃をあぐる昼の道。ひとり目つぶる。草むらに向きて
夏やまの朝のいきれに、たど〴〵し。人の命を愛《ヲ》しまずあらめや
遂げがたく　心は思《モ》へど、夏山のいきれの道に、歎息《ナゲキ》しまさる

大正六年のこうした旅の歌から、それまでの古今のどの歌人にもない、息づまるような内にこもる求心的な歌が生まれてくる。殊に四首目の歌などは、余人の共感などにおかまいなく自己の胸奥そのものを吐露して、そのことがまた内なる孤独感を深めている。ここに言う「遂げがたき心」は、折口の歌に時々あらわれる独特の孤独感で、それがまたさらにすべもない長い長い吐息を息づかせている。

そういう思いがやや違った形で出ているのが、大正九年の旅中の作の「夜」である。はじめ「ながき夜の　ねむりの後も、なほ夜なる　月おし照れり。河原菅原」といった、幽暗で民謡風なしらべで歌い出した一連。下伊那の奥の家三軒の一字《あざ》に住んで、いつしか心の狂い出した翁が、いつも河原に出て石を拾って来ては、その形に聖衆来迎のおもかげを見出して拝んでいることを連作として歌っているうちに、突如として古代叙事詩の語り手が神がかりして一人称発想で歌い出す時のような息ざしに変って、

水底に、うつそみの面わ　沈透《シヅ》き見ゆ。来む世も、我の　寂しくあらむ

という、今生はもとより来世までも見通して自分の身の寂寥相を見つめている歌が生まれてくる。

折口信夫は文学の発生の根元は、寂寥のなかにこそあったといっている。そしてその寂寥と孤独を、かれは呪うべきものとさえいっている。感謝も歓喜も、そして光明もない、呪うべき寂寥のなかにこそ詩精神は青白く燃えあがり、その持続的な火をともしつづけるのだといっているのである。とするならば、仏教はそのような文学のエネルギーをその根元において吹き消す役割をはたしたことになるであろう。寂寥の深淵を感謝や歓喜の表層的な水面へと浮上させてしまったのが仏教なのであった。

山折氏のこの洞察は、まさに折口の心の秘奥をえぐり出している。そして氏は、折口のこの発言に半《なか》ば反撥し、半ば共感するという。反撥の理由は当然「仏教がわが国に導入されたが故に、古代の日本人はその呪うべき寂寥の地獄から救い出されることができたのではないか、という想いが胸の底をつきあげてくる」からである。しかし、そのすぐあとに

次の言葉がつづいている。

私はこの折口の真心の吐露に半ば共感する気持を同時に棄てさることができない。というのもそのような思索のなかにこそ、「古代」の世界にたいする折口の勁い学問的意志が率直に語られているからであり、文学の「発生」ということについての揺がぬ確信がひそんでいると考えられるからである。かれは文学の発生源を明らかにするために、ただ古代の日本人における寂寥という一点のみを凝視した。

まさしくこの言葉は、折口の発生論全体にわたって言うことができる。万葉集の中に「旅の夜の鎮魂歌」の系譜を見いだし、人麻呂より黒人の寂寥を重んじたのもまた、その意志の表れであった。さらに言えば、私は『死者の書』の主題は大津皇子の側の宿執の流れよりも向日性のある女の習俗と、郎女の博い宗教的な悟性や叡智の流れの方により心を引かれて見てきた。だが、その感じ方は少し変ってきつつある。折口がこの物語に托した構想は、決してそう単純ではないのだという思いがしきりである。

前から気にかかっていた、『死者の書』の終末のあたりにただよう何とも言いようのない深い寂寥感は、やはりこのことに基づいていたのかと思う。「あゝ、何時になつたら、したてた衣《コロモ》を、お肌へふくよかにお貸し申すことが出来よう」次第に寒さのつのってくるのを感じながら、藕糸《はすいと》の布を織りあげようと努める姫の周辺は、落莫としている。織っても織っても、布はかさを増してはゆかず、わずかに手を助けようとする当麻の語りの姥すら世にいれられぬ時代の中で、あやしい化尼の姿となって姫の身近にしのんでくる。

　郎女様は、月ごろかゝつて、唯の壁代をお織りなされた。

　あつたら　惜しやの。

いゝはりが抜けたやうに、若人《ワカウド》たちが声を落して言うて居る時、姫は悲しみながら、次の営みを考へて居た。

「これでは、あまり寒々としてゐる。殯《モガリ》の庭の棺《ヒツギ》にかけるひしきもの――喪氈――、とやら言ふものと、見た目にかはりはあるまい。」

姫は奈良の屋敷からとり寄せた大唐の彩色《えのぐ》で布を色どり、華麗なさまを描き出すが、その心は決して浮き立ってはいなかった。

郎女《イラツメ》が、筆をおいて、にこやかな笑《エマ》ひを、円《マロ》く跪坐《ツイヰ》る此人々の背におとしながら、のどかに併し、音もなく、山田の廬堂を立ち去つた刹那、心づく者は一人もなかつたのである。まして、戸口に消える際《キハ》に、ふりかへつた姫の輝くやうな頬のうへに、細く伝ふもの、あつたのを知る者の、ある訣はなかつた。

姫の俤びとに貸す為の衣に描いた絵様《ヱヤウ》は、そのまゝ、曼陀羅の相《スガタ》を具へて居たにしても、姫はその中に、唯一人の色身《シキシン》の幻を描いたに過ぎなかつた。

郎女の心は、折口の心に宿る古代のひそけさ、かそけさに徹したまま、ついに華やぎも、歓喜も持つことはなかった。日本人の窮極の寂寥を保ったまま、物語は終るのである。

数年前、私はNHKの「国宝への旅」の企画で解説を引きうけて、当麻寺の国宝藕糸曼陀羅と二日間にわたって、近々と接する幸いを得た。寺の広間に白い布につつまれた四角で長い箱が運ばれてきて、供養ののち、古美術研究の専門家達の手で、どっしりと厚く広い巻物の布はゆっくりと広げられていった。後世の模写でその図柄は私の眼の中に刻まれていたが、実際に眼前に展開してゆくのは、ただ朦朧としてけばだった黒褐色の布であった。不意に、何とも言えぬ敬虔な悲哀の心が胸につきあげてきた。このままうっかり言葉を言えば、それは意味をなさぬ嗚咽に変りそうだった。私は東京からたずさえていった羽織、袴を身につけ、膝を正してじっと座っていた。そのうち煌々とライトがかがやき、高性能のテレビカメラが布の上にゆっくりと接近すると、今まで肉眼では見えなかった十数世紀前の彩色の残りの色が、時間のへだたりの重さをゆっくりととりもどすように、少しずつかすかに浮かびあがってきた。それはまさしく、千古を貫く、たとえようもなく深い寂寥相というべき、おぼろの面かげであった。

水底に、うつそみの面わ　沈透《シヅ》き見ゆ。来む世も、我の　寂しくあらむ

言葉を忘れ果てたもののように心うつけて、私はただ合掌していたのであった。

二十　敗戦の後の思想(一)

八月十五日前後

昭和二十年、日本がその民族の記憶にいまだ持ったことのない大きな敗北を体験した時、折口は五十九歳だった。わずか半世紀前だが、日本人の年齢感覚は現在とは大きく違っている。人生の晩年に近い時に到って、あの敗北を体験し耐え忍ばなければならなかった人々の心を、つくづくと思いみる年齢にようやく私もたち到ったという気がする。

柳田国男は折口より十二歳上だから、七十代に入っていた。似た年齢の人々の敗戦の受けとめ方を考えてみると、たとえば高村光太郎や斎藤茂吉の戦後の苦悩と悲哀の姿と、柳田・折口の敗戦直後の立ち直りの様子とでは、だいぶん違ったものが感じられる。それはどちらがより真率でより誠実だったか、というような比較をしているのではない。現実の違いを言えば、柳田や折口は敗北の苦しみや失意から立ち直って新しい学問の方向と新生の価値観を見出し、混迷の世に示そうとする意欲や活動がより活発であったと言えよう。それは個性的な違いに由来するというより、より多く柳田や折口が築き上げ目ざしていた、日本民俗学という学問への情熱に支えられた力によるものだったはずだと私は思う。この類稀なすぐれた師弟は、その学問の内に微妙でするどい相違を保ちながら、目ざすべき遠大な学の行きつくべき焦点はぴたりとかさなりあうものを持っていた。そして敗戦のかなり以前から、国のなりゆく悲運の前途を見さだめ、敗戦を予感していた。だから、柳田の日記を見ても、折口の短歌や言動を見ても、敗戦の受けとめ方の底に悲痛だけれども冷静なものがある。さらに、目ざすべき先を考えようとする意志が早く働いている。

日記を書かない折口だから、敗戦直後の行動を詳しく知ることはできないが、多少のより所は残っている。没年になって思いつくままに記した、「八月十五日」という未完の詩がある。

八月十五日

につぽんのくに　たゝかひまけて
ほろびむとす
すめらみこと、そらにむかひて、のりたまふことのかなしさ。
やまに入りて、おのづからいたる果ての
日を見むとせしは、われのみなりや。
八月十五日　朝早く出で丶、ゐしやのいへに
ゆく。いのちある間のしばしを、痔の
ためにくるしむことなからむとするなり。
いつかまた、あひみむ日をしらねば、ねんごろ
にわかれのことば　つげて出づ。
やがて、国学院にゆく。
このま丶、学校の門をも見ずて、しぬる
日の来むことあるべきをおもひて、
心ばかりのなごり　をしまむとて
なり

敗戦から八年経た、折口にとって最後の年の夏、箱根仙石原の山荘で、ありあわせの和紙に即興の散らし書きのようにして書き残した作品である。その山荘は敗戦の後すぐさま引きこもって、四十日間思いをこらした場所で、折口にとっては心の憩いの場であり、魂

の復活と浄化をはかる所でもあった。

その頃、折口の身辺に居た者はほとんど戦場におもむき、戸板康二だけが東京に残っていて折につけて品川区大井出石町の家をたずね、師の消息を『折口信夫坐談』に残している。

○八月十五日の朝、自転車で、先生の家にあがった。朝からむし暑い日だった。先生は旅行から帰って、脱肛で苦しそうだった。二階で床につかれていたが、枕もとに「国華」の（前年）十一月号、柳田先生の『昔話覚書』『壱岐島民俗誌』高谷伸の『明治演劇史伝』などがある。「国華」を見ていると、先生は起きあがってすわりなおし、「戸板君、くやしいことになりそうだね」といわれた。

戸板は演劇評論家だから、常々舞台を見ながら要点を手さぐりで丹念にメモしてゆく習慣が身についている。折口と話していても、対坐して眼は折口の表情を見ながら、膝の上でしきりに話の要点を記録していて、それが後に『折口信夫坐談』にまとまったのである。この書物のおかげで、身近に人の居なかった大切な時期の折口の動静や、折につけての考えを知る貴重な資料が残されることになった。敗戦を前もって知っている折口の話がひきつづいて記されている。

＊放送に出ていただいたりして、また天子さまを利用しようというのだね。重臣だの、軍人だの、はりつけにしてやりたい。
＊天子さまに放送していただくことで、反乱をおさえようというのだろう。でも、暴動は起るかもしれない。
＊なんといっても、金がないのと、学問がたりないので、こんなことになったのだね。
＊なま半可な専門家みたいなやつが、威張《えば》ってね。この間の人のようなのが参謀本部で威張っていて、こんなことにしたのだね。実際、戦っている軍人は、もっと強いのだろうがね。
＊仕事をする気もしない。張合いがなくなった。これからはかえって、心を養うことが大切だろう。それでしばらく、山小屋（箱根の叢隠居）へ行って来ようと思う。
＊占領軍が来ても、学問についてまで干渉もしないと思う。
＊沖縄が帰ってくれれば別だが、そうでなければと思って、沖縄の史料を集めることにした。きょう日比谷図書館の中田さんが、その用で来ることになっている。
〇ちょうど、この話の最中、隣家のラジオが聞え、「今日正午にありがたい放送がある」と予告しているのが聞えた。先生は暗い顔をされて、「まだあんなことをいって、しらばくれているのだからね」といわれた。

折口は前もって、いわゆる玉音放送のあることや、その内容などを知っていて、会話の中でも将来に備えての考えをのべている。『折口信夫坐談』には、この前に七月二十六日の記事がある。それを見ると、敗戦よりも二十日前に、すでに戦況やそれに対する折口の考えがかなり徹底したものになっていることがわかる。その日は情報局が学者、ジャーナリスト、芸能人などを集めて、近く米軍が日本本土上陸作戦を行なった時に備え、いよいよ敵愾心を昂揚させるために開いた会合であった。三月以来の東京空襲はますます激しく、四月一日には沖縄に米軍が上陸し、六月二十三日には沖縄守備隊は全滅、戦死九万人、一般国民の死者十万人の犠牲を生じていたが、真相は国民に伝えられていなかった。しかも七月十日には最高戦争指導会議は、ひそかにソ連に終戦斡旋依頼のため近衛文麿の派遣を決定し、十三日にはソ連に申し入れ、十八日にソ連から拒否されている。そんなことはまったく知らぬ顔で、国民に敵愾心昂揚を強制する情報局の催しであった。たまたま戸板は『日本演劇』の編集長として出席して、折口が海軍報道部の栗原少将に言葉するどく迫るのを眼前にしたのである（同席していた高見順も『昭和文学盛衰史』に記している）。戸板は次のように書いている。

……先生が立ちあがって海軍報道部の少将に質問されたことばは、出席している人たちが顔を見合せるような、はげしいものであった。

「私のような何も分らぬものですが、栗原さんと年輩が同じだけに、おっしゃることの手の内が見えるような気がいたします。私ども、伊勢の外宮が炎上し、熱田神宮が焼け、また明治神宮が焼けたのを知って、ほんとうに心を痛めています。また大宮御所が戦火を受け、御所にまで爆弾が落ちた。これはシンボリックな意味で、国体が破壊されたのと同じだと思います。そういうことを思いをひそめて考えた場合、啓蒙宣伝ということが、ことばの上だけのものではいけないという気がいたします。そうでないと、本土決戦ということばも、逆効果ではないか。

宸襟ヲイカニセムといいながら、宸襟を逆にないがしろにするようなことではいけません。無神経にことばを使うのはいけないと思います。ことばに責任をもっていただきたい。」

五十年経た現在では、折口の発言の主旨や、軍人の前でこれだけのことを言うための勇気のほどが察しられないかも知れない。当時の軍人や役人たちが、もう足もとから火群《ほむら》が燃えあがって身を焦がし始めているにもかかわらず、国民に対して告げるべき真実の言葉を告げていない。さらに国民に対しては「宸襟を安んじ奉れ」と天皇のお心への随順を強要しながら、軍人どもが天皇の平和への意志を無視したり、真相を知らさなかったりしていることも、折口はかなりつまびらかに知っていて、そのことを責めているのである。当然のことだが、当時これだけのことを報道少将に面と向ってきっぱりと言えるだけの勇気と、状況判断を持っている民間人はほとんど無かった。さらに折口の追及は、彼が知りつくしている沖縄の住民に対する、軍のむごい扱いと、それに関して知らされることのない不条理に対して、憤りのこもったするどい発言をつのらせてゆく。

「また愚昧なわれわれなぞ、本土決戦ということを、夜なぞ警報が出て眠られぬままに考えて不安です。沖縄本島は私、隅から隅まで歩いて知っています。あの土地には友人も、私の教え子も、おおぜいいました。そういう者たちが、弁当持ちや郵便くばりをして死んだのかと思うと残念です。そんなこと、考えたくありません。今のままでは、私などとりこ（捕虜）になってしまうかもしれません。本土決戦というからは、どうせ戦うなら一人でも敵を殺して死にたい。私は職業からいっても、学問の上からも、伝統の上からも、沖縄のことを知っているだけにそう思う」

沖縄における軍人の死者九万人、一般国民の死者十万人という数だけを見ても、まさに本土決戦、さらに焼土決戦であったと察しられる。それにもかかわらず、「弁当持ちや郵便くばりをして死んだ」と折口が指摘しているように、沖縄島民に対する軍の不当な扱いのあったことを知って切りこんでいる。そしてこのままのあり方で本土決戦になったら、自分などはその軍の尊大で不当な扱いを憤って、自分から捕虜になってしまうかもしれないとまで言い切っている。国民が皆、誇りを持って戦って死ねるようにしろと言うのである。この言葉は民俗学者としての沖縄への哀惜の思いから発したものであると共に、最後の国学者としての気概と憤りとがこめられている。言うべきことを言って折口が腰かけると、『評論』の編集者が軍人の側に立って、非難する発言をした。折口の言葉は国民の士気を失わせる性質のものだというのである。すると折口は大声で、「自分を正しくするために、人を陥《おとしい》れるようなものいいは、いけません」といったと、戸板は書いている。平俗に言えば、「ひとりいい子になって、他人を傷つける発言は、やめなさい」ということだ。人と争う時の即座の言葉の生きて鋭い人だった。会が終って戸板と一緒に帰る途中の言葉が記されている。

＊軍人も、ずいぶん正直になってはいるね、戦局がこうなったから。しかし、正直の中で嘘をついているようなところが、まだあると思う。

＊宸襟ヲ安ンジルというようなことを、無責任にことばの上だけでいっている。あんな軍人ばかりだったら、革命が起ります。革命をおさめるときに、天子さまを立てるだろうがね。

＊今日の軍人なんか、じつは、よくわかってはいる。聡明で、書物も読むし、つまり臆病な餓鬼大将のようなものでしょう。生活が弱い。そして戦争なんかできず、幕の中からのぞいているような軍人なんだ。ああいう人は、どこへ行っても、自分のいうことが通るからいけない。誰かが、ときどき、やっつけてやらないといけない。

こうした気概と見識を持った日本人がもっと多かったら、軍人が専横をあれほどほしいままにし、あれほど国民を悲惨に至らしめることも防げたかもしれない。だが、すべては甲斐のないことだった。

八月もなかばを過ぎた箱根仙石原の萱原は、蕭条とした秋の気配が一日一日深まってゆく。草の葉を削ぐようなするどく乾いた風音を聞きながら、食べる物の極度に乏しい一軒家の孤独に耐えて過した四十日間。一体どんなふうに心を立て直していったのか、残っているのは短歌と、『折口信夫坐談』に記された断片的な言葉だけである。箱根の山荘にはかねてから三百冊ほどの本が置いてあって、日本名著全集も全巻揃っていた。その中から、滑稽本の『八笑人』『七偏人』『膝栗毛』、そして『八犬伝』までも読み通した。九月二十六日、四十日間の山籠りを終って帰ったばかりの折口は、訪ねて来た戸板に、こんなふうに話している。

＊戦争が終ったあと、精神的にもまいってしまっていた。それで、箱根に行っても読むものがないし、空虚な頭で「八笑人」「七偏人」「膝栗毛」を全部、それから「八犬伝」を九篇から終りまで全部読んだのは、愉快だった。他のものだと、反省してくるので気が重いが、今いったようなものだと、何も考えずに読めるからいい。

＊「八犬伝」を全部読むなんてことはないが、今度読んでいると、馬琴という人はつくづく文章がまずいと思った。また当人は得意だが、学問は浅いね。ふつうの人は「芳流閣」くらいまでしか読まないが、それでいいのだね。あれで昔は、次のを待ちかねて読んだ人もあったのだが。

＊「膝栗毛」にしても、一九が引きのばし引きのばして書いているところがわかる。

こういう折口のとりとめのない呑気な読書は、まさに気散じのためで、読書そのことが目的ではない。私の一緒に居た頃は、戦後どっと翻訳して出版されるようになった推理小説をもっぱら読んだ。箱根へ来ると二、三日は、湯に入ってはごろりと横たわって小説を読むことをくり返しながら、やがて心を集中させて真剣な執筆や思索に入ってゆく。読書はちょうど準備のためのトレーニングのようなものである。ただ、敗戦のあとの心を鎮めるためには、長いトレーニングが必要だったはずだ。辛く身を責める悔いと、自分の学問を新しい未来に向って立て直す苦悩を感じながら、蕭々と鳴る初秋の萱原のなびきを見おろして過した孤独な四十日、それは贖罪と新生の期間であり、また死と復活のための喪にこもっている時間であったと言えよう。

死と復活

八月十五日の後、直に山に入り、四旬下らず。心の向ふ所を定めむとなり

ひのもとの大倭《ヤマト》の民も、孤独にて老い漂零《サスラ》へむ時　いたるらし
野も　山も　秋さび果て、草高し―。人の出で入る声も　聞えず
おしなべて煙る野山か―。照る日すら　夢と思ほゆ。国やぶれつゝ
しづかなる山野《ヤマノ》に入りて　思ふべく　あまりにくるし―。国はやぶれぬ
道とほく行き細りつゝ　音もなし―。日の照る山に　時専《モハ》ら過ぐ

短歌には、短歌特有の声調がある。さらに迢空には人麻呂のように声高に歌いあげるしらべとは違って、高市黒人のように内に向って深く沈潜し収斂してゆく心としらべがあって、こういう内容の歌では一層に哀切の思いが切実にひびき、叙景的な野山のありようのすべては、痛ましい心の疼きの内側へ集約してゆく。それは読者の心をも、我か人か区別

もつかない痛みの思いに引き入れてゆく力となって働きかけてくる。長い歳月かけて伝えられ、磨きあげられた短歌の表現には、そういう我とも人ともつかぬ境へ人を引きよせる力がある。同時に、それだから長い経過をふくんだ心の変化のディテールなどは、くみとることがむつかしい。そこが短歌の特色でもあり、また弱点でもある。完結した一つの表現体として、そのまま胸に流れ入るように素直に受け容れるよりほかはない。折口が晩年にくり返し説いた、歌の無内容という問題と深くかかわりあっている。具体的に何を言っているわけでもない。手の内ににぎりしめた雪がしっとりと溶けていってしまうように、心に溶解してしまう。だがそれは何も無いのとは違っている。国敗れた世の民のかなしみを、こんなふうに歌って示されると、心の粛然となる奥深い悲しみが、透きとおった結晶体のように心に注ぎこまれてくる。

だが、折口の戦後の思想をつぶさに考えようとする時、この整った短歌叙情の作品だけですんだとするわけにはいかない。真淵に訴える宣長の言葉ではないが、そのことを心ゆくまで考えつくさないでは、「わが胸の蓮《はちす》が開かない」思いが身を責めるのである。昭和二十一、二年の頃、軍隊から解放され、遠征していた外地から帰還して来て、大学の教室にもどってきた我々は、不信と怒りと依るべき何も持たない心をむき出しにして、潮風に赤肌をさらすような思いで生きていた。同じ戦争の体験を経ていても、十年、十五年年上の、大正から昭和一桁期のよき時代の教養を身につけた人々には、敗戦後みずみずしい言葉による表現の道が開けていた。小説、評論、詩そして短歌においても、眼を見はるほど鮮烈な作品が次々に生み出されていった。だが、戦中派の真っただ中に生まれ育って自身の心と言葉を持つことを許されなかった我々には、三島由紀夫のような特別の人を除いて、いきなり戦が終って目かくしをはずされても、表現すべき言葉を持たなかった。心の知覚を失ったように苦しみあがいていた昭和二十一・二十二・二十三年の時期に、折口が『人間』『群像』『三田文学』『八雲』『展望』などの雑誌に次々に発表していった詩篇が、私に与えた大きな感動を忘れない。

贖罪

序歌

すさのを我　こゝに生れて
はじめて　人とうまれて―
ひとり子と　生《オ》ひ成《ナ》りにけり。
　ちゝのみの　父のひとり子―
ひとりのみあるが、すべなさ

天地は　いまだ物なし――
山川も　たゞに黙《モダ》して
草も木も　鳥けだものも
生ひ出でぬはじめの時に、
人とあることの　苦しさ――。

すさのをに　父はいませど、
母なしにあるが　すべなき――。
母なしに　我《ワ》を産《ナ》し出でし
わが父ぞ、慨《ウレタ》かりける。
いと憎き　父の老男《ヒコヂ》よ。

母産《ナ》さば、斯く産すべしや――
胎《ハラ》なしに　生き出でし我
胞《エ》なしに　やどりし我
天地《アメツチ》の私生《ワタクシバラ》と

胎《ハラ》裂かで　現《ア》れ出でしはや――。
父の子の　片生《カタナ》り　我は、
不具《カタハ》なる命を享《ウ》けて、
我《ワ》が見る　世のこと〴〵
天の下　四方《ヨモ》の物ども
まがりつゝ　傾き立てり。

己が出生を呪詛する声の延々として繰り返されるこの長詩は、最後まで転換がない。呪いの言葉で一貫して終っている。しかし題が「贖罪」であり、小見出しに「序歌」とあるのを見ると、これは「すさのを神話」を主題にした長詩の発端であって、長い叙事詩の形での神話を再生する企図を持っていたと思われる。後に単行本『近代悲傷集』にまとめられた形では、この「贖罪」につづいて、「すさのを」「天つ恋――すさのを断章」など、すさのをを主題にした詩がほとんど同じ時期にあい次いで構想に上ってきたことが示されている。もちろん記・紀の神話がヒントになっているのだけれど、折口の作品のすさのをは神話に伝える神よりもさらにこまやかな心を持っていて、怒りと悲しみを訴え呪詛の声を叫びながら、その心は人恋しさのぬれぬれとした傷みに満ちている。

もともとスサノヲの神は記・紀の伝えの上に見ても、諸本の伝え方に複雑な違いを見せている。日本書紀の本文では古事記と違って、イザナギ・イザナミの二神が諸神を生んだのちに、天下の主となる神を生もうとして日の神を生み、次に月の神を生み、蛭児《ひるこ》を生み、次にスサノヲを生んだ。

此の神、勇悍にして安忍なること有り。且常に哭きいさつるを以て行とす。故《かれ》、国内の人民、多《さは》に以て夭折せしむ。また、青山を枯《からやま》に変《な》す。故、其の父母の二神、素戔嗚尊に勅したまはく、「汝《いまし》、甚だ無道にして、以て宇宙《あめのした》に君臨すべからず。まことに当《まさ》に遠く根国《ねのこく》にいね」とのたまひて、遂に逐《やら》ひき。

つまり、猛《たけ》だけしくて残忍な性格を持ち、常に哭きわめいてばかり居た。そのために、国内の人民は多く夭死させられた。また青山は枯山に変ってしまった。そこで父母の二神から此の世を追放され、根国に追いはらわれてしまった、と伝えている。古事記の伝えるように、母のイザナミが火の神カグツチを生んで世を去ったのち、黄泉国を訪ねたイザナギが禊《みそぎ》をして、左の目を洗う時にアマテラス、右の目を洗う時にツクヨミ、鼻を洗う時にスサノヲが成りいでたというのとは、出生の仕方が違っている。「贖罪」のスサノヲは、古事記の伝えに主としてよって歌われている。

ところがまた、スサノヲの高天原訪問を伝える段の第三の一書には、次のようなスサノヲの行動を記している。

一書に曰く。この後に日神の田、三処あり。号《なづ》けて天安田《あめのやすだ》・天平《あめのひら》田・天邑并《あめのむらあはせ》田といふ。これ皆良き田なり。霖旱《ながめひでり》にあふと雖も、損傷《やぶ》らるることなし。其の素戔鳴尊の田、亦三処あり。号けて天樴《あめのくひ》田・天川依《かはより》田・天口鋭《くちと》田といふ。これ皆磽地《やせどころ》なり。雨ふれば流れ、旱《ひで》れば焦《や》けぬ。故、素戔鳴尊、妬《ねた》みて姉の田を害《やぶ》る。春は廃渠槽《ひはがち》、及び埋溝《みぞうめ》、毀畔《あはなち》、また重播種子《しきまき》す。秋はくしさし、馬伏せ、すべてこの悪しきわざ、曾《かつ》てやむ時無し。

これは古事記の伝えよりも具体的に、所有する田の優劣が姉のアマテラスより悪い条件にあるために、ねたみ恨んで悪しきわざをふるまうことになったと、いちじるしく人間性を持った神の形でスサノヲを伝えている。そしてこういう、田にからまる妬心によって悪しきわざを荒々しくふるまうスサノヲこそ、後々の世の村の田の耕作に一家の家族の生命をかけて生きる農民の心に、切実なかかわりを持つ神として伝えられてゆくより所となるのである。

国が、民族が戦に敗れたのち、折口がもっとも一途な情熱を注いで考え求めたのは、日本人の神を意識し直すことであった。彼は日本の敗戦を、日本の神が彼等の神に敗れたのだ、われわれの信仰が、彼らの信仰に敗れたのだ、と意識した。『近代悲傷集』所収の詩「神 やぶれたまふ」も、その主題を歌っている。

神 やぶれたまふ

神こゝに 敗れたまひぬ―。
すさのをも おほくにぬしも
青垣の内《ウチ》つ御庭《ミニハ》の
宮出でゝ さすらひたまふ―。

くそ 嘔吐《タグリ》 ゆまり流れて
蛆 蠅《ハヘ》の、集《タカ》り 群起《ムラダ》つ
直土《ヒタツチ》に―人は臥《コ》い伏《フ》し
青人草《アヲヒトグサ》 すべて色なし―。

国土は焼けただれ、汚物にまみれて土の上に臥しまろぶ漂泊の民の姿に、日本の神々の漂泊と零落をまざまざと見ている。その連想をもっとも強く刺激してくるものとして、幾度かおとずれて日本の古代生活のより所がここにあったと感動した沖縄の村々のほろびがあった。それは現実の人々の死であると共に神々の死であった。辛うじて生き残った人々の漂泊であると共に、古代の神々の上に新たに始まった漂泊であった。

折口は今までにない痛切な心で、日本人の神の死と、現代におけるその復活を考えないではいられなかった。

国びとの思ひし神は、大空を行く飛行機と　おほく違はず
信薄き人に向ひて　恥ぢずゐむ。敗れても　神はなほ　まつるべき

信薄き人に対して、己が心をいささかも恥じることはなかったが、同時に従来の日本人のように神風の吹き起るのをただ他力本願に空想しているような心は、焼き払ってしまいたいと願わずには居られなかった。そんな折口の心に、もっとも切実にひびいてくるのがスサノヲであった。父からも母からも追放され、心よせる姉すらも妬心の対象にして荒びわざをとどめることのできなかったスサノヲは、幾度かの死と復活を体験する神である。

折口は敗戦後から死に至るまでの八年間、講義しつづけた「神道概論」の中で、スサノヲやオオクニヌシを核にして、日本人の宗教性を濃密なものにしてゆくための、愛の神の要素や、罪の自覚、罪のつぐないの意識を求め、さらに従来の日本人が持たなかった巨きな

神、多神教的な神に対して一神教的な神を模索し追求しつづけるのだが、その心の発端は彼自身の戦中・戦後の魂の漂泊と復活から出発しているのである。

半世紀の間に、日本の農村は完全に変貌を余儀なくさせられ、柳田が研究の情熱をそそいだ常民の生活は、彼の予想をはるかに超えた迅速さで形を消してしまった。伊勢の農村の信仰を集めていた神社に、代々仕えてきた私の幼い日の記憶にはまだありありと残っているが、農家の主人たちの心には「大祓の祝詞」というものが大きな感化力を持って生きていた。仏教徒が般若心経をとなえるようにして、農生活の暇ひまに神社に詣で、あるいは家の神棚に向って、「大祓の祝詞」をとなえることが多かった。その祝詞の一番中心の部分はあの「天つ罪・国つ罪」の条々をとなえあげ、その一つ一つを己が身にふりかえりみて禊《みそ》ぎ祓うことにある。その時、古代神話のスサノヲと、彼が姉の良田をねたんで犯した、樋放《ひはな》ち、溝埋め、畔放《あはな》ち、重播《しきま》き、串刺し、糞戸《くそへ》、許多《ここだく》の天つ罪は、農民の心に現実のものとしてありありとよみがえり、スサノヲの罪とその浄化、さらに神の死と復活の情念は現実感となって人間の心をゆり動かすのであった。

折口が戦中・戦後にまずスサノヲに自分の心を集中し、日本人の心の復活のめどとしていったのは、そうした永い民族の心意伝承を踏んでいるのである。

二十一　敗戦の後の思想　㈡

半年早い敗戦体験

十五日の御言《おことば》を承つて、何だか心の持つて行きどころもないやうな気がした。其処ではじめて、山の上で暮して見ようと決心して、少し重くなつて居た痔の手あてを急にして貰うて、箱根の吹きさらしの山小屋へ辿りついた。其から四十日、山の乏しい食ひ分につまつて、下山するまで、感情を動すことすらなしに臥て暮した。其間に、努力めいたことをした記憶は唯一つ、——八犬伝の読み残しを読んだことだけである。

これは昭和二十一年三月、雑誌『思索』の創刊号に載せた、「紙魚のすみか」という文章の一部である。短歌の題詞や、没年に思い出して作った詩篇「八月十五日」や、戸板康二の『折口信夫坐談』の中にも同様の言葉が見えるが、こちらはその事実から間もないときに散文で書かれたもので、さりげないもの言いの中に、かえって微妙な心の動きの表れているところがある。たとえば「箱根の吹きさらしの山小屋」というのは、仙石原の叢隠居のことだが、たった一軒ある古風な姥子温泉宿から萱原の斜面を一キロほど下った、眺望のよい丘の一角に建っていて、眼下に富士屋ホテルのゴルフ場が広がり、真正面には箱根外輪山の長尾峠と、その上に富士山がそびえ立ち、浴室の窓からは芦ノ湖、書斎の窓からは台ヶ岳や神山が見わたせた。借家住まいをつづけてきた折口のために、鈴木金太郎と藤井春洋が計画を進めて、昭和十四年の春に竣工した。折口にとって唯一の持家であり、温泉の好きな彼にとってこの上ない心と身の憩いの場であった。図らずもその家が、敗戦後の不幸な心を養う場となったのである。この文章の冒頭の部分には戦争中に疎開せず東京にとどまっていた日の気持を、次のように書いている。

かうもいくぢなくなるものかと思うた。実際友人の多く、殊に文学側の人々は、思ひきりよく疎開して行つて、私の知りあひなどは、ちよつと残つた者が、思ひ浮ばぬほどだつた。其中で、東京を守り遂げようと言ふ腹でもなく、唯身じろぎさへすることのをつくうから、最後まですだばりとほしたと謂ふ訣で、まことに恥かしい事である。ほんたうを言へば、ほんの少し、此まゝに消えてゆきたいと言ふいこぢな鬱憂を固執する原因などもあつて、方々《はうばう》の心切な友人の心いれを辞退して、日々に硝煙のほこりつぽく煙る書斎を、動くことをせずにしまつた。思へば、わびしい幾日かであつた。

知り人の誰しもが縁故を頼って疎開してゆく中で、親切な人のすすめを固辞してまでも東京にふみとどまったことを、その甲斐もなくなってしまった時期になって、やや自嘲気味に語っているのだが、折口が東京を離れなかったのには、それなりの理由があった。養嗣子春洋が硫黄島の守りにつかせられたことは、最初から死地に赴くとしか言いようがなかった。それでも最後まで無事を願う思いを心の底に持ちつづけながら、自分も疎開することを断念したのであったはずだ。まして、硫黄島守備隊の生存が絶望的になった後の心は、たとえようもなく荒涼としていた。「此ま、に消えてゆきたいと言ふいこぢな鬱憂」というのは、まさにそのことを言っているのだ。

そういう折口の心のうちを考えると、世間の人よりは半年早い、昭和二十年三月の硫黄島の守備隊全滅の前後から、早くも敗戦の痛憤は胸中をかけめぐっていたに違いない。折口が若い頃から講義に行った長野県の東筑摩郡教育会の先輩で、熱心に信州への疎開をすすめてくれた酒井治左衛にあてて、その厚志を謝した三月十五日の手紙には、当時の思いのほどがそのままに告げられている。

……御手紙頂いて考へてゐた間にも、もう敵が、上陸してしまひました。若者らしい覚悟のきびしさには、却て、度々、私が教へられました。

もう併し、今は、何事も過ぎ去つてゐるでせう。何といつてよいか、唯頼むべからざるものを憑み、信ずべからざる甘言を、強ひて信じて居たといふ悔しさで、一杯です。一番くやしいのは、かういふ学問の外に出来ぬ才能しか与へられなんだ言ふかひない私自身です。いよ〳〵海の渚に徒手空拳の身をさらしてゐると考へることが、唯一の心ゆかしになりました。

祖先に対しても、さう思ふ外申しひらきもなくなつた気がします。

第一さうでも思はねば、廿年一処にくらして来て、何にも出来ず、あつといふ間に、お役らしいお役にも立たずに過ぎ去つたと思ふ春洋に対して、言ひやうも、考へやうもなくなり心咎めがいたします。


このほかにも、酒井や春洋の兄の藤井巽に宛ててこの時期に送った手紙には、春洋の死を悼む痛恨の言葉が切々と記されている。そこにはめめしい歎きの声はない。春洋が折口の家に同居したのは昭和三年、折口が四十二歳のときで、それから十七年間、春洋が四十に近くなるまで、師の家をととのえ師の生活と学問を思いのままにとげさせたのである。女性との生活を嫌い、女性が身近に来ることすら嫌悪する折口の家の習わしだから、そばに居る者ももちろん独身生活を強いられる。加藤守雄の『わが師　折口信夫』の中には、二度目の召集で入隊する日も近くなった春洋が、加藤に「ぼくは先生の犠牲なんだから」と言うところがある。他人から見ると非常に衝撃的な告白のように聞こえるし、加藤も多少そんなふうに受け取っている感じがあるが、実は折口と鈴木金太郎や、折口と春洋の間では、そんなことばが平気で交しあえるだけのゆらぎない心の交流が築かれているのであった。「師弟の間がただの知識の授受に終るのなら、こんな功利的な関係はない」と言い切る折口の、真に身近な弟子に対する薫育は魂の教育で、近代の社会にそのまま通じるようなものではなかった。そんなことは十分知っている春洋は、「先生がいなくなったら、学校なんかやめて、田舎へひっこみますよ」「歌の宗匠をしたって食えるから」とも、加藤に語っている。

折口の天才的な古代への溯源力や復元力に基づく学問は、とても余人が受け継ぐことの出来るものでないことは、長くそばに居れば居るほどよくわかってくる。ただ真剣になれば、短歌定型によるしらべと言葉を通しての魂の感染教育によって感化し薫育された心は、ゆらぎない生を生き貫く力となって身に添っていることを自信をもって実感することができた。

前著『折口信夫の記』(一九九六年刊)で書いたように、そうした師弟の間の深い心の交感によって、金太郎や春洋は折口と結ばれていた。世間では常識的なホモセクシュアリティの関係で考えやすいが、折口が若い日から苦しんで至りついた「家の子」への愛は、そうした心の深まりと昇華を経てきていた。だから、春洋が生きている限り、この師弟の信頼に根ざした生活は、何の遠慮もへだたりもなく実の家族以上のこまやかさで過ぎたであろう。

そういう春洋の命が、近代戦の凄惨さの極致ともいうべき硫黄島で絶たれた。折口にとっては、自分の心の掟に従わせて四十に近い身を独身のまま中道で命終らせ、この世の名残を何も残さないまま失せ果てさせてしまった春洋に対する思いが、悲しみと悔いと、残生を貫く罪の意識をともなって、身を責めてやまなかった。そういう個的な、身に沁み徹る悔しさをともなって、敗戦の体験は世間一般よりも半年前に、折口を責めさいなんでいたのである。

まだ国民のほとんどは、戦争の末期の極限的な苦しみを耐えながら、なお戦意昂揚を叫ぶ軍や政府の声に従っていて、正しい戦争の情報などほとんど与えられていなかった時期の、半年早い折口のこの体験があったから、八月十五日の折口はその事実を比較的冷静に受けとめ得たのであった。しかし彼が、いよいよ国が敗れた後、箱根の山の上の吹きさらしの山小屋にこもって、思いを定めようとした四十日の生活の酷烈さを想像すると、肌の粟だつような思いがする。「山の乏しい食ひ分につまつて、下山するまで、感情を動すことすらなしに臥て暮した」という簡明な言い方が、かえって胸に迫ってくる。

展望が四方に開けて、風光のこの上なく美しい天地を見はるかす家で、民族の歴史がかつて体験したことのない恥辱と不幸を耐えて独りで過ごす日々は、どのようなものだったろうか。不幸を耐えるのには、暗く閉ざされた場の方がふさわしい。あの視界いっぱいに開かれた美しい景色は、屈辱を忍び絶望を怺えようとする心には、地獄の責苦を一層重くするようなものであったはずだ。その上、小さな山の家を押しつつんで初秋の風に波打つ仙石原の萱原のなびきは、身を削る荒涼をともなっている。食糧の貯えも心細く、新しく運ばれてくるあてもまったくない山の家で、憤ったり悲しんだりする心をおし殺して、『八犬伝』や『膝栗毛』を読んでほうとした心を待っていた折口は、かねて彼の思索によって発見し、彼の学の根幹となっている日本人の鎮魂を、みずからの魂の上に課していたのである。若い頃からしばしば胸にわきおこってきた、「ほうとする心」こそ、折口がこの世ならぬ「妣が国」「常世」を実感し、そこからおとずれる他界の威霊を身の内に宿り籠めるための、予感あるいは陣痛のような思いであった。敗戦の後の悔恨と悲しみの心に、「ほうとする心」がよみがえってくるのは容易ではなかったはずだが、若い孤独な漂泊の旅の日の感動が、徐々に身の内に息づいてくるのを、息をひそめて待っていた山の家の四十日であった。

わが心　きずつけずあれ

折口が世を去ってすでに四十五年になる。今年（一九九八年）も九月二日、石川県へ出かけて、師の父子墓のある羽咋市の気多神社に近い藤井家で前夜祭と、翌日は四十五年祭を営む。西角井正慶・矢島清文、二代の斎主のあとを受けて三代目の私の斎主役も、長いつとめとなってしまった。藤井家での祭りを終ってのち、たぶの木の小枝を持って墓前に参り、詩篇「きずつけずあれ」を朗読するのも、祭り始まって以来の習わしで、ずっと鈴木金太郎が読み、今では門弟の年長者の米津千之氏が朗読をつとめる。

きずつけずあれ　　　　昭和二十一年二月発表

わが為は　墓もつくらじ―。
然れども　亡き後《アト》なれば、
すべもなし。ひとのまに〳〵―

かそかに　たゞ　ひそかにあれ

生ける時さびしかりければ、
若し　然《シカ》あらば、
よき一族《ヒトゾウ》の　遠びとの葬《ハフ》り処《ド》近く――。

そのほどの暫しは、
村びとも知りて　見過し、
やがて其《ソ》も　風吹く日々《ヒビ》に
沙山の沙もてかくし
あともなく　なりなむさまに――。

かくしこそ――。
わが心　しづかにあらむ――。

わが心　きずつけずあれ

折口信夫・春洋の父子墓は、海から三、四百メートルを距てた、小高い砂丘にある。この村の古くからの墓地で、特定の寺院に属したものではないから、自然の松山におおわれて、盛りあげた砂の上に石が一つ据えてあるといった墓が多く、大きな墓碑は気多神社の社家の藤井家のが眼につくくらいだった。折口の詩は、そういう村びとの墓にまじって、やがて跡もなくなりゆくさまを願っている。墓地の様子は、四十五年の間にかなり変った。こんもりと茂っていた松山の松は枯れ、近くの紡績工場が拡張して一時は音がうるさかったが、今はその気配も静かになった。

墓前でこの詩の朗読を聞いていると、師がこの世に残した遺言の声を聞いているのだという思いが切々と伝わってくる。詩の発想は当然敗戦の年、硫黄島の春洋の死が避けられないものとなった頃から生まれていったに違いない。本来ならば、「わが為は　墓もつくらじ」というのが折口のかねてからの覚悟である。自分一個にかかわる思いから言えば、母のあとを絶ち、わが身のあとを絶って、この世にわが跡を残すまいとする悲劇的な思いを、彼は早い時期から持っていた。だが春洋の若い非業の死にあって、その心は微妙にゆらいだ。

折口の生家の菩提寺は、木津の願泉寺である。浄土真宗の信仰篤い家だから、死後は黙っていても願泉寺の祖先代々の墓に併せ葬られるはずで、「亡き後なれば、すべもなし。ひとのまに〳〵」という思いだった。しかし、かねてから自分の民俗学の問題として考えてきた日本人の霊魂観から見て、戦争や事故によって若い命を中道で断たれ、しかも死後に子孫を残すこともなく非業の死をとげた魂は、容易に鎮まり難い悪い条件を持った未完成霊なのである。だからそれぞれの時代の日本人は、大きな戦や天災の後には、大量に発生した未完成霊を鎮めるために、その後の何世紀かをかけて、深い鎮魂の祈り、すなわち第一義のあそびの呪術を繰り返した。それが後世の日本の村々に、宗教や芸能や文学の形で名残をとどめている。一遍の遊行宗や、平曲の語り、念仏踊り、盆踊りなど、みなそうした集団的な不幸な魂の発生ののち、生き残った者がゆかりある、また無縁の同時代の魂の鎮めを祈ることから源を発している。こうした永い心の伝承の事実を知りつくしている折口が、春洋の鎮まりがたい烈しくむごい死に当面して、どんなに心を苦しめたかは、察するに余りがある。

　まして、二十歳になったばかりの頃から十七年間も膝下に置いて、独身のまま、学者としてもほとんど業績を残さず、歌人としての実力はあるもののまだ一冊の歌集も世に示すことなしに、南海の硫気噴く離島の苛酷な戦火の中で命を終った。一体わが子の一生は何のためであったのか、という重い悔恨がかぎりなく身を責めた。硫黄島への配属が決まった頃、柳田国男と鈴木金太郎に保証人を依頼して、春洋との間に養子縁組をしたのも、やむにやまれぬ焦燥の思いにかられてのことだった。本来なら、そんな俗世のはかない縁組など一顧もしないできた、ゆらぎない師弟の信頼であった。戦争は、折口が青年時代から幾度かの蹉跌を踏み、苦しみの体験を越えてようやく築きあげた、心の究極の師弟愛を、老境に入ろうとする今になって無惨にうちくだいた。
「きずつけずあれ」と同じ、昭和二十一年二月の『人間』に発表された「乞丐相《コツガイサウ》」という長篇叙事詩がある。この頃、繰り返し繰り返し作者の身を責めてやまなかった思いを、縷々としてこまやかに歌っていて、何度読んでも胸せまる思いのする長詩である。その要所を引用して、折口の思いのあとをたどって見よう。

たゝずみて 途にかなしむ―。
いにしへゆ思ひしことの、
かつ〴〵も うれひしことの、
漸々《ヤヽ》になりいで来つゝ、
今は既《ハヤ》 こと成りにけり。
汝《ナ》が宿世《スクセ》 かくの如しと、
いとけなく 我がありし日に
わが兄ら 我により来て、
叱る如畏《カシコ》き顔に、
嘲《アザ》むらし 笑顔そぼれて、

昵《シメ》しつゝ言ひにし詞―
言烈《コトハゲ》し　記憶薄れし　今もなほ
心にぞ　沁む―。

父母のみ手をはなれて
乞食《コツジキ》に堕《オ》ちなむ宿世《スクセ》持ち〳〵て
現《ア》れ来る人の
相《カホ》こそは　斯くありけれと
唐土《モロコシ》の聖のさとし
詳《ツバ》らかに　描ける相《カホ》は、
宜《ムベ》我《ワレ》の鏡の上のおもかげに、
然《サ》ながらなりき―。

このあとにもなおこまごまと、くやしくみじめな幼時の回想はつづく。父も母も評判の器量好しと言われた人で、また兄や姉たちもその容貌を受けついでいるのに、自分だけがどうして独りこんなに貧相な乞丐相に生まれついたのかと、綿々と訴える心のありようは、作品とは言えあまりにもやるせなく身につまされる。また自分独りが親兄弟に似ず、凶《まが》を負った異相であるという自覚は、他のところでも述べている。若い日の写真で見ても富士額で、心になみなみならぬ激しさを耐える陰影はあるものの、一途さと集中力を示した白皙の美しい容貌である。どうしてこれほど自虐的に思いつめなければならぬかと思われる。私がそばに居た頃の深い精神を感じさせる顔からは、とても考えられないことだが、折口自身には早くから強く心に刻みこまれた烙印のような思い入れがあった。それは単に容貌の上に表れたつたなさのみではない。人知れぬ胸の奥の秘められた宿世のつたなさ、親のむくいともいうべき運命の薄さの烙印だった。

そうは言うものの、人生の三十代・四十代・五十代は、物乞いや漂泊の日を送ることもなく、乏しきは乏しいままに、かつがつ人の世を生きながらえてきた。こればかりはわが残生の幸であったかと思っているときに、突如として憂いはやってきた。

身は弱く　をぢなくなりて、
心まづ　くづほれにけり——。
頼む子を　いくさにやりて、
還らむ日思ひ見がたし——。
硫気《リウキ》ふく島の荒磯《アリソ》に

頼む子は　讐とたゝかふ。
あやぶけど、神のまに〳〵。
我《ワレ》たのむ。神のまに〳〵—。

思ふ子は　我をのがれて
行くへなくさまよひ出で、、
行くへなく流離《ウカ》れありけば、
その子まづ　かたゐにならむ—。
然知りて　徒爾《ナホ》や　わがゐむ—。
我や　明日《アス》乞食《コツジキ》せむか—

この二章の内容を少し具体的に言うと、前章は言うまでもなく春洋の硫黄島での命をあやぶんでいるのだが、次の章は自分の愛にそむいてのがれ去った加藤守雄の上を思いやっての言葉である。「その子まづ　かたゐにならむ」これは恐ろしい古代神話の中の神の呪いのような、愛憎をこもごもに秘めた言葉である。春洋を失う、春洋が死ぬという居たたまれぬ悲哀と苦しみの中で、人生の最後の老いの惑乱のように、ひたすらな心を傾け尽し、わが愛の掟のうちにとりこめようとした若い愛弟子は、心の盗びとのようにわが心をかすめて去った。その許しがたい愛執の子を思う心と、硫黄島の春洋を危ぶむ心とが、折口の胸の中でからみあいひびきあって、身を責めているのだ。加藤が郷里の名古屋で、戦後にこの詩を雑誌を買って読んだとき、なおとけることのない師の愛憎の呪縛に、身のふるえるような悲しみとつらさを感じたことを、後に私は直接に聞かされている。加藤がその呪縛を解くためにも、『わが師　折口信夫』をああいう形で、亡き師を剝ぎ、わが身を剝ぐようにして書かなければ、心の立つ瀬がなかったのも私には察せられる。春洋が軍隊に取られ、硫黄島へ発ってゆかなかったら、加藤に向けられた折口の惑乱は起こらなかった。そう考えると、加藤は春洋の身代りのような形を持ったことになる。かつて三十代の始めの頃、自分の膝下を離れて若く奔放な生き方に移っていった教え子を引きもどすために、鹿児島まで出かけていってその心を翻させようとかきくどく、短歌連作「蒜の葉」の内容と事のなりゆきはよく似ているが、その心の底は、昔とくらべようもなく悽愴で痛々しい。

折口は、自分が実感した新しい古代の真実について、それをできるだけ現代に伝えるための表現に苦しみぬいた。彼の学問は、発見の苦しみよりも、それを表現するための苦しみにより重点がかかっている。戯曲や小説の様式や短歌や詩の形を用い、文章の文体に苦渋の思いをこらすのも、自分の発見した古代の真実を、今や想像することも出来なくなってしまっている現代人に、できるだけ細やかに、その本質を後世風・近代風に合理化したり、観念化したりして、翻訳・変形させるのでなく、真に伝えようとするために、彼のすべての作品は生み出されたといってよい。しかし、表現しても、表現しても、安堵し心満たされるまでには至らなかった。

殊に戦争の末期から、敗戦に至って、将来の日本と日本人がどうなってゆくのか、予測も立てがたくなった頃、自分の学問のゆく末を思うと、深い絶望の底に沈んでいった。孤独感にとらわれていると、拭っても拭い切れぬ額の上の青痣のように、幼時から心に染みついて離れぬ、みずからの宿世のつたなさを思う心がよみがえってきて身を苛んだ。それとともに、自分の心と同じ心で、日本人の魂の伝統を考えそれを後に伝える者を、一人でもこの世に残しておきたいとひたすらに思ったのも当然である。母のため、自分のため、このつたない宿世を後なきものとして絶ってしまおうとする執心と、それは逆の心のように見える。たしかにこの二つは実は別の思いである。別の思いでありながら、物の表裏のようにからみあい、重なりあってもいる。その苦しみのさなかのときに、春洋の出征と死があり、加藤との惑乱と離別があった。愛する者は、みな身近から遠ざかってしまった。

雲降《クダ》る磧のふしど—
梢鳴るみ山の小牀《ヲドコ》—
波しぶく磯の巌がね—
犬の子の鳴きよる軒端《バ》—

さめつゝも　夜毎　わが居む。
いにしへの　辺土《ヘンド》順礼
旅行きて旅に果てけむ
しづかなる心を　もりて
我が世は　をへむ

このあとになお三首の反歌をともないながら、詩「乞丐相」の最後の章は、意外な静かさで終っている。だがこの静かな終章の中にも、孤独にものを考えつめ泣きべそをかきながら、夕暮の道をとぼとぼと歩きつづけてきた五十年の、まさに行路の死を覚悟した辺土順礼の旅の思いが、深い今の覚悟となってにじみ出しているのが感じられる。

こういう折口の心の経緯を思い合わせながら、「きずつけずあれ」の詩の内容を見直してみると、春洋の死から敗戦にかけての折口の思いのほどの推移がよくわかる。死後の人々の思いにまかせて、自身では墓など残すまいと思っていた考えが、大きく変った。妻もなく、子もなく、その存在を世に残すことすらなしに死んでいったわが子のために、その生まれ育った日本海に沿う村の墓山に、わが子の墓を建て、自分もその父として同じ墓に入ろうと思い定めた。墓などは残すまいというかねての思いは、わが子の未完成霊を抱きはぐくむようにして、思いがけぬ能登の沙丘の墓に骨を托する形に変ったのである。やがて二十三年九月には能登に出かけて墓石を選び、墓碑銘を選んだ。

もつとも苦しき
たゝかひに
最くるしみ
死にたる
むかしの陸軍中尉
折　口　春　洋
ならびにその
父　信　夫
の墓

痛々しい悲しみと、深々とした鎮めの心を感じながら、その思いの底から湧きあがってくる痛恨の憤りの声が胸を打つ。この墓碑の前で聞く「わが心　きずつけずあれ」という言葉の重さは、春のはじめのまれびとの声のように、翌る年の祭りの日までの一年間、私の心に重く生きつづける。

折口の心は、こうして敗戦の後のきまりをつけ、戦争末期のみずからの惑乱と悲痛の時を乗り越えてのち、ふたたび不死鳥のようなはげしさで立ち直り、新しい日本人のための神の追求や、戦を体験し敗戦後の世相を眼前にした上での新しい文芸の創造に情熱をそそぎはじめる。殊に戦場から生きて帰ってきた若者達に向って説く講義は、優雅なこまやかさと学の緻密さを知らしめる魅力に富んでいた。戦後の折口のそうしたよみがえりは、見事なものであった。しかし、戦争の末期から敗戦期に彼が失ったもの、そのまま断念して心の底でひそかに耐えていたものの大きさを、折につけて感じないわけにはいかなかった。

最後の年の夏、同じ箱根の山の家に籠って刻々に身を虐んでゆく病いとたたかっていた日々、何よりも強く鮮明に心によみがえっていたのは、敗戦直後の四十日間の孤独と苦しみの日の思いであった。八月も中旬になって、仙石原の青萱が一夜でいっせいに穂を抜き出して、夏のたくましい青さから秋の気配に変った頃、私が山荘の障子を貼り替えて、裁《た》ち落としたり余ったりした和紙を机に置いておくと、床から抜け出た折口は思いつくままに、「八月十五日」とか「遠東死者之書」「都鄙死者之書」といった詩歌を、思いつくままに筆で散らし書きしていた。その胸中を去来している思いがどんなものであるかを推測して、たまらない気持になることがあった。ある日、仙石原の村の魚屋で好みの魚を求めて帰ってくると、網戸を通して吹きぬけてゆく秋風に、新しく書き散らした和紙がほうほうと白く舞いたっていて、その下で折口は布団を抜け出て仰向きになったまま静かに寝入っている。はっと思わず息を呑むような、恐ろしい予感を感じずにはいられない光景だった。

近づいて呼ぶと、静かになごんで私を見つめている眼が、この上もなく深くて切ない思いがした。しかも紙に描かれているのが、墨染めの衣を着た老人が、なかば身を起している姿で、次のような歌が散らしてある。

いまははた　老いかゞまりて、誰よりもかれよりも　低き　しはぶきをする
かくひとり老いかゞまりて、ひとのみな憎む日はやく　到りけるかも

後になって考えるとこの歌は、折口が八歳のとき、医科修業のため上京した叔母えいの送ってきた『東京名所図会』に書きつけた、初めての自作の歌「たびごろもあつさゝむさをしのぎつつめぐりゆくゆくたびごろもかな」と、不思議な照応を感じさせる。

体が衰弱していても、日に二、三度は温泉に入る、階段を下った湯殿まで私が体を支えて行く。浴槽で温まった体をタオルで拭っていると不意に、幼い子どものように地団駄をふんで、「ああ苦しい。春洋が生きて居たら、あとのことは何も思いわずらうことはないのに」と思いつめた言葉を叫びのように訴えた。

かねがねわがあとを残すまじと心を決し、戦争の前後に苦しい断念の思いを定め、「わが心　きずつけずあれ」と後の世に言い遺し、あの父子墓の碑銘を刻んで、幾重にも断念の意志を示しながら、心も体も萎え衰えたいま、『死者の書』の主人公の上を思い、むご

くして死んだ春洋を思う。この期におよんでこれほどすさまじく、思うべき人を思う執着のはげしさは、共に居る私の心に深く刻みつけられた。山を下りて治療を受けることをすすめると、「僕がこれだけ心を定めているのだから、そばに居る君が動揺していては、心が乱されてたまらない」といって、耳を貸さなかった人のそばで、私も同じ心で居ようと決意するよりほかなかった。

折口のこの悲劇的な心と、その戦後の学問とは、深い関連をもってひびきあっている。

二十二　神道の宗教化　㈠

敗戦と日本の神

折口信夫伝のこの文章の中で、私は幾度か自分のことに触れて書いてきた。ここでもやはり敗戦の後の折口の神道論のありようを言うためには、敗戦を体験したのちの私の神への思いを述べないではすまされない思いがしきりにする。霞ヶ浦の近くで敗戦になり、一月余りの部隊の残務整理を終って、九月の末に郷里に帰ったものの、心は荒涼として鎮まらなかった。戦中派のまっただ中の世代に属し、ひたすら戦争の中に少年期から青年期を過ぎた者には、敗戦後の心を保つすべがなく、表現するにも自分の言葉を持っていなかった。軍国教育の中で与えられたお仕着せの言葉は、身にまといついて離れない汚物のように、戦後の若者の心を責めた。だが、それに代わるべき自分みずからの言葉は持ち得ていなかった。親の家にも居たたまれない気持で旅に出て、まず行ったのは伊勢神宮だった。

戦争中、国をあげての合言葉のように「神風が吹く、神風が吹く」と繰り返して心の頼みとしたその神の場をまずたずねたのは、世襲の神主の家の子で、かつて伊勢の皇学館大学の普通科に学んだ私の、かなしい心の名残であり、敗戦の後にみずから求めて為した最初の自覚的な行動であった。だが、私のひたすらな願いはそこでは何も報われなかった。国が敗れ、民の心は零落のよるべなさを漂っているときに、神の社はただ整然と静かで、そこに仕える白衣の神主からも、ただおごそかな白砂の庭からも、心にひびいてくるものは何もなかった。後年、自分なりの表現の言葉を持った私は、そのときの思いを次のように歌っている。

敗れたるいくさの後を零落《はふ》れきてこの白砂に涙おとしき
神われとともに敗れぬ神ゆゑにこのむなしさに耐ふるといふや
てのひらに夜をにじみくる血の臭ひ生肌《いきはだ》断ちの罪びとぞ我は
あまりにもしづけき神ぞ血ぬられし手もて贖《あがな》ふすべををしへよ

あの日のわが心の神をこうして表現できるようになったのは、国学院大学で折口教授の神道概論の講義を聞き、同じ家に暮らして歌の手ほどきを受けたからで、その機会を得なかったら私は敗戦後の日々の苦しみとむなしさをこれほどに心に刻みつけ、後にそれを表現することもなく過ぎてしまったに相違ない。もしあの日の私の心の中に、近世の日本人の心を動かした伊勢信仰、お蔭参りや遷宮の日に湧き起る神話的な宗教情熱の名残でも伝わっていたら、あれほど空虚を嘆かなくてもよかったかもしれない。また、古代以来の大祓の祝詞の中にこめられた罪とつぐないの精神伝統や、「すさのを・おほくにぬし」の神話に流れる民衆の生活とひびきあった怒りや悲しみや愛の心が、近代の神道の中に生きて伝承されていたら、敗戦の後の心はさらに深く痛み苦しみながらも、精神のよみがえりのかすかな手がかりを摑んだかもしれない。しかし、神主の家で育ちながら、近代の国家神道による合理化と統制化を経た神道しか知らぬ若く未熟な魂は、国が敗れても日本の神から導き与えられるものは、何も見出せなかった。それは当時の日本人すべてに共通することで、民族の危急に立ちいたってもなおみずからの神を意識することのない日本人になりつつあった。

そういう時の流れの中で、ただ独りといった感じで、日本人と神の問題に心を集中して、苦しみ憤りながら、自分の追究する研究と信条を繰り返し世に説いたのが折口信夫であった。その講演の早い時期の記録で、短い中にもまとまりを持ったものは、「神道の新しい方向」(昭和二十一年六月二十三日放送、全集二〇巻所収)と、「神道宗教化の意義」(昭和二十一年八月二十一日講演、全集二〇巻所収)の二つである。特に後者は、神社本庁が主催で開いた関東地区神職講習会における講演を門弟で日光東照宮の神主であった矢島清文が筆記したものである。敗戦の年の十二月にGHQは「神道指令」を発して、国家神道の禁止と政教分離の実行を政府に命じた。従来の神道から大きな転換を迫られた神社界は、翌年に神社本庁を設立し、全国の神社の大半を納めて組織化を計り、新しい神道の歩みを模索し探求した。従来の神道学者が教職を追放されたこの時期、国学・国文学・民俗学の面から日本人の心意や古的要素を研究しつづけてきた折口が、にわかに神社界から招かれて、その基本理念や神職の進むべき方向についての考えを述べることが多くなっていったのである。折口がただ受身で、そういう要請に応じていたというわけではない。右の二つの講演の中で、多少ニュアンスは違うが、同じ内容のことについて述べているところがある。

私は終戦前に、牧師の団体に古典の話をしたことがあるが、その時に牧師達は、記紀に現れてゐる物語の或ものが、我々のきりすと教の旧約聖書の神話と、殆ど同じだといふことを言ひ出した。それは、神道にも、きりすと教にも比較研究に値するものを、持つてゐるといふことになる。

その人達のお話の中の、「或はあめりかの青年達は、我々と違つて、この戦争にゐるされむを回復する為に起された十字軍のやうな、非常な情熱を持ち初めてゐるかもしれない」といふ詞を聴いた時に、私は愕然とした。何故なら、日本人はその時、日本人の常に持つてゐる露悪主義が世間に露骨に出て、戦争に疲れ切つてゐた時だつたからである。さうして日本人はその時、神様に対して、宗教的な情熱を持つてゐなかつた。

戦争の末期、時々日本の古典や信仰の問題についての講演を頼まれて話しに行ったキリスト教の牧師達の集まりの場で、彼らから聞かされたこの言葉の衝撃は大きかった。折口はこのときの印象を、何度も繰り返し述べている。それにひき比べて、戦争末期の日本人の心の荒廃のいちじるしさは、折口の心を震撼させるものであった。「その時、日本人の常に持つてゐる露悪主義が世間に露骨に出て、戦争に疲れ切つてゐた時だつたからである」という短い言葉にこめられた沈痛な反省は、きわめて重大な内容を単純な言葉で言って表現のとどいていない感じがするが、恐るべきことを言っているのだ。これは後に、彼の最後の論文「民族史観における他界観念」に関する考察のところで詳しく考えなければならぬ問題だが、戦争末期の軍や政府がおちこんでいった、硫黄島や沖縄さらには日本全体をおおったかもしれない国民全体をまき込む焦土戦術、あるいは若者達を体ごと爆弾と化して敵艦に激突し爆死させる特攻戦術、さらにはそういう未完成霊というべき若く鎮まりを得ぬ非業の死者の魂を、あらひとがみ天皇の名において一夜に軍神として昇華させようとする行為など、どの時代の日本人にも無かった怖るべき策略を編み出すところまでみずからを追いつめていった、日本人全体の精神構造を心にもって言っている。それは所詮、日本人の持つ信仰が、宗教としての本当の力を持っていないところから起った、戦争末期の露悪主義だとまで感じているのである。しかもそのことを、別の意味で戦争中の圧迫感を重く身に感じていて、古代日本の信仰に関する話を聞こうとするキリスト教の牧師の言葉から、逆に暗示されたことに、折口は大きな衝撃を受けている。

こういう問題を考えていると、それから半世紀を経ているのに、ますます重く暗い未解決の内容の重さをともなってよみがえってくる、一つの記憶がある。

戦後のある年の春、折口は成城学園町に柳田国男をたずねた。桜の花の盛りのうららかな日であった。柳田は楽しげに折口をまた外へさそい出して、一時間ほど成城から喜多見のあたりへかけての村の桜、林間の桜を見てまわったのち、日本民俗学研究所にもどって、びっしりと書棚の並んだ一室に入った。その頃から二人ともあまりものを言わなくなり、重い表情に変っていった。後で考えると、敗戦後の日本の桜には、人の心を苦しいもの思いと、暗澹とした死者への悼みの心に誘いこまないではおかぬ、暗い宿命を負った気配があって、二人は桜を見て歩いているうちにいつとなく、次第に苦しい想念にとりつかれていったに違いなかった。

やがて、柳田が先に口を切った。「ねえ、折口君、戦争中われわれは桜の花が日本人の心の象徴であるように言い、若い者がこの花の散るように死に急いで、自分の命を進んで死地に捨てることを見てきたのだが、こんなにして若者が命を絶つことをいさぎよいとし、美しいとする民族が、日本人のほかにあるだろうか。もしあったとしても、そういう民族は早く亡びてしまって、まわりを広い海にかこまれて外の民族と争ったことのない、日本民族だけが辛うじて残ったのじゃないかしらん。あなたは、どう思いますか」

そう言ったまま、柳田は視線を床の一点に凝らしてじーっと胸をかかえるように腕を組んでいた。向いあって折口は、さらに深沈とひと言もいい出さないで頭を垂れていた。お互いの学説の上に微妙な相違を持ち、それをめぐって時に仮借のない鋭い論争を交しながら、この師弟はめざす学問の窮極の目的、日本人の心意伝承を究めてその心魂のよりどころを明らめようとする点では、見事に気息を一つにしていた。その二人のすぐれた学究、日本の魂の真実の追求者が、はたと息を殺して思い沈んでいる。研究所には他の若い研究者が何人か居たはずである。だが私の記憶には、日の光の遮断されたような薄暗い感じの室で、影絵のように身じろぎもしないでいる二人の姿が焼きついている。長い沈黙であった。折口はついに何も言わず、柳田もあとは口をきかなかった。

とめどない深い想念から身をふりほどくようにして、柳田はルース・ベネディクトの『菊と刀』の内容に話題を転じていった。この沈黙のときに柳田の胸の中に去来した思いを確かに言うことは私にはできない。しかし折口が何を思っていたかは、およそ推察することができる。やはり敗戦後あまり時を経ない時期の講演に、次のような言葉がある。

神道は余りにも光明・円満に満ちた美しいものばかりを考へてをり、少しも悩みがない。記紀を見れば古代人の苦しみが訣つて来る筈であるが、日本人の苦しんだ生活を考へようとはしなかつた。神道が他の宗教と違ふ点は、その中に罪障観念がないことである。近年の宗派神道ではこれがや〻認められるが、これも少いと言へる。古事記に素戔嗚尊の罪悪のことがあるが、それは余りにも叙事詩的に現れてゐるので、宗教的な罪悪観念が少い。尊が犯した罪は、それを償ふためには凡ゆる身についたものを充て〻も尚果し得ず、遂に追放されるが、かくして出雲で剣を得られ、これを天に奉ることによつて贖罪が済むのであり、これらのことを考へると、素戔嗚尊は非常に単純化されて、寧ろ滑稽に考へられるのは、神道には罪障観念が少かつたためである。

（「民族教より人類教へ」昭和二十二年二月二日）

この講演は神社本庁創立一周年記念における、約五十分間の講演の内容をごく短く（四百字詰原稿用紙で八枚ほど）に要旨としてまとめたもので、神道における罪障観の希薄さについて述べた部分も、要点だけを書きとめていて話の緻密さが欠けている。私の記憶ではここで、特攻隊の死をもいとわぬいさぎよさの心根に触れて、ああいうむごい計画を軍の高級参謀や司令官が考え出して若者達に強いたのも、当の若者や世の日本人も心痛みながらそれを認め、受け入れて、みずからの命を死地にほろぼしていったのも、日本人が緻密な教義体系のある宗教を生み出さず、罪障観を持たなかった、あるいは罪障観が脆弱であったことによるのだということを述べたはずである。同年齢や二、三年先輩の者を特攻隊で死なせた私が、はっとして心に刻んでいるのだから間違いはない。

そのことを考え合わせると、柳田の前で黙然として頭を垂れながら、師の切実な問いかけに対して胸に湧きたたせていた思いも、ほぼ似通った内容であったはずだ。わが子の春洋を、島全体が砲弾で焼土と化し、硫気のただよう地下壕は爆薬と火焔放射によって掃討し尽されたという、硫黄島で戦死させた悔しい体験を持つ折口には、この問題をつきつめて考えないではいられない、身に迫った動機があった。牧師から聞いたという十字軍の兵士らの聖地パレスチナ回復のための宗教的情熱の話より以前から、戦争末期の日本人の信ずる力を喪失した果ての行動については、憤りと心痛をかさねてきていた。春洋の死んだ島の渚に、徒手空拳何の戦うすべも持たない身ながら、みずからを立たせてみたいと、春洋の兄に手紙で訴えるときの折口は、宗教を持たない国の戦いによる大量の死者の魂の鎮めの問題を、身を焼く思いで考えつづけていた。それが死の前年の「民族史観における他界観念」になると、さらにはっきりとした論点を示してくる。

> 昔招魂社を建立した当初の目的は、思ひがけない変改を経た。神の性格にも、非常な変動があつた。楠正成や維新殉難志士と言はれた人々の冤《の》べ難い思ひを鎮めようとし

た時とは違つて、奉祀の範囲も広く、祭神も概ね、光明赫々たる面が多くなつた。この社の最初の目的に似た信仰は、中世の早期から近代を通じてあつた。普通の神とは、別の祭りを以て祀り、其怨念の散乱を防がうとした。即御霊信仰から分化した若宮信仰・山家《やんべ》・佐倉の名の知れたものから、名も言はぬ無縁万霊の類に到るまで、成仏を言はぬ昔から、神となれない人たちの、行くへなき魂の、永遠に浮遊するものあることを考へてゐた。招魂護国神には、疑ひもなく浮んで神となる保証のある上に、又極めて短い時期に神と現じて、我々あきらめ難き遺族の、生きてさ迷ふ魂をも解脱させる様になつた。明治の神道は、此点で信仰の革命を遂げたものであつた。

ここに言うように、昔は戦によって生じた魂は容易に鎮まりがたく、後世にたたりをなす御霊《ごりよう》・怨念であって、天変地異や流行病などの原因となった。特に農耕生活の障碍となる災いを生じさせることが多く、その御霊を鎮めるためのさまざまな祈りや、民間の信仰行事があった。戦によって生じた御霊を鎮めるには、あい争った双方の死霊を祭らなければ効果はない。元寇の役の後には味方の死者と蒙古の死者の双方の鎮魂を祈っているし、関ヶ原の戦の後も東軍・西軍双方の死霊を弔っている。源平争乱の後に村々を巡遊遍歴してその死者達の物語を語りついでいった、盲目の琵琶法師たちの語りの内容も、平家物語を見ればわかるように争った双方の猛《たけ》きもののふぶりの生死《しようじ》のさまをつぶさに語って、後の世を生きる村々の百姓の民の心にしみじみとしたあわれの感動を生じることによって、死霊の怨念もカタルシスを得て鎮まり、農耕生活への祟りも除かれると信じたのである。戦国の世の後に澎湃として起って村々に流布してゆく、念仏踊り・盆踊りの情念も同じ心に根ざしている。近代の日本人は日清・日露をはじめ、昭和の大戦を経て、莫大な死霊を生じながら、この久しい日本の伝統的な御霊鎮魂の宗教性をも失って、西南の役の薩摩の死者も、明治維新のときの会津の死者も祭らなかった、明治政府の狭量の建て前を押し通した。

近代の明治神道の変革によって一挙に、公的な国家の管掌する光明赫々たる魂ばかりを祭る靖国神社となり、殊にその中の一部は軍神としてごく短期間に神に昇華されることになった。このことについて折口は、「明治神道の解釈があまり近代神学一遍で、三界に遍満する亡霊の処置を、実はつけきつてゐない所がないではないか、と思はれる所がある」と珍しく廻りくどくためらったもの言いを示している。実はもっと強い考えを持っているのだが、この問題については、身内の戦死者をいたむ思いが切実なのである。

こういう問題も、日本の神道に宗教的な確固たる伝統が築かれていないから生じる、近代のあわただしい神学化による動揺であって、折口が危惧した通り、近代七十年の即製の神学化は、国が敗れ、天皇が人間宣言されるとともに、その赫々たる祭祀のより所を失って、遺族をはじめ心ある者を悲しませ、昏迷させる事態を生み、さらに戦った相手国や、被害をおよぼしたアジアの国々の強い非難を受ける事態に至っている。もう一度、長い民俗生活の上の信仰の心にたちかえって、戦によって生じた護国の鬼、荒ぶるみ霊の鎮めを、われわれ生き残った者、戦の後の時代に生まれた者としてどう祭るべきか、ひたすら宗教的情熱をもって思念しなければならぬときなのだが、戦後の日本国民は何の為すべきことも為し得ないで、忘れてはならぬはずのことを、ただ茫漠と忘れてゆこうとしているかにすら見える。

神道宗教化の意義

折口がこうして、戦後から死に至るまでの八年間、情熱をそそぎ、英知を傾けて、苦しみながら神道の宗教化を説いたのは、日本人の心意の長い経過を見通して今こそ新しい歩みを進めるべき時だ、という見きわめを持ったからにほかならぬが、そのほかにも幾つかの折口らしい眼で、時代を見通した上での目的があった。その一つは、神道と皇室の関係である。

……日本の神様がやぶれ、それと非常に関係深い天子様とその御一族が衰へた時、何故義人が出ないかといふことは、悲しむべきことだ。其程《それほど》我々は生活の性根を失つてゐる。我々のこの気持を表してくれる義人が一人もゐないと言ふことだ。変な教養を受けた冷やかな気持を持つてゐるのだ。我々が余り形式的な科学に囚はれて、宗教的な側を少しも考へなかつた。本流神道の側に入つて考へれば、神道を宗教化しようとは考へず、あまり倫理化しよう、道徳化しようといふ努力の方が強すぎた。

神道が皇室と深い関係を持つことは言うまでもない。皇室の祖先神としての天照大神はまた、八百万の神々のうちの最高神であり、神話と歴史の系譜を合体させた上で、神道の中心的な位置を保ってきた。神道指令が出て国家と神道が分離されたのちも、神道人の心のうちでは、皇室や天皇は心のよりどころであり、神道の核のように思われていた。それに対して折口は、皇室と世の一般の神道との分離を提唱した。これはその頃に折口が繰り返し発表する、天皇は神にあらずという論とかさなりあった問題である。天皇は神にあらずして、神の「みこともち」であるというのは戦前から一貫した持論だが、特にこの時期に一層明確にそのことを論述する。

天子即神論は、
（一）神様であることが非常に御迷惑がかゝる。
（二）神様である筈はない。

といふ二つの点から、天子様が即神であることが、神道の学問的説明の基礎と思つてゐたのだが、その学説がもろく動くべきものだと言ふことになつて来る。従来の神道論には、学問的な根拠の脆弱なものが多いことは反省したい。だから、我々のこの非常な戦争の悲惨を経験した今、神道を正しく立てねばならぬ。さうでなくては再び、蒙昧な有力者から利用され、乗ぜられる。

「御迷惑がかゝる」というのは、すこぶる世俗的な言い方で、こういう論の表現としてはふさわしくないようだが、一つは講演を聞いている神道関係の人々への説得を意識し、また一面では近代国家として立つための国民の求心的な核として、明治以来ずっと天皇を神として自由のない役割をふりあてておいて、敗れてのちなおきわめて困難な役をお勤めになれとは理不尽だという、戦後になってかえって天皇に心を寄せる点は、時流に動かされないで独自の考えを貫く折口らしさである。義人いでよと言うのも、そういう気持からである。

しかし最も重要なことは、神道が天皇を核に据えると、神道の宗教化を推し進めるための障碍になり、倫理化しよう、道徳化しようとする方向にばかり動いてゆくことを、先ず考えているのである。だが、天皇と神道を分けようとする主張が、まず何よりも折口の神道宗教化論に対する神道人の反感を生むことになる。そして、折口は神道がＧＨＱの神道指令によって不遇にあったとき、進駐軍の意向と同じような主張をして、天皇との間をへだて、キリスト教を心において神道宗教化を主張したというような偏見すら持たれるようになってゆく。

実は神道の宗教化の課題は、折口にとっても非常に大きく困難な仮説であって、幾度か予測をもって追究しては、方途を変えみずからの研究をつきくずし、試みを繰り返し繰り返しして考えつづけた八年間であった。既成の神道のあり方や、キリスト教や仏教との対比を確かめる問題は比較的解明しやすいが、困難なのは、神道をどういう面からどうして新しく宗教化するかという問題である。

告白すれば、私は八年のあいだ折口教授の「神道概論」の講義を聞き通していながら、その当時の折口教授の心の根底にあるはずの、神道宗教化の意図がどうしても明らかになって来なかった。「むすびの神」の論を聞いていると、今までの国学者の産霊神に関するどの論よりも新鮮で、これが宗教化の核になってゆくのかと思うとそうでもない。次の「物忌みと罪けがれ」の論を聞くと、日本人の罪障観をもとにして新しい日本の宗教を考えてゆくのかと思うと、そう単純ではない。「既存者・天御中主論」では、これが出発点となって日本の既存神を考え宗教化の体系が立ってゆくかと思うと、そう単純には進まない。学年末に学生に提出させるレポートの題目には、「神以前と神」「むすびの神論」「天御中主神論」「日本の既存神」「すさのをの神論」「おほくにぬしと愛」といったテーマが出た。それが折口教授自身にとってもここ数年の大切な課題なのだと感じながら、その学者的求道の困難と苦しみが、身にひびくように伝わってくるのであった。

昭和二十一年の年末に行なった講義の中には、こんな言葉がある。

教養が高い人が江戸以来の宗派神道の教祖にはいない。あなたがたの中から、そういう教祖が出なければならない。われわれが常識的な生活をしていることがいけない。あなたがたの中に、神道の建設に情熱を向ける者が出てもらいたい。

今の世の　幼き者の生ひ出でて　問ふ事あらば　すべなかるべし

世の中に目あてがなくなった。よその子の遊んでいるのを見て、その子が二十歳、三十歳になった時、われわれが生きていて、どうしてあの時戦争に負けたんだといわれたら、——どう答えるか。

このとき、宗教的考えがあれば、永遠、来世の考えも存続しようが、宗教的情熱がなければ磨滅してしまっている。——それならおまえが宗教家になれという声が聞こえるが、もう年をとってしまった。

（「神道概論」——池田弥三郎の筆記による）

この話を聞いた翌年の春から私は折口教授の家に入って日夜生活を共にすることになる。

当時の教授は深夜まで仕事をしていて二階の寝室に入るのだが、夜中に猛烈に魘《うな》されることがしばしばあった。階下の私の部屋まで苦しげな大きなうめき声が伝わってくる。それが長くつづくから上がっていって起すと、やっと正気にもどるのだった。そういうことが何度かあって、ある朝の食事のときに、「一度寝室に入ったらもう僕ひとりの時間なのだから、心配して起してくれたのだが、これからはもう放っておいておくれ」と言った。

折口の心を苦しめていたものが何であったか。それは、わが子春洋をはじめとする戦の悲惨な死者たちの心の鎮めをどう計るかということ、さらにこの厳しい世界状況の中で自立した宗教を持つ体験のなかった日本人が、今後どのようにしてこの国での命を生きてゆこうとするのかという問題、それをおいてあの苦しみの理由は考えられない。それから五十年経た現在、折口の予感は不幸な的中を示していて、心の軸の磨滅した日本人があてどなく浮遊しているとしか言いようがない。

折口の神道宗教化の問題は決して単純ではない。まず、仏教とかキリスト教とかいう既成の宗教にとらわれない、日本人の遥かな心の根元のところから、考えを立ててゆこうとしていた。日本人にとっては長く久しい心のなじみを深め、強烈な感化・教化を受けてきた仏教に対しても、彼の考えはつきつめたところから発足している。もともと折口の家は浄土真宗に格別深いゆかりを持つと伝える、信仰篤い門徒の家である。折口という姓について顕如上人根来落ちの時、その「降り口」を開いたからだという伝えのあったことを、みずから書いている。仏教が日本人におよぼした影響の大きさを知っているからこそ、単純にその感化をうべなわず、相対化した独自の観点を建てている。後世の日本人が無心に、あるいは時に誇りを託して言う「神道」という言葉自体が、そもそも仏教あってのもので、海彼岸から渡来した金色燦爛たる仏を知ったのち、やがてそれに対する自分達の神を意識していった。

……日本の神は仏教が入ると、仏教擁護の善神になつた。仏教ではその布教の為に、その国々の固有の宗教を認めて、異教の神をでば――仏教擁護の善神・天部神――としてその組織に入れ、自分の側のものを、仏法を動かざるものとしてその上に置いた。神道といふ詞も、孝徳紀に、「軽神道尊仏法」といふ所に出て来る、……。

(「神道宗教化の意義」)

……われ〳〵はこゝによく考へて見ねばならぬことは、千年以来、日本の神々は、実は神社において、あんなに尊信を続けられて来たといふ風な形には見えてゐますけれども、神その方として本当の情熱をもつての信仰を受けてをられたかといふことを、よく考へて見る必要があるのです。神社教信仰の下火の時代が続いてゐたのです。例をとつて言へば、ぎりしや・ろうまにおける「神々の死」といつた年代が、千年以上続いてゐたと思はねばならぬのです。

仏教の信仰のために、日本の神は、その擁護神として存在したこと、欧洲の古代神の「聖何某《セントナニガシ》」といふやうな名で習合存続したやうなものであります。

(「神道の新しい方向」)

ここに引用した二つの文章は共に、日本の神が過去の日本の中でどういう形であったかを、実体をえぐって述べている。殊に後の文章でいう、日本における「神々の死」の問題は、若い頃から、いや少年の日から折口の心の奥に烈々として悲しみの源となり、国学への憧憬の契機ともなって保ちつづけられてきた思いであった。日本の古い社寺のどこをたずねてみても、神仏習合の長い信仰の名残は歴然としている。折口が少年の日から、家の宗旨に心を寄せるよりも、祖父にゆかりの大和の飛鳥の古社に心の泉を求め、青年期にヨーロッパにおける古代ギリシャの神々がキリスト教の力におおわれて「神々の死」をとげてゆくことに発奮し、日本における文芸復興を若い門弟達に向って情熱をこめて説きつづけた思いは、折口の思想の根底を流れる大きな地下水脈のようなものである。

この思いが彼の胸に常にあるからこそ、前にも引いた山折哲雄氏の指摘のように、仏教が入ってきて日本人が原初に抱いていたはずの永劫の寂寥感ともいうべき心を、簡単に感化救済してくれたことについて、心の深いところからの反撥を示すのでもある。

折口の三回忌のときであった。折口家の遺族によって営まれた、木津願泉寺での法事の席について、ふと頭をあげると大きな黒い漆塗の位牌に金文字の「釋迢空」という筆名が、そのまま戒名となってかがやいているのを見た。毎年、能登の藤井家で祭るときの「折口信夫之命」という小さな白木の位牌とはあまりに印象が違ったので、はっとした思いが残った。一生、誰にもその由来を語らなかった、青年期以来の筆名の意味が、一層の不可解さを加えて胸に刻まれた。

最近、富岡多恵子さんと折口の話をしていて、富岡さんが「あの釈迢空という筆名は、すごいことを言っているのじゃないかしら。仏法をこえたはるかさ、のような……」という風な言い方をされた。あっと思って、しばらくして胸の蓮《はちす》のはらりととけてゆくような思いがした。おそらくその直感は当っているのだと思う。当時の知友への手紙などの署名を見ると、滑稽化した符号化の表記がなされ、また「しやくのてうくう」と釈の下にのを入れて用いている。あの筆名を使いはじめた明治四十年代初頭の青年期が、折口が思想的な潔癖さを最もきびしく示した時代であった。釈迢空には仏教に対するパラドックスとしての意味が托されているような気がする。

折口の戦後の神道宗教化の論は、決して偏狭ではない。どこまで人間の始原の思考・感情にまで溯源するのかと思うほど、日本人の魂の水脈に分け入ろうとする。しかし、既成の宗教にはあまり寄ろうとしない。それは仏教に対しても、キリスト教に対しても同様である。

二十三　神道の宗教化　㈡

ひそかなる「まれびと」

戸板康二の『折口信夫坐談』は、ほとんどが歌舞伎を中心とした演劇に関する聞き書きが主になっているが、敗戦前後で折口の身辺に他の者は誰も居なかった時期だけに、断片的にでもその考えを知るための貴重な資料である。昭和二十年・二十一年の記事で、国学や神道に関するものを引用してみる。

昭和二十年十月七日（「とりふね」歌会の日）

○先生は、ひきつづいて、かなり激しながらいわれた。

＊国学はこわされるとは思わないが、歩き方は変えなければいけない。河野（省三）さんの「道義」も変るだろう。とにかく、天子さまを神といったりするいい方はでき

なくなるだろう。それは天子さまにご迷惑になるいい方だ。われわれはローマ法王の勢力をそれほど強く感じないが、西洋人は宗教の力を信じているから、日本の天皇が神であるといえば不満だろう。

○別の質問。「フォークロア（民俗学）はどうでしょう」

＊フォークロアをさかんにしたのはナチスだ。第一次大戦で敗けたドイツをまたもりかえしたのは、フォークロアの力です。アメリカはこのことを知っているから気をつけなければいけないが、精神科学では、やはりこれからフォークロアをやるほかあるまい。

十一月十八日（出石で「とりふね」歌会）

＊「短歌研究」の記者が来て、これからの短歌がどうなるかと訊くから、そんなこというているときか、といってやった。すると中村浩から、学校（国学院大学）で、これからの日本文学について話せというてきたので、これも断った。そして、そんなことをするより、マッカーサーのところへぼくと武田（祐吉）が行って、国文学の話をするから、聴衆を集めておけといってやった。するとまた「国語と国文学」から、同じようなことを訊いてきた。天子さまがはりつけ柱を背負って立とうとされている今のようなときに、国がどうなるかわからないときに、そんなことを訊いてどうするのだろう。日本という国家や、民族の生活と遊離しているんだね。そんなやつが学界に

多いのはいけない。

＊学者は、それでは遊戯だ。（先生はしばらくたってから、またつづけた）学者はどんなときでも学問をしなければならないものだということを、ごく安易に考えている。そんなやつらは、いまにローマ字や英語を使えという結論を出すだろう。

昭和二十一年二月三日（出石で「とりふね」）

＊神道の神学ができなくては、宗教でないね。柳田先生のような方が、その体系を立てなければいけないのだが、先生には、宗教的情熱がない。

歌を作る教え子に対して、啓蒙的に話しているのだが、それだけに敗戦直後の折口の考えが率直に出ている。実際その頃の折口は、マッカーサー司令部へ出かけて、日本の学問について説くべきことを説き聞かそうと本気で考えていた、と後に私に語ったことがある。そして、「ぼくほど素性の正しい国文学者は居ないからね」とつけ加えた。それは単なる国文学者ではなくて、国学者なのだという意味だろうと私は理解して聞いていた。

そして最後に引用した柳田に関する評言はきわめて珍しい。折口はわれわれ門弟の前で、柳田を多少とも批判的に言うことはなかった。柳田からこの上もなく痛烈に、意地悪く言われて顔色が変っていても、出る言葉は折口の独り言であって、うっかり調子を合わせたことを言おうものなら、「君ごときが先生を批判することはない」とぴしゃりと叩き伏せられるのだ。だから「とりふね」の集まりの場で「先生には、宗教的情熱がない」と言ったのは、よくよくのことである。そしてまさしく、宗教的情熱の有無が、折口と柳田の学問の決定的な違いだと言っても過言ではないだろう。しかし、決して言わない柳田への批判をこうして言わないでは居られなかったほど、この時期から死に至るまでの折口は思い迫った心で、未来の日本人の心の支えとなるべき、宗教的情熱を内包した力ある学問を希求し、その追求に心血をそそいだのである。

折口の学問の方向は、実は彼が日本人の神として「まれびと」を発見した時から、その新しい方向性を示し始めている。「まれびと」について明確な規定を試みた長谷川政春氏は、論文「折口信夫と〈神〉——愛の神スサノオ——」(『清泉文苑』一九九三年十月)において、結論的に次のように述べる。

折口信夫が日本の神として発見したマレビト神は、柳田国男の「神」とちがって、次のような属性を特徴としてもつものであった。

それは、㈠肉体をもつ神であったこと、㈡血縁を超える属性をもつ神であったこと(反「祖霊」の神という側面をもつこと)、㈢ストレンジャーゴッド、すなわち来訪神であり異人であり客神であったこと、である。これがマレビト神の像である。

折口が発見の最初から用いた「まれびと」あるいは「まれびと神」という名称は、まさにこの神の特質を簡素な言葉の中に含んだものであった。さらに言えば、彼が「まれびと」を発見するに至る一番大きな動因は、彼自身が「まれびと」追求のための旅を重ね、重ねした果てに心に開けた、あるいは実感として感得したものであった。その過程を究極的につきつめてゆけば、「まれびと」は折口その人のうちにあったと言うことができる。

少年期から青年期にかけて、広く深く読みこんだ日本の古典や歴史書、あるいは青年期になって心を開かれた人類学・民族学・民俗学の刺戟、そしてそういう知識を綜合して折口の心に一つの焦点をむすばせるために、より直接的な動機となったものが、村々に保たれている民俗であり、古風な祭りを中心とする民俗芸能であることは言うまでもない。そう考えると、折口の「まれびと」発見の上に働いた「旅」の重要さが大きな意味を持ってくる。長く苦しい旅の体験があってこそ、その旅中の孤独な苦しい心に、異境・他界を思う想念が深まり、そこから時あっておとずれる力ある異人の旅の心が、実感を深めていった。あれほど篤い心で日本の神を追求した宣長ですら思い至らなかった神の発見は、そうして成されたのだ、と言ってみてもまだそれだけでは説得の不十分なところが残る。

それは柳田国男が居るからである。ほとんど時代を同じくし、学問の知識の豊富さ、考えの緻密さと分析力、旅の体験の深さと広さといった点では、折口の先駆者であり先導者である。沖縄はもちろんのこと、折口の重要な旅は柳田からすすめられたり示唆されたりして、その跡をたどるような形で行なわれている。さらに言えば、折口の民俗学の発足期における中心の課題であった、空から降臨する神の目じるしともいうべき、「招ぎ料《しろ》」「依《よ》り料《しろ》」の問題にしても、柳田は「柱松考」やがて『神樹篇』に展開させてゆくように接近し重層した考えの過程を経ていながら、結局、折口の「まれびと」論は終始認めなかった。この相違はつまるところ、折口の言う「柳田先生には宗教的情熱がない」という一言につきるのかもしれない。しかし、後に残されてこの両者の巨大な学問の足跡を考えようとする我々には、師の巨細を知り尽した折口のこの言葉だけに依っているわけにはいかない。

折口が死んだ直後、雑誌『短歌』に柳田が書いた短い文章がある。その追悼文の中で柳田が自分とくらべてすさまじいものとして、感に堪える思いであげているのが折口の旅である。自分も多くの旅をしたけれど、ほとんど伴う者があった。だが折口の旅は外からは人のおとずれることもない山間・離島の村々を訪う、身にしむような孤独と困窮の旅の連続であったと言い、それらの旅の丹念な記録は残っていないが、旅中の思いを凝縮して歌った短歌が残されていることに言い及んでいる。民俗学のために文学を、詩を断念した柳田だから、折口の短歌に対しても深い感興を示すには至っていないのだが、しかし旅中の思いを托した歌を見のがさなかったのはさすがである。

前から触れてきたけれど、「まれびと」の論が緻密に書き進められてゆく時期と、折口の短歌が今までのどの歌人も持たなかった独自の境地を開いてゆく時期とが、微妙な重層を持っている。その代表的な例になる歌をあげる。

ゆくりなく訪ひしわれゆゑ、山の家の雛の親鳥は、くびられにけむ
鶏の子の　ひろき屋庭に出でゐるが、夕焼けどきを過ぎて　さびしも

歌集『海やまのあひだ』では、前の歌は後の歌の詞書きのような形で、活字を小さくして組まれている。歌集の読者に、次の「鶏の子」の歌の出てくる心理的背景を理解させるための効果を考えたのかもしれない。しかしこれは、幾度読みかえしても不思議な古代感覚をよみがえらせてくれる歌である。一日歩きつづけていても人ひとりに行き逢わないというような山の奥にも、人の住む村はあった。家三軒が一村を成しているといった山奥の村に、夕近くなって突然に一夜の宿を乞うて来た来訪者は、家の者にとってはまさに心して迎えて応対せねばならぬ異界からのおとずれ人であって、その心理の奥では異人歓待と異人畏怖とが表裏の思いとして微妙にゆらいでいた。富士・筑波の神話の御祖《みおや》神から昔話の大歳の客に至るまで、こうした俄かな来訪者によってもたらされる突然の幸運と不運の伝承体験を、村人は身につまされる思いで身近に持ちすぎるほど持っていた。主人にも主婦にも、それぞれ心づもりせねばならぬ応対のための心の掟があった。

歌の主題となっている、ほんのしばらく前にこの世から姿を消した雛の親鳥は、異人歓

待のための小さな生け贄となってこの世から失せたのである。真っ赤な夕日が照らすがらんとだだっ広い屋庭に、所在なげに遊んでいた数羽の雛鳥の姿も見えなくなって、夕闇の深くなる部屋でじっと心を凝らしている折口の胸に満ちてくるものは、現代の旅行者のような単純なセンチメントではない。

小梨沢

——城破れて落ちのびて来た飛騨の国の上臈の、
杣人の手に死んだ処。

いにしへや、
か丶る山路に　行きかねて、
寝にけむ人は、
ころされにけり
峰々に消《ケ》ぬ
きさらぎの雪のごと
清きうなじを

人くびりけり

殺されるのは落城の後の上﨟ばかりではなかった。「雹ふりて 秋 たのみなし。村のうちに、旅をどり子も 入れじ といふなり」旅の途中で行方知れずになったり、命を落としたりする巡礼や虚無僧や比丘尼の話は、どの村びとの胸の奥にも秘め伝えられていた。私など子供心に、山峡深く立ちのぼる炭竈の煙が、竈の中のものを焼き尽して水気を含んだ白さから次第に青く澄んだ色に変ってゆくのを見て、村に伝わる巡礼殺しの伝説を肌にせまる思いで感じて心ふるえた記憶がある。そうした来訪者の不幸によってもたらされる村人の幸福を伝える話も、決して少くはない。折口が旅中の歌に凝縮して示す、さびしさあるいはかそけさやひそけさは、こういう村々の民俗の中の「まれびと」の旅と、それを迎える村人との間の心の交響をつきつめたところからにじみ出している。

折口がよく使った関西人特有の言葉を用いていうと、「まれびと」は自分の内らから凝り成してきたものであった。古典の中に散見する権威ある呪言をもたらす力ある神、沖縄で知った赤また・黒またなどの恐ろしい異形の来訪者も、知識としては知っていても、長い伝承を経た民俗の中の「まれびと」は、心の気遠くなるような長く遠い旅を、深い寂寥をともないながら経めぐって来て、村人の胸にもふかぶかとしたひそけさの感銘を与えてゆくものという思いが、折口には強かった。花祭り・雪祭りに出て雄々しく叫び舞う鬼の権威ある姿を見ても、心は同じであった。折口の「まれびと」の発見は、日本人の神を今までの誰よりも宗教性を持った、この世ならぬ他界から長い旅を経ておとずれる、永遠性をともなったものとして定着させたのだが、同時にそれは久しい伝承の間に日本人の心性をおのずからにじみ出させて、深い寂寥感をともなって伝えられてきたものとして感じ取っていた。

怒りの神・祟りなす神

戦争の末期から戦後の折口のいう神が、それ以前の神と一番違う点は、憤る神・怒る神さらには祟りなす神を主として考えるようになった点である。これは彼の歌集『海やまのあひだ』が旅のひそけさを歌い、それに次ぐ『春のことぶれ』が主として都市の生活のかそけさを歌っているのに対して、戦後の作品を収めた『倭をぐな』が憤りの歌集であるのと表裏の関係がある。

昭和二十二年十月五日に雑誌『悠久』の企画で行なった座談会「神道とキリスト教」(『悠久』第三号に掲載)の中で、日本人の神観念について、長い発言をしている。その要点を抜いてみる。

戦争が済みました時に、神が敗れた理由を吾々は解かなければいけない。何のために神が敗れたのか、誰か解決してくれた人もあるかも知れませんけれども、神道の方では存外そんなことを言はないで、直ぐに様子が変つてしまつたと思ひます。（中略）吾々の考へて居つた神が、日本人の持つて居る神の本質ではなしに、恚《いか》らない、憤《おこ》らない神といふ風に考へ過ぎてゐる。ちつとも憤りを発しない、だから、何時も吾々どんなことでもしてゐる。

……すさのをの命のやうな性格があつて、非常に怒り易く非常に暴れらる。さういふ性格が神に欲しいのですね。欲しいといふことは、吾々だん／＼神からさういふものを取り去つたといふことを考へるからで、神を非常に神聖な非常に円満なものと人間が勝手に考へて来たのです。（中略）何でも彼でも寛容してくれるものにしておかうといふ懶惰性、日本人は全体にそんな懶惰性といふものを持つてゐる。（中略）それでなければ吾々はかういふことが起きた以上厳しく神に対して反省しなければならない筈です。どんなことをしても神は罰しない、どんなことをしても神は怒らないと信じてゐる為に皆がどんなことでもする。（中略）日本では怒る神といふものはデモンとかスピリットだとか低級な神に押し付けてしまつて、い、神は皆祟りをしない神と考へる様になつてしまつた。

こうした考えは、戦争に敗れた無念さや憤りの中から、あるいは敵愾心や怨念から出てきたものではないかと思う人があるかもしれないが、それは違っている。もともと折口は古代人が思い描いた大きな神の性格に、はげしい怒りと愛の要素を見いだし、それが万葉びと達の生活の理想の反映であると述べたり、光源氏の性格の中に神のごときびしい怒りの面を認めて、それが古来の日本の物語の主人公が持つべき理想的な性格の一つであることを説いている。そして、日本語の「ひと」とは単に人間を意味するのではなく、神に近い浄らかな条件を備えたものを意味し、さらにそのひとの中で神の「みこともち」として、力ある言葉の伝達者の資格を持つ天皇やその后にあたる人には、たとえば雄略天皇や磐媛皇后のように怒りや嫉妬のはげしい方が出るのだと説いている。この考えは戦後に始まったことではない。しかし、敗戦直後に次々に作って発表した、「贖罪」「天つ恋」「すさのを」「神　やぶれたまふ」などの詩篇や、短歌作品を見ると、折口が敗戦体験によって一層きびしく自分たち日本人の内面を反省し、「すさのをの神」の神話に現れた神の苦悩と怒りと罪の意識に、新しい神道宗教化の基点を見出そうとしていることは注目しなければならない。そこには折口の戦争と敗戦を体験した苦しみが反影し、敵国の戦いの情熱と正義の源であったキリスト教の宗教的情熱が刺戟となっていることが認められる。その原罪と贖罪の問題も彼の戦後の神道論の要点の一つだが、それと傾向の違ったもう一つの怒りの神の姿について、彼が述べたことがある。

くり返し私の心に思い出されて強烈な印象を残すその話は、昭和二十七年二月、「春日大社・興福寺国宝展」が東京で開かれたのにちなんで行なった「浄きまなじり」と題する講演である。国宝の阿修羅像が示す、純粋な怒りの眼、清澄な憤怒の表情を核にして、仏教以前からの日本固有の神の姿を溯って想定しようとした話であった。仏像によって信じる神を偶像化することを知った日本人は、やがて仏法護持の神像を作る過程で、自分達の心の奥にある固有の神のおもかげをその神像の上にひそかに反映させていったのではなかったか。阿修羅の浄い怒りのまなじりを見ていると、そういう感じがしきりに胸に湧きあがってくると言い、古代の日本人の心の神の姿を想定しようとした、予言性と暗示に富んだ内容であった。何よりもこの話が私の胸を切なくとらえて離さないのは、この話の底に流れている、日本の神がまだ日本人の心に定《さだ》かな像を結ばない以前に、強烈な姿と強烈な宗教力を備えた「仏てふ神」の渡来によって、余りにも早い「神々の死」を余儀なくされたのではないかと考える、折口の悲しみの予測に心動かされるからだ。それはキリスト教によるギリシャの神々の死よりも、比べようもなくはかなく微かで幽暗なことだけに一層いたましい。折口は若い頃からその悲しみを抱きつづけていた人だと私には思われる。小説『死者の書』の中にも、その悲しみはひっそりと流れている。藤原南家の郎女の、時代を超えた聡明さと宗教的なさとりの深さによって、古い信仰と新しい仏への帰依の情熱が、希有な融合を見せているようだが、その光明の蔭に失意の姿を散見させる中臣の語りの媼や当麻の語りの姥らは、日本固有の神の敗残の悲哀を暗示している。また次のような一節がある。

今年五月にもなれば、東大寺の四天王像の開眼《かいげん》が行はれる筈で、奈良の都の貴族たちには、すでに寺から内見を願つて来て居た。さうして、忙しい世の中にも、暫らくはその評判が、すべてのいざこざをおし鎮める程に、人の心を浮き立たした。本朝《ほんてう》出来の像としてはまづ、此程物凄い天部《てんぶ》の姿を拝んだことは、はじめてだ、と言ふものもあつた。神代の荒《あら》神たちも、こんな形相《ぎやうさう》でおありだつたらう、と言ふ噂も聞かれた。まだ公《おほやけ》の供養もすまぬのに、人の口はうるさいほど、頻繁に流説をふり撒いてゐた。あの多聞天と、広目天との顔つきに、思ひ当るものがないか、と言ふのであつた。……

四天王像のうちの多聞天は恵美押勝（藤原仲麻呂）にそっくりで、そして広目天は道鏡、あるいは筑紫で伐たれた藤原広嗣に生写しで、互に憤怒の相すさまじく反目しあっているのだという噂がやがて大伴家持の耳にまでとどいてくるという場面である。ここにも折口独特のイメージがあって、古代の心はげしい神の姿が、仏法隆昌の後世に屈折した形でしか伝わっていないという思いの一面を見ることができる。

仏教が渡来して、日本人ははじめて大きく緻密な教義を持った宗教を知り、広大無辺な済度の幸福を得たのだけれど、その反面でついにみずからの根生《ねお》いの神を核にした自立した宗教を生み出さずに終った。われわれの神は、生まれいづる前に弑虐《しいぎゃく》に遭ったという思いが深く、敗戦の後にまたより切実さを加えてその思いがよみがえり、身を責めている。

昭和二十五年二月に柳田国男と「民俗学から民族学へ」というテーマで行なった対談の中で、こんな発言がある。

折口 （前略）私はフォークロアの方は、あのむつかしいゴムの Handbook of Folklore ――先生の外遊の記念に買つて見えたのを、苦心して大体読まして頂いたという程度にしか、外国のものは読んでいませんが、その傾向のあるもので確かに影響を受けた本は、一冊読んでいる。メレジュコフスキの『神々の死』です。普通ならば歴史の方からの影響を受けるはずなのですが、あれは不思議にフォークロア風な刺戟が働く本でした。

柳田 『背教者ジューリアン』なんかと三部作になつていましたね。あれは随分はやつて大勢読んだものだ。私も読んだのだが、割合に影響を受けなかつた。

折口がメレジュコフスキーの『神々の死』からフォークロアの面での影響を受けたというのは、つまり日本の古代の神々の死についての暗示を受けたということなのだが、これは柳田にも通じなかったようだ。大勢の者が読んだと言うが、おそらく背教者ジュリアノがギリシャの神々の死を歎いたことに刺戟されて、日本の神の死に思いおよんだ人は折口のほかにには無かったのではあるまいか。この対談の中で柳田は折口の読書について、「折口君の場合はわれわれの読み方とは違う。読む時に本を二重に読んでいる。ノートにとらないけれども二つの入口から本の内容が入っている。……折口君は一遍読むと無意識に直覚と一致させている。ただ単純な暗記や保存でなく、自分の素質みたいなものに変えてしまう」と言っている。これは折口の読書能力の特別な面をよく見通した言葉である。直覚的な類化性能をもって、西洋の神々の死から、それよりも比較にもならないほど微かな日本の古代の神の死を感じ取ってしまっている。単純な国粋主義といったものとは類を異にする。しかし、仏教に対するこの思いは、重要な意味を持っている。折口の神道宗教化は、日本の神を仏教渡来以前、日本人が仏を知りそれによって自分達の神を仏法護持の神としてまず認識していった、その以前のところに溯って求め直してみようとするのである。

……タマという語とカミという語には相当はっきりした区劃があった。それが段々「国魂」の神などいう表現を持つようになって来ました。そのタマと別でいて、混乱し易く、また事実関係の深かったのは八神殿の神々でしょう。タカミムスビの神、カムムスビの神があり、その外に、イクムスビ、タルムスビ、タマツメムスビという五つの神が祀られていた。

（対談、「日本人の神と霊魂の観念そのほか」『民族学研究』昭和二十四年十二月）

折口は神以前に霊的なものをタマあるいはモノと言ったと考えていて、タマがその働きを示すことをタマシヒと言ったとしている。人間をはじめ土地や物は、タマを宿すことによって生成発展の力を持つことになる。だからやがて、武蔵大国魂の神といった神が存在することになる。そのタマを物に付着させ、タマを活動させる働きをする神を産霊神《むすびの》と言い、中でもタカミムスビの神・カムムスビの神を古典には重く伝えている。また家々の祖先神として伝える場合も多い。折口はこのムスビの神を、古代日本に存在した、霊魂を人の身体につける役割をする技術者の神格化したものと考えた。

……この神々は、霊魂を人の身体につける呪術師、鎮魂の技術者です。古代日本では、そういう技術者があった。そうした技術者を神聖視するようになった。勿論そうした技術を行ったことが、現実には薄れ、記憶に印象しているものが強くなった時期に、タカミムスビ、カムムスビの神として、創造神ということになって来た。そういう呪術者は、神を創る人というわけですから。この両産霊神は神というが、人間を規範として考えた神です。それと霊魂を鎮呪することによって、神が出現すると考えている。こういう考え方は、霊魂を神より先に考えていたからだと思います。

柳田との対談の場で述べた、このムスビの技術者、鎮呪者がやがて神と考えられるとする説は、折口自身のムスビの神に関する構想を一段と進めたものであった。柳田はこれに対して、近世にその本体が認められないことを理由に、積極的に認めようとはしていない。折口はさらに、自分のこういう考えは、ただ一国民俗学の範囲にとどまるのではなく、より広い視野を持つ民族学との合同、あるいは比較研究の上で今後に推進されるべき分野の課題であることを強調している。

対談の司会をつとめる民族学者・文化人類学者の石田英一郎が、「ムスブという言葉のもつ感覚をもう少しご説明願えませんか」と質問したのに対して、次のように答えている。

霊魂を物質の中に入れると、物質が生命を得て大きくなっていくと共にその霊魂も育ってゆく。そうした呪術を施すことをムスブというのが、この語の用語例です。つまり鎮魂の為の所置法をいう語です。結合して発育する、それがムスブなので、脱出しないということを主とした時、これをイワウと言います。呪術を施す場合に、中間物に容れて、肉体的に結びつけたと見なす方法をククルといったらしいのです。

石田はこれに対して、「シャーマニズム或はアニミズムの研究の上からも、もつと徹底的にやるべき大きな問題だと思います」と答えて、比較研究の必要を認めている。折口の研究はもともと比較民族学の領域に広がってゆく傾向を持っているが、戦後は殊にその情熱が強くなっている。神道宗教化の問題はその面の視野を特に必要とすることが痛感される。

戦後の折口の考えの上でいちじるしく強く現れてきたのは、日本人の原罪意識の問題である。戦前にもそういう考えがまったく無かったわけではないが、戦後に説くような強い認識は持っていなかった。敗戦の後の詩のテーマとして、幾つかの詩に激しく重く歌われた罪の意識は、昭和二十四年四月の雑誌『表現』に発表した「道徳の発生」において、より詳しく論じられている。その第五章「天つ罪」の中にはこんな言葉がある。

日本古代にも、天つ罪と言はれるものは、此意味の既存者が与へる部落罰である。其犠牲者の考へが、逆にかの天つ罪の神話「すさのを」の命の放逐物語を形づくりなしたのである。天つ罪の起原を説くと共に、天つ罪に対する贖罪が、時としては、無辜の贖罪者を出し、其告ぐることなき苦しみが、宗教の土台としての道徳を、古代の偉人に持たせたことのあつたことは、察せられる。

部落罰であるが故に、時に自身のかかわりない罪のつぐないを負わされて苦しんだり、その村を追放されて漂泊の旅をつづけなければならぬ無辜の犠牲者が出た。彼らの耐えしのばねばならなかった苦しみが、逆にその原罪を最初に犯した神としてのスサノヲの神話に、罪の起源神話としての宗教的深化を与え、また漂泊する者はその神話を伝えながら、他の村々へ神の原罪とそのつぐないの心を説いていったのである。スサノヲに対する折口の戦後の思い入れは、極めて深いものがある。

二十四　日本人の他界観

歌による魂の転生

折口の晩年の論文の中で、死の前年の夏に書かれた「民族史観における他界観念」は、何度読み返しても不思議な印象が心に残る内容を持っている。全集で六十頁に近いその論は、二十一の短い章に分かれて、日本人の他界観念について、永い年月を経た変化の諸相をたどりながら、その淵源をさぐり出そうとするものである。こうした問題を考えた最初の論考、「妣が国へ・常世へ――異郷意識の起伏――」（大正九年五月『国学院雑誌』）以来、三十余年間の大きな追求課題の最後のまとめとも言うべき論文である。それでいながら、読み終った後に完結を感ずるよりは、より広く日本列島およびその周辺の土地の民族の心に伝承されてきた他界観について、民俗学のみならずさらに大きく比較民族学的な未解決の課題を投げかけられているという思いが次から次へ湧いてくる。この論文を、折口の遺言というふうに感じたのは評論家の高橋英夫氏であるが、確かに幾つもの重層した意味あいをもって、そう感じないではいられない内容を持っている。殊に論文の随所に隠顕して感じられる、戦争によって発生した莫大な数の若き未完成霊への心入れと、それをどうして鎮めるかという問題は、読む者の心に深い内省と痛みを抱かせ、将来かけての日本人共通の重い宗教的課題を示されたことを痛感させられる。

複雑で多岐にわたる予言的な論を、要約して紹介してもあまり意味はないし、その能力も私にはない。ただ、この論文ができあがる時期の折口の日々をつぶさに見て、その最初の稿を筆記したり、加筆の部分を清書したりした日の思いを辿りながら、最晩年の折口の生活と、その胸中にあったものを私なりに見定めてみようと思う。なまじっか、論の生み出されてゆく前後の頃の著者の生身《なまみ》の動静や、同じ時期に生み出されていった短歌作品とのひびきあいなどを知っているために、論の学術的な流れを乱した受容をすることがあるかもしれないが、それは明敏な読者が正して下さればよい。

昭和二十七年一月二十九日、国学院の研究室へ朝日新聞社会部記者の牧田茂氏から電話があって、硫黄島の戦死者を供養するために、元海軍大佐和智氏の一行が明日飛行機で出発する。朝日・読売・毎日三社の記者も同行するので、何か役立つことがあったら島へ行く記者に頼むからとのことだった。折口は早速、短冊に春洋を悼む歌を書いて、春洋の隊の陣地があったと推定される東海岸の砂に埋めてもらうように頼んだ。

三十一日の午後、折口は用があって文部省へ行った。私もついて行って、用のすむのを待っていると、また牧田氏から電話があって、読売新聞の夕刊に硫黄島で発見した書類の写真が出ていて、藤井春洋の名がはっきりと読みとれるとのこと。早速、文部省の玄関で新聞を買ってみると、壕の中から出てきたぼろぼろになった考課表副本の氏名欄に、くっきりとその名が残っていた。折口はつくづくと写真に見入りながら、重い沈黙にしずんでいった。その翌日、読売の記者窪見氏に会って、硫黄島の現状と戦況のあらましを聞いた。その詳細は『折口信夫の晩年』に書いたが、話を聞いた後に「今日はじめて、春洋は硫黄島で戦死したのだということを、心の底から信じることのできる気持になった。そしていままでにない、心のしずまりを得ることができた。もしできるなら、いつか硫黄島に渡って、春洋の死んだ洞窟に入っていって、自分の眼でその跡を確かめてみることができたら、さらに心が落ちつくことだろうね」と、折口はしずかな表情で言った。

それまでも、それ以後も、折口は門にかかげてある春洋の表札をおろすことはなかったし、床の間に据えた「折口春洋之命《ミコト》」という位牌の前に毎朝、湯呑一杯の茶をなみなみと注いだ。硫黄島からの便りに「水の自由にならぬといふことがどんなに人間にはさびしいことかといふことも、こんどほど身にしみたことはありません」と、めったに苦情など言わぬ春洋が訴えてきたことが、心に深く刻まれていたからに違いない。島の洞窟から発見された考課表には、「藤井春洋、志操堅固、身体極めて強健にして、如何なる困苦欠乏にも耐う」と書かれていたという。彼が硫黄島から送ってきた二十通余りの書簡（後に中公文庫本の歌集『鵠《たづ》が音《ね》』に所収）は、のがれようのない小さな南海の孤島で、ただひたすら強大な敵の暴力の襲来を待ち受ける十カ月の生活記録でもある。春洋の歌集『鵠が音』の初版は、折口の死の床の傍らで最後の校正を伊馬春部と私が続け、刊行されたのは死後半月近くたってからであった。この本の巻末には、昭和十九年から二十七年の間に折口が書いた五つの「追ひ書き」が収められている。そのうちの最も早く、十九年十月に書いた「追ひ書き　その一」には、次のような言葉がある。

> ……春洋の持つ文芸は、形態は小いが、日本人を除いてはなし得ぬ種類の抒情であつて、又日本人のすべてが、必しも行き踰《こ》えることの出来るといふ境でもなかつた。其《それ》を蹈み出さぬ限りは、芸術たり得ぬ、厳しい制約によつて守られた文学である。（中略）春洋の全集の中から私の抜き出したものは、凡《およそ》千首を数へるほどに過ぎぬが、其《その》うち五十一、百分の一でも、最《もつとも》新しい古代的な日本人の心に、沁みつき離れぬものが残るに違ひない。此《これ》は決して、春洋を愛し、春洋の文芸に溺れる為の、私の判断違ひではないのである。

私に、この古代文芸を守る一人の身の、無異を祈ることは、固より切である。だがもつと深く希ふは、言ひ残した語のやうに、予ねて期《ご》した日が来たら、彼自身古代文芸となつて、砕け散ることである。悲しいけれども、彼の心の既《はや》く転生した魂が、其なのだから。私は、其日が来たら、此《この》書の包容する古代文芸が、愈《いよいよ》輝きを増すことを思ふのである。

ここで折口が春洋の死にかかわって言っていることは、短歌による古くて新しい強烈な魂の転生の発見である。この引用文の少し前のところでも、今の日本にさし迫った危急を救い得るのは、若い果断、浄い憎悪、匂わしい古典感と、凜々しい新しい感覚だと説いている。春洋の歌集に『鵠が音』と名づけたのも折口だが、彼が自分の膝下に集まってきた学生と、短歌による文芸復興をめざして作った最初の雑誌が『白鳥』であり、それに続くものが『鳥船』や『鵠《くぐひ》』であるのを見れば、折口のめざした心は見事に一貫している。古代人が遠い他界からの力ある魂をこの世に運んで来るものと信じ、さらには聖なる魂そのものの姿と仰いだり、天来の声に魂のよみがえりを感じた白鳥・鵠・鶴にちなんだ名を、歌の結社名や歌集の名につけたのは、力ある言葉による魂の感染と復活を、古来の倭歌《やまと》の働きの上に信じているからにほかならぬ。短歌こそは、死地におもむいた春洋の魂の転生の声であり、他界身の白鳥の羽ばたきであった。歌の始源を、妣が国なる海彼岸からもたらされる「まれびと」の権威ある言葉に見出した折口の心の、当然の帰結であった。それに呼応するように、春洋も硫黄島からの手紙に、「鳥船の連中の歌を、こゝへ来て第三集（鳥船新集第三）で読んでゐると、先生の言はれる魂の薄いものはいけないといふことが初めてはつきりして来ます」と記している。魂の充ちた歌は、短歌の伝統を否定的に批判する人の心をもとらえずにはおかなかった。桑原武夫が一九四七年に雑誌『八雲』に発表した、「短歌の運命」と題する第二芸術論の中で、「潰えゆく国のすがたのかなしさを　現目《マサメ》に見れど、死にがたきかも」という歌をあげて、この釈迢空の歌だけは、「心と形式とが完全にミートしていて、何か『まこと』のようなものが私の胸を打った」と書いている。

春洋が硫気吹く南海の孤島に流離してから後は、折口は春洋の魂の若い果断と浄い憎悪に深い信頼を寄せ、海彼岸の声のように匂わしい古典感と凜々しく新しい感覚の声に心を傾けた。しかし、その死が確実なものとなり、潰えゆく国のすがたが日一日と敗残のむなしさを深めてゆく戦後に至って、彼の心を深く責めてくるのは、死後の春洋の魂の、鎮まらぬ未完成霊としての痛ましい煉獄の苦悩であった。折口が作った「春洋年譜」の一部を引用する。

昭和三年　二十一歳

十月、品川区大井出石町五千五十二番地折口方へ転居。折口並びに鈴木金太郎の影響を受ける。

昭和十九年　三十七歳
六月二十一日、千葉県柏に集結し、七月九日、横浜から乗船。八丈島へ向ふ。途中先発船沈没の為、急に予定を変へて、到着したのが、硫黄島であつた、と言ふ。七月二十一日、折口信夫養嗣子となる。此頃出先で、中尉任命のことがある。
昭和二十年　三十八歳
三月十九日、硫黄島方面で、戦死の由、東京連隊区司令官の名で、報告があつた。だが、詳細な死所及びその月日を知ることは出来ない。米国軍隊のはじめて、島に接近した日を以て、命日と定めることにした。二月十七日である。

二十一歳で折口の家に同居したまま、独身の師の身辺や日常のくまぐまに心をとどかせてその家をととのえ、自分も独身のまま三十八歳で南海の孤島の最もむごい激戦に命を果てた。島からの二十通の便りを見ると、きびしい戦争中の東京で、身辺に女人を近づけることの嫌いな生活を続ける師を心配し、心を痛めている春洋の思いが察しられる。
○二人の処女《をとめ》たち相変らずゐてくれる様子、ほつとさせられました。これも私にとつては、先生の日常の為にありがたいことの一つなので、どうにかして大きな変化のない様にとそればかり祈つてゐることです。

○中村さん来る様ですが、これは心強いことです。たゞ今迄世話してくれてゐる処女たちにやはりもとの様な気分でゐてもらふ様にこれはどうぞよろしくお願ひします。うちはやはり女手のないことには、炊事に事を欠く訣《わけ》ですからどうぞその点お気をつけ下さつて、折合ひよくお願ひします。

折口の家に女性を居つかせるためには、女性に潔癖できびしい折口と女性との間に立って、こまやかな配慮のできる別の男性が居なければ成り立たない。七年間私もそうした役をしたから、春洋の心配はよくわかる。「中村さん」というやや心の大まかな古くからの弟子が突然に家に入ってくると、せっかく春洋が築いていった師の家のバランスの崩れるおそれが多分にある。事実、春洋が去った後、矢野花子さんと私が家へ入るまでの折口の戦中・戦後の生活は、実に、荒涼として、身辺のおちつかない日々であった。春洋の居なくなった家で、つくづくと折口は春洋の存在の大きさと、それがこの世から消え失せたむなしさを思った。時に自分を膝の下に押しひしいでも我儘を正し、先輩の弟子を叱りつけてでも師の心の秩序を守った春洋は居ないのであった。

何よりも、あれだけ気稟高く心美しい一人の男を、妻も子も持たせないで、異境でむごい戦にむざむざと死なせたことが悔しかった。日本人の霊魂観からいうと、未婚のまま子孫を残さず、家郷を離れて異郷で人しれず非業の死を果てた者の魂は、鎮まるべき条件をことごとく欠いた、完成するまでに一番長い時と煉獄の苦しみを経なければならぬ、未完成霊であった。そういう行き方を彼に強《し》いた責めを思うからこそ、硫黄島着任を知ってすぐ、養子縁組の手続きをした。春洋にとっては寝耳に水で、何の事かと思ったに違いない。そうすることによって逆縁ながら、春洋の死後の霊を祀る血縁の者となろうとしたのである。前々から持っていた、母の後《あと》を断つためにわがのちはあらせまいとし、さらに「我が為は墓もつくらじ」と思い定めた覚悟は、春洋の魂の鎮めのためには変更せざるを得なかった。養子縁組などという浮世の手段だけでは、とても決着のつくことではなかった。戦後から死に至るまでの折口は、いつも荒涼たる春洋の魂の鎮まりを念じながら、煉獄の苦しみを耐えるその霊と交感を重ねあい、浄化のための苦しみを共にしていたのであった。そうした思いの中で、日本人の永く久しい伝統による他界観の諸要素や、多様な変遷をたどり、その始源に溯源してゆこうとする心の営みがくり返され、論文「民族史観における他界観念」の骨格となるものは成立していったはずである。むごい戦いの中でもとりわけ酸鼻をきわめた、仇との闘争の場で果てた魂は、中世ならば平家物語を成立させる情念を誘い出し、一世紀、二世紀の歳月をかけて、遍歴する盲目の琵琶法師によって村々を経めぐりながら源・平の武者の戦いと死にざまが語られることによって、広く後世の村びとの流す涙とともにカタルシスを得て浄められ鎮められていった。近世ならば村々に澎湃として興り伝播してゆく念仏踊り・盆踊りの中に、争乱の結果生じた新しい怨霊を巻きこみ踊ることによって、浄《きよ》い霊に昇華すると信じられた。村々の古来の盆踊りの身にしみるようなメロディや、行きつ戻りつして徐々に進む踊りの手ぶりと歩みも、祟りをなす不幸な死霊の転生のための生者の祈りがこめられている。

だが、現代の戦いの後には、そういう鎮魂の民俗の持つ心は地を掃ったように、起っては来なかった。そして天皇を現人神と尊び、その現人神のために戦死した者の魂はほんの短期間でかがやかしい神となって祭られるという近代の信仰も、わずか七十年の歴史を経ただけで敗戦とともに、さらに天皇が神に非ずと宣言されたことによって、新傾向の昇華の理由を短期間で消失させた。日本人はアメリカから教えられた民主主義、ヒューマニズム、人権など、自分ども生者の主張と権利を口々に言いたてて、過去のどの時代の日本人も深い恐れと悼みを抱いて鎮めようとした死者の怨念の荒《すさ》びには、直接の遺族を除いては、ほとんど真摯な思いを致す者がなかった。そういう現実に怒りと悲しみを感じながら、折口は春洋の魂と常に心を通わせあい、その未完の霊の苦しみと他界遍歴のさまを共感しあった。そのことが「民族史観における他界観念」執筆の動機であった。さらにその無念な執着は、日本人が将来かけて持つべき宗教的情念の根源を希求し探求することへ展開していった。この論文が折口の遺言だという理由の最も大きな点は、そこにあるのだと私は考えている。

未完成霊との対話

「民族史観における他界観念」の初めの方に、次のような設問をまず出して、書き出された一段落がある。

何の為に、神が来り、又人がその世界に到ると言ふ考へを持つやうになつたか。さうして又何の為に、邪悪神の出現を思ふやうになつたか。

この短い言葉に、他界観の論文が書かれなければならぬ主要な理由があったと考えてよい。邪悪な霊、邪神の出現をとりあげているところに、折口の新しい視点の取り方が示されている。そして論は次のように進められている。

……最《もつとも》簡単に霊魂の出現を説くものは、祖先霊魂が、子孫である此世《この》の人を慈しみ、又祖先となり果さなかつた未完成の霊魂が、人間界の生活に障碍を与へよう、と言つた邪念を抱くと言ふ風に説明してゐる。さうして、其が大体において、日本古代信仰をすら説明することになつてゐる。此《これ》は、近代の民俗的信仰が、さう言ふ傾きを多く持つてゐる為であつて、必しも徹底した考へ方ではない。私は、さう言ふ風に祖先観をひき出し、その信仰を言ふ事に、ためらひを感じる。この世界における我々――さうして他界における祖先霊魂。何と言ふ単純さか。宗教上の問題は、祖・裔即、死者・生者の対立に尽きてしまふ。我々は、我々に到るまでの間に、もつと複雑な霊的存在の、錯雑混淆を経験して来た。

こうした祖裔二元論的な考え方を否定して、邪悪な精霊、あるいは邪神の発生とその原因の解明に入ってゆく。その進展のおおよそは、以下の数節の表題を見るだけでも、ほぼ想像がつくであろう。「未完成の霊魂」「祖先聖霊と　祀られぬ魂魄」「護国の鬼　私心の怨霊」「荒ぶるみ霊」。こうした表題の中でとりあげられているものの多くは、祖裔二元論からは外れた、雑多ないまだ祀られざる未完成霊である。柳田の常民に対して、漂泊の民や外から来る異形の「まれびと」に注目してゆくのと同じように、折口の視点はここでも未完成の庶物霊や、祀られることのない魂に注がれている。

日本におけるあにみずむは、単純な庶物信仰ではなかつた。庶物の精霊の信仰に到達する前に、完成しない側の霊魂に考へられた次期の姿であつたものと思はれる。植物なり巌石なりが、他界の姿なのである。だが他界身と言ふことの出来ぬほど、人界近くに固著し、残留してゐるのは、完全に他界に居ることの出来ぬ未完成の霊魂なるが故である。つまり、霊化しても、移動することの出来ぬ地物、或は其に近いものになつてゐる為に、将来他界身を完成することを約せられた人間を憎み妨げるのである。

短く端的な言葉だが、こうして見ると日本の庶物霊の存在のありようがよくわかり、人との関連がはっきりする。未完成であるためいつまでも転生できないでいる霊の他界身的なものとして、木や草をはじめ地物・地理に宿っていて、完成を約束されている神の恩寵めでたき「ひと」を憎んで、その生活を邪魔してくるわけだ。そうすると日本の伝説が地名の起源説話的になっている理由や、日本古代の旅の歌が歌枕としての地名や地物に歌いかけているのも、その因由が解けてくる。

御霊の類裔の激増する時機が到来した。戦争である。戦場で一時に、多勢の勇者が死ぬると、其等戦歿者の霊が現出すると信じ、又戦死者の代表者とも言ふべき花やかな働き主の亡魂が、戦場の跡に出現すると信じるやうになつた。さうして、御霊信仰は、内容も様式も変つて来た。戦死人の妄執を表現するのが、主として念仏踊りであつて、亡霊自ら動作するものと信じた。

これも、念仏踊り・盆踊りの発生してくる経緯を簡潔に示している。そして折口がこの論文を書いた夏の軽井沢の貸別荘での生活が、今もまざまざと思い出されてくる。愛宕山の中腹にあるその家は、鬱蒼と茂った水楢の林の中にあった。七月中に『日本古代抒情詩集』の口述を終り、八月に入ると「民族史観における他界観念」の口述が始まった。参考書も準備したノートもなく、屋根裏のような熱い二階の部屋で、ゆっくりと口述は進んでいった。記憶を辿るというよりは、胸の内に貯えた思いをゆっくり手繰り出すように語り出されていったが、いつものなだらかさと違って、話が停滞するようになっていった。当時はそれがどういう理由によるのか私にはわからなかった。今になって考えてみると、何よりも未完成霊として苦しむ春洋の魂と暗黙の対話を交しあいながら、同時に無数の今昔の戦いの死者たちの怨霊の行く末を思いたどっていたのだと思う。

この頃、折口はよく幻視を訴えた。水楢の葉の茂りを透かしてとどく光線は、水底の光のように揺曳して暗く、その中でみずからが重い沈黙にふけりながら発光しているようなするどい気配で、思いふけっていた。

夏ごろも　黒く長々著装ひて、しづけきをみな　行きとほりけり
かそかなる幻―昼をすぎにけり。髪にふれつゝ　低きもの音
山深く　ねむり覚め来る夜の背肉《ソジ》―。冷えてそゝれる　巌の立ち膚

まさをなる林の中は　海の如。さまよふ蝶は　せむすべもなし
夜の空の目馴れし闇も、ほのかなる光りを持ちて　我をあらしめ

この夏の軽井沢で詠んだ歌には、他界からひそみ来る異形の物の気配が、黒い影を引いて漂っているように感じられる。誰よりもするどく、この気配を見とどけて、恐ろしいような確かさで書きとどめた文章がある。室生犀星の『我が愛する詩人の伝記』である。

……雨の多い年で見渡すかぎり濡れた木々、昆布色のうすぐらい曇った空気が、まだ午後の三時も廻らないのに、日暮れめいた鬱陶しい景色を幾重にも木々のかたまりを重ねて見せていた。迢空は白の碁盤縞の浴衣を着て、この人らしく戯談一つ言わない窮屈さで、とぎれがちな話を私達は交わしていたが、この年の翌年の初秋にはもう迢空は死んでいた。だから後になって私は、この最後の訪問が憂鬱で鬼気の迫ったものであることを、無言と無言の間にいまから汲みとらぬわけにはゆかない。

犀星が書いたように、この夏の迢空の身辺には、近づく者の心を圧するただならぬ気配が、バリヤーのようにおし包んでたちこめているのが感じられた。殊に八月に入って、他界論の口述と加筆が進んでいった時期が一番濃密に、現実から身を引いてこの世の外の世

界に心を寄せている感じが深く迫ってくるのであった。

人間を深く愛する神ありて

「民族史観における他界観念」の終りの三節は、「とてみずむ起原の一面」「沖縄式とてみずむ」「動物神話　植物神話」という見出しで、日本におけるトテミズム信仰の痕跡をさぐり出す、比較民族学的な領域で、未知の困難さの部分へ論がおよんでいる。

我々の触れておかねばならぬ多くの話が残つたやうである。唯日本人の古代生活に関繫なさ相に見られて来た仮面と、とてむの事には、其まゝにしておけぬ繫りを覚えるのである。

この二つは古代日本には関聯がないとしても、日本人以前には、其がないとは言ひきれない。かう言ふ風にして考へてゐる日本人は、必しも現日本の地を生活の主要根拠として居なかつたかも知れぬ。或は既に我々の考へる日本の地に一歩も二歩も乗り出してゐたことも考へられる。

予言的であり過ぎる感じの前置を述べて、アイヌや沖縄のトテム信仰の残像を辿りながら、前日本、日本人以前への溯源を試みようとする意図を持っている。こうした、前日本的な領域にまで溯源しようとする意図は、実はこの論文の全体にわたって感じられる。たとえば次のような言葉もそれを示している部分である。

他界における霊魂と今生の人間との交渉についての信仰を、最純正な形と信じ、其を以て「神」の姿だと信じて来たのが、日本の特殊信仰で、唯一の合理的な考へ方の外には、虚構などを加へることなく、極めて簡明に、古代神道の相貌は出来あがつた。其が極めて切実に、祖裔関係で組織せられてゐることを感じさせるのが、宮廷神道である。之を解放して、祖先と子孫とを、単なる霊魂と霊魂の姿に見更めることが、神道以前の神道なのだと思ふ。

神を祖先の系図の中にくり込み、祖裔関係でつなごうとしてきた従来の神道、あるいは宮廷神道の考えから解放して、霊魂と霊魂の関係として見直すことが、日本民族の神をより広い宗教化の道に乗せることであると考えているのだ。その意図から言えばこの論文も、戦後の折口の目ざす神道宗教化の方向に沿っているということができる。日本以前の神、神以前の神を溯源して考えようとするのも、同じ意図の中のことである。民族教から人類教へという大きな展開のためには、それは重要な問題点であった。だが、そうして折口が考えていた神は、例えばキリストのような、既成宗教の上の大きな絶対神ではなかったはずだ。日本以前・神以前をめざして、そこから歩み始めようとしているのを考えても、それは察しられる。地球の人類のほとんどを巻き込んでしまったような大戦争を体験したのちの、苦しく辛い反省から発した思いであった。更にそれは如何ほど折口が老いの情熱と英知とを傾け尽して追求しても、気の遠くなるような遠い未来性をかかえた問題であり、それだけに「民族史観における他界観念」の内容も、多くの未知の要素を含んでいる。折口の死後、晩年に使っていた手帳に未発表の歌が数十首、折につけて書きとめられていた。その最後の方に、次の一首があった。

人間を深く愛する神ありて　もしもの言はゞ、われの如けむ

作者がなお生きていたら、世に発表したかどうかわからない。だが、命終の近づいた頃に深く心に根ざした思いであるに違いない。神はわれの如くであろうと言うのだから、一見不遜の歌に見えるかもしれない。だが、「ひと」を深く愛するのは日本の神の本性である。逆に言えば、「ひと」とは神の恩寵深きもので、そのために庶物霊から妬まれたり妨害されたりする存在である。「人間を深く愛する神があって、もしものを言ったならば、私が言う通りの言をいうだろう」と歌ったのは、不遜でも思いあがりでもない。戦後の八

年間を、新しくあるべき日本の神を求めて、考えに考え、苦しみに苦しんだのちの思いである。ただ、折口自身は常に、自分は本当に力ある教祖が出現するときのために、教義の基礎となるべき学問的に正しく緻密な成果を、少しでも後に残しておこうと思っているだけだと言っていた。

最後の年、昭和二十八年は、三月二日の斎藤茂吉の葬儀に出席し、六月三日の堀辰雄の葬儀には追悼の詩を読んだ。この頃から体の衰えがいちじるしくなった。七月に入るのを待って、箱根仙石原の山荘で過す。二月から折を見てつづけてきた「自歌自註」の口述も、八月に入ると打ち切ってしまった。中旬になると箱根は急に秋めいて、山荘をつつむ萱原は一斉に穂を出し、風の音がするどく乾いた感じになる。その風の吹きぬける部屋で、

いまははた 老いかゞまりて、誰よりもかれよりも 低き しはぶきをする

かくひとり老いかゞまりて、ひとのみな憎む日はやく 到りけるかも

ありあわせの和紙にこんな歌や詩を、気ままに書くことがあった。歌の下には、僧形の老人が、布団からなかば身を起し、頭を垂れて思い入っている姿が描かれている。

体の衰えがつのり、食欲が細くなっていった。日に何度も入る温泉も、朝だけになる。二十七日朝の湯殿で、いつもの様に鬚を剃ってあげる。ここ二、三日、何度も繰り返す歎

きのことばがまた出る。「春洋が生きていてくれたら……後を残す者のないことがいちばん苦しい。……こんなに苦しいものだとは、今まで思ってみたこともなかった」湯がなめらかに流れるタイルの上で、細った足を足踏みして、身からしぼり出すように、歎きのことばが出る。この頃から、あのするどい折口信夫の気迫と判断力は、その身から失われていった。二十九日。自動車で箱根から東京の家に帰り、三十一日慶応病院に入院。やがて胃癌と診断される。九月三日、午後一時死去。六十七歳。六日自宅で神式によって葬儀。十二日国学院で追悼祭。十二日、羽咋市一ノ宮の父子墓に埋葬。また大阪の木津、願泉寺墓地の累代の墓に分骨が埋葬された。父子墓には、

「もつとも苦しき たゝかひに 最くるしみ 死にたる
むかしの陸軍中尉 折口春洋 ならびにその父 信夫の墓」

という、折口が生前に撰んだ墓碑銘が刻まれ、鎮まりがたいわが子の魂とともに、海の他界をのぞみながら、砂丘の墓に眠っている。

あとがき

今年は、折口信夫没後満四十七年である。間もなく九月三日、能登一の宮の墓前で、その祭儀をつとめるために出かけてゆく。

初めてこの師に接してからの歳月は、そろそろ六十年になろうとする。その間に、一番末の弟子であった私の齢も、師の齢を十年以上も越えて、この世の生をむさぼってしまった。

歌を学ぶのなら、まず鈍根に徹してみよ。知にはたらき、理にはたらくことをかなぐり捨てて、歌の根源、日本の抒情の発生に立ちもどって、そこから歩み出せとくり返しさとされた私は、もともと根生いの鈍根であったせいか、ほとんどの先輩が師の亡きのちに次第に歌から離れていったのに、ついにこのひと筋にかかわって生きてきた。

そして、師につながる歌のきずなを心の頼みとして、その文学、その学問、その思想を、くり返し考えつづけてきた。十年前、師の齢を越えた時から、幾らか心が自在になってゆく気がした。先生が生きなかったこの世の命を生きているのだ、という思いが多少とも、私の心を解き放ってくれたようだ。

ちょうどその頃、たしか『三田文学』創刊八十年を記念する会だったと思うが、佐藤朔先生と話す機会があった。この方とは、折口先生亡きのちの国学院で深い恩顧を受けた佐藤謙三先生との御縁もあり、『三田文学』に書かれた山本健吉追悼文の中で、折口信夫に対する深い理解と愛情を持っていられることも知っていた。話しているうちにふっと、「折口信夫の伝記を書きたいと思います」と言ってしまった。すると佐藤さんは急に表情を引きしめて、「あなたが折口さんの伝記を書かれるのなら、年譜を追った、乾いて面白くもない伝記はおやめなさい。行きつもどりつして、折口さんの内面をさぐり出すつもりで書いてごらんなさい」と言われた。

私はその佐藤さんの言葉に眼を開かれ、勇気づけられたけれども、また一方で緊張に心をこわばらせもした。師の内面をさぐり出した、面白い伝記などは書けそうもなかった。先生の家に入って、その気息を肌身に感じて生きたのは、私の二十二から二十八までの足かけ七年間で、しかもその思想、学問の一番難解なのもこの時期のことであった。戦後の先生が何を求め、何に苦しんでいられるのか、講義を聴き、口述を書きとりながら、肝心のところは少しもわかっていなかった。亡きのちの四十余年、遺されたものを読み返し、その思いの筋をたどり直しながら、ようやく荒筋のほのかに見えてきたのは、師の没年を越えてからである。そんな自分を見つめていると、佐藤さんが、年譜を追わず行きつもどりつして書けといわれた言葉の真意も、次第にわかってきたようであり、『中央公論』に伝記を連載する決心も、ようやく定まってきたのであった。

この作品が、面白い伝記になり得ているとはとても思えない。このあとも世に生きているかぎり、折口信夫を見つめ直して、書きついでゆくよりほかはない。

若い日の思いを書いた『折口信夫の晩年』（一九六九年）、それに次ぐ『折口信夫の記』（一九九六年）、そしてこの『折口信夫伝』と、それなりの段階は踏んできたという気持である。

第一次の『折口信夫全集』刊行以来、久しく力を添えていただいた、故嶋中鵬二さんのみ魂にまずお礼を申します。その意を受けて、この作品の連載に心を配ってくださった宮一穂さん、編集を担当してくださった白戸直人さん、そして単行本にするための緻密な作業をしてくださった小林久子さんに感謝いたします。

平成十二年八月

岡野弘彦

文庫版あとがき

師の没後、四十七年を経て出版した、私の『折口信夫伝』が、更に十九年を経た今年、筑摩書房から文庫本として出版されることとなった。改めて、師との縁の深さを思わずにはいられない。

この度の編集を担当してくださった北村善洋さんに感謝いたします。

令和元年十一月

岡野弘彦

師と共にありし、若き日——文庫版に寄せて

師は今は　しづかにいます。かなしみの心も深く　和《な》ぎいますらし

十二月八日　朝より晴れあたり、わが若き日の　戦《いくさ》おもほゆ

アメリカの軍備　ますますととのほる映像を見て　われらむなしき

琉球の王城　焼くる火《ほ》むらの色。師がかなしみを思ひて　眠らず

ただ独り　寒夜に起きて　師を思ふ。このさびしさに　老いてゆくなり

作品・論文名索引

（○で囲んだ数字は『折口信夫全集』の巻数を示す。）

人名索引

本書は、二〇〇〇年九月十日、中央公論新社より刊行された。
文庫化にあたっては、明らかな誤りは訂正し、ルビを加えた。

日本の神話　筑紫申真

八百万の神はもとは一つだった⁉　天皇家統治のために創り上げられた記紀神話を、元の地方神話に解体すると、本当の神の姿が見えてくる。（金沢英之）

河童の日本史　中村禎里

ぬめり、水かき、悪戯にキュウリ。異色の生物学者が、時代ごと地域ごとの民間伝承や古典文献を精査。〈実証分析的〉妖怪学。（小松和彦）

売笑三千年史　中山太郎

〈正統〉な学者が避けた分野に踏みこんだ、異端の民俗学者・中山太郎。本書は、売買春の歴史・民俗誌に光をあてる幻の大著である。（川村邦光）

初版 金枝篇（上）　J・G・フレイザー　吉川信訳

人類の多様な宗教的想像力が生み出した多様な事例を収集し、その普遍的説明を試みた社会人類学最大の古典。膨大な註を含む初版の本邦初訳。

初版 金枝篇（下）　J・G・フレイザー　吉川信訳

なぜ祭司は前任者を殺さねばならないのか？　そして、殺す前になぜ〈黄金の枝〉を折り取るのか？　事例の博捜の末、探索行は謎の核心に迫る。

火の起原の神話　J・G・フレイザー　青江舜二郎訳

人類はいかにして火を手に入れたのか。世界各地より夥しい神話や伝説を渉猟し、文明初期の人類の精神世界を探った名著。（前田耕作）

未開社会における性と抑圧　B・マリノフスキー　阿部年晴／真崎義博訳

人類における性は、内なる自然と文化的力との相互作用のドラマである。この人間存在の深淵に到るテーマを比較文化的視点から問い直した古典的名著。

ケガレの民俗誌　宮田登

被差別部落、性差別、非常民の世界など、日本民俗の深層に根づいている不浄なる観念と差別の問題を考察した先駆的名著。（赤坂憲雄）

はじめての民俗学　宮田登

現代社会に生きる人々が抱く不安や畏れ、怖さの源はどこにあるのか。民俗学の入門的知識をやさしく説きつつ、現代社会に潜むフォークロアに迫る。

アイヌ歳時記　萱野茂

アイヌ文化とはどのようなものか。その四季の暮らしをたどりながら、食文化、習俗、神話・伝承、世界観などを幅広く紹介する。（北原次郎太）

異人論　小松和彦

「異人殺し」のフォークロアの解析を通し、隠蔽され続けてきた日本文化の「闇」の領野を透視する。新しい民俗学誕生を告げる書。（中沢新一）

聴耳草紙　佐々木喜善

昔話発掘の先駆者として「日本のグリム」とも呼ばれる著者の代表作。故郷・遠野の昔話を語り口を生かして綴った一八三篇。（益田勝実／石井正己）

江戸人の生と死　立川昭二

神沢杜口、杉田玄白、上田秋成、小林一茶、良寛、滝沢みち。江戸後期を生きた六人は、各々の病と老いをどのように体験したか。（森下みさ子）

差別語からはいる言語学入門　田中克彦

サベツと呼ばれる現象をきっかけに、ことばというものの本質をするどく追究。誰もが生きやすい社会を構築するための、言語学入門！（礫川全次）

汚穢と禁忌　メアリ・ダグラス　塚本利明訳

穢れや不浄を通し、秩序や無秩序、存在と非存在、生と死などの構造を解明。その文化のもつ体系的宇宙観に丹念に迫る古典的名著。（中沢新一）

宗教以前　高取正男　橋本峰雄

日本人の魂の救済はいかにして実現されうるのか。民俗の古層を訪ね、今日的な宗教のあり方を指し示す、幻の名著。（阿満利麿）

日本伝説集　高木敏雄

全国から集められた伝説より二五〇篇を精選。民話のほぼ全ての形式と種類を備えた決定版。日本人の原風景がここにある。（香月洋一郎）

人身御供論　高木敏雄

人身供犠は、史実として日本に存在したのか。民俗学草創期に先駆的業績を残した著者の、表題作他全13篇を収録した比較神話・伝説論集。（山田仁史）

ちくま学芸文庫

折口信夫伝《おりくちしのぶでん》　その思想《しそう》と学問《がくもん》

二〇二〇年二月十日　第一刷発行

著　者　岡野弘彦（おかの・ひろひこ）
発行者　喜入冬子
発行所　株式会社　筑摩書房
東京都台東区蔵前二―五―三　〒一一一―八七五五
電話番号　〇三―五六八七―二六〇一（代表）
装幀者　安野光雅
印刷所　明和印刷株式会社
製本所　株式会社積信堂

ISBN978-4-480-09963-1 C0139